Doris Lessing

Der Sommer vor der Dunkelheit

Roman

Deutsch von Jürgen Abel

Rowohlt

Die englische Originalausgabe erschien 1973 unter dem Titel
«The Summer before the Dark»
im Verlag Jonathan Cape, London

Schutzumschlag- und Einbandentwurf von
Werner Rebhuhn

1. Auflage August 1975

Gesamtherstellung Clausen & Bosse, Leck/Schleswig
Printed in Germany
ISBN 3 498 03815 X

Der Sommer vor der Dunkelheit

Zu Haus

Eine Frau stand auf der Stufe vor dem Hintereingang ihres Hauses, mit verschränkten Armen, und wartete.

Nachdenklich? Sie hätte es nicht so genannt. Sie versuchte, sich über etwas klarzuwerden, es bloßzulegen, damit sie es erkennen und benennen konnte; denn sie hatte schon eine ganze Weile Gedanken «anprobiert» wie Kleider von der Stange. Worte und Redensarten, so abgedroschen wie Kinderreime, gingen ihr durch den Kopf; aus Gewohnheit hat man für die wichtigen Erfahrungen im Leben meist bestimmte feste Formeln parat, und sie sind ziemlich stereotyp. *Ach ja, die erste Liebe! ... Erwachsenwerden ist nicht leicht! ... Mein erstes Kind, wissen Sie ... Aber ich war verliebt! ... Die Ehe ist ein Kompromiß ... Ich bin auch nicht mehr die Jüngste.* Natürlich hat die Wahl der einen statt der anderen Redensart nur selten etwas mit persönlichen Gefühlen zu tun, sondern eher etwas mit der eigenen Herkunft oder mit den Leuten, mit denen man zufällig gerade zusammen ist. Wie eine Frau wirklich über etwas denkt, muß man aus einem ihr unbewußten Lächeln schließen, daraus, wie ihre Mundwinkel leicht verbittert zucken, oder aus der Art, wie nach einem *Ich möchte nicht noch einmal Kind sein!* sich ein Seufzer ihren Lungen entringt. Diese Redensarten, die alle so wirken, als seien sie für eine besonders schlagkräftige Werbekampagne erfunden, haben eine solche Macht, daß wahrscheinlich viele Leute immer wieder sagen: *Die Jugend ist die beste Zeit unseres Lebens* oder *Die Liebe macht das ganze Leben einer Frau aus* – bis sie sich einmal im Spiegel sehen, wenn sie so etwas sagen, oder ein rascher Seitenblick ihnen verrät, welche Reaktion sich im Gesicht eines Freundes bei dieser Bemerkung spiegelt.

Eine Frau stand auf der Stufe vor dem Hintereingang ihres Hauses, mit verschränkten Armen, und wartete darauf, daß das Wasser im Kessel kochte.

Tagsüber war wegen eines Streiks meist Stromsperre gewesen. Tim, ihr Jüngster, und Eileen, ihre Tochter, waren schon früh losgefahren, hatten im Wald von Epping Fallholz gesammelt und dann voller Begeisterung auf dem Kiesweg ein Feuer gemacht und darüber aus alten Eisenstangen, die sie hinten in der Garage gefunden hatten, einen Dreifuß gebaut. Dieses Feuer, das Kochen darauf, das Zuschauen, die Scherze darüber, all das war den ganzen Tag der Hauptspaß der Familie gewesen. Die Frau hatte es jedoch als ziemlich lästig empfunden. Es hatte zwanzig Minuten gedauert, bis der Kessel auch nur zu singen begann. Seit Jahren hatte sie dieses Singen eines Wasserkessels nicht mehr gehört. Der elektrische Strom versetzte Wasser von einem Augenblick zum nächsten aus völliger Ruhe in sprudelnden Aufruhr – das Singen wurde übersprungen...

Vielleicht war ihr etwas entgangen? Vielleicht hatten sich Tim und Eileen – die schließlich erwachsen waren, neunzehn und zweiundzwanzig Jahre alt – doch nicht so begeistert an den kleinen Improvisationen des Tages? Hatten nur aus Gemeinschaftssinn so getan, als hätten sie Spaß daran? War ihr Verhalten in Wirklichkeit nur so etwas wie eine jener alten Redensarten gewesen, eine Konvention, von der die Menschen nicht wissen, wie man sie um der Wahrheit willen aufgibt – ganz gleich, was das ist, Wahrheit?

Erging es ihnen wie ihr?

Die Wahrheit war: sie wurde sich mit zunehmendem Unbehagen bewußt, daß nicht nur, was sie sagte, und viel von dem, was sie dachte, «von der Stange» kam, nein, mehr noch – das, was sie wirklich empfand, war noch wieder etwas anderes.

Die Frau ließ die Arme sinken, ging zu dem nur wenige Schritte entfernten absurden Gebilde auf dem Kiesweg, schob noch ein paar Zweige unter den Kessel, der an einem Stück gebogenen Draht an dem Dreifuß baumelte, und horchte: änderte sich das Singen des Wasserkessels überhaupt? Sie glaubte, ja. Wenn es morgen, wie angedroht, wieder Stromsperre geben sollte, wäre es das beste, sich einen Campingherd oder etwas Ähnliches zu besorgen. Dieses Pfadfinderspielen war ja gut und schön, aber wenn es regnete... Der

Streik werde wahrscheinlich einige Zeit dauern, hieß es. Waren die Stromsperren diesmal nicht sehr kurz aufeinander gefolgt? Es sah so aus, als müßte man mit häufigeren Engpässen in der Energieversorgung – Wärme, Licht, Treibstoff – rechnen, und es wäre bestimmt klug, Vorkehrungen zu treffen. Vielleicht hatten Tim und Eileen recht: Eine Fuhre Holz war unter Umständen gar keine schlechte Idee.

Die Frau ging zum Hintereingang des Hauses zurück, lehnte sich gegen die Mauer und verschränkte die Arme.

Da waren die Ereignisse, die alle die Öffentlichkeit betrafen: Kriege, Streiks, Überschwemmungen, Erdbeben – alles, was man so für höhere Gewalt hält. Da herrschte weithin die Meinung, ob irrational oder nicht, daß diese Ereignisse, einst als gottgesandt und selten empfunden (oder waren sie das nie gewesen, hatte man das nur falsch in Erinnerung?), bald in jedermanns Erfahrungen den ersten Platz einnehmen würden, als habe eine Lufthülle, die einmal das Klima eines fernen, verloschenen Sterns bestimmte, beschlossen, unseren armen Planeten zu umschlingen. Für immer mehr Menschen hießen, wenn man einmal richtig darüber nachdachte, die entscheidenden Erfahrungen: Invasion, Krieg, Bürgerkrieg, Epidemie, Hungersnot, Überschwemmung, Erdbeben, Umweltverschmutzung. Die festen Formeln, die man dafür parat hatte, waren noch stereotyper *Wir sollten etwas dagegen unternehmen!* oder *Ein Jammer!* Es sind nicht so viele Abstufungen möglich für: *Meine ganze Familie ist im Konzentrationslager umgekommen* oder *Vier von meinen Kindern sind Hungers gestorben* oder *Meine Schwester und ihr Kind sind von den Soldaten getötet worden.* Aber sah es nicht so aus, als seien die stereotypen Redensarten für die öffentlichen Ereignisse ehrlicher als für die privaten? *Ein Jammer!* – traf das nicht ungefähr den Kern?

Sie bemerkte, daß der Kessel ruhiger geworden war, und griff mit ausgestrecktem Arm hinter sich in die Küche nach einer großen Porzellankanne, in der bereits Kaffee war. Mit der Kaffeekanne in der Hand stand sie nahe am Feuer und wartete darauf, daß der Dampf anfing, den Deckel des Kessels klappern zu lassen.

Es war Unsinn, die Dinge an Höhepunkten und Krisen zu messen: Die persönlichen Ereignisse hatten sich wie die öffentlichen letzten Endes seit langem vorbereitet. Sie entwickelten sich ... Erst nach Monaten, meist erst nach Jahren, wird ein Mensch sagen: *Mein Gott, mein ganzes Leben hat sich verändert,* wenn er von einer großen Leidenschaft spricht, von einer unüberwindlichen Abneigung oder einer Ehe, einer wichtigen beruflichen Aufgabe. *Mein Leben hat sich verändert, weil ich mich verändert habe.*

Der Dampf drückte jetzt energisch gegen den Deckel des Kessels und strömte aus der Tülle.

Mit dem Topflappen faßte sie den Henkel des Kessels an und goß das gefährlich zischende Wasser auf den Kaffee. Sie stellte den Kessel neben dem Feuer ab, aber nicht auf dem Rasen, wo es einen kreisrunden gelben Fleck gegeben hätte, und zog die halbverbrannten Zweige aus dem Feuer. Falls es anfing zu regnen, mußte sie daran denken, die Zweige und alles nicht verbrannte Holz ins Trockene zu bringen. Sie war keine Pfadfinderin und wußte nicht, wie man mit naßem Holz Feuer macht.

Sie nahm den Kessel in eine Hand, die Kaffeekanne in die andere und ging aus dem Garten hinter dem Haus in die Küche.

Ich habe die Feuerprobe bestanden, ich bin durch eine harte Schule gegangen ... So etwas sagte oder fühlte man nicht ohne eine gewisse Befriedigung. Sicher war das eine außergewöhnliche Tatsache? Das Gefühl, etwas geleistet zu haben, war außergewöhnlich? Solche Empfindungen hatten doch nicht nur Menschen, die zu der (vergleichsweise kleinen) Zahl der Erdenbewohner gehörten, nach deren Theorie das Leben eines Menschen nicht wichtiger ist als das eines Käfers, sondern auch jene, die den alten Standpunkt vertraten, nur unsere Taten zählten, weil wir in den Augen Gottes – oder der Götter – wichtig seien. Aber weshalb sollte irgend jemand sich darum scheren, daß er oder sie sich verändert hat, Erfahrungen gesammelt hat, gereift ist, erwachsen wurde, wenn er oder sie nur ein Käfer ist? Oder vielleicht sogar nur ein Schmetterling? Denn ein Gefühl, vielleicht das tiefste, das wir kennen, sagt uns, daß im Leben das wichtigste sei, Erfahrungen zu sammeln, zu lernen. Und dieses Gefühl sollte nur eine Gewohnheit sein, ein Überbleibsel aus früheren, primitiveren Zeiten? Nur eine Wichtigtuerei des Käfers? Aber es war da, kein Zweifel, ob man «Gott» nun vertrieben oder für tot erklärt hatte oder nicht. Vor wem soll ein Käfer Rechenschaft ablegen?

Wir sind, was wir an Erfahrungen sammeln.

Es erfordert oft eine lange und schmerzvolle Zeit.

Leider war jedoch nicht zu bezweifeln, daß es lange Perioden, schmerzvolle Perioden gab, in denen man nur wenig lernte.

War sie wirklich dieser Ansicht? Ja, sie war es.

Weil sie deprimiert war? War sie deprimiert? Wahrscheinlich. Sie war etwas ganz nahe, das sie nicht greifen konnte...

Die Frau setzte die Kanne auf ein Tablett, auf dem das Kaffeegeschirr bereits zurechtgestellt war: Tassen und Untertassen, Löffel, Zuckerdose und ein Sieb. Bevor sie das Tablett hinaustrug, warf sie einen Blick auf die schmutzigen Teller vom Mittagesen, die sich neben dem Geschirr vom Frühstück stapelten. Vielleicht konnte sie Tim bitten, daß er das Feuer noch einmal anfachte, um einen zweiten Kessel Wasser heiß zu machen; dann könnte sie schnell abwaschen. Nein, lieber nicht, nicht in der Stimmung, in der er war; besser, das später selbst zu machen.

Eine Frau trat aus der Küche und ging über den Rasen, der gemäht werden mußte und ganz reizend mit Gänseblümchen betupft war, zu einem Baum. Diese Frau war Kate Brown; um genau zu sein, Catherine Brown oder Mrs. Michael Brown. Vorsichtig trug sie das Tablett und dachte ans Abwaschen, während sie mit ihrer privaten Bestandsaufnahme, ihrem Rechenschaftsbericht fortfuhr... Sie wünschte, sie könnte das augenblickliche Stadium ihres Lebens schnell durchmessen, da es ihr endlos erschien. Wenn das Leben an großen Augenblicken, an Höhepunkten gemessen werden mußte, dann war, was sie betraf, lange Zeit nichts «geschehen»; und sie konnte nicht viel mehr erwarten als den langsamen Abstieg von der aktiven Rolle als Hausfrau zum Altwerden.

Manchmal, wenn man Glück hat, konzentriert sich ein Prozeß, verdichtet sich ein Lebensabschnitt. Für Kate sollte dieser Sommer eine solche verkürzte, gesteigerte, verdichtete Zeit werden.

Was sollte sie erfahren? Nicht viel mehr als die einfache Tatsache, daß sie alt wurde: der unaufhörliche und sich ständig wiederholende Prozeß des Wachsens und Reifens. Das passiert natürlich jedem – *Wie die Zeit vergeht! ... Ehe man es merkt, ist das Leben vorbei ... Reife zu erlangen, ist das wichtigste.* Und so weiter. Aber in Kates Fall sollte es sich ganz und gar nicht um einen Prozeß von einem oder zwei Jahrzehnten handeln, der, während er ablief, kaum bemerkt wurde, außer bei dem verzweifelten Bemühen, die Flut aufzuhalten – das Haar zu tönen, auf die Figur zu achten, die Mode nur vorsichtig mitzumachen, damit sie elegant, aber nicht jugendlich aufgetakelt wirkte. Für fast jeden, es sei denn, ihn ereilt eine Katastrophe, der Boden wankt unter seinen Füßen, Bomben töten seine Kinder und schlagen das eigene Herz mit Gleichgültigkeit allem gegenüber – für fast jeden ist Altwerden eine Sache von Jahren. Man ist jung, dann hat man die mittleren Jahre erreicht, aber der Augenblick des Übergangs vom einen Stadium zum anderen läßt sich schwer bestimmen. Die Einstellung zu den Menschen unserer Umgebung hat sich verändert, ja ganz entscheidend verändert, aber dieser Tatsache ist man sich kaum bewußt geworden, weil das Eis des Gletschers sich so langsam ins Tal schob. Bei den meisten ist es ungefähr so: *Ich bin leider nicht mehr so jung, wie ich einmal war.* Kate Brown jedoch sollte den Prozeß in ein paar Monaten hinter sich bringen. War es, obwohl alles so auf ihre Person, ihre Geduld, ihre gute Laune, ihre Zeit zugeschnitten schien, in Wirklichkeit der Druck von außen, der ihr kleines Leben bedrängte? Daher das Gefühl der Hast? Vielleicht. Jedenfalls sollten die Ereignisse dieses Sommers nicht von ihren eigenen Fähigkeiten und Begabungen bestimmt werden.

Als alles vorbei war, hätte sie sich bestimmt nicht gewünscht, es anders erlebt zu haben. Aber im voraus konnte sie es sich so nicht wünschen, dazu fehlte es ihr an Erfahrung und Phantasie. Nein, sie konnte sich nicht *wünschen,* was geschehen sollte, auch wenn sie, das Tablett in der Hand, da unter dem Baum stand und dachte: Es geht immer so weiter! Das ist nicht richtig: Es müßte etwas geben, das ich sehen, etwas, das ich *jetzt* verstehen könnte, irgendeinen Weg, den ich wählen könnte ...

Wählen? Wann wähle ich überhaupt? Hab ich je gewählt?

Eine Frau stand dort unter einem Baum, wie sie in den letzten Jahrhunderten oft dort hätte stehen können, ein volles Tablett in der Hand. Sie stellte das Tablett auf einen Gartentisch, der aus einem im vergangenen Jahrzehnt erfundenen Material bestand. Er sah aus wie Eisen, war aber so leicht, daß man ihn mit einer Hand hochheben konnte, und so ausbalanciert, daß er, auch wenn man ihn einseitig belastete, nicht umkippte.

In ihren Augen hatte sie diesen Tisch nicht ausgewählt; er war für sie ausgewählt worden, genau wie die Plastiktassen, die aussahen, als seien sie aus Porzellan.

Sie ging wieder zur Rasenmitte, und bevor sie noch Atem holte, um zu den Fenstern im ersten Stock des Hauses hinaufzurufen, sah sie vor sich, was ihr Mann sehen würde, wenn er ans Fenster trat und sagte: «Ich komme schon!» – eine auf dem Rasen stehende Frau in einem weißen Kleid, weißen Schuhen und mit einem blaßroten Tuch um den Hals.

In diesem Punkt konnte sie wählen, bewußt und absichtlich: ihr Äußeres war Wahl, feinfühlig und taktvoll, dem mittelständischen Vorort und ihrer Stellung als Frau ihres Mannes angemessen. Und natürlich als Mutter ihrer Kinder.

Das Kleid kam von einem Ständer mit der Aufschrift «Jolie Madame» und war kleidsam und dezent. Sie trug Schuhe und Strümpfe. Ihr Haar – und hier hatte sie am nachdrücklichsten gewählt – war in großen, weichen Wellen um ein Gesicht frisiert, das auf dem Nasenrücken und oben auf den Wangen ein paar Sommersprossen zeigte. Ihr Mann sagte immer, das gefiele ihm. Das Haar war rötlich – nicht allzu auffallend. Sie war eine hübsche, gesunde, tüchtige Frau.

Sie stand auf dem Rasen, beschattete mit der Hand ihre Augen und rief hinauf: «Michael, Michael! Kaffee!»

Ein undeutliches Gesicht hinter Scheiben, auf denen die Sonne blendete, rief: «Ich komme schon!»

Eine Frau, passend für einen Nachmittag im Kreise der Familie gekleidet, ging über den Rasen zurück, vorsichtig, damit das Gras an ihren Schuhen keine Spur hinterließ. Hätte sie wählen können, wäre sie barfuß gegangen und hätte so etwas wie ein Hawaii-Gewand oder einen Sari oder einen Sarong getragen und das Haar glatt auf die Schultern fallen lassen.

Sie gestattete sich keine jugendlich-blühende Erscheinung, da sie, als die Kinder heranwuchsen, schon sehr früh bemerkt hatte, wie wenig sie es mochten, wenn sie ihrer Natur die Zügel schießen ließ. Mary Finchley von gegenüber zog sich so an, wie sie, Kate, es – ohne Kinder und Ehemann – auch getan hätte: ihre Kinder verabscheuten es und zeigten das auf jede nur mögliche Weise.

Obgleich Kate Mary immer zustimmte, wenn sie sagte: «Warum sollen wir unser Licht unter den Scheffel stellen, Kinder dürfen keine Tyrannen sein» – stellte sie ihr Licht dennoch ständig unter den Scheffel, hatte es immer getan. Aber sie konnte nicht feststellen, daß ihre Kinder deshalb irgendwie besser waren als die von Mary Finchley.

Kate saß so unter dem Baum, daß ihr Körper im Schatten war, nur ihre Beine lagen ausgestreckt in der Sonne, als hätte sie keine Strümpfe an. Prüfend betrachtete sie das große, behäbige Haus in dem großen Garten. Sie tat das wie jemand, der sich verabschiedet, aber das kam nur daher, daß sie und ihr Mann kürzlich überlegt hatten, ob man nicht vielleicht langsam daran denken müßte, sich nach etwas Kleinerem umzusehen, nachdem die Kinder bald erwachsen waren. Eine Wohnung? Sie könnten ein Haus auf dem Land kaufen und es mit Freunden teilen – vielleicht mit den Finchleys.

Kate dachte oft daran, aber wie an etwas, das noch sehr viel Zeit hatte.

Inzwischen war Mai, der englische Sommer launenhaft und ohne Glanz, und was den Herbst betraf, so stand dem Familienleben, diesem Organismus, der im Süden Londons, in Blackheath, um genau zu sein, gemächlich dahinpulsierte, eine Unterbrechung bevor. Diese Einheit, dieses Wesen, dieser Organismus schien mit jedem Jahr, das die Kinder älter wurden, immer stürmischer aus diesem Vorort hinauszudrängen und sich immer weiter über den Erdball zu verstreuen. Es war wie ein jährliches Aus- und wieder Einatmen, das im Spätfrühling begann und im September endete.

Letztes Jahr war Michael, der einen gewissen Ruf als Neurologe hatte, im Juli zu einer Konferenz nach Amerika gefahren, hatte die Gelegenheit benutzt, um drei Monate in einem Bostoner Krankenhaus zu arbeiten, und war erst im Oktober zurückgekehrt. Kate war mit ihrem Mann zu der Konferenz gefahren, war aus familiären

Gründen zurückgekommen, hatte ihn im September wieder besucht – ihr Leben hatte sich immer wie selbstverständlich nach dem der Kinder gerichtet, die den ganzen Sommer über kamen und gingen, von und nach allen Teilen Europas.

Dieses Jahr sollte Michael vier Monate in demselben Krankenhaus in Boston arbeiten, im Austausch mit einem Kollegen. Der älteste Sohn, Stephen, jetzt dreiundzwanzig und im letzten Semester, wollte mit Freunden eine viermonatige Reise durch Marokko und Algerien machen. Eileen, zweiundzwanzig, würde ihren Vater begleiten, um Freunde zu besuchen, die sie vorletztes Jahr bei einem Campingaufenthalt in Spanien kennengelernt hatte. Der zweite Sohn, James, war zu einem archäologischen «Grabungsurlaub» im Sudan eingeladen, bevor er im Herbst mit dem Studium anfing. Was sie betraf, so hatte sie beschlossen, dieses Jahr nicht wieder in die Staaten zu fahren – zum Teil deswegen, weil sie ihrer Tochter nicht im Wege sein wollte, was, wie sie wußte, der Fall wäre. Es würde außerdem ziemlich teuer werden, wenn drei Personen führen. Ferner mußte sie bedenken, ob sie ihrem Mann nicht im Wege sein würde... Bei diesem Gedanken mußte sie lächeln, es war fast eine Grimasse, passend vielleicht zu den Worten *In der Ehe müssen beide Teile geben und nehmen*; sie war sich ziemlich klar darüber, daß sie keine Lust hatte, dieses Gebiet allzu gründlich zu untersuchen.

Hinzu kam, daß Tim, obgleich schon neunzehn und von jedermann zur Unabhängigkeit ermutigt, überhaupt keine Reisepläne hatte. Er war, und zwar von jeher, der «Schwierige» oder Problematische gewesen. Seinetwegen mußte jemand im Haus sein, sich um alles kümmern. Sie, die Mutter, würde das tun. Die Monate, die vor ihr lagen, waren nicht anders, als sie es in den vergangenen Jahren gewesen waren. Sie würde ein Stützpunkt für Familienmitglieder sein, die von der Universität nach Hause kamen oder auf dem Weg woandershin einen Tag oder eine Woche hereinschneiten; sie würde sie, ihre Freunde und die Freunde ihrer Freunde versorgen. Sie würde dasein, würde allen zur Verfügung stehen.

Sie freute sich darauf: nicht nur auf die vielen Menschen, sondern auf die ihr gestellte Aufgabe; sie war sich ihrer Tüchtigkeit bewußt; sie freute sich auch auf einen Sommer fachmännischer Gartenarbeit.

Wenn sie – sie und Michael – dieses Haus einmal verließen – ein Ehepaar, das sich vom Schauplatz der Geschäftigkeit zurückzieht –, würde nicht das Haus ihnen fehlen, sondern der Garten, der so schön war, wie ein englischer Garten es nach rund zwanzig Jahren hingebungsvoller Pflege nur sein kann. Er sah aus, als sei er nicht von Menschenhand angelegt, sondern habe sich von selbst für Rosenlauben und Kräuterbeete, für ein Stück Rasen hier und einen Lilienbusch dort entschieden. Die Vögel sangen das ganze Jahr darin. Und immer wehte ein zärtlicher Wind. Es gab kein Krümchen Erde, das Kate nicht zu kennen glaubte, das sie nicht selbst geschaffen hatte, natürlich mit Hilfe von Regenwürmern und Frost.

Sie saß da und atmete den Duft von Rosen, Lavendel und Thymian ein und beobachtete ihren Mann, der mit dem Gast aus dem Haus kam.

Er hieß Alan Post. Er hatte nichts mit Medizin zu tun, sondern war Verwaltungsbeamter bei einer internationalen Behörde, irgendeiner Organisation der Vereinten Nationen. Er und Dr. Michael Brown hatten sich auf dem Flughafen von Los Angeles kennengelernt, als ihre Maschine wegen Nebels Verspätung hatte. Sie hatten Schach gespielt, Whisky getrunken, Einladungen ausgetauscht. Vor einer Woche waren sich die beiden Männer zufällig in der Goodge Street in die Arme gelaufen und hatten zusammen zu Mittag gegessen. Michael hatte Alan zu einem sonntäglichen Essen im Familienkreis eingeladen.

Ohne die Stromsperre hätte es bei den Browns das traditionelle britische Sonntagsmahl gegeben, nicht ihretwegen, da sie die alten Gepflogenheiten nicht mehr befolgten, sondern für ihren Gast: die Familie hatte oft genug gescherzt, daß sie ihren vielen ausländischen Freunden wie Bauern, die auf Touristen angewiesen sind, traditionelle englische Gerichte vorsetzte. Doch heute hatte Eileen das Essen vorbereitet, mit Tims Hilfe, bevor sie irgendwohin sauste. Sie hatte eine türkische Gurkensuppe gemacht, die kalt serviert wurde, über dem Feuer ein Shish Kebab und als Nachtisch Aprikoseneis – der Kühlschrank wurde mit Gas betrieben. Sie hatten eine Menge Sangría getrunken, deren Rezept der zweite Sohn letztes Jahr aus Spanien mitgebracht hatte.

Michael und Alan Post nahmen Platz und setzten die angeregte Unterhaltung fort, die sie beim Essen und danach oben im Arbeitszimmer geführt hatten. Sie goß den Kaffee in die hübschen Plastiktassen, die sie immer im Freien benutzte, seit der Hund ihrer Nachbarn, als er quer durch den Garten einem anderen Hund nachrannte, ein ganzes Tablett mit ihrem besten Porzellan zertrümmert hatte. Nachdem sie den Kaffee eingegossen und Schokoladewaffeln angeboten hatte, setzte sie, wie eine Wächterin, ein aufmerksames Lächeln auf, hinter dem sie ihren eigenen Gedanken nachhängen konnte. In Wirklichkeit dachte sie über ihren Mann nach.

Jedesmal, wenn sie ihn so sah, mit einem Kollegen, besonders mit einem aus Übersee, war es, als hätte er sich von ihr entfernt. Nicht weil er zu den Leuten gehörte, deren Benehmen sich danach richtet, mit wem sie gerade zusammen sind, ganz und gar nicht; aber im Zusammensein mit Alan Post schien es, als umwehte ihn eine großzügigere, klarere Luft, er blühte auf, er wirkte geradezu, als werde er gleich Schwingen bekommen ... Letztes Jahr in den Staaten, als sie bei ihm gewesen war, hatte sie gleichsam teilgenommen an diesem Aufblühen, diesem Lockerwerden; sie hatte das Gefühl gehabt, in all ihren gemeinsamen Ehejahren hätten Fähigkeiten in diesem Mann gesteckt, die sich innerhalb der Familie nie hatten entfalten können: natürlich hatten sie über dieses Gefühl diskutiert. Sie hatte die leise Hoffnung gehabt, er würde sagen, das gleiche Gefühl habe er manchmal auch bei ihr gehabt, aber er sagte es nicht. Jetzt dachte sie daran, daß er dieses Jahr vier Monate lang nicht mit seiner Frau, sondern nur gelegentlich mit seiner Tochter zusammen sein würde: das passende Lächeln, trocken, ironisch, lag wieder auf ihrem Gesicht. Sie wußte, daß es da war; sie hatte an diesem Lächeln beziehungsweise an den Gefühlen, die es ausdrückte, «gearbeitet», wie man sagt. Wäre dies der richtige Augenblick gewesen, dann hätte sie – zum Beispiel als Antwort auf die Frage einer jüngeren Frau (nicht einer Frau ihres Alters, dachte sie, nicht Mary Finchley gegenüber) – sich vielleicht, einen Ausdruck von Ironie in den Augen, zurückgelehnt und gesagt: wahrscheinlich regen wir uns, wenn wir jung sind, viel zu sehr über all diese Dinge auf – wissen Sie, in einer richtigen Ehe sind diese kleinen Affären völlig unwichtig! Selbstgefälligkeit war diesem Lächeln beigemischt, das zur Hälfte, sie wußte es, eine Grimasse war; ferner Erleichterung, die Erleichterung eines Menschen, der nicht in die Falle gelaufen, der der Gefahr sicher entgangen war ... Sie saß unter dem sommerlichen Baum, hielt zum Zeichen, daß noch reichlich Kaffee da war, die Kanne hoch und hörte sich selbst denken: Ich erzähle mir die schrecklichsten Lügen! Furchtbar! Warum bloß? Es gibt hier etwas, vor dem ich mich ganz einfach drücke. In Gesellschaft von Mary komme ich dieser Sache manchmal ziemlich nahe, aber bei anderen Leuten nie. *Also*, faß es ins Auge, gib dir Mühe und halt es fest, leg dir nicht immer diese Einstellungen, diese Geschichten zurecht – hör auf, dieselben alten Kleider aus dem Schrank zu nehmen ... Sie hörte der Unterhaltung der Männer jetzt richtig zu: es schien, als beträfe das Gespräch sie selbst, als beträfe es sie schon seit einer ganzen Weile, aber sie hatte nicht hingehört.

Bei der Konferenz, zu der Alan Post nach London gekommen war, gab es Schwierigkeiten. Oder vielmehr bei einem Ausschuß dieser Konferenz: die Vereinigung, die die Besprechungen und Ausschußsitzungen veranstaltete, nannte sich «Welternährungsorganisation» und kümmerte sich darum, was die Menschheit aß. Beziehungsweise nicht aß. Infolge einer Reihe unglücklicher Zufälle – Grippe, eine gebrochene Hüfte, der Tod eines Mannes in Lissabon – machte man erst, als die Mitglieder des Ausschusses bereits versammelt waren und mit den Beratungen anfangen wollten, die Entdeckung, daß keine Dolmetscher zur Verfügung standen. Nun war nichts leichter, als gute Dolmetscher für Französisch, Deutsch oder Spanisch zu finden, doch Leute, die fließend Portugiesisch und Englisch sprachen und in der Lage waren, diese anspruchsvolle Aufgabe zu bewältigen, waren wesentlich schwerer aufzutreiben. Es mußte Portugiesisch sein, da dieser Ausschuß sich mit dem Thema Kaffee befassen sollte und in Brasilien, dem führenden Kaffeeland der Erde, portugiesisch gesprochen würde. Um Dolmetscher für Portugiesisch zu engagieren, hatte der Ausschuß sich vertagt. Zwei waren inzwischen gefunden worden, zwei weitere wurden noch gesucht: Alan Post und Michael blickten beide auf Kate, warteten darauf, daß sie sagen würde, sie wäre glücklich, sich als Nummer drei zur Verfügung stellen zu können. Vor drei Jahren hatte Kate für eine Freundin, der das Tippen schwerfiel, ein allgemeinverständliches Buch über Anbau und Absatz von Kaffee ins reine getippt. Daher wußte sie eine ganze Menge über dieses Produkt. Mehr noch, sie war in Sprachen immer gut gewesen. Ihre Französisch- und Italienischkenntnisse waren ausgezeichnet; Portugiesisch beherrschte sie perfekt, denn sie war zur Hälfte Portugiesin. Da sie begabt war, hatte sie die Schule schnell durchlaufen und hatte noch drei Jahre Zeit gehabt, ehe sie mit der Universität anfing – was sie am Ende doch nicht tat, hatte sie doch statt dessen beschlossen, Michael zu heiraten. Sie hatte ein Jahr in Lourenço Marques bei ihrem Großvater gelebt, einem Gelehrten, wo sie nur portugiesisch gesprochen hatte. Als Tochter John Ferreiras, eines in England naturalisierten Portugiesen, der in Oxford portugiesische Literatur lehrte, war sie lediglich froh darüber gewesen, daß sie dank ihrer Abstammung über gewisse Schätze verfügte: doch erst ihr Großvater hatte ihr den Weg zu ihnen gewiesen, und sie hatte sich vollgesogen mit portugiesischer Literatur, portugiesischer Dichtung und dem «Geist der Sprache».

Was hatte sie in jenem Jahr – einem Jahr, das ganz dem Vergnügen galt – in der Stadt am Rande des Indischen Ozeans sonst noch gelernt? Zunächst einmal war ihr Großvater ein sehr altmodischer Mensch, und seine Einstellung, was Frauen anging, starr. Kate war es nicht im Traum eingefallen, sich mit dem alten Mann, den sie liebte, zu streiten; und außerdem, wozu sich quälen? – sie war ja nur so kurze Zeit da. Doch in der ganzen Zeit war sie nie mit einem Mann allein, wurde von jeder unangenehmen Erfahrung, sei es literarischer, sei es realer Art, ferngehalten und kostete eine (für kurze Zeit) nicht unerfreuliche Atmosphäre aus, deren Elemente für sie so exotisch waren, daß sie jedes einzeln erforschen mußte. Man beschützte sie und mißtraute ihr. Sie war zugleich etwas Kostbares und Verachtenswertes. Man schmeichelte ihr, indem man ihr jeden Wunsch erfüllte – aber sie wußte, daß sie, das weibliche Wesen, im Leben ihres Großvaters, genau wie früher seine Frau und seine Töchter, nur einen sorgsam umrissenen, unbedeutenden Teil einnahm. Ihr Bild von sich aus jener Zeit: ein Mädchen, fragil wie eine Kamelie, mit totenblasser Haut und schwerem dunkelrotem Haar, in einem weißen, bestickten Leinenkleid, dessen Schnitt Halsansatz und Schultern freigab und gleichzeitig bedeckte; ein Mädchen, das in einem Schaukelstuhl auf der Veranda saß, den sie vor und zurückwippen ließ mit Hilfe ihres Fußes, der, wie sie genau wußte, ein so starkes sexuelles Stimulans war, daß die anwesenden jungen Männer weder ihre Blicke noch ihre Phantasien davon losreißen konnten. Sie fächelte sich mit einem bestickten Seidenfächer – die Drehung des Handgelenks hatte ihr das alte Kindermädchen beigebracht, während die jungen Männer, die alle ihren Großvater um Erlaubnis hatten bitten müssen, überhaupt mit ihr sprechen zu dürfen, in Rohrsesseln im Halbkreis um sie herumsaßen und ihr Komplimente machten. Man schrieb das Jahr 1948. Sie war ein großer Erfolg in Lourenço Marques: teils, weil sie schließlich Engländerin war und auch ihre besten Absichten nicht verhindern konnten, daß sie die Grenzen dessen durchbrach, was ihr Großvater billigte; teils, weil das Zusammentreffen von kurzem rotem Haar und braunen Augen in einem Land voller Señoritas selten war; teils, weil die Strenge ihres Großvaters allgemein als übertrieben angesehen wurde, so daß Kates Benehmen und ihre Stellung in mehr als einer Hinsicht wie reines, vorsätzliches Getue wirkten, das sie wahrscheinlich in Szene setzte, um zu provozieren.

Als sie nach England zurückkehrte, verließ sie, rückschauend betrachtet, einen nebulösen Ort voller halbverborgener Dinge; zurück blieb auch ihr sehnsüchtiger Wunsch, wie ihre Großmutter zu sein, die – wenn ihrem Großvater da kein Gedächtnisfehler unterlief – ebensogut in Portugal hätte bleiben können, so wenig hatte sich der Ortswechsel auf ihr tägliches Leben ausgewirkt. Sie sei eine schöne Frau gewesen, sagten alle; eine großartige Mutter, eine himmlische Köchin, ein wunder-, wunderbares Geschöpf, ganz Wärme und Freundlichkeit, ohne jeden Makel – nun gut, wie dem auch gewesen sein mag, die Anpreisung hatte, wie zu erwarten, die entgegengesetzte Wirkung, und als Kate aus Moçambique zurückkehrte, war sie mehr denn je darauf versessen, zur Universität zu gehen, wo sie Romanistik studieren wollte. Sie schaffte es tatsächlich, nach Oxford zu kommen und sich einzuschreiben. Da lernte sie Michael kennen, der nach zehn Jahren Krieg und Paukstudium gerade daranging, seine berufliche Karriere zu starten. Sie zog zu ihm, und freudig begannen sie mit Phase eins, wie sie es nannten.

Ob sie wohl, wenn sie nicht geheiratet hätte, etwas Besonderes auf ihrem Gebiet geworden wäre? Vielleicht Dozentin? Frauen schienen nur selten Professor zu werden. Doch Gedanken dieser Art waren nicht häufig: sie hatte Kinder nicht langweilig gefunden. Außerdem war es nicht so, daß ihr Mann sie von seinen Interessen oder interessanten Leuten fernhielt. Sie machte manchmal Übersetzungen für ihn oder seine Kollegen. Einmal hatte sie sogar einen portugiesischen Roman übersetzt, was ihr wenig Geld, aber viel Lob eintrug. Sie lernte Leute aus der ganzen Welt kennen, besonders seit die Kinder allmählich erwachsen wurden und ihre aus aller Herren Ländern stammenden Freunde mit nach Hause brachten.

Wenn sie nicht geheiratet hätte – aber, großer Gott, sie wäre verrückt gewesen, nicht zu heiraten, verrückt, sich für Romanistik zu entscheiden ... Michael und Alan Post gossen sich selbst Kaffee ein und warteten auf sie. Was sie fühlte, war eine Art Panik. Das zu wissen, machte es noch schlimmer. Es war dumm und unsinnig, Angst zu haben. Wovor denn? Sie hätte es niemandem gestehen können, nicht einmal Michael – daß sie sich, falls sie tatsächlich mit einem Job konfrontiert wurde, letzten Endes einem ganz gewöhnlichen und offenbar zeitlich begrenzten Job, dem sie sich durchaus gewachsen fühlte, wie eine Gefangene vorkam, die nach jahrelanger Haft in die Freiheit entlassen wird.

«Aber ich weiß nicht, wie ich das machen soll», sagte sie. «Tim wird den Sommer über fast immer hier sein.»

Sie sah, wie sich der Mund ihres Mannes verzog: häufige Diskussionen über Tim hatten keine Übereinstimmung gebracht. Michael war der Meinung, sein jüngster Sohn werde zu sehr behütet. Wenn sie auch zugab, das sei vielleicht der Fall gewesen, so glaubte sie doch nicht, die Dinge ließen sich dadurch besser machen, daß man «ihm den Stuhl vor die Tür setzt». Wie, ihm den Stuhl vor die Tür setzen? Wo sollte er hin? Und warum war das, was der Junge tat, so schlimm, daß er eine so dramatische Therapie brauchte: er trotzte, er drohte, er haßte, aber das hatten alle ihre Kinder getan, jedes auf seine Weise. Kate glaubte, wenn Tim ihr Liebling war, dann nur, weil ihr

Mann unfair zu ihm war: sie begriff, daß dieses Gebiet zu gefühlsbeladen war, um ohne Umwege betreten zu werden; sie nahm, das wußte jeder, zu diesem Punkt eine ganz bestimmte Haltung ein, die sie sowohl innerhalb wie außerhalb der Familie verteidigte.

«Aber der Ausschuß wird nicht länger als ... Wie lange sagten Sie noch?» fragte Michael Alan.

Inzwischen hatte Alan begriffen, daß es ein Problem zwischen Mann und Frau gab, und er sagte, keinen der beiden ansehend, sondern zum Haus blickend, wo ein Jüngling auftauchte und auf sie zukam: «Höchstens einen Monat.»

«Da kommt Tim», sagte Kate und meinte: *Nicht vor den Kindern.*

Als Tim den Baum erreichte, zeigte sich, daß er älter war, als sein zarter Körperbau und leichter Gang aus der Entfernung annehmen ließen. Seine Mutter fest anblickend, sagte er trotzig: «Es tut mir furchtbar leid, Mutter, aber ich hab's mir anders überlegt. Die Fergusons haben mich gefragt, ob ich mit nach Norwegen will. Sie wollen bergsteigen. Ich werde mitfahren, wenn du nichts dagegen hast.»

«Nein, natürlich nicht, Liebling», sagte Kate automatisch. «Natürlich sollst du mitfahren.» Sie freute sich, daß er nicht von den Annehmlichkeiten des Sommers ausgeschlossen war, freute sich so, als würde sie selbst nach Norwegen fahren; aber der Junge richtete den Blick bereits auf seinen Vater, der ihm zunickte. Dann lächelte er dem Gast höflich zu, einen Augenblick lang ein völlig anderer Mensch, der verantwortungsbewußte Mann, der er einmal sein würde, und verwandelte sich wieder in ein trotziges Kind, als er seine Mutter ansah und sagte: «Also abgemacht. Dann gehe ich jetzt pakken. Ich fahre heute abend.» Und er lief zum Haus, wie auf der Flucht.

Sie rief ihm nach: «Tim, bevor du fährst, versuch doch bitte, noch einmal Wasser heiß zu machen, ich brauche es zum Abwaschen.» Aber entweder hörte er sie nicht oder wollte nicht hören.

«Nun, Kate, wann können Sie anfangen?» sagte Alan. «Morgen? Bitte, sagen Sie ja!»

Kate sagte nichts, war aber ganz lächelnde Zustimmung. Sie hatte das Gefühl, jeden Augenblick in Tränen ausbrechen zu müssen. Sie kam sich vor, als hätte man ihr den Boden unter den Füßen weggezogen. Sie kam sich vor – um eine Metapher zu benutzen, die sie schon seit einiger Zeit in Gedanken benutzt, vielmehr entwickelt hatte –, als wehe plötzlich ein kalter Wind aus der Zukunft genau in ihre Richtung.

Sie sagte: «Ich würde es natürlich gern machen. Darf ich zuerst das Geschirr abwaschen?»

Man lachte, sie lachte. Dann sagte Alan: «Vielleicht könnte jemand anders abwaschen und Sie telefonieren inzwischen?» Er gab ihr einen Namen und eine Nummer und begleitete sie ins Haus – eine angenehm höfliche Geste, beinahe eine Vertraulichkeit, so einfach, daß sie fast unpersönlich wirkt: sie erkannte darin die Atmosphäre des Lebens, das sie in Kürze beginnen würde. Sein Verhalten stärkte und entspannte sie; er stand neben ihr, während sie telefonierte, flüsterte ihr die Worte zu, die sie benutzen sollte – Worte, die ihr nicht ohne weiteres eingefallen wären, denn sie klangen nach Ausschußsitzungen. Als sie aufgelegt hatte, küßte er sie auf beide Wangen und führte sie, den Arm um sie gelegt, wieder zu dem Baum auf dem Rasen. Er war ein gutaussehender Mann, ungefähr in ihrem Alter – in Michaels und ihrem –, Familienvater, mit einer Frau und heranwachsenden oder schon erwachsenen Kindern, ein Mann, der eine Menge Geld verdiente und sein ganzes Leben damit verbrachte, von einer Konferenz zur anderen zu reisen, um mit Leuten aus Dutzenden von Ländern über Ernährungsprobleme zu reden. Er gefiel ihr. Sie dachte, daß es schließlich eine Erlösung und Erleichterung wäre, sich eine Weile in dieser leichten, unpersönlichen Luft bewegen zu können. Ihr gefiel wirklich alles an ihm, auch die Art, wie er sich kleidete und gab: wie ihr Mann sich neuerdings kleidete oder sich die Haare schneiden ließ, gefiel ihr weniger. Aber es war besser, nicht daran zu denken, denn es war letzten Endes unwichtig.

Der Grund, weshalb sie sich wie im freien Fall vorkam, war, daß es, wenn Tim nicht da sein würde, letzten Endes keinen Grund gab, das Haus offen zu halten.

Wieder unter dem Baum, ging der heiße Sonntagnachmittag langsam in den Abend über, während die beiden Männer über irgendein medizinisches Problem in Persien sprachen.

Die Frage, ob man das Haus vermieten sollte oder nicht, wurde mit wenigen Worten gelöst.

Früher hatte es darüber Riesendiskussionen gegeben, jeder hatte eine ganz bestimmte Meinung dazu gehabt. Das Thema war tage-, ja wochenlang erörtert worden.

Jetzt sagte sie: «Aber wir haben es doch vorher nie vermietet, oder?»

«Na und?» sagte Michael. «Irgendeine Familie auf Englandbesuch wird es nehmen und froh sein, selbst wenn wir Sachen im Speiseschrank lassen.»

«Aber wo sollen die Kinder bleiben, wenn sie für ein paar Tage nach London kommen?»

«Sie können ja mal bei jemand anderem wohnen – wird auch langsam Zeit.»

«Aber ich glaube eigentlich nicht...»

«Ich rufe morgen früh den Makler an», sagte Dr. Michael Brown, Kate beschämend, denn er arbeitete von früh bis spät und würde nicht weniger zu tun haben als sie bei ihrem Ausschuß.

Doch der springende Punkt war, daß sie sich herabgesetzt vorkam, beiseite geschoben, so unwichtig wurde das Hausproblem angesehen.

Und was sollte sie machen, wenn die Konferenz zu Ende war? Man setzte voraus, sie würde sich schon irgend etwas einfallen lassen – sie war ja so ungeheuer flexibel, schon seit jeher, seit die Kinder auf der Welt waren. Wenn sie auf das letzte knappe Vierteljahrhundert zurückblickte, erkannte sie, daß das der Grundzug ihres Lebens gewesen war – Passivität, Anpassungsfähigkeit an andere. Ihr erstes Kind wurde geboren, als sie zwanzig war. Das letzte, als sie noch nicht einmal dreißig war. Wenn sie diese Tatsachen anderen gegenüber äußerte, beneideten sie viele; eine ganze Reihe von Leuten, in vielen Ländern, hielten die Browns für eine beneidenswerte Familie.

Der kleine kalte Wind blies sehr entschieden, allerdings immer noch sanft genug: zum erstenmal in ihrem Leben war sie unerwünscht. Sie war überflüssig. Daß sich diese Zeit in ihrem Leben langsam näherte, hatte sie natürlich schon seit Jahren gewußt. Sie hatte sogar Pläne darüber gemacht; sie würde dies studieren, dorthin reisen, in diesem oder jenem Wohltätigkeitsverein mitarbeiten. Es ist schließlich nicht möglich für eine einigermaßen vernünftige Frau, nicht zu wissen, daß es einem in mittleren Jahren, wenn Fähigkeiten und Energie noch überreich vorhanden sind, beschieden ist, jenes vielfach statistisch belegte und oft untersuchte Phänomen der Frau mit erwachsenen Kindern zu werden, die nicht ausgelastet ist und deren Energien sowohl in ihrem eigenen wie auch im Interesse ihrer Familie von besagten Kindern auf andere, weniger heikle Ziele verlagert werden müssen. Es war also nichts Überraschendes an dem, was passierte. Vielleicht hätte sie früher damit rechnen sollen?

Sie hatte diesen Sommer noch nicht damit gerechnet. Nächsten Sommer oder im Jahr darauf, ja, aber nicht *jetzt.* Alles, womit sie sich auseinandersetzen wollte, hatte in der Zukunft gelegen. Aber nun passierte es *jetzt.* Natürlich nur vorübergehend, denn das Haus würde im September wieder das Haus ihrer Familie werden, würde wieder der ruhende Pol für die «Kinder» werden, die jetzt alle immer seltener daheim waren. Aber sie mußte an ihren Mann denken, der sein Heim und alles, was damit zusammenhing, so sehr schätzte... Wann war die Familie das letztemal vollzählig versammelt gewesen, alle von der Universität oder aus den Ferien und von Reisen und Exkursionen zurück? Schon sehr lange her, wenn man einmal richtig darüber nachdachte.

Tatsache aber war, daß sie, der Hauptpfeiler, von Juni bis Ende September ohne Fixpunkt sein sollte. Mit höchstens einem eigenen Zimmer. Ein sehr merkwürdiges Gefühl war das, als hätte man ihr eine warme Decke fortgezogen, als wäre sie ein gehäutetes Tier.

Sie und Michael hatten über die Frage ihrer Zukunft selbstverständlich diskutiert; ihre und seine Ansichten erörtert. Über alles sprechen war Grundlage und Triebfeder ihrer Ehe. Sie waren immer der Meinung gewesen, daß Dinge, die ungesagt bleiben, weiter an einem nagen, während die, die man offen ausspricht, ihre Kraft verlieren. So hatten sie es von Anfang an gehalten.

In ihrem gemeinsamen Schlafzimmer standen zum Beispiel zwei

Bücher, *Eroberung des Glücks* von Bertrand Russell und *Die vollkommene Ehe* von van de Velde: von Kate für Michael der Russell; von Michael für Kate der van de Velde. Beide Widmungen lauteten: «Für Phase eins. In Liebe.» Das war eine Erinnerung an die Tatsache, daß eine Phase zu Ende ging, als ihre wundervolle Liebesaffäre zu Ende gehen mußte und sie heirateten. Sie hatten gewußt, daß es so nicht bleiben konnte, daß das Wunderbare abklingen mußte, und ihre langen Diskussionen waren in diesen freundlichen Büchern zusammengefaßt; von Kate für Michael, von Michael für Kate. *Für Phase eins.* Wenn sie diese Bücher heute in die Hand genommen und die Seite mit der Widmung aufgeschlagen hätten, hätte jeder von ihnen unter Umständen spöttisch-wehmütig gelächelt ... vielleicht hätten sie sich gegenseitig dabei ertappt, was zu einem freimütigen und bestimmt gesunden Lachen führen mochte. (Lachen ist ja als solches schon gesund.) Entscheidend war, weshalb überhaupt das spöttisch-wehmütige Lächeln? Sie hatten so furchtbar recht gehabt mit dem, was zu Ende ging, und mit dem, was anfing – die gefestigte, fordernde, befriedigende Ehe. Für ein spöttisch-wehmütiges Lächeln war kein Platz. Worüber lächelten sie spöttisch, ironisch? Und ganz ähnlich bei gewissen anderen, langen, freimütigen Diskussionen über Veränderungen und Wendepunkte. Keiner von ihnen hätte darauf verzichtet. Kate hatte sich jedoch schon bei dem Gedanken ertappt, daß diese Musterbeispiele psychologischer Beobachtung oder, wenn man so will, Manifeste zu den verschiedenen Phasen oder Stadien ihrer Ehe vielleicht doch nicht das waren, was sie eigentlich sein sollten.

Zum Beispiel die Diskussion über den kalten Wind aus der Zukunft. Die vor drei Jahren stattgefunden hatte: doch seitdem waren Dinge geschehen, die man nicht in Musterbeispielen erfaßt oder zu Rechenschaftsberichten verarbeitet hatte ... *Für Phase neun – oder neunzehn.*

Geschehen war, daß sich Michaels Mund verzog, wenn Tim erwähnt wurde, so wie jetzt, als er sagte: «Ich rufe morgen früh den Makler an.» Rückte sie in die Ferne, schob sie beiseite. So empfand sie es. So hatte sie es immer *empfunden*, ungeachtet der Haltung, die sie dazu eingenommen hatte, ungeachtet der Worte, der «Kleider von der Stange», die sie benutzte, um ihre Situation zu charakterisieren.

Wie immer die Situation auch war, wie immer sie *tatsächlich* war – am Ende jenes Sommerabends schienen hundert Stränge in Kates Leben zusammengezogen zu werden. Das offenbarte sich in zahllosen, auf Notizzettel, Briefumschläge, Visitenkarten gekritzelten Telefonnummern und in der bewußten Anstrengung, sich ihren Großvater ins Gedächtnis zurückzurufen, der auf der Veranda eines Steinhauses in einem Garten voll Flammenbäumen und Lilien saß. «Catherine! Eine Sprache läßt sich nur erlernen, indem man sie einatmet und aufsaugt, sie lebt!»

Im Hinblick auf die Vorbesprechung, bei der man ihre Fähigkeiten beurteilen wollte, mit hoher Geschwindigkeit aus dem Englischen, Französischen und Italienischen ins Portugiesische und wieder zurück zu übersetzen, lag sie, nachdem sie die Unordnung des Tages, schmutziges Geschirr, Essen- und Fettreste bewältigt hatte – zum Glück gab es etwa um zehn Uhr abends wieder Strom –, die ganze Nacht wach und las noch einmal den Roman, den sie seinerzeit übersetzt hatte, ließ im Geiste die Spaziergänge, Gespräche und Mahlzeiten mit ihrem Großvater wiederaufleben. Gegen Morgen war sie so sehr in die andere Sprache eingetaucht, daß sie, wäre sie auf der Straße versehentlich mit jemandem zusammengestoßen, sich auf portugiesisch entschuldigt hätte.

«Welternährung»

Doch all das, die ängstliche Wahl des passenden Kleides für die Vorbesprechung, die Sorge über ihre Frisur – der man ansah, daß sie im Vorort wohnte –, die innere Umstellung, nicht länger Mrs. Michael Brown zu sein, all das erwies sich als überflüssig. Als sie das Büro eines Mr. Charlie Cooper betrat, sagte er: «Mrs. Brown? Gott sei Dank, daß Sie es einrichten konnten. Sie fangen heute an, nicht wahr? Sehr gut.»

Der Freund und Vermittler Alan Post hatte sie als die Außerordentlich-fähige-Frau-mit-Familie geschildert, die man dazu gedrängt hatte, besagte Familie zu verlassen und dieser großen internationalen Organisation aus der Verlegenheit zu helfen. Von Anfang an gehörte sie in eine besondere Kategorie, war die Amateurin, der man das Gefühl vermitteln wollte, sie tue den anderen einen Gefallen.

Es stellte sich heraus, daß von den vier Ersatzleuten für das ursprüngliche Team von vier erfahrenen Dolmetschern abermals zwei aus familiären und gesundheitlichen Gründen ausgefallen waren.

«Die Sache ist wie verhext – als stünde sie unter einem Unstern!» rief Charlie Cooper. «Aber ich bin sicher, unser Glück wird sich mit Ihnen wieder wenden.» Und er eilte mit ihr einen breiten Gang entlang, der glänzte und blitzte und viele Fenster hatte, und in einem Fahrstuhl, der geräumig war und in dem das Bild einer dunkelhäutigen Frau hing, die liebenswürdig lächelte, während sie von einem sehr grünen Strauch Kaffeebohnen pflückte, und durch noch einen großzügig wirkenden Korridor, vorbei an einem Ausschuß über Butter und einem anderen über Zucker, und in einen sehr großen langen Saal, in dessen Mitte ein spiegelglatter ovaler Tisch von jener Größe stand, bei der einem sofort durch den Kopf geht, daß es irgendwo eine Fabrik geben muß, die sich mit nichts anderem beschäftigt, als riesige Tische, lang oder oval oder rund, für internationale Konferenzen herzustellen.

Ein Ausschuß hatte mit den Sitzungen begonnen. Auf dem Tisch standen Gläser mit Wasser, lagen Bleistifte, Füllhalter, vollgeschriebene und dicht bekritzelte Blätter. Doch die Stühle standen unordentlich herum und waren leer; die Delegierten waren nach unten ins Kasino gegangen, tranken – vermutlich – Kaffee und sprachen über das beliebteste Thema unserer Zeit, nämlich über die totale Ineffizienz und Inkompetenz aller öffentlichen Dienste oder Veranstaltungen, ein Thema, über das natürlich immer häufiger und immer mißgelaunter gesprochen wird, da sich die Zahl der Leute überall vervielfacht und die Behörden, nach dem Gesetz der Trägheit, noch weiter hinter den Anforderungen zurückbleiben als sonst. Erst jetzt erklärte der taktvolle Charlie Cooper Kate, daß man sie schon um zehn heute morgen erwartet habe, so daß sie gleich mit der ersten Sitzung hätte beginnen können, und nicht um zwölf, was die Uhr jetzt war – aber das hatte man ihr natürlich nicht gesagt, das war nicht ihre Schuld, so ging es immer – ja, das konnte er sich vorstellen, man hatte ihr wahrscheinlich gesagt, sie könne «morgen vormittag irgendwann vorbeikommen, nicht wahr?» Typisch!

Aber sie könnte jetzt anfangen, ja, gleich auf der Stelle, oder vielmehr, sobald die Delegierten von ihrer Zwangs-Kaffeepause zurückkämen – heute habe außer ihr noch eine ebenso qualifizierte Simultandolmetscherin für Portugiesisch Dienst.

Kate hatte gedacht, es würde sich um ein vorbereitendes Gespräch handeln, und den Familienmitgliedern, die sich dafür interessiert hatten, gesagt, sie sei rechtzeitig zurück und würde sich ums Essen und die Wäsche kümmern. Aber wenn sie mal schnell telefonieren dürfte, dann ... Charlie Coopers Gesicht nahm einen gequälten Ausdruck an – die Delegierten würden jeden Moment zurückkommen, man habe sie von ihrem, Kates, Eintreffen verständigt. Mit einem heftigen, schmerzlichen Ruck fiel Kates jahrelanges Training, sich für alles und jedes verantwortlich zu fühlen, von ihr ab. Charlie Cooper würde für sie telefonieren, er würde einfach mitteilen, Mrs. Brown habe anderweitig zu tun. Diese Mitteilung würde er Eileen machen. Sie unterdrückte den Impuls, ihrer Tochter Grüße ausrichten zu lassen, und ließ sich an eine junge Frau weiterreichen, die sie in ihre Aufgabe einweisen sollte. An jedem Platz des Tisches gab es Apparate, mit denen man in einer fremden Sprache gehaltene Reden in die eigene übersetzt hören konnte: Laute, die auf dem Weg vom Sprecher zum Hörer eine Transformation erlebten. Unter anderem durch Kate. Es gab Schalter, jeder davon die Tür zu einer fremden Sprache. Es gab Kopfhörer. In den Glaskabinen an beiden Enden des Saals gab es weitere Schalter, Empfangsgeräte, Kopfhörer. Kates Aufgabe würde es sein, in einer dieser Glaskabinen zu sitzen, englischen, französischen und italienischen Reden zuzuhören und sie, während sie zuhörte, ins Portugiesische zu übersetzen und sofort laut in einen der Apparate zu sprechen, der mit den Ohren der portugiesisch Sprechenden verbunden war – vorwiegend Brasilianer, die kein Englisch sprachen oder doch, auch wenn sie es verstanden, die eigene Sprache vorzogen. Sie würde selbst eine Art Maschine sein: in ihre Ohren würde die eine Sprache strömen, aus ihrem Mund würde eine andere fließen.

Sie würde natürlich nicht gezwungen sein, den ganzen Tag allein in ihrer Kabine zu verbringen, trotz des Dolmetschermangels. Es würde häufige Ablösungen und Ruhepausen und Gelegenheit zum Auffrischen lebenswichtiger Energien geben bei dieser außerordentlich aufreibenden Arbeit, die sie, wie Charlie Cooper wiederholt betonte, verrichtete; er hatte den Anruf bei ihrer Familie inzwischen erledigt, einen Auftrag, dem er so wenig Wichtigkeit beimaß, daß er nicht ein Wort darüber verlor. Sie war mit ihm in der Kabine; sie hatte den Kopfhörer auf, knipste mit seiner Hilfe Schalter an und aus. Während er ihr die notwendigen Anleitungen gab, entwarf er auf einem Notizblock einen Text für die Delegierten, worin es hieß, daß die Organisation sich aufrichtig und reumütig für den Mangel an Dolmetschern entschuldige und um Nachsicht und Geduld bitte. Mit diesem Zettel in der Hand eilte er hinaus, um eine Schreibdame aufzutreiben, die den Text abtippte. Durch die Glasscheibe der Kabine konnte Kate – jetzt allein und sich selbst überlassen – erkennen, daß der Konferenzsaal, aus dieser leicht erhöhten Position gesehen, sehr angenehm war. Er hatte hohe Fenster, die Wände waren mit einem kupferfarbenen, stark gemaserten Holz getäfelt, und der Fußbodenbelag bestand aus einem dicken, dunkelblauen Teppich.

In diesem Raum wurde über das Schicksal und Wohlergehen von Millionen einfacher Menschen entschieden: welche Getreidesorten sie anpflanzen, was sie essen, wie sie sich kleiden und – was sie denken sollten.

Während Charlie Cooper noch damit beschäftigt war, auf jeden Platz ein Blatt Papier zu legen – die Entschuldigung, auf wunderbare Weise innerhalb dieser kurzen Zeitspanne von nur wenigen Minuten vervielfältigt –, betraten die Delegierten den Saal, lachend und redend. Was für eine ungewöhnlich attraktive Schar! Eine solche Kollektion gutaussehender Männer und Frauen aller Schattierungen und Nationen würde jeder Filmregisseur vor die Kamera zu bekommen versuchen, der eine Szene für irgendeinen idealisierenden Film über die Vereinten Nationen drehte. Doch wären Schauspieler fähig gewesen, eine solch zwanglose Autorität, eine derart vollkommene Sicherheit auszustrahlen? Denn diesen Eindruck machten sie. Den Unterschied zwischen ihnen und ihren Assistenten und Sekretärinnen und den verschiedenen Begleitpersonen konnte man allein an dieser Eigenschaft erkennen. Die Männer und Frauen schlenderten zu ihren Stühlen, nahmen Platz, redeten und lachten noch immer mit jener vollkommenen Ungezwungenheit, die das Wort *Macht* signalisiert. Jede Geste, jeder Blick strahlten überzeugte Wichtigkeit aus, die Bedeutung dessen, was sie vertraten.

Einige Teilnehmer trugen Nationaltracht. Es gab ein halbes Dutzend Männer und Frauen aus verschiedenen Teilen Afrikas, die alle anderen zu Angehörigen minderer Rassen degradierten, so hochgewachsen und anmutig und majestätisch gekleidet waren sie: die Falten ihrer Gewänder, ihre Ohrringe, die Kopfbewegung – jeder beherrschte seine Rolle. Und welche Autorität allein die Bügelfalten im Anzug eines Mannes ausstrahlen können, dessen Beschlüsse für Menschen, die Tausende von Kilometern entfernt an einem Berghang Kaffeesäcke schleppen, von großer Tragweite sind!

Die Sitzung hatte angefangen; und Kate stellte fest, daß ihr Gehirn wie eine Maschine funktionierte und die Arbeit geschmeidig verrichtete. Ein paar Augenblicke der Panik, ein Gefühl, ihr Kopf sei hohl und leer und werde es für immer bleiben – all das war verflogen, als sie ihre Stimme hörte, die Worte in ganz vernünftiger Reihenfolge aus ihrem Mund kamen und sie die Gesichter der Zuhörer beobachtete. Niemand schien verwirrt über das, was er hörte; alles war, wie es sein sollte.

Und nach unglaublich kurzer Zeit – wie sich herausstellte, waren es zwei Stunden gewesen – wurde sie von einer Kollegin abgelöst, und man schickte sie, damit sie sich etwas erholte, zum Essen ins Kasino. Zuversichtlich kehrte sie später in ihre Kabine zurück; und nachmittags um fünf fühlte sie sich der Organisation schon genauso zugehörig wie ihrer Familie. Bei der sie zu spät zum Abendessen erschien – um das ihre Tochter sich gekümmert hatte – und wo alles ganz zufriedenstellend lief.

Als die Woche zu Ende ging, war Kate mit den komplexen Eigenarten jener bitteren, duftenden Pflanze vertraut, von deren Frucht die Welt soviel trinkt; sie konnte kaum noch an etwas anderes denken. Und ihr Haus war zum Vermieten saubergemacht und hergerichtet worden. Dann hatten sie es vermietet, bis Ende September, und die Familie war ohne jede Hilfe ihrerseits an die verschiedenen Bestimmungsorte abgereist. Sie hatte nur mit einer Stimme, die noch vor einer Woche besorgt gewesen wäre, jetzt aber gleichgültig klang, gesagt: «Darum muß sich einer von euch kümmern, ich habe keine Zeit.» Sie hatte ihren Mann und ihre drei Söhne und ihre Tochter zum Abschied geküßt, aber bis jetzt noch keine Zeit für irgendwelche besonderen Emotionen gehabt.

Sie hatte ein Zimmer in einer Wohnung, die eine Kollegin von ihr gemietet hatte, eine Frau, die ebenfalls als Dolmetscherin gearbeitet hatte, aber eine Stufe höher gerückt war und jetzt Konferenzen organisierte. Der Umzug von ihrem Heim in dieses Zimmer, mit allem, was man für einige Monate benötigte, hatte eine halbe Stunde in Anspruch genommen; sie hatte nur den Entschluß fassen müssen, einige Kleidungsstücke in einen Koffer zu werfen.

Die Kleidungsstücke waren ohnehin nicht zu gebrauchen. Irgendwann in dieser Woche eilte sie in die Stadt, um sich neue Sachen zu kaufen, die ihr, wie ein Reisepaß, den Zugang zu diesem neuen Leben gestatteten. Man hätte Mrs. Michael Brown nicht schlecht gekleidet nennen können; aber es war nicht Mrs. Michael Brown, die bei der Organisation beschäftigt wurde.

Bevor sie einkaufen ging, hatte sie Charlie Cooper gefragt, was sie verdienen würde. Sein rundes, humorvolles und ständig geplagt wirkendes Gesicht – da er für so viele Ausschüsse das männliche Kindermädchen war – wurde von Reue gequält.

«Meine Liebe!» sagte er. «Verzeihen Sie mir noch einmal? Oh, ich weiß, das können Sie nicht – es war wirklich unverantwortlich von mir! Darüber hätte ich zuallererst mit Ihnen sprechen sollen, aber es war eine so entsetzliche Woche – wirklich, wenn Sie nur wüßten, was für ein Geschenk des Himmels Sie gewesen sind!» Und er nannte eine so hohe Summe, daß ihr beinahe ein Ausruf des Erstaunens herausgerutscht wäre. Auf diese beiläufige, ausgesprochen elegante Weise, so, als gäbe es keine Welt der Gewerkschaften, der hart erkämpften Löhne, keine Armut, keine Menschen, die Hunger leiden, wurden die Gehälter dieser internationalen Beamten, dieser Glücklichen, dieser Unentbehrlichen vereinbart.

Sie hatte sich die Kleider, ein halbes Dutzend, mit dem Gedanken gekauft, auf diese Weise würde sie dann nach den beiden Wochen beim Kaffee-Ausschuß über eine Garderobe verfügen, die sich für einen schicken Urlaub eignete. Aber sie hatte nichts weiter vor, als vielleicht eine alte Freundin in Sussex oder eine Tante in Schottland zu besuchen. Sie hatte im Grunde noch gar nicht darüber nachgedacht, was sie, wenn ihre Tätigkeit hier beendet war, tun würde.

Die zweite Woche war weniger hektisch. Ihre Arbeit ließ sich – was vor ein paar Tagen noch unglaublich geschienen hätte – ebenso mühelos bewältigen wie früher ihr Haushalt. Sie erledigte sie automatisch. Die Zeit zwischen den Sitzungen in der Glaskabine verbrachte sie im Kasino und beobachtete die Menschen um sie herum. Sie war schließlich eine Außenseiterin, glaubte nicht, daß sie das Recht hätte, sich dieser privilegierten Schar anzuschließen. Sie war ein Zugvogel; in einer Woche würde alles vorbei sein. Aber sie saß da, als glaubte sie, ein Recht auf das alles zu haben – die neuen Kleider machten das soviel leichter –, sie trank den ausgezeichneten Kaffee, sie beobachtete. Es war wie auf einem Markt. Oder bei einer langen, fröhlichen, nicht enden wollenden Party.

Eine Frau, Angestellte einer öffentlichen Organisation, entsprechend gekleidet, mit entsprechendem Auftreten, saß in einem öffentlichen Raum, entspannt, aber aufmerksam, und ließ ihr Leben Revue passieren. Traf es zu, daß sie fünfundzwanzig Jahre lang Teil jenes Spannungsknotens, Familie genannt, gewesen war und vergessen hatte, wie angenehm, wie leicht das Leben für jeden außerhalb der Familie sein konnte? Wie gut gekleidet alle Leute waren. Wie alle glühten und strahlten. Und wie unbefangen jeder, ob Mann oder Frau, hier hereinkam, sich umblickte, auf lächelnde, freundliche Blikke stieß, die ihn wissen ließen, daß man ihn erwartete, dann winkte und sich allein niederließ, mit einer Geste, die besagte: *Ich muß einen Augenblick allein sein* – ein Wunsch, der selbstverständlich respektiert wurde. Oder den Raum beiläufig, fast schamlos musterte, um zu sehen, zu welcher Gruppe er oder sie sich setzen sollte. Niemals schien es ein Zeichen jener Spannung zu geben, auf die man außerhalb dieses abgeschirmten Ortes innerhalb von fünf Minuten treffen würde. Überall, in jeder Straße, in jedem Geschäft, in jedem Haus flossen die Strömungen, kreuzten sich und erzeugten neue Strömungen. Außerhalb dieses großen öffentlichen Gebäudes gingen die Konflikte weiter. Aber hier? Hatten diese ungezwungenen, wohlgeformten, geldgeglätteten und -polierten Geschöpfe jemals gelitten? Jemals im Dunkeln geweint? Jemals etwas gewünscht, das sie nicht bekommen konnten? Natürlich hatten sie das, mußten sie das getan haben – aber davon war nichts zu merken. Waren sie – aber vielleicht war das nicht die richtige Frage –, waren sie jemals hungrig gewesen?

Man konnte es schwerlich glauben. Und welche Probleme sie auch hatten, sie schienen so außerordentlich geringfügig, fast lächerlich, wenn man an den Zweck dieses Gebäudes, an den Grund des unaufhörlichen Gewimmels konferierender Leute dachte. Kate wurde in diese Probleme hineingezogen. Die Dinge hatten sich längst geändert; sie war nicht mehr «die Frau, die für einen Dolmetscher eingesprungen ist, der einen Unfall gehabt hatte oder krank geworden war». Sie war Kate Brown, wurde in den Korridoren von erfreut lächelnden Gesichtern begrüßt; wurde immer häufiger angehalten und um Ratschläge und Auskünfte gebeten. Wo man diese oder jene Gesichtscreme oder ein bestimmtes Nahrungsmittel kaufen konnte; wo man ein bestimmtes Restaurant oder Hotel fand, ein Kleidergeschäft oder den richtigen Laden für britische Wollsachen oder Whisky.

In der ersten Woche hatte sie, wenn sie erschöpft ins Bett fiel, nur noch Zeit für den Gedanken gehabt, daß sie eine Funktion geworden war – für ein paar Dutzend internationale Verwaltungsbeamte war sie Sprache geworden, *war* Sprache. Diese Woche, in der sie länger wach lag, da sie nicht mehr so erschöpft war, dachte sie darüber nach, daß ihre erste Funktion, die eines dressierten Papageis, sehr schnell durch eine andere, ihr vertraute Funktion ersetzt worden war. Wie macht man dies, wie macht man jenes, wo ist dies oder das zu finden? – fragte man *sie,* die Neue! Aber sie war natürlich schon eine alte Kraft, da die meisten Leute immer nur ein paar Tage in dieses Gebäude hinein- und herausflitzten.

Sie war das geworden, was sie schon vorher gewesen war: eine Krankenschwester, ein Kindermädchen, genau wie Charlie Cooper. Eine Mutter. Aber sie machte sich nichts daraus – in ein paar Tagen würde sie all das hinter sich haben. Sie würde kein Papagei mehr sein, der über die Fähigkeit verfügte, allen unbedeutenden und unwichtigen fixen Ideen mit Verständnis gegenüberzustehen; sie würde frei sein ... Kate bemerkte, daß der Gedanke von einem leichten Schauder begleitet wurde. Sie bemerkte, daß sie darauf mit einem: *Ich wünschte, ich wäre mit Michael nach Amerika gefahren* reagierte. Sie ertappte sich dabei, wie sie dachte: «Wenn ich Rose besuche, kann ich ihr bei den Kindern helfen.» Rose war die Freundin in Sussex, die sie vielleicht besuchen würde.

Aber sie wollte den Sommer nicht mit einer anderen Familie verbringen, das war bloß Feigheit. Bevor sie schlafen ging, betrachtete sie ihr aufgeräumtes Zimmer, das ihr so gleichgültig war, und dachte, ja, das ist viel besser als ihr eigenes weiträumiges Haus, als Roses Haus, voll, überladen und von Dingen strotzend, von denen jedes Assoziationen und Erinnerungen weckte, dem oder jenem gehörte, von Bedeutung, wichtig war. Dieses kleine Zimmer mit einem Bett, einem Stuhl, einer Kommode, einem Spiegel – ja, so etwas würde sie wählen, wenn sie wählen könnte ... Sie träumte. Später, als der Traum dieser Nacht ins Bild paßte, zur ersten Folge der Geschichte oder Reise geworden war, die sie im Schlaf zurücklegte, versuchte sie, sich an mehr zu erinnern, an weitere Einzelheiten. Doch während sie sich der Stimmung des Traums sehr sicher war, war das Gefühl – gemischt mit Furcht und Freude, so, wie es im wirklichen Leben nie vorkam –, waren die Einzelheiten verschwunden. Am Morgen – sie war im Dunkeln aufgewacht und hatte versucht, den Traum am Schwanz zu packen, bevor er ihr entglitt –, am Morgen war der Traum wie der Anfang zu einem Epos geworden, einfach und unmittelbar.

Sie ging in einer ihr unbekannten Gegend, irgendwo im Norden, einen Abhang hinunter. Jemand sagte: «Sieh mal, was liegt denn da? Das Schwarze da.» Sie dachte, eine Schnecke? Das kann nicht sein, so groß ist keine Schnecke. Es war ein Seehund, der hilflos zwischen den schroffen Felsen an einem kalten Abhang lag. Er winselte. Sie hob ihn auf. Er war schwer. Sie fragte, ob ihm etwas fehle, ob sie ihm helfen könne. Er winselte, und sie wußte, daß sie ihn ins Wasser zurückbringen mußte. Mit dem Seehund im Arm ging sie den Berg hinunter.

Einen Tag bevor ihre zwei Wochen um waren, lud Charlie Cooper sie zu einer Tasse Kaffee ein. Sie nahm die Einladung an, und er fragte sie, ob sie Zeit hätte, diese Arbeit noch einen Monat länger zu machen. Dieser Ausschuß beende zwar seine Tätigkeit, aber ein anderer werde an seine Stelle treten.

«Dann sind Sie also zufrieden mit mir?» fragte Kate. Sie wußte, daß man es war, soweit es das eigentliche Dolmetschen betraf; doch an der Herzlichkeit im Benehmen dieses Dauerbeamten merkte sie, daß er mehr sagen wollte. Auf seinen Charme konnte man sich verlassen. Ihm verdankte er möglicherweise diesen Job? Aber den Charme mußte man vergessen, wenn man verstehen wollte, was er wirklich meinte oder wünschte: «Oh, meine liebe Mrs. Brown, das ist außer Zweifel! Wir sind einfach entzückt, Sie gefunden zu haben. Ein regelrechter Glücksfall! Und wie freundlich von Ihnen, uns soviel von Ihrer Zeit zu schenken.» (Wie angenehm, dieses Spiel, daß sie ihnen mit ihrer Arbeit einen Gefallen tat, daß keine Rede von dem sehr hohen Gehalt war – wie unerwartet, dieses höfliche Benehmen, diese gentlemanhaften Manieren hier vorzufinden, in diesem neuesten der modernen Wachstumszentren, den internationalen Behörden.) «Wirklich, glauben Sie mir, Kate – ich darf doch jetzt Kate zu Ihnen sagen, ja? Besonders wenn Sie so freundlich sind, noch ein bißchen länger bei uns zu bleiben – sehr, sehr lange, wenn es nach mir ginge. Aber darüber können wir vielleicht ein andermal sprechen? Doch ich muß gestehen, daß es nicht eigentlich Ihre wirklich bemerkenswerten sachlichen Fähigkeiten sind, wirklich bemerkenswert, denn Sie mußten ja völlig unvorbereitet in die Sache hineinspringen – es gibt Leute, die es erst nach wochenlanger Einarbeitung, wenn überhaupt, schaffen – nein, es ist mehr als das. Alle sagen, wie wunderbar Sie ihnen in jeder Weise geholfen haben. Ich meine das ganz ernst. Noch heute morgen sagte Mrs. Kingsmead, die Dame von der amerikanischen Delegation, sie wüßte nicht, was sie ohne Ihre guten Ratschläge angefangen hätte. Das kommt vermutlich durch Ihre große Familie? Alan Post hat mir von all diesen reizenden jungen Leuten berichtet, und wie reibungslos alles läuft... Ja, also, um zum Wesentlichen zu kommen. Ich bin der Meinung, wenn jemand seine Sache auf einem Gebiet versteht, versteht er sie auch auf einem anderen, aber wenn Sie noch einen Monat bei uns bleiben und auf die organisatorische Seite überwechseln könnten, so wäre das das allerbeste. Ihr ungewöhnliches Talent als Dolmetscherin ungenutzt zu lassen – es ist ein Verbrechen. Aber die anderen Fähigkeiten, über die Sie verfügen, sind genauso hervorragend. Irgendwie ist es ganz schrecklich, Sie zu bitten, mit dem aufzuhören, was Sie so ausgezeichnet machen. Ihr Gehalt wird natürlich höher sein. Einen Monat – wenn wir nur einen Monat noch mit Ihnen rechnen dürften?»

Natürlich war sie einverstanden. Da war zunächst einmal das Geld: Sie konnte es kaum glauben. Sie war sich unwillkürlich schuldig vorgekommen, weil man ihr dafür, daß sie ein überaus intelligenter und redegewandter Papagei mit mütterlichen Neigungen war, fast so viel zahlte, wie ihr Mann, ein Arzt mit jahrelanger Berufsausbildung und noch mehr Erfahrung, als beratender Neurologe verdiente. (In England, natürlich nicht in den Staaten; dort verdiente er weit mehr.) Aber jetzt würde es fast noch schlimmer sein; es war lächerlich. Aber sie mußte ganz einfach die Tatsache akzeptieren, daß normale Regeln und Werte und Normen in dieser Welt nichts galten. Was das Aufgeben ihres speziellen Fachgebietes betraf – da hatte sie gemischte Gefühle. Was sollte sie eigentlich machen?

Also, sie machte so ziemlich das, was sie auch zu Hause gemacht hatte. Sie organisierte, verbrachte eine Menge Zeit am Telefon, sorgte dafür, daß die richtigen Leute zum richtigen Zeitpunkt an dem jeweils vorgesehenen Ort zusammentrafen ... Doch plötzlich trat eine Stockung ein. Das Gespenst einer Typhusepidemie ging um. Der übliche Konflikt zwischen den Forderungen der Touristikindustrie und denen des öffentlichen Gesundheitswesens brachte tagelang alles durcheinander; unausgesprochen lag die Drohung in der Luft, daß jeder nicht dringend erforderliche Reiseverkehr von und nach den britischen Inseln eingestellt werde. Die Epidemie wurde unter Kontrolle gebracht, doch beinahe unmittelbar danach kam es zu einem Streik des Flughafenpersonals. Es würde ein langer Streik werden, hieß es in den Zeitungen. Dann entdeckte man, daß es durch ein Versehen unterblieben war, rechtzeitig Hotelzimmer für die erwarteten vierzig Delegierten zu bestellen – ein weiteres Beispiel für die von jedermann so gern beklagte zwangsläufige Inkompetenz. Aufgeregt wurde auf hoher Ebene konferiert: es folgten Anrufe und Telegramme von und nach New York, Australien, Kanada, innerhalb der Stadt ... Man entschied, kein Gesetz schreibe vor, daß diese Konferenz in London stattfinden müsse. Es sollte eine universelle Konferenz sein, über das vorherrschende Thema, wie man Nahrungsmittel von dort, wo sie in zu großer Menge angebaut werden, zu den Plätzen schafft, wo es zu wenig davon gibt. Es gab eine Fülle von attraktiven und geeigneten Städten – Paris? Nein, nein, nicht im Juli, zuviel Trubel, zu viele Touristen –, dennoch mußte durch die Schwierigkeiten, diese Konferenz in Gang zu bringen, das Datum des Konferenzbeginns verschoben werden; der Juni war schon fast halb vorbei. Man erwog eine europäische Stadt nach der anderen, diskutierte über sie und verwarf sie: Rom, Barcelona, Zürich. Kate dachte immer wieder, wie eine Hausfrau, an die Telefonrechnungen für all diese Aufschübe und Vorschläge und Meinungsänderungen; allein von dem Geld, das vertelefoniert wurde, hätte man Tausende von Menschen mehrere Wochen lang ernähren können. Aber sie wurde nicht dafür bezahlt, wie eine Hausfrau zu denken – so viel verlangte man gar nicht von ihr. Was eigentlich erwartete man von ihr? Sie schien unmäßig viel Zeit damit zu verbringen, über all diese Probleme zu reden, mit Charlie Cooper und anderen. Sie kam sich vor, als stecke sie irgendwo fest, in einem organisatorischen Morast; nichts bewegte sich, alles wurde aufgeschoben und verschleppt. Sie redete. Man redete. Man rief dauernd irgendwelche Leute in irgendwelchen Ländern an – ging es bei diesen großen Organisationen immer so zu? Wenn ja, so war es kein Wunder, daß ... Warum klammerte man sich eigentlich an Europa? wurde gefragt. Schließlich konnte es diesen vielgereisten, diesen beinahe ständig reisenden Delegierten, die ihr Leben mit Konferenzen an runden oder ovalen Tischen in hellen, luftigen Sälen verbrachten, hinter deren hohen Fenstern sich die verschiedenen Städte kulissenartig darboten – diesen Leuten konnte es doch nicht viel ausmachen, wenn sie ihre Notizblocks, Bleistifte, Füllhalter, Gläser mit Wasser und festen Sekretärinnen in Beirut oder Nairobi statt in Rom oder London vorfänden? Nordafrika? Nein, dort war es viel zu heiß. Wie wäre es, wenn man in nördliche Breiten ginge – beispielsweise nach Stockholm? Die Atmosphäre dieser Stadt bot zweifellos den Rahmen für ruhige, leidenschaftslose Diskussionen. Oslo? Nein, Skandinavien war viel zu weit nördlich, lieber etwas zentralgelegeneres. Das Mittelmeer, ja; aber nicht der Libanon oder Syrien, kein arabisches, kein Land, in dem die Lage so verfahren war wie in Israel und den arabischen Staaten. Die Türkei? Ja, das war besser – Istanbul? Natürlich! Aber dort war es heiß; dort würde es genauso heiß sein wie in Nordafrika oder in Rom. Ja, aber es war so attraktiv, noch nicht so abgenutzt als Tagungsort, und es würde den vom Konferieren erschöpften Delegierten einen wahren Schmaus archäologischer, religiöser und kultureller Sehenswürdigkeiten bieten. Wie unlogisch, so viele Städte mit dem Argument, sie seien zu überfüllt oder dort sei es so heiß, zu verwerfen und dann Istanbul zu akzeptieren! Stimmt. Vielleicht wäre es letzten Endes doch besser, in London zu bleiben. Aber der Streik? Nun, die Leute könnten nach Frankreich fliegen und dann mit dem Schiff herüberkommen, oder? Hatten nicht Schiffe und Eisenbahnen lange vor Erfindung des Flugzeuges perfekt funktioniert? Ja schon – aber man mußte einfach zugeben, daß internationale Konferenzen und Flugzeuge zusammengehörten, sich ergänzten.

Das Gespenst der Typhusepidemie ging wieder um. Charlie Cooper und Kate Brown setzten sich ans Telefon und trafen alle notwendigen Vorkehrungen für eine dreiwöchige Konferenz in Istanbul. Die Delegierten, alle noch in ihren Ländern, wurden unter unglaublichem Kostenaufwand telefonisch davon in Kenntnis gesetzt, daß nicht London, sondern die Türkei die Ehre haben würde, sie zu begrüßen.

Kates leerer Sommer war nun bis Mitte Juli ausgefüllt – falls die Dinge sich noch weiter verzögerten, unter Umständen sogar noch länger. Sie hatte das Gefühl, daß sie es dazu nicht hätte kommen lassen sollen. Sie hätte vielleicht an ihre Situation denken sollen, an den kalten Wind. Sie sollte die heftigen und unkontrollierbaren Schwankungen in ihrem Gefühlsleben analysieren, soweit es ihren Mann, ihre Kinder betraf – besonders ihren Mann. Jetzt, wo sie soviel Zeit hatte – sie kam sich vor, als täte sie nichts oder nur sehr wenig; ihre Tage waren leerer, als sie es seit Jahren gewesen waren – sie war sich klar darüber, daß ihr emotionales System in einem Vakuum leerlief: die Objekte ihrer Gefühle waren alle fern von ihr, waren nicht da, um mit ihr oder gegen sie zu reagieren. Was hatte es für einen Sinn, zu lieben, zu hassen, zu wünschen, sich zu ärgern, zu fordern, zurückzuweisen – und all das manchmal innerhalb einer einzigen Stunde –, wenn sie hier saß, allein, frei; es war wie ein Selbstgespräch, es war ungesund ... Ebensogut konnte sie sich beschäftigen. Wenigstens noch einen Monat. Sie ging hin und kaufte sich noch ein paar Kleider. Dann kaufte sie die erforderlichen Accessoires. Nein, es ging wirklich nicht darum, daß diese Sachen sich von denen unterschieden, die sie sonst trug. Es ging vielmehr darum, wie sie sie tragen würde. «Der Geist der Dinge», wie ihr Großvater gesagt hätte.

Eine Frau stand in zahlreichen Geschäften vor großen Spiegeln, betrachtete mit kühler, nicht bloß freundlicher Neugier eine Frau Anfang Vierzig, die bis auf zwei oder drei Zentimeter mehr oder weniger noch immer dieselbe Figur hatte wie in jungen Jahren; die hübsches kastanienbraunes Haar hatte – natürlich getönt, weil es jetzt schnell grau zu werden begann. Eine kühle Neugier, die aber rasch zum stillschweigenden Einverständnis unter vier Augen, von Frau zu Frau wurde, blutsverwandt jenem so außerordentlich zerstörerischen «spöttisch-wehmütigen Lächeln» ... Zerstörerisch, weil es ihre offizielle oder zur Schau getragene Meinung über sich selbst aufhob. Es war besser, den langen Austausch drängender Blicke zu vermeiden, drohte er doch fortwährend, lautes Lachen zu provozieren: Ja, sie wußte es – was sie erwartete, war spöttisches Lachen über die ganze Sache ... Jenes Lachen, das sie und Mary Finchley so erlösend gefunden (genossen? als Vorbeugungsmittel benutzt?) hatten, wenn sie zusammen waren, allein, ohne Ehemänner, Familie, Gäste.

Nein, sie mußte einen Schritt zurücktreten, sich als Ganzes betrachten und zugeben, daß eine nett anzusehende, schicke Frau an der Schwelle ihrer mittleren Jahre vor ihr stand. Noch an der Schwelle – noch hatte sie nicht beschlossen, in dieses Stadium einzutreten. Sie konnte sich sagen, als sie ihr Bild leidenschaftslos im Spiegel betrachtete, daß ihre *Figur,* ihre wesentlichen Merkmale, Gliedmaßen, Taille, Brüste, Haar, Halslinie fast unverändert noch genauso waren wie vor beinahe einem Vierteljahrhundert, als sie ein Dutzend junge Männer angelockt, ihren Mann geheiratet hatte. Unverändert, vielleicht sogar besser, da soviel Chemikalien und Medikamente in diesen Artefakt geflossen, soviel Schlankheitskuren gemacht und Haar, Zähne und Augen ständiger Pflege unterzogen worden waren – wie würde sie heute aussehen, wenn sie zum Beispiel in ein brasilianisches Elendsviertel hineingeboren worden wäre?

Was verändert war, war – nichts Greifbares. Es war, wieder einmal, eine Frage der Atmosphäre, etwas, das sie unsichtbar mit sich trug. Der Grund, weshalb dieselben charakteristischen Merkmale, Zähne, Augen, Hüfte und so weiter, attraktiv gewesen waren, als sie eine junge Frau war, während sie es jetzt nicht mehr oder jedenfalls nicht stärker waren als bei jeder anderen Frau ihres Alters (als bei Angehörigen der Minderheit, sofern diese nicht schon in ziemlich jungen Jahren und aus den verschiedensten Gründen, vor allem aus Armut, auf jegliche Attraktivität verzichteten) – der Grund war die delikate Sache mit dem «Geist». Sicherlich das falsche Wort;

aber welches war das richtige – Situation? Zustand? Haltung? Um sie war nicht, wie der feine, fast unsichtbare Hof einer Kerzenflamme, jene Ausstrahlung von Attraktivität: *Ich bin zu haben, kommt und riecht und schmeckt.* In ihrem Fall war es, weil sie, und das seit langem, Ehefrau und Mutter war, und nie – oder nicht oft, und dann nicht lange – daran interessiert gewesen war, eine Anziehungskraft auf andere Männer außer auf ihren eigenen Mann auszuüben.

Über all das war natürlich ausgiebig und freimütig zwischen Mann und Frau gesprochen worden. So mußte es sein. Für dieses überaus schwierige, riskante und konflikthaltige Gebiet der Ehe hatten sie von Anfang an so etwas wie eine «Arbeitshypothese» gehabt. Und man hatte sie immer auf den neuesten Stand gebracht, nie veralten lassen ... Kate war sich trotzdem bewußt, daß die Dinge, die sie und Mary Finchley bei ihren «Kälbersitzungen», wie sie es nannten, als gegeben voraussetzten, allenthalben im Widerspruch zu den ehelichen Arbeitshypothesen standen. Warum dachte sie bloß soviel an Mary? Über die Reaktion ihrer langjährigen Freundin auf die Nachricht von dem neuen Job hatte sie sich eigentlich geärgert. Mit jenem unbeschwerten Lachen, das Kate schon immer sehr gewöhnlich fand, hatte sie gesagt: «Dank sei dem Schöpfer. Wurde ja auch langsam Zeit!»

Es war jedenfalls in Ordnung, daß sie sich jetzt in so vielen verschiedenen Spiegeln sah, eine Flamme entzündete, bestimmte Strömungen in Gang setzte. Nein, nicht wie sie es bei den kurzen Augenblicken spontaner erotischer Anziehung während ihrer Ehe (die Mary kritisch als «Welt, auf immer ohne Lust», bezeichnete) getan hatte, wenn sie mit einem bestimmten Mann zusammengekommen war. Jetzt tat sie etwas ganz anderes. Genau wie bei einem jungen Mädchen, das sich plötzlich seiner Attraktivität bewußt wird, so war es jetzt bei Kate. Ein innerer Thermostat war anders eingestellt – er sagte nicht: Du da drüben, ja du, komm her und hol mich! Sondern: Wie unglaublich begehrenswert ihr alle seid; wenn ich wollte, wäre ich zu haben, aber es liegt bei euch; und es ist wirklich viel aufregender, wenn man so ist, so auf den Wogen allgemeiner Anerkennung und Zustimmung schwimmt; es wäre schrecklich langweilig, mich mit einem einzigen zu begnügen.

So etwas tut keine verheiratete Frau. (Außer Mary! Aber man bedenke, was ihre Familie deswegen durchmachte – nein, man konnte sie nicht beneiden, nicht nachahmen; wahrscheinlich durfte man ihr noch nicht einmal zuhören, und schon gar nicht sollte man die lautstarken Sitzungen mit Lachen und Altweibergeschichten genießen. Kümmere dich nicht um Mary.) Keine *wirklich* verheiratete Frau stellt den Thermostat auf jeden Tom, Dick und Harry ein. (Wenn sie mit Michael über dieses Thema diskutierte, vertraten sie beide ganz bestimmte Ansichten darüber, was es bedeutete, *wirklich* verheiratet zu sein.) Nicht, wenn sie verheiratet bleiben möchte. (Oder wenn es einem nichts ausmacht, eine Frau wie Mary zu sein, deren Leben in den fünfzehn Jahren, seit Kate sie kannte, einem französischen Boulevardstück geglichen hatte – natürlich etwas gedämpfter, dem gemäßigteren Klima Londons angepaßt.) Kate wußte, daß nicht jede Ehe eine wirkliche Ehe war und daß wirkliche Ehen immer seltener wurden. Mit ihrer eigenen hatte sie Glück. Wenn man ein Wort wie «Glück» benutzen wollte, statt sich selbst das Verdienst zuzuschreiben, (trotz Mary) zu den Frauen zu gehören, die wirklich verheiratet sind, mit einem richtigen Ehemann. In einer solchen Ehe zu leben, bedeutet, daß man den Thermostat nur auf einen bestimmten Punkt einstellen kann. Außer natürlich bei jenen kurzen und unwichtigen Gelegenheiten, über die Mary so spottete, weil sie ein Maximum an Leid mit einem Minimum an Vergnügen vereinten ... Wenn sie nicht imstande war, ernsthaft über ihre Ehe nachzudenken, ohne daß sich Mary Finchley alle Augenblicke ins Bild drängte, dann sollte sie es lieber ganz bleiben lassen.

Als Abschluß der Verwandlung ihrer Person ging sie zu einem teuren Modefriseur, der seine Hände verständnisvoll auf ihren Schultern ruhen ließ, während er sie über ihren Kopf hinweg im Spiegel betrachtete, genau wie sie es tat. Sie begutachteten das Rohmaterial seiner Kunst; und dann erkundigte er sich, ob ihr Haar schon immer diesen Rotton gehabt habe? Er hatte natürlich recht; aber sie hatte befürchtet, das sehr kräftige dunkle Rot, das ihrem Haar von Natur aus eignete, sei für eine Frau ihres Alters zu auffällig. Nein, das sei *Unsinn*, sagte er, und entließ sie mit einer sehr dunkelroten Haarfarbe und einer Frisur, bei der sie bei jeder Kopfbewegung das Gefühl hatte, eine schwere Seidenlast schwinge gegen ihre Wangen. So war es früher immer gewesen, wie sie sich noch gut erinnerte.

Diese Beschwörung ihres jugendlichen Ichs war beunruhigend. Sie glaubte, ihre Gefühle seien übertrieben. Sie wünschte, Michael wäre da, um sich an ihr zu erfreuen; freute sich dann, ebenso heftig, daß er weit weg, in Boston war. Was waren das für Gefühlsschwankungen, woher kamen sie? Im Verlauf von einer einzigen Stunde waren ihre Gedanken über Michael so widersprüchlich wie die einer Verrückten. Warum? Die Wahrheit konnte doch wohl nicht lauten, daß sie schon immer so gewesen war und es erst jetzt langsam erkannte? Gut, zumindest war sie froh, daß ihre Kinder sie nicht so sahen – nein, kein junger Mensch sieht seine Mutter gern so verführerisch und strahlend.

Aber die Kinder hatten sich in alle Winde zerstreut, sie waren in Norwegen und im Sudan, in Marokko und Neuengland; genau wie die Delegierten, um die sie sich kürzlich gekümmert hatte, oder wie die anderen, die in eben diesem Augenblick in den verschiedensten Ländern der Welt dabei waren, ihre Koffer zu packen und sich von ihren Frauen und Kindern – in ein paar Fällen auch von ihren Ehemännern – zu verabschieden.

Ihr blieben noch drei Tage, ehe sie in die Türkei fliegen mußte – falls der Streik rechtzeitig zu Ende ging, denn sonst mußte sie mit dem Zug fahren. Drei Tage. Im Augenblick, vor Beginn der Konferenz, gab es nichts mehr zu tun. Sie kam sich schuldig vor, weil sie nichts tat und trotzdem so gut bezahlt wurde, und gab Charlie Cooper vorsichtig zu verstehen, daß sie vielleicht in dieser Zeit eine andere Aufgabe übernehmen könne, zum Beispiel ihren Dolmetscherkollegen helfen. Zum erstenmal reagierte Charlie Cooper leicht gereizt. Er kam zum wiederholten Mal auf ihren Wert zu sprechen – aber was *tat* sie eigentlich? Sie trank eine Menge Kaffee mit ihm in seinem Büro; sie redete mit ihm, sie saß zweimal am Tag mit ihm und dem Leiter der Abteilung zusammen, um verschiedene Dinge zu besprechen. Das war Arbeit? Guter Gott, wenn sie diese Abteilung umorganisieren könnte, ja, das ganze Haus mit seinen Schwärmen hochbezahlter – nein, sie mußte damit aufhören, und es ging sie außerdem auch gar nichts an. Wahrscheinlich beruhte ihre Kritik auf ihrer mangelnden Erfahrung... *Unsinn, es war alles Unsinn; dieser ganze verdammte Betrieb mit seinen Ausschüssen, seinen Konferenzen, seinem ewigen Reden, Reden, Reden war ein großer Gaunertrick; ein Instrument, das ein paar hundert Männern und Frauen unglaublich hohe Gehälter verschaffte.*

Es war völlig nutzlos, solchen Gedanken nachzuhängen; wenn man sie dafür bezahlte, im Kasino Kaffee zu trinken und nachzudenken, würde sie im Kasino sitzen, Kaffee trinken und nachdenken. Wie lange war es denn her, daß sie Zeit zum Nachdenken gehabt hatte – fast fünfundzwanzig Jahre. Tatsächlich, sie hatte seit damals, als sie ihren Großvater besuchte, nie wieder entspannt, hübsch anzusehen, lächelnd dasitzen können. Auch damals, in ihrem schockierend weißen Kleid, als der eine Fuß lose, wie der gebrochene Flügel eines Vogels, herunterhing, während der andere den Schaukelstuhl, in dem sie saß, in rhythmischer Bewegung hielt und nach allen Seiten Wellen erotischer Anziehungskraft aussandte – auch damals hatte sie nachgedacht, abgewogen, hatte sich ihre Vorstellungen vom Leben durch den Kopf gehen lassen und geprüft... Waren ihre Gefühle schon damals so wenig im Gleichgewicht gewesen? Wenn ja, konnte sie sich nicht mehr daran erinnern. Vielleicht hatte das weiße Kleid, das sie nie anziehen konnte, ohne sich verschlagen und unaufrichtig und in starkem Maße erregt vorzukommen, die eine Seite einer Waage dargestellt und ihre Gedanken die andere? Oder war Gedanken nicht das richtige Wort? Sie war innerlich erregt gewesen, ja, daran konnte sie sich erinnern, sie war kritisch gewesen und hatte hinter dem kleinen, auch heute noch oft gelobten liebenswürdigen Lächeln eine brodelnde Ungeduld verborgen.

Auch Charlie Cooper zum Beispiel rühmte ihre Liebenswürdigkeit. Die Ausstrahlung liebevoller Sympathie, die ihr daheim ihre Aufgaben erleichterten, bewährte sich auch hier. Verhielt sie sich so – unbewußt natürlich –, weil sie den kalten Wind fürchtete? Hatte sie Angst davor gehabt, nur eine qualifizierte Dolmetscherin zu sein, die um halb zehn kam und punkt fünf Uhr ging und in der Zwischenzeit tat, wofür man sie bezahlte? Hatte sie gemeint, das sei nicht genug? Für die anderen Dolmetscher, vier Männer und eine Frau, war es genug gewesen. Aber sie taten das immer noch, dolmetschten noch immer, während man sie, Kate, befördert hatte: weil sie sich erlaubt hatte, eine Atmosphäre verständnisvoller Bereitschaft auszustrahlen, die von der Bürokratie zufällig «wahrgenommen» worden war? War man sich darüber klar, warum man sie zur Gruppenmutter in der Türkei bestimmt hatte? «Eine warmherzige Persönlichkeit», so hieß es von ihr. «Sympathisch.» Simpatica.

In diesem großen öffentlichen Raum voll mit Tischen – aber er wirkte keineswegs eng, sondern sehr geräumig – konnte man am ehesten ungestört sitzen: erstaunlich, daß ein Ort, wo soviel Betrieb herrschte, so privat sein konnte. Wesentlich privater als ihr Zimmer in der Burke Street, wo ihre Kollegin sich abends mit ihr unterhalten wollte und ihr morgens Tee und Toast anbot. Die, kurz gesagt, einsam war. Und Kate Brown ebenfalls sympathisch fand.

Aber hier – sicher, die Privatsphäre verringerte sich bereits, Strukturen begannen sich abzuzeichnen in diesem Raum, zahlreiche Strukturen. Früher, wenn sie in den Pausen zwischen dem Dolmetschen eilig auf ein Sandwich oder eine Tasse Kaffee hereingekommen war, weil sie eine Stärkung brauchte, hatte alles ziemlich zufällig gewirkt. Das hatte daran gelegen, daß sie so verwirrt gewesen war. Doch inzwischen hatte sie sich daran gewöhnt. Gedanken über die Attraktivität dieser neuen Klasse der internationalen Beamten drängten sich ihr auf, wenn sie dort saß, alle jung oder doch jung wirkend oder, waren sie bereits in mittleren Jahren, dann auf jene moderne Art, die das Alter auf sichere Distanz hält. Es fiel nicht schwer, sich in die Bewunderung der Kleider zu verlieren, der kosmetischen Kunststücke, des auffallenden Kontrastes zwischen den vielen braunen und rosa und gelben Gesichtern. Wie harmonisch! Wie tröstlich! So würde bestimmt die Zukunft sein: Versammlungen hochzivilisierter Wesen, alle freundlich und friedfertig, voll liebenswürdiger Aufmerksamkeit zueinander, auch wenn sie bei den eigentlichen Sitzungen am Konferenztisch in nationale Auseinandersetzungen verwickelt waren.

Die erotischen Strukturen waren natürlich am leichtesten zu erkennen – wie immer: die zufälligen Paarungen und Freundschaften, die mit internationalen Konferenzen und Ausschüssen einhergehen.

Die Mädchen, die hier arbeiteten, gehörten zur Mittelschicht oder zur gehobenen Mittelschicht – «Debütantinnen», wie man sagt oder vielmehr sagte. «Bei uns sind all diese Debütantinnen beschäftigt», pflegte Charlie Cooper zu sagen. «Alles wahre Schätzchen – was würden wir ohne sie anfangen?» Sie arbeiteten hier nicht, um sich irgendeinen Mann zu angeln – um Himmels willen, sie würden ihresgleichen heiraten, wenn es soweit war –, sondern weil ihnen die «interessante Arbeit» Spaß machte, die Gesellschaft attraktiver Männer – und Frauen, natürlich – aus vieler Herren Ländern, weil die Möglichkeit bestand, daß man sie einlud, in einem oder mehreren dieser Länder zu arbeiten. Wie Charlie Cooper liebenswürdig klagte: «Wirklich, manchmal habe ich das Gefühl, wir sind eine Art Stellenvermittlungsbüro für die Töchter der höheren Klasse.» Hier fand man begehrenswerte Begleiter zum Ausgehen, hier bot sich die Möglichkeit richtiggehender Affären. Für die Delegierten, die in regelmäßigen, wohlorganisierten Wellen durch dieses Gebäude brandeten, waren diese Mädchen die angenehmste Gesellschaft bei abendlichen Dinnereinladungen oder Theaterbesuchen; sie boten ihnen Affären ohne Konsequenzen, stellten ein Angebot von neiderweckend qualifizierten Sekretärinnen dar, die man (kurz bevor Emma oder Jane entschied, es sei an der Zeit, sich wieder zu akklimatisieren) ins heimatliche Büro in New York oder Lagos oder Buenos Aires mitnehmen konnte.

Hier ungestört zu sitzen, so unsichtbar, wie sie sich machen konnte – es war wie im Theater.

Morgen sollte ein neuer Ausschuß seine Arbeit aufnehmen – synthetische Nahrung für die Dritte Welt. Sie Sache war weit weniger aufwendig als die in der Türkei, doch mit jedem Schiff kamen Delegierte vom Kontinent herüber. Und siehe da, morgens um elf hatten sich sämtliche Sekretärinnen und PR-Mädchen im Kasino eingefunden, einzeln oder paarweise, und sahen nicht einmal zu den Türen hinüber, durch die ihre Bettgenossen oder Ausgehfreunde für den nächsten Monat gleich eintreten würden. Die Delegierten, in allen Größen, Farben, Formen und von mehr oder minder gutem Aussehen, kamen meist einzeln. Die beiden Mannschaften (es war schwer, sie nicht mit sportlichen Begriffen zu messen – *auf die Plätze, fer-*

tig, los!) musterten sich. Dieser Prozeß erforderte Geschicklichkeit und Erfahrung: Alter, Grad der körperlichen Fitness, Sinn für Kleidung, vermutliche erotische Begabung – alles wurde mit ein paar kurzen Blicken beurteilt. Als nächstes begann der Prozeß der Paarbildung.

«Gestatten Sie? Fred Wanaker aus New York.»

«Miss Hanover? Ich heiße Hesukia. Ich komme aus Ghana.»

Gegen Ende des ersten Tages hatten sich die Paare bereits herauskristallisiert, oder man konnte sehen, welche Kombinationen sich bald ergeben würden.

Wie eine Theateraufführung – besser noch, da sie selbst mitspielte.

Obgleich sie es nicht wollte, denn sie fuhr nach Istanbul, wo soviel Arbeit auf sie wartete, daß ihr zum Nachdenken keine Zeit bleiben würde. Sie wollte sich jetzt nicht ablenken lassen. Sie wußte inzwischen, war sich so gut wie sicher, daß sie zu Charlie Coopers Angebot und dem ganzen Geld hätte nein sagen und sich darauf hätte einrichten sollen, in London zu bleiben, ungestört in einem Zimmer für sich, allein. Ganz allein.

Obwohl ihr Thermostat auf «kühl» stand, mußte sie indessen Anträge abwehren. Die Häufigkeit, mit der mehrere Männer, schwarze, braune, dunkelhäutige, sich ihr mit einem «Ist hier noch frei?» anboten, veranlaßte sie, sich vor Augen zu führen, wie sie von der anderen Seite des Raums her gesehen wirkte, wie diese Männer sie sahen. Sie erblickte, wie schon in so vielen Spiegeln, eine Frau mit auffallend dunkelrotem Haar, einer sehr weißen Haut und den mitfühlenden Augen eines anhänglichen Cockerspaniels. (Die Abneigung gegen ihr Bedürfnis, zu lieben und zu geben, brachte sie dazu, sich als Hündin oder Sklavin zu bezeichnen: sie war sich darüber im klaren, daß dies etwas Neues für sie war oder sie es doch dafür hielt.) Doch diese Frau, der sich so viele Männer zuwandten, war zwanzig Jahre älter als die meisten der Mädchen. Das bedeutete, daß man ihr die gut vierzig Jahre auf den ersten Blick (quer durch den Raum, in dem ständiges Kommen und Gehen herrschte) nicht ansah. Sie befand sich in jenem Stadium ewiger Jugend, auf das eine Frau soviel Zeit und Mühe verwendet. (Oder vielmehr – was ihr immer häufiger durch den Kopf ging und langsam zur fixen Idee wurde – die Frauen der reichen Nationen der Erde, die mit dreißig keineswegs alt aussahen.) Wenn sie genau achtgab, sich nicht von persönlichen Eitelkeiten oder Vorurteilen blenden ließ, war leicht zu bemerken, daß dieser näherkommende Mann, gleichgültig wie alt er war, beinahe unmerklich zögerte, sobald er sah, daß sie keine frischgebackene Dreißigerin war (wie sie aus der Entfernung gewirkt haben mußte). Doch danach, nach dem Zögern, nach dem erfahrenen, professionell musternden Blick (wie bei einer Dirne oder einem Fotografen), mit dem sich die Geschlechter bei derartigen Begegnungen, sei es auf beruflicher, sei es auf privater Ebene, gegenseitig abschätzten, nahm er jedesmal Platz und schien mit dem, was er vorfand, ganz zufrieden: eine angenehme Gesellschaft am Kaffeetisch. Es sah so aus, als gehorche der innere Thermostat letztlich also doch ihren Befehlen.

Aber für diese Art von Vergnügen saß sie nicht hier – obwohl es gewiß ganz vergnüglich war. Sie wollte ungestört dasitzen, sich entspannen, nachdenken ... Es reichte nicht, daß sie die Flamme regulierte – die Männer, die sich zu ihr setzten, fanden sie trotzdem angenehm und umgänglich. Aber was sollte sie tun? Sollte sie etwa das Make-up weglassen und sich wie eine alte Frau anziehen und sich häßlich machen? (Kate steckte in einem ähnlichen weiblichen Dilemma wie – im Extremfall – beispielsweise das junge Mädchen, das einen superkurzen Rock trägt, an ihrer Bluse nur die beiden untersten Knöpfe zugemacht und zwei Stunden vor dem Spiegel gestanden hat: «Dieser *ekelhafte Kerl*, der mich dauernd anstarrt, was denkt er sich eigentlich?» Oder die elegante Dame, die vorn und hinten tief dekolletiert ist: Sie schenkt dem Mann, der ihre Reize begutachtet, einen eisigen Blick. «Sie Flegel», sagen ihre Wimpern.)

Es war doch geradezu lächerlich, wenn man von ihr, Kate, erwartete, sich nur deshalb in eine alte Frau zu verwandeln, weil ... Sie entdeckte bald, daß sie, wenn sie allein bleiben wollte, nur ungraziös dazusitzen brauchte, lustlos und mit unvorteilhaft gespreizten Beinen. Tat sie das, sahen die Männer sie nicht. Sie hätte schwören können, daß es so war. Saß sie aber gefällig, aufmerksam, mit elegant nebeneinandergestellten Beinen da, dann sandte sie ein Signal aus. Sobald sie nachlässig und mit krummem Rücken dasaß, setzte sich nur dann jemand zu ihr, wenn alle anderen Plätze besetzt waren. Doch an diesem Punkt brauchte sie nur ihre Gesichtszüge erschlaffen zu lassen, um wieder allein zu sein, und zwar sehr schnell.

Es war wirklich außergewöhnlich! Da saß sie, Kate Brown, wie sie immer gewesen war, *ihr* Ich, *ihr* Verstand, *ihr* Aufnahmevermögen, und beobachtete die Welt hinter einer Fassade hervor, die sich nur wenig von der unterschied, hinter der sie sich seit ihrem sechzehnten Lebensjahr verborgen hatte. Man brauchte nur steif und plump dazusitzen, die Brüste hängen zu lassen, mit einem Blick, der sagte: «Wenn's denn *unbedingt* sein muß...» und schon sah man sie nicht mehr. Es war ein verwirrendes Gefühl, so als sei irgend etwas in Unordnung geraten. Denn sie war sich absolut klar darüber und erkannte so genau, als wäre es das wichtigste in ihrem Leben, daß die Frau, die dort saß und die von Männern, die sie sonst angelockt hätte, gemieden oder ignoriert wurde – daß diese Frau sich nicht im geringsten von der Frau unterschied, die die Aufmerksamkeit all dieser Männer wieder auf sich lenken konnte, wenn sie nur ihr Äußeres entsprechend korrigierte: Mund, Gesichtsmuskeln, Blick und die Haltung ihrer Schultern. So mußte es sein, wenn man Schauspielerin war – wie anstrengend es sein mußte, das Gefühl für das eigene Ich hinter so vielen verschiedenen Trugbildern nicht erlöschen zu lassen.

In weiter Ferne sah sie Kate Ferreira in ihrem dünnen weißen, bestickten Leinenkleid an den Pfeiler einer Veranda gelehnt, auf der Kübel mit weißen Lilien standen. Sie lächelte einigen jungen Männern zu. Ihr Lächeln galt den Gesichtern der jungen Männer, doch die Blicke der Männer waren auf ihren ganzen Körper gerichtet. Durch die auf die Veranda gehenden Fenster konnte sie innen im Wohnzimmer die alte Maria sehen, die Haushälterin ihres Großvaters, die mit einer Häkelarbeit in der Hand so dasaß, daß sie Kate und die jungen Männer im Auge hatte. An jenem Tag hatte sie zu ihr gesagt: «Du solltest den Rock beim Sitzen nicht so hochziehen.» Der Rock war ihr über die Knie gerutscht. Am Tag davor hatte Kate leuchtendrote Tennisshorts angehabt, und Maria hatte gesagt, sie sehe reizend aus. Im letzten Winter hatte Kate die gleiche Szene bei ihrer Tochter erlebt: Eileen hatte den ganzen Tag einen Minirock getragen, der die Schenkel halb freiließ. Am Abend hatte sie ein bodenlanges Kleid an. Als sie auf dem Fußboden hockte und plötzlich bemerkte, wie ein Mann auf ihre Knöchel starrte, zog sie instinktiv den Rock über die Knöchel und warf dem Gast einen wütenden Blick zu.

Jenes Mädchen auf der Veranda – war sie «sympathisch», war sie eine «warmherzige Persönlichkeit» gewesen?

Wahrscheinlich nicht. Hatten diese Eigenschaften sich nicht erst durch die unendliche Disziplin einer Ehefrau, Mutter und Hausfrau entwickelt?

Was würde geschehen, wenn sie sich in der Türkei benähme, als sei sie unsichtbar, nicht nur den Thermostat auf «kühl», sondern auch die «sympathische Ausstrahlung» auf «aus» stellte, wenn sie sich weigerte, eine Stammesmutter zu sein? Denn sie hätte beschwören können, daß die Leute, die sie engagiert hatten, überhaupt nicht wußten, warum und weshalb sie so sehr darauf erpicht waren, sie dabeizuhaben. Und das, obwohl Charlie Cooper, ein Mann, genau die gleichen Eigenschaften aufwies. Sollte das heißen, daß er gar nicht wußte, weshalb er seinen Job hatte?

Eine der Dolmetscherinnen, deren Ausfall zu der Krise führte, die sie, Kate, hierhergebracht hatte, war eine Frau in mittleren Jahren, die, wie Charlie sagte, «ihr Gewicht in Gold wert war». Als Kate versuchte, die Eigenschaften dieser Frau genauer zu ergründen, konnte sie aus ihm nur herausbekommen: «Ältere Frauen haben viel mehr Geduld als jüngere.»

Zu dem Ausschuß, für den Kate gedolmetscht hatte, gehörte als Delegierte auch eine Frau, eine Schwarze aus Nordafrika. Sie war hochgewachsen, elegant, geistreich, schick, souverän, distinguiert. Manchmal trug sie die Tracht ihres Heimatlandes, die sie wie ein prächtiger Vogel aussehen ließ, und manchmal Kleider aus Paris. Sie war ganz anders als Kate – jede der beiden Frauen würde gesagt haben, sie hätten nicht das geringste miteinander gemein. Und doch merkte man, daß die Sache nicht mehr so reibungslos verlief, wenn sie bei einer Sitzung fehlte. Hatte ihr Auftreten – so gleichgültig, so entschieden, so unverbindlich lächelnd und in keiner Weise darauf aus, das Räderwerk zu ölen – nichts damit zu tun? Sie hatte bei den Ausschußsitzungen die gleiche Funktion erfüllt, die Kate auf organisatorischem Gebiet und bei peripheren Problemen des Komitees ausübte.

Woraus würde, gesetzt den Fall, sie, Kate Brown, blieb als feste Angestellte bei der Welternährungsorganisation, ihre Funktion eigentlich bestehen? Na schön, zunächst einmal würde sie natürlich unmäßig viel Zeit damit verbringen, mit Charlie Cooper zu reden und Kaffee zu trinken und mit Männern darüber zu konferieren, wie dies oder jenes zu organisieren sei.

Wenn sie wirklich blieb, würde sie wahrscheinlich in Kürze Charlies Job bekommen, während man ihn – einem ungeschriebenen Gesetz zufolge – beförderte. Sie würde seinen Job ohne weiteres ausfüllen; doch er würde sich, weiter oben, wahrscheinlich etwas unbehaglich fühlen, weniger sicher, nicht am richtigen Platz – ohne daß jemand hätte sagen können, warum.

Von ihm ging so etwas wie ein unsichtbares Fluidum aus, eine Ausstrahlung wie von einer Ameisenkönigin, deren Geist (oder so ein ähnliches Wort – Elektrizität) das Nest erfüllt und aus Individuen, denen jeder andere Zusammenhalt mangelt, ein Ganzes macht.

Die Aufgabe der Frau innerhalb der Familie – das war Kates Rolle im Leben. Und sie hatte diese Aufgabe, zusammen mit der schönen jungen Frau aus Afrika, für den Ausschuß erfüllt, der gerade getagt hatte. In der Türkei würde sie diese Rolle bald wieder spielen. Es war eine Gewohnheit, die sie angenommen hatte. Sie erkannte allmählich, daß sie die Arbeit bei dieser oder einer anderen ähnlichen Organisation nur deshalb akzeptierte, weil sie nicht imstande war, ihre Rolle als Quelle des unsichtbaren Mannas, des Trostes, der Wärme und der «Sympathie» aufzugeben. Keineswegs deshalb weil sie arbeiten gehen mußte oder wollte. Die gut zwanzig Jahre als Frau und Mutter hatten sie festgelegt wie eine Maschine.

In einem unruhigen, lärmerfüllten Raum saß in einer Ecke eine gefaßte Gestalt weiblichen Geschlechts, in den gepflegten, doch überaus tüchtigen Händen die neueste Ausgabe der Tageszeitung haltend, mit gesenktem Blick und hängenden Schultern: auf diese Weise wollte sie jener Art von Kälte widerstehen, die ein Tier spüren muß, dem man bei lebendigem Leib das Fell abgezogen hat, oder jener Kälte, der ein neugeborenes Lamm ausgesetzt ist, wenn es, aus der feuchten Wärme des Mutterleibs entlassen, im Hagelsturm auf die gefrorene Erde fällt.

Natürlich würde es leicht sein, den kalten Wind abzuhalten: so lange sie wollte, konnte sie es tun. Noch jahrelang würde es leicht sein. Sie mußte ihrer Familie lediglich sagen – eine Ankündigung, die man, wie sie wußte, mit Erleichterung aufnehmen würde –, daß sie sich entschlossen hatte, arbeiten zu gehen. Und dann den richtigen Job finden. Hier wahrscheinlich, warum nicht? Was konnte sinnvoller sein, als für eine Organisation der Vereinten Nationen, die sich mit Welternährungsproblemen beschäftigte, zu arbeiten? Dann würde sie dieses Wesen in sich hätscheln und pflegen, das ganz Wärme und Charme war, diese Persönlichkeit, die nichts mit ihr zu tun hatte, nichts mit dem, was sie wirklich war, dieses Individuum, das, verborgen hinter den warmen braunen Augen, der gepflegten Haut, dem dichten, welligen, dunkelroten Haar dasaß und alles aufmerksam beobachtete und wahrnahm.

Doch in den nächsten drei bis vier Wochen würde sie viel zu beschäftigt sein, um an diese Dinge zu denken: Sie würde sich um andere kümmern müssen. Und morgen um diese Zeit – so überlegte sie am Vorabend ihrer Abreise nach Istanbul – würde das, was sie jetzt fühlte und dachte, das Ergebnis von drei Tagen sorgsam gehüteter Einsamkeit, schon recht fern sein. Das Beste, was sie dort tun konnte, war vermutlich, sich daran zu erinnern, *daß* sie zu diesen – wesentlichen – Schlußfolgerungen gekommen war, und sich danach zu richten, auch wenn ihr in dieser aufreibenden Zeit täglich nur ein paar gestohlene Minuten blieben, um sich daran zu erinnern.

In dieser Nacht drängte sich der Traum abermals in ihren Schlaf – die Fortsetzung des Traumes vom Seehund. Nun erschien er ihr schon zum zweitenmal – das bedeutete, daß er wichtig war. Sie hatte die erste Folge fast vergessen; jetzt mußte sie sich daran erinnern ... Also quälte sie sich, obgleich bereits der zweite Teil begann.

Der Seehund war schwer und glitschig. Sie konnte ihn kaum halten. Sie stolperte zwischen den spitzen Felsen umher. Wo war das Wasser, wo war das Meer? Durfte sie sicher sein, daß sie in die richtige Richtung ging? In panischer Furcht, dies sei die falsche Richtung, bog sie an einer ebenen Stelle des Abhangs nach rechts ab und ging eine Zeitlang weiter, aber der Seehund begann unruhig zu zappeln, und sie begriff, daß die Richtung, in der sie zuerst gegangen war, richtig gewesen war. Wieder ging sie nach Norden. An den Flanken war der arme Seehund ganz mit Narben bedeckt; er war über Land gekrochen, um das Meer zu erreichen, und hatte sich an dem felsigen Gestein das Fell aufgerissen. Sie machte sich Vorwürfe, daß sie keine Salbe für die Wunden hatte, von denen einige noch ganz frisch waren und bluteten. Auch von früheren Wunden waren viele Narben zu sehen. Vielleicht besaßen einige von den Bitterkräutern, die zwischen den Steinen wuchsen, heilende Eigenschaften. Vorsichtig legte sie den Seehund hin. Er bettete den Kopf auf ihre Füße, und sie bückte sich und riß ein paar Blätter ab. Sie wußte kein anderes Mittel, dieses Grünzeug in Brei zu verwandeln, als es zu kauen, und sie spie die Flüssigkeit aus ihrem Mund auf die Wunden des Seehundes. Es kam ihr vor, als fingen diese sofort an zu heilen, aber sie mußte mehr tun, und sie hob den Seehund wieder auf und kämpfte sich mit ihm weiter.

Kate war sich selbstverständlich darüber im klaren, daß sie aus einem freundlichen, unpersönlichen Milieu innerhalb weniger Stunden in ein anderes versetzt werden sollte, und zwar auf den Flügeln einer freundlichen, unpersönlichen Luftfahrtgesellschaft. Wie uns alle, hatten Radio, Fernsehen und Filme auch sie mit der internationalen Beamtenschaft und ihren Lebensgewohnheiten vertraut gemacht. Aber es kam anders. Am Vorabend ihrer Abreise wurde der Streik endgültig abgesagt, und sie war sicher, daß sie fliegen könnte; doch am nächsten Morgen streikten die Mitarbeiter der Flughafenverwaltung. Kate nahm den Zug nach Paris, wo sie ein Flugzeug nach Rom nehmen wollte. In Paris erklärte man ihr, die Straßen zum Flughafen seien augenblicklich durch eine Demonstration von Gastarbeitern, meist Spanier und Italiener, verstopft – es sei fraglich, ob der Flugbetrieb noch am selben Tage wiederaufgenommen werden könnte. Sie nahm den Zug nach Rom. Dort ging es darum, ein

Verkehrssystem, die Eisenbahn, zu verlassen und Anschluß an ein anderes, die Luftfahrt, zu bekommen. Es gab Verkehrsstauungen, Mißverständnisse, alle möglichen Verzögerungen, aber schließlich bekam sie den Anschluß doch noch, wenn auch in letzter Minute.

In der Türkei waren die Dinge so, wie sie es erwartet hatte: In einem eleganten Auto fuhr sie, ganz allein, durch die Straßen, vorbei an Menschen, die nie damit rechnen konnten, jemals in einem solchen Auto zu sitzen, es sei denn, sie hätten die Aufgabe, es zu fahren oder zu warten. Bis auf das, was die Augen wahrnahmen, von der Umgebung abgeschirmt, unterhielt sie sich auf französisch mit dem Chauffeur. Das Hotel ähnelte dem Gebäude der Welternährungsorganisation in London in Geist und Stil. Ihr Zimmer war wie das anspruchslos möblierte Zimmer, das sie verlassen hatte. Da sie zu spät kam, traf sie zur gleichen Zeit ein wie die Delegierten – tausend kleine wichtige Dinge waren nicht erledigt worden; und ein Dolmetscher fehlte. Sie achtete nur noch darauf, daß man ihr Gepäck aufs Zimmer brachte, und stellte sich dann den Ausschußmitgliedern vor: aller Ärger konzentrierte sich auf sie; jetzt verkörperte sie die Ineffizienz, über die sich die Delegierten in dem riesigen Hotel beklagten – genau wie sie selber sich gestern und vorgestern in London, Paris und Rom beklagt hatte.

Für die Konferenz hatte man eine ganze Etage geräumt. Der riesige Saal, in dem die Beratungen stattfinden sollten, glich dem, den sie kürzlich verlassen hatte und an den sie fast wie an ein «Zuhause» zurückdachte. Er war vom Fußboden bis zur Decke mit spiegelndem Holz getäfelt. Allerdings war der Raum nicht mit einem dicken Teppich ausgelegt, sondern mit Fliesen – das Muster war eine originalgetreue Nachbildung aus einer Moschee. In der Mitte des Saales stand ein riesiger Tisch, diesmal rechteckig, ausgerüstet mit Kopfhörern, Schaltern und Knöpfen. Jetzt hatte sie die Aufgabe, dafür zu sorgen, daß auf jedem Platz ein kleiner Stoß Papier lag, um sich Notizen machen zu können oder bei Anfällen von Langeweile, wenn Delegierte zu lange sprachen, etwas zum Kritzeln zu haben und Bleistifte und Kugelschreiber und ein Glas Wasser. Das heißt, sie tat es nicht selbst: Sie achtete darauf, daß der Hotelangestellte, zu dessen

Pflichten diese Arbeit gehörte, nichts vergessen hatte. Er hieß Ahmed, ein junger Mann, dicklich und blaß, unwiderstehlich freundlich und lächelnd, ihr Kollege, ihr Verbündeter, ihr Bruder. Er sprach Französisch und Deutsch und Englisch; und war froh, daß sie konnte, was ihm fehlte – Italienisch und Portugiesisch. Er kannte das Hotelgewerbe in- und auswendig, hatte aber noch nie etwas mit einer Konferenz zu tun gehabt – das heißt, er kannte zwar geschäftliche Konferenzen, erwartete jedoch, diese werde anders sein. Sie berieten in dieser und jener Sprache. Als ein livrierter Page nach oben kam, hörte Kate, wie Ahmed einige Anordnungen auf türkisch erteilte. Sie hatte diese Sprache seit ihrer Ankunft nicht mehr gehört. Wenn sie mit Ahmed zusammen saß und redete, stand und redete, umherging und redete, Pläne zum Nutzen anderer Leute machte, vernahm sie Türkisch gewissermaßen als Hintergrundgeräusch – ferne Klänge, mehr nicht. Außerhalb des Hotels gab es eine Welt, in der ihre Ohren, wurden sie schließlich doch damit konfrontiert, plötzlich taub und verständnislos wurden: die fremde Sprache umgab sie wie schlecht geputzte Fensterscheiben, trübe, schmerzend: so als sei sie getadelt worden, verkrampften sich ihre Ohren, sobald zwei Zimmermädchen auf dem Flur ein paar Worte miteinander wechselten – ihre Ohren glaubten, sie müßten verstehen, und wenn sie nicht verstanden, so sei es ihre Schuld ... Ohne Ahmed war sie wie ein Teil einer nutzlosen Maschine.

Er verfügte über die nötige Erfahrung, was das Nachtleben anging, Restaurants, Tanzmädchen, Moscheen, Kirchen und geeignete Ausflüge in die nähere Umgebung von Istanbul – nützlich in dieser Reihenfolge. Aus fast hundert Metern Höhe gesehen war die Stadt ein einziger verführerischer Glanz aus Dächern und silbrigem Wasser, aus Straßen, die – wie die türkische Sprache – weit entfernt waren, in denen ein Leben vibrierte, nach dem sie eigentlich die Hand ausstrecken, das sie verstehen sollte ... Ein Vogel flog in Augenhöhe vorbei, als sie am Fenster stand. Solch einen Vogel hatte sie noch nie gesehen. Zarte Annäherungsversuche einer unbekannten Welt, dachte sie und sah zu, wie der Vogel über das vom Schwarzen Meer gespeiste Wasser zu den Türmen und Kuppeln am anderen Ufer flog, während Ahmed neben ihr darauf wartete, daß sie eine

Frage nach besonderen Essenswünschen beantwortete. Als die letzten Delegierten eingetroffen waren, erwarteten sie bereits Vergnügungen, Exkursionen und Kulturgenüsse aller Art, nicht zu reden von den kulinarischen Genüssen aus aller Herren Ländern. Und schon stürzten sie sich darauf, denn diese Männer und Frauen schienen so gut wie keine Müdigkeit zu kennen, so viel Erfahrung hatten sie alle darin, Kontinente zu überqueren, gut gekleidet und nonchalant anzukommen, in vielen Sprachen miteinander zu plaudern. Es stand fest, daß die Konferenz bei bester Laune und Stimmung verlaufen würde. Sie mochten sich. Das taten sie schließlich immer, diese Verwaltungsfachleute, diese so höflichen Gegner, diese taktvollen Vertreter nationaler Interessen. Ganz gleich, wieviel Mißfallen sie zum Ausdruck brachten, wenn sie an den riesigen Tischen einander gegenübersaßen, und wie nachdrücklich sie die Ansprüche des eigenen Landes vertraten oder sich gar gegenseitig der Unaufrichtigkeit ziehen: *Land X hat uns den Käfer auf die Felder gesetzt, um unseren Getreidehandel zu ruinieren!... Nein, die ganze Welt weiß, daß der Käfer nur deshalb in Ihr Getreide kam, weil Sie es nicht richtig anbauen... Sie wollen immer nur, daß Ihr Land profitiert, Sie stekken immer alles selbst ein!... Im Gegenteil, wir wollen unseren unglücklichen Brüdern in den armen Ländern helfen* – wie Kinder, die sich zanken; aber ganz gleich, wie lange und wie oft das geschah, nachher in den Foyers und Bars und Kaffeestuben und Restaurants, von den Betten ganz zu schweigen, herrschte wieder eitel Verständnis und Brüderlichkeit. Ganz natürlich, denn diese Leute hatten alle den gleichen Job, verbrachten ihr Leben alle auf die gleiche Art – waren sich in allem gleich.

An diesem Abend schloß Kate sich einer Gruppe von Delegierten an, die zwar weitgereist, aber zu ihrem Leidwesen noch nie in Istanbul gewesen waren, und fand sich, kaum hatte sie das Hotel verlassen, in einer Stadt der Legenden, des Geheimnisvollen und des Abenteuers wieder, genau wie es die Reiseführer verhießen. Die Gruppe bestand aus Madame Phiri, einer hübschen und sehr französischen schwarzen Dame aus Sierra Leone, Senhor Daniel aus Brasilien und Signor Ferrugia aus Italien. Sie aßen in einem türkischen Restaurant zu Abend, denn das war das mindeste, was man von ihnen erwartete, besuchten zwei Nachtclubs, wo sie Bauchtänzerinnen und Degenschluckern zusahen, und verabredeten, bald einen Ausflug in ein rund achtzig Kilometer entfernt gelegenes Dorf zu machen, wo man kürzlich einige interessante Altertümer entdeckt hatte. Als sie sich in der Hotelhalle gute Nacht sagten, erklärten alle, es sei ein besonders reizender Abend gewesen: Sie redeten wie die Kenner, die sie waren. Dann gingen sie – für ihre Begriffe früh, denn es war noch vor ein Uhr nachts – zu Bett. Am nächsten Morgen begann die Konferenz.

Kate fand vor dem Einschlafen noch die Zeit, an ihren Mann zu denken, den sie in Chicago wähnte, wo er ein paar Tage bei einem alten Kollegen verbringen wollte, der in die Staaten ausgewandert war. Sie dachte auch an ihre vier Kinder. Sie bemerkte, daß der Stich, den ihr das gab, sofort wieder nachließ: Sie wußte, daß sie bereits aufblühte, sich ausdehnte, sich erweiterte – man wollte sie, man brauchte sie; sie würde den ganzen Tag und den größten Teil der Nacht gefragt sein.

Und jetzt, in den wenigen Minuten, die sie täglich frei hatte, stellte sie fest, daß sich ihr Wohlbefinden langsam steigerte – sie konstatierte es ziemlich nüchtern. Und da sie zu beschäftigt war, um lange nachzudenken, konnte sie Gedanken einlassen, die früher zu schmerzhaft gewesen wären: wie erfreut ihre Familie gewesen war, als sie sagte, sie sei durch ihre Arbeit bei der Konferenz so ausgelastet, daß sie keine Zeit haben werde zum Packen und den notwendigen Vorbereitungen – und die Erleichterung, mit der Tim es hinnahm, als sie gesagt hatte: «O Liebling, hast du alles für Norwegen? Es tut mir leid, ich habe einfach zu viel zu tun, um …»

Tatsache war, daß das Bild oder die Vorstellung, die sie von sich hatte – wärmender Mittelpunkt der Familie, Quelle unsichtbarer Ausstrahlungen wie von einer Ameisenkönigin –, seit zwei oder drei Jahren passé war. (Stimmte vielleicht mit ihrem Erinnerungsvermögen etwas nicht? Mehr und mehr schien es ihr, als habe sie verschiedene Erinnerungen, die einander widersprachen.) In Wahrheit hatte sie seit zwei, drei und mehr Jahren – jedenfalls seit die Kinder erwachsen waren – gehungert. Es hatte einige Zeit gedauert, war ein Prozeß gewesen, und es hatte nie einen Augenblick gegeben, in dem sie hätte sagen können: «*Jetzt* sind sie erwachsen, jetzt ist es geschafft.» Trogen ihre Erinnerungen sie deshalb? Natürlich hatte nicht die «wirkliche» Kate Hunger gelitten; jene Kate war immer – oder zumindest wie in ihren besten Augenblicken – ruhig auf ihrem Beobachtungsposten hinter der Bühne geblieben, was meist ganz lustig gewesen war. Trotzdem war die Entbehrung schmerzhaft genug gewesen. Sie hatte oft allein in ihrem Zimmer gesessen, und das Bewußtsein, unerträglich ungerecht behandelt zu werden, hatte sie ganz krank gemacht. Das schmerzliche Gefühl der Ungerechtigkeit hatte in all diesen Jahren auf sie gelauert. Aber sie hatte nicht zugelassen, daß es von ihr Besitz ergriff, jedenfalls nicht lange. Sie hatte statt dessen sorgsam das Bild von der Ehe gepflegt (konnte man es vielleicht als Phase zehn, Phase fünfzehn bezeichnen?), das sich aus Diskussionen mit ihrem Mann herauskristallisiert hatte. Sie hatte nicht zugelassen, daß ihre Gefühle Besitz von ihr ergriffen. Lediglich das spöttisch-wehmütige Lächeln hatte sie sich erlaubt. Sie konnte nicht ertragen, daß jetzt alles auf sie einstürmte. Irgendwann mußte es sein! Aber jetzt war sie zum Glück viel zu beschäftigt; wie schmeichelhaft, so beschäftigt zu sein. Hier wurde sie von Zimmermädchen und Kellnern, vom Hoteldirektor und vom Etagenpersonal, von Taxifahrern und Dolmetschern angelächelt – und besonders von Ahmed, der sie anbetete. Genau so, wie sie ihn anbetete. Ihre Beziehungen zueinander waren wie die zweier Eunuchen im Harem. Er nahm ihr vieles ab, verstand alles, kümmerte sich um alles: sie war unbestritten der einzige Mensch, der mit all den Problemen und Forderungen dieser schwierigen, begabten, verwöhnten Kinder, die es gewöhnt waren, daß man sie bediente, dieser internationalen Verwaltungsfachleute, dieser neuen Elite, fertig werden konnte: sie, zusammen mit ihrem Zwillingsbruder Ahmed. Bei den Konferenzsitzungen hielt sie sich in einem Nebenzimmer auf, wartete darauf, sich nützlich machen zu können, oder saß, wenn nötig, in ihrer kleinen Kabine, bereit, auf ein Zeichen hin von französisch, italienisch, englisch umzuschalten, alles in Portugiesisch zu verwandeln – die portugiesisch Sprechenden waren alle zu ihr gekommen und hatten sie zu ihrer absoluten Treue gegenüber dem

Geist der Sprache beglückwünscht. Bei jeder Kaffee- oder Teepause, bei allen Mahlzeiten, zu jeder Tag- und Nachtstunde war sie da, stand sie zur Verfügung, die immer gefällige, beliebte Kate Brown.

Im vorigen Sommer, bei ihrem Besuch in den Staaten, hatte sie bereits ihren jetzigen Zustand beobachten können ...

Auf diesem Kontinent gibt es überall Baulichkeiten, die sich alle mehr oder weniger ähneln, fast einer kleinen Stadt, nur unter demselben Dach, gleichen, sich manchmal kilometerweit erstrecken und jeweils in kleinere selbstständige Einheiten unterteilt sind, von denen jede der Abfertigung der Passagiere einer Luftfahrtgesellschaft dient. Einige der großen Gesellschaften beschäftigen Mädchen, die wie die Tambourmajorinnen bei Festveranstaltungen und Karnevalsumzügen gekleidet sind. In phantasievollen, grellbunten Kostümen patrouillieren die Mädchen vor den Abfertigungsschaltern ihrer Gesellschaft auf und ab. Sie sollen Auskünfte und Ratschläge erteilen und tun das auch wirklich, aber das ist nicht ihre eigentliche Aufgabe. Die besteht einfach darin, die betreffende Gesellschaft mit der Aura von leicht erhältlicher, harmloser Erotik zu umgeben. Keine herausfordernde oder komplizierte oder geheimnisumwitterte Erotik – Gott bewahre. Die Mädchen sind attraktiv, aber keinesfalls sehr sinnliche Geschöpfe. Man hat sie wegen ihrer freundlichen, munteren, das Tageslicht nicht scheuenden erotischen Ausstrahlung ausgesucht, und da gehen sie allein oder zu zweit oder zu dritt auf und ab, lächeln, lächeln, lächeln, und während man sie beobachtet (unter Umständen stundenlang: wenn das Flugzeug zum Beispiel Verspätung hat), glaubt man zu sehen, wie sie langsam aufblühen und innerlich anschwellen. Sie berauschen sich – wirklich und buchstäblich – an der eigenen Anziehungskraft, an ihrer öffentlichen Zurschaustellung, wo sie so viele Augen auf sich ziehen, und an der eigenen Hilfsbereitschaft. Sie lächeln und lächeln und lächeln, und bald sieht es so aus, als würden sie, eine nach der anderen, aufsteigen und davonschweben, auf der Wolke ihres eigenen, von soviel Aufmerksamkeit immer mehr angefeuerten Wohlwollens. Ja, davonschweben werden sie durch die Fenster der Abfertigungshalle und zwischen den aufsteigenden und landenden Flugzeugen lächelnd am

Himmel hin und her schaukeln wie Wetterballons. Und in der Maschine arbeiten ebensolche Mädchen: Die Stewardessen, alle von ihrer eigenen Stellung als öffentliche Wohltäterin, als Spenderin der Liebe berauscht. Das gilt nicht für die großen Linien, die internationalen Strecken, auf denen die Mädchen, wenn sie ihren Kunden Aufmerksamkeit und Liebe in Form von warmem Essen kredenzen, schwer arbeiten müssen, aber doch für die kleinen, munteren Maschinen, die Tag und Nacht über ganz Amerika hinweg flitzen und mehr Mädchen als Arbeit an Bord haben. Sie bieten Getränke an, stellen zärtlich und vertraulich lächelnd ein Tablett mit vakuumverpackten Mahlzeiten vor den Passagier, senden liebevolle Botschaften über die Bordlautsprecher. «Wir lieben euch, wir brauchen euch, kommt bitte wieder, liebt uns bitte.» Und sie gehen auf und ab, auf und ab, lächelnd, lächelnd, bewundert von Männern und Frauen. Es ist ihr Geschäft, bewundert zu werden. Während sie umhergehen und sich zur Schau stellen, steigt das Fieber. Zu Beginn des Fluges ist ein Mädchen noch frisch und strahlend, nichts als Freundlichkeit; aber bald scheint sie nahe daran, unter der Gewalt der ihr zuteil werdenden Aufmerksamkeit zu explodieren. Sie ist damit aufgebläht worden; sie hat vermutlich hohes Fieber – sie sieht jedenfalls so aus –, ihre Wangen sind gerötet, der Blick flattert, ist glasig.

Und sie lächelt. Sie lächelt. Sie lächelt.

Man kann sich vorstellen, wie ruhelos sie ist, wenn sie nach einem Flug wieder in ihr Zimmer kommt, daß sie nicht stillsitzen, nicht schlafen kann, das Lächeln nicht ablegen kann, keinen Hunger hat. Sie ist zu erregt, sie kann nicht abschalten. Falls sie einen Freund hat – was kann die Liebe dieses armseligen Nichts ihr bieten im Vergleich zu dem, was sie den ganzen Tag über von Dutzenden von Männern bekommen hat? Und man stelle sich vor, was geschieht, wenn dieses Opfer heiratet! Was natürlich schon sehr bald geschehen muß: Die Heiratsziffer ist bei diesem Beruf ebenso hoch wie die Scheidungsziffer. Ein Jahr, auch zwei Jahre oder drei Jahre lang – aber höchstens sechs – hat dieses Mädchen täglich zur Schau gestanden, im Brennpunkt Hunderter von Augenpaaren; in jeder Minute, für die sie bezahlt wird, ein Gefäß zur Aufnahme von Bewunderung und Begierde und Neid, eine Quelle von Wärme, Behagen und Aufmerksamkeit. Dann heiratet sie. Ihr muß es vorkommen, als gehe sie von einer Bühne, wo Tausende ihr applaudierten, in ein kleines dunkles Zimmer. Höchstwahrscheinlich hat sie überhaupt keine Ahnung, warum sie sich wie ein Kreisel vorkommt, den man gepeitscht und gepeitscht hat – und der sich selbst überlassen für alle Zeit weitertrudelt. Sie kann nicht über sich nachgedacht haben, sich nicht ihrer selbst bewußt gewesen sein; um überhaupt die Voraussetzungen für eine derartige Arbeit mitbringen zu können, muß ein solches Mädchen notwendigerweise naiv sein. In ihrem ganzen Leben ist ihr noch nie der Gedanke gekommen: wie ungeheuerlich es ist, ein Mädchen zur Zielscheibe öffentlicher Liebe abzurichten – Tambourmajorin, Reklamegirl einer Luftfahrtgesellschaft, Stewardess – für Monate, für Jahre. Sie heiratet, weil, wenn man jung heiratet, man sich selbst bestätigt; und dann muß es sein, als trüge sie in sich ein Organ, das imstande ist, Tausende von WATT LIEBE, AUFMERKSAMKEIT, SCHMEICHELEI zu speichern und abzugeben, und dieses Organ hat mit voller Kapazität gearbeitet, aber sie kann das Ding nicht abschalten. Was ist los mit ihr? Sie hat keine Ahnung. Warum fühlt sie sich so gereizt, warum kann sie sich nicht entspannen, ausruhen, schlafen? Sie ist wie ein Kind, das von den Erwachsenen bewundert worden ist, aber nun ist es ihnen langweilig geworden, sie haben sich anderen Dingen zugewandt und sie vergessen, und ganz gleich, wie sie tanzt und posiert und ruft: «Schaut mich an! Schaut mich an!» – sie scheinen es nicht zu hören. Zuletzt sagen sie: «Sei still. Geh und spiel.»

Sie hat Kopfschmerzen. Sie ist frigide und gibt sich dann wie rasend hin, daß der Mann denkt, er habe einen Rivalen. Bald kommt die Scheidung. Wahrscheinlich bemüht sie sich um ihren früheren Job, aber sie ist zu alt. Sie hat die unbefangene, kindliche Vitalität eingebüßt, und ihr Platz ist von einem Mädchen eingenommen worden, das eben das College verlassen hat.

Bald war es Mitte Juli. Die Konferenz ging in ein paar Tagen zu Ende; die Delegierten würden sich wieder in alle Winde zerstreuen, während andere eintrafen: Das Hotel sollte Schauplatz einer Konferenz über die Cholera sein.

Kate lächelte, lächelte, im Strahlenbündel der Wertschätzung anderer, bündelte die Strahlen ihrer eigenen Bereitschaft so, daß sie die anderen wärmte; der Gedanke, daß sie bald allein sein würde, veranlaßte sie zu übertriebenen Reaktionen. Sie wußte es. Es war Panik. Ihr Lächeln strahlte zu heftig. Vielleicht war es aber auch etwas anderes: Sie bot das an, was sie geben konnte, aber es war zuviel in einer Situation, in der jeder nur noch ans Packen und Abreisen dachte. Sie sah sich selbst im Spiegel von Ahmeds Reaktionen: eine tüchtige, energiegeladene, lächelnde Frau, die sich jedoch pausenlos nur um sich selbst drehte, wie eine Maschine, die irgend jemand hätte abstellen sollen. Er bot ihr Kopfschmerztabletten an und gestand, es gehe ihm selbst genauso – nach solch anstrengenden Tagen könne er nachts nicht schlafen, seine Frau beklage sich. Kate zeigte ihm Bilder von ihrer Familie; er zeigte ihr das Foto einer ausgesprochen gepflegten Frau, ein kleines Mädchen saß steif auf ihren Knien; es war ein Schnappschuß, das konnte Kate sehen. Sie tauschten die Bilder während einer Arbeitspause auf einem Treppenabsatz aus, Kate stand am Fenster. Ahmed konnte sich nämlich nicht setzen, wie ein Gast, was sie konnte – so, wie sie auch die Delegierten überallhin zum Essen und bei den Exkursionen begleiten konnte; Ahmed konnte das natürlich nicht. Also stand sie jetzt, neben Ahmed, und hörte, daß sie morgen früh nicht mehr so nervös wäre, wenn sie diese Medizin nähme und früh zu Bett ginge.

Kate glaubte nicht daran: Was sie erwartete, ließ sich nicht mit Beruhigungsmitteln vertreiben und unsichtbar machen, sobald sie erst einmal die Augen aufschlug. Sie würde nach London zurückkehren müssen, sich für zwei Monate irgendwohin zurückziehen und in völliger Einsamkeit über ihr Leben nachdenken. Natürlich war sie von verschiedenen Delegierten, Männern und Frauen, mit denen sie sich angefreundet hatte, in verschiedene Länder eingeladen worden – Freundschaft im Stil dieser Lebensart, unverbindliche und großzügige Freundschaft, die keine Forderungen stellte, die im Grunde Gleichgültigkeit war. Die nicht *kritisierte*. Die keine *Ansprüche* geltend machte. Für die nationale oder rassische Unterschiede keine Rolle spielten, die in dieser entrückten Welt lediglich als angenehmer Kitzel empfunden wurden. In erotischer Hinsicht herrschte Demokratie. Es gab keine gebrochenen Herzen. Die Karriere war selbstverständlich wichtiger als Liebe oder sexuelle Beziehungen: möglicherweise war das die Sexualität der Zukunft; romantische Liebe, Sehnsucht, Verzweiflung jeder Art würde man in eine neurotische Vergangenheit verbannen. Solche Freunde, solche ehemaligen oder künftigen Liebenden konnten sich nach intensivem täglichem Zusammensein in Buenos Aires trennen, monate- oder jahrelang nichts mehr voneinander hören und sich in Reykjavik voll heimlicher, sorgsam abgewogener Freude zu einer neuen Runde aufeinander abgestimmter Intimität wieder treffen. Genau wie Schauspieler und Schauspielerinnen, die eine Zeitlang eine so intensive Nähe entweder als erfreulich empfinden oder darunter leiden und sich dann wieder in alle Winde zerstreuen, um sich – in anderen Kostümen – zehn Jahre später wiederzubegegnen.

Vielleicht sollte sie mit der charmanten Madame Phiri nach Sierra Leone fahren? Warum nicht? Oder noch eine Weile hier bleiben; sie hatte von der Türkei bisher nicht mehr gesehen als zahllose Restaurants, in denen man vorzüglich speiste, und zwei Moscheen und eine Kirche. Aber die Türkei ist für eine Frau wie sie nicht das richtige. Paris oder Rom wäre etwas anderes ... Sie konnte nicht allein ins Landesinnere fahren und andere Orte besuchen, das heißt, sie, eine seit vielen Jahren verheiratete Frau, konnte nicht ohne einen Mann an ihrer Seite reisen.

Sie stand in der Hotelhalle und wartete auf Madame Phiri, die sie gebeten hatte, sie beim Friseur anzumelden. Natürlich hätte das Hotelpersonal sich darum kümmern können, kümmern sollen; aber die liebe Kate erledigte ja alles so fabelhaft.

Sie stand da und wartete, während Menschen nickend und lächelnd vorbeigingen. Dear Kate. Chère Cathérine. Süße Katya, Katinka und Kitty. Darling Katy, *meine* Catriona. Schöne Katlyn, Caterline, Kit und Catherine. Ekaterina, Liebes, Katy, mein Engel. Karen, ich weiß nicht, was ich ohne Sie tun soll.

Sie werden mir fehlen, Mrs. Brown.

Sie lächelte, lächelte, lächelte, während sie stumm, nur innerlich, nicht ohne Hysterie summte:

Ich werde Sie vermissen, Mrs. Brown!
Wie Sie mir fehlen werden, Mrs. Brown!
Sie haben mich gefüttert, gelenkt, geleitet,
Sie halfen mir, Sie haben mich begleitet,
Nun gehen wir – was helfen da Beschwerden?
Oh, Mrs. Brown, wie Sie mir fehlen werden ...

Sie mußte erheblich länger als vorgesehen auf Madame Phiri warten, die sich viele Etagen weiter oben noch von irgend jemandem verabschiedete, als sie einen jungen Mann auf sich zukommen sah, dessen Gesicht ihr bekannt vorkam: Ehe sie wußte, was geschah, lud er sie für den nächsten Tag zu einer Fahrt nach Konya ein. Er habe einen Wagen gemietet.

Sie hatten sich vor einer Woche zum erstenmal gesehen, vor diesem Hotel, auf dem Bürgersteig. Er, ein schmächtiger dunkelhaariger Jüngling in einem hellen Sommeranzug, stand mit dem Rücken zu dem vorbeibrandenden Straßenverkehr und blickte an der Hotelfassade hinauf und hinunter, als messe er sie ab. Er sah wie ein Hotelgast aus, fast wie ein Delegierter, denn die Eleganz seines hellen Sommeranzugs hob ihn aus der Masse der nachlässig gekleideten Touristen heraus. Später hatte sie ihn in einem Café gesehen. Er saß am Nebentisch, bei einer Gruppe junger Leute, und man hatte ein paar Worte gewechselt. Jetzt war er wie ein Tourist gekleidet und wirkte erhitzt. Sein dunkles Haar, so geschnitten, daß er es glatt zurückstreichen konnte, war jetzt ganz lockig und glänzte. Und er war kein Jüngling mehr, sie hatte sich geirrt. Er erzählte ihr, er sei Amerikaner, besuche Europa zum soundsovielten Male und habe vor, von hier aus nach Spanien zu fahren, wo er sich jedesmal wie zu Hause fühle. Das wollte sie gern glauben: Er sah aus wie ein Spanier und hätte in jedem südlichen Land wie ein Einheimischer gewirkt.

Er wohne nicht in diesem Hotel, sagte er: das übersteige bei weitem seine Mittel. So war seine Einladung, morgen mit ihm zu fahren, also nicht die Eingebung eines Augenblicks, sondern er hatte sie mit Vorbedacht getan? Er sagte, nachdem er sie in dem Café gesehen hätte, habe er gefolgert – was schließlich nicht so schwer war! –, daß sie vermutlich da und da wohne, habe sich erkundigt, und da sei er nun. Während er ihr seine saloppe Impulsivität darbot – «Es wäre so schön, wenn Sie Zeit hätten, es wäre so schade, wenn der Platz im Auto leer bliebe» –, blitzten seine überhaupt nicht ängstlich blickenden Augen vor komplicenhafter Ironie über die Situation und über sich selbst. Nur sie beide würden in dem Auto sitzen. Ihre Pflichten waren heute abend zu Ende – jedenfalls offiziell; sie zweifelte nicht daran, daß man sie, wenn sie es zuließ, bis zuletzt in Trab hielt. Sie sagte, sie würde gern mitkommen – obwohl vor ihrem inneren Auge plötzlich Mary Finchley stand und sagte, sie müsse verrückt geworden sein. Aus Gehorsam ihrer alten Freundin gegenüber wollte sie der Bekanntschaft mit diesem jungen Mann – nicht so jung, wie er aussah, genau wie sie nicht so alt aussah, wie sie war – gerade Grenzen setzen, als Madame Phiri auf sie zu rauschte, nichts als lange braune Gliedmaßen und auffallend lange beringte Finger, und sie mit leidenschaftlichen Entschuldigungen überschüttete, daß sie sie habe warten lassen.

Kate sah die forschenden Blicke, mit denen der junge Mann die wundervolle Schwarze betrachtete. Es geschah nicht versteckt oder entschuldigend oder verschämt, auch waren die Blicke nicht aggressiv, sondern es lag ein Ausdruck aufrichtiger Würdigung darin, die Madame Phiri mit einem winzigen amüsierten Lächeln zur Kenntnis nahm, bevor sie aus der Halle hinausrauschte: «Kate, Darling, ich habe mich so entsetzlich verspätet...»

«Na gut», sagte Kate. «Aber ich weiß ja noch nicht einmal, wie Sie heißen.»

Er hieß Jeffrey. Und er sagte, er werde am Abend anrufen. Er meldete gewissermaßen schon Ansprüche auf sie an, und er gab seine Absichten, oder doch Wünsche, mit jener direkten Aufrichtigkeit zu erkennen, die Madame Phiri zu einem Lächeln bewogen hatte.

Sie kamen nicht bis nach Konya. Die Fahrt (die, bei großer Hitze, unbequem und lang war, weil das Auto unterwegs zweimal stehenblieb, ehe es endgültig nicht weiterfuhr) brachte diese beiden Menschen schnell «zusammen», wie man sagt, gerade wegen der vielen Unannehmlichkeiten, und auch, weil sie vor der Frage standen, ob sie zu einem Bus laufen und weiterfahren oder ob sie ein anderes Auto mieten sollten. Unannehmlichkeiten, mit denen der junge Mann natürlich gerechnet hatte – in der Annahme, daß auch sie damit rechnete. Es machte ihm nichts aus, daß er nicht bis Konya kam. Ihr ja, aber nicht viel – es war wirklich sehr heiß, sehr staubig. Sie saßen hinten und unterhielten sich, während der Fahrer sie allein ließ, um ein anderes Transportmittel zu besorgen.

Sie unterhielten sich über ihn. Er stammte aus Boston, lebte in New York und war in der Werbebranche tätig. Er sah gut aus, war intelligent, amüsant, gebildet. Sein Nonkonformismus verlieh ihm zusätzliche Anziehungskraft: Vor vier Jahren hatte er beschlossen, dem – wie er es allzu leichthin nannte – «Mammon der Werbung» zu entsagen, wodurch sein Wert gleich zweifach gestiegen war: einmal, weil er selbst zum Mammon gehörte, und zweitens, weil er ihm den Rücken gekehrt hatte, und das nach nur drei, allerdings sehr erfolgreichen Jahren in der Branche. Gerade der schnelle Erfolg hatte ihn mehr als alles andere erschreckt. Also war er «ausgestiegen». Nicht in ein Leben der Bedürfnislosigkeit oder ins Hippieleben, das bereits überholt war – dafür war er zu alt. Und er hatte wohlhabende Eltern. Aber er drehte der Karriere und dem damit verbundenen Lebensstil den Rücken. Seitdem war er oft mit dem Zelt durch Europa getrampt. Er war jetzt zweiunddreißig Jahre alt.

Es war Kate klar, als sie ihm zuhörte, daß er voller Unruhe und Widersprüche steckte. Das «Aussteigen» war keine endgültige Entscheidung gewesen. Seine Entscheidungen standen ihm noch bevor. Alles gut und schön, mit zwanzig oder fünfundzwanzig «auszusteigen». Alles gut und schön, mit einem Mädchen, das ihm gefiel oder dem er gefiel, auf dem Mount Shasta zusammenzuleben – das hatte er getan; oder in Vermont – auch das hatte er getan. Alles gut und schön, vom Geld seiner toten Großmama zu leben: er beeilte sich, darauf hinzuweisen, daß es «sein Geld und nicht das seiner Eltern» war. Aber er war über dreißig. Er wußte nicht, wie er leben wollte: das war die Quintessenz. Wie Gott weiß, wie viele Millionen junger Menschen wußte er nicht, was er mit sich anfangen sollte. (Ihre Kinder gehörten Gott sei Dank nicht dazu, es sei denn, Tim würde sich vielleicht so entwickeln.) Das heißt, junge Leute aus reichen Ländern, aus dem reichen Drittel der Erde. Die jungen Leute aus dem anderen Teil der Welt, wo es an Bildung und Erziehung fehlte, wo Armut herrschte, hatten keine Wahl. Die mußten raffen und stehlen und hungern, um zu leben. Nicht zu wissen, wie man leben soll, war ein Privileg der reichen Jugend dieser Welt.

All diese Gedanken hatte er in seiner nüchternen amüsanten Art zuerst auf der Fahrt nach Konya entwickelt, dann hinten im Auto, während der Verkehr nach Konya an ihnen vorbeibrauste, und schließlich, da es im Auto unerträglich heiß war, am Straßenrand. Erst am Spätnachmittag fand der Fahrer eine Rückfahrmöglichkeit nach Istanbul für sie, mit einem Taxi, das einem Freund von ihm gehörte. Das Taxi war sehr alt. Es rumpelte und holperte. Sie fuhren durch einen Schleier aus gelbem Staub, der sich niedersenkte und den ohnehin schon wundervollen Sonnenuntergang noch intensiver machte. Er redete. Dann gingen sie in ein Restaurant. Es mußte ein billiges sein, da er sie einlud, und er stand zur Zeit nicht im Sold bei einer großen internationalen Organisation. Nach dem Restaurant besuchten sie einen Nachtclub, wo er Bauchtänzerinnen und Sängerinnen übersah und redete und redete. Kate hörte zu. Sie war eine besonders gute Zuhörerin. Während er redete, fragte sie sich, ob sie sich entschließen würde, mit ihm zu schlafen oder nicht. In ihrer Phantasie tauschte sie respektlose Bemerkungen mit Mary aus. Sie wußte, daß die Männer, die Mary, wäre sie hier gewesen, Avancen gemacht hätten, völlig anders gewesen wären als dieser junge Mann. Mary hätte Jeffrey nicht einen Blick gegönnt – und hätte das bestimmt auch rundheraus gesagt. Da hast du's wieder, hörte Kate sie sagen. Was ist bloß los mit dir, Kate? Herr des Himmels, wenn du mit ihm schlafen willst, dann tu es doch!

Wenn Mary in diesem Hotel gewohnt hätte, wäre garantiert irgendwann spätabends ein Portier oder Kellner oder Gepäckträger oder vielleicht sogar ein Hotelgast in ihrem Zimmer aufgetaucht; sie wären einander vorher auf dem Korridor, im Fahrstuhl oder in der Halle aufgefallen; Signale wären hin und her geblitzt. War die Nacht vorbei, über die sich Mary befriedigt äußern würde, da sie einen untrüglichen Instinkt besaß, würde sie keinen Gedanken mehr an ihn verschwenden. Oder höchstens einmal die Bemerkung machen: «Dieser Mann, den ich in Hastings am Strand getroffen habe – ich erzählte dir doch davon, ja? –, also, *der* war Klasse.»

Kate stimmte Marys Geisterstimme zu; sie wußte längst, was dieser Liebhaber, sofern sie sich entschloß, die Dinge diese Richtung nehmen zu lassen, suchte: eine Zuhörerin.

Es war an der Zeit, sich Gedanken über ein Thema zu machen, über das sie sonst nicht sehr viel nachdachte... Aber hier lauerte eine Lüge, noch eine Lüge. Wieder das trügerische Gedächtnis. Sie mußte sich, ohne irgend etwas zu beschönigen, darüber klar werden, welchen Stellenwert die Untreue in der erfolgreichen und befriedigenden Ehe von Mr. und Mrs. Brown einnahm.

Die in den Gesprächen gefundenen Entwürfe und Definitionen hatten – bis zu einem gewissen Punkt jedenfalls – mit der Realität übereingestimmt. Das kleine ironische Lächeln hatte nichts mit der Diskrepanz zwischen Rezept und Wirklichkeit zu tun. (Oder doch? Kate kam es vor, als verdränge ein Erinnerungsschema das andere; doch sie machte inzwischen mit dem weiter, an das sie gewöhnt war.) Es war eine glückliche und befriedigende Ehe, weil sie beide, sie und Michael, schon sehr früh begriffen hatten, daß der Kern der Unzufriedenheit, der Gier, wenn man so will, die unweigerlich zu jeder modernen Ehe gehört – zu allem, daran liegt es ja –, nichts mit einem der beiden Partner zu tun hat. Oder mit der Ehe. Sie wird von Erwartungen gespeist, die den Menschen vor der Ehe eingeimpft worden sind und die zu einem sehr großen Teil darauf beruhen, daß der Zuschnitt des Alltagslebens (das war sicher eine neue Redensart? Die eine ältere ersetzte? Wie hatte man früher gesagt – das Leben ist ein Jammertal?) dürftig und unbefriedigend ist. Man hatte der Ehe eine Last aufgebürdet, der sie nicht gewachsen war. All das hatten sie schon ganz zu Anfang besprochen. Nein, nicht gerade in Phase eins, die ganz dem ungetrübten Glück galt, vielleicht auch nicht in Phase zwei... Sie setzte sie beide herab, wenn sie sich über ihre jugendliche Naivität lustig machte; sie hatten Phase drei nicht erreicht, ganz zu schweigen von Phase zehn oder fünfzehn – solch anspruchsvollen Begriffen waren sie schnell entwachsen. Na schön, aber kurz nach der Hochzeit waren sie – und das Verdienst dafür gebührte beiden – übereingekommen, sich gegenseitig keine Vorwürfe zu machen, wenn der große Hunger nicht gestillt wurde. Wonach hungerten sie denn? Sie wußten es nicht; sie hatten immer viel zuviel zu tun, um sich diese Frage zu stellen.

Eine Krise hatte es gegeben, als Michael sich im Krankenhaus in eine jüngere Kollegin verliebte. Ihre Ehe hatte bis dahin schon eine ganze Reihe von Zerreißproben und Überraschungen verkraftet. Sie waren jetzt zehn Jahre verheiratet, die Kinder waren geboren. Dieses Verhältnis hatte soviel zerstört – nicht nur in Michaels und Kates Gefühlsleben, sondern möglicherweise auch, was die verständnisvolle Einsicht beider anging –, daß es sich nicht ein zweites Mal wiederholte. Nicht in dieser Form. Später hatte sie begriffen – er hatte zugelassen, daß sie begriff –, daß er von Zeit zu Zeit, diskret und mit jeder nur möglichen Rücksicht auf ihren Status, den Status der Ehefrau, Affären mit jungen Frauen hatte, denen das nicht zu naheging: jene Art von Affären, wie sie unter den Delegierten und am Rande der von den großen internationalen Organisationen veranstalteten Konferenzen gediehen. Sie hatte es akzeptiert, und der Schmerz war nicht unerträglich. Der Schmerz war mehr eine Reaktion, die irgendein Teil in ihr, dem sie, wie sie glaubte, nicht nachgeben durfte, für die der Situation angemessene Empfindung hielt. Doch die Ehe ging weiter ganz gut. Zu ihrer beider Überraschung, zumal sie umgeben waren von Paaren, die sich scheiden ließen, von Ehen, die keinen Seitensprung zu verkraften verstanden ... An diesem Punkt lösten sich Kates Gedankengänge oder Erinnerungen ganz einfach auf. Einiges daran stimmte: sie hatten richtig gehandelt, als sie sich darauf einstellten, nicht zuviel voneinander oder von der Ehe zu erwarten. Aber sonst – in Wahrheit hatte sie die Achtung vor ihrem Mann verloren. Warum, wenn er doch nur das tat, was «alle» taten – alle Männer in seiner Situation? Aber sie hatte bei ihm schon seit längerer Zeit das Gefühl, als habe er eine Schwäche für Süßigkeiten, der er nicht widerstehen könne. Er hatte an Format verloren, kein Zweifel. Die Gefühle, die sie ihrem Mann entgegenbrachte, waren mütterlicher Art, das war früher anders gewesen. Sich in jemanden zu verlieben, sich so zu verlieben, daß es weh tat, das konnte sie gut verstehen, das hatte sie selbst erlebt. Aber sich sein Leben bewußt und zielstrebig – natürlich nach vorheriger «Klärung» mit ihr – so einzurichten, daß er mit sämtlichen jungen Frauen, die ihm über den Weg liefen, eine endlose Reihe von belanglosen, freundschaftlich-sexuellen Beziehungen anknüpfen konnte, machte ihn in ihren Augen gewöhnlich. Und wie er sich kleidete und sich das Haar schneiden ließ!... Als er das erste Mal aus dem Ausland zurückkehrte, nach dem Versuch, die Uhr um mindestens fünfzehn Jahre zurückdrehen – da hatte sie vor Wut und Abscheu gezittert. Natürlich hatte sie sich bald davon überzeugen lassen – weniger durch das, was Michael sagte, als durch das, was er ständig durchblicken ließ –, daß sie nur neidisch war. Es war schäbig von ihr.

Doch seit sie kapiert hatte, daß er nun einmal so war und daß sie damit rechnen mußte, daß er es, bis das Alter ihn erwischte, so treiben würde – es sei denn, er würde, bis er starb, nicht davon lassen, wie eine alte Oma, die sich die Haare färbt und kurze Röcke trägt, damit die Leute ihre noch immer schönen Beine bewundern können –, seit sie das kapiert hatte, empfand sie es als einen Angriff auf ihren Eigenwert, auf ihre Substanz. Erklären konnte sie es nicht, aber so war es. Sie, Kate, fühlte sich dadurch herabgesetzt, daß ihr Mann, ein in jeder Hinsicht guter und verantwortungsbewußter Ehemann, sich vorgenommen hatte, eine endlose Zahl von «Affären» zu erleben, die genaugenommen verantwortungslos waren und bei denen ihn nur das Sexuelle reizte. Ihr wäre es lieber gewesen, er hätte ein echtes Gefühl, eine echte Bindung zu irgendeiner Frau, ja selbst zu drei oder vier Frauen gehabt und darauf gepocht, so als sei das sein gutes Recht, eine tiefe Bindung, die dauerte und Loyalität forderte, auch von ihr. Dann hätte sie nicht das Gefühl gehabt, in ihr sei eine Wunde aufgebrochen, aus der Substanz und Kraft flossen, während sie in ihrem Haus im Süden Londons saß und wußte, daß er (natürlich nur dann, wenn ihm seine Arbeit, der sein wahres Interesse galt, die Zeit dazu ließ) diesem oder jenem sexuellen Kitzel nachjagte. Sie hatte bei ihm – gegen alle Vernunft und gegen alle sorgfältig aufgestellten Regeln – das Gefühl, daß er seinen Weg, sein Ziel verloren hatte.

Es war dumm, so zu empfinden. Es war weltfremd, naiv, kleinlich. Sie wußte, was Mary ihr antworten würde, vorausgesetzt daß sie es ihr erzählte – daß es nichts zu bedeuten habe. Aber sie hatte nun einmal dieses Gefühl und würde nicht so tun, als sei es anders. Vor ein paar Tagen hätte sie noch gesagt, welche Gefühle oder Gedanken oder neu sich abzeichnenden Wahrheiten auch hinter der Bühne auf die Gelegenheit zum Auftritt lauern mochten – und erst dann auftreten konnten, sobald sie aufhörte, andere Leute zu bemuttern, aufhörte zu reden, zu lächeln, zu lächeln, zu lächeln, jetzt, wo sie sich im Vorgebirge einer Liebesaffäre befand und bereits das Gefühl hatte, sie müsse hinaufklettern, so wie jeder den Gipfel erklettern muß, der sich überhaupt fürs Bergsteigen interessiert –, welche Wahrheiten das auch immer sein mochten (und sie hatte soviel Angst, ihnen ins Auge zu sehen, daß sie sich alle Mühe gab, es zu vermeiden), sie konnten doch gewiß nichts damit zu tun haben, daß ihr Mann Dutzende von solch trivialen Liebesaffären hatte? *Dieser* Verlust war schon vor Jahren eingetreten. Aber vielleicht sollte sie hier einhaken (wenn sie sich dafür Zeit ließ!): bei ihrem kindischen, irrationalen, aber nicht wegzuleugnenden Gefühl, sie komme sich wegen Michael wie eine Puppe vor, aus der langsam das Sägemehl herausrieselt.

Dieses Gefühl hatte sie auch jetzt, als sie dem jungen Mann gegenübersaß und seine verzweifelten Anstrengungen beobachtete, von ihr – von jedem, der es ihm gab – zu bekommen, was ihn, ohne daß er sie überhaupt sah, am Reden und noch mal Reden hielt. Schließlich hatte sie diesen Gipfel bereits erklommen: ältere Frau – jüngerer Mann.

Die Volksweisheit behauptet, diese besondere Kategorie der Liebe sei die schmerzlichste, zarteste, poetischste, köstlichste, die es gibt, mit einem Wort, der Leckerbissen auf der Speisekarte. Ausgenommen vielleicht das Pendant: älterer Mann – junges Mädchen ... (Falls sie sich auf diese Affäre einließ – war es wegen Michael? Ließ sie sich deshalb willenlos treiben, war sie deshalb nicht imstande, nein zu sagen, nicht imstande, zu tun, was sie tun sollte, weil Michael sie aufgezogen hatte wie ein Uhrwerk?) Die Volksweisheit hatte recht. Aber sie hatte es bereits erlebt. Die Zutaten waren perfekt gewesen: Sie war fünfunddreißig, er zwanzig gewesen. Und es war ganz geheim geschehen, keine Menschenseele hatte etwas davon gewußt. Es war wie aus dem Bilderbuch gewesen: mit wunderbar widrigen Umständen, unerfülltem Begehren, bittersüß, zum Scheitern verurteilt.

Goethe, oder vielmehr Goethe, wie Thomas Mann, sein Alter ego, ihn interpretierte, hatte gesagt, der Kuß sei die Quintessenz der Liebe. Er habe ihn in seinem Leben oft genug «erschlichen»; worauf es ankomme, sei der Kuß.

Man muß schon eine verheiratete Frau von fünfunddreißig sein, mit einem Ehemann und wachsamen Kindern, die Tag und Nacht in der Nähe sind, um Umstände herbeizuführen, wo ein Kuß genügen muß. Nein, es hatte auch ein köstliches Wochenende gegeben, auf Kosten weiß Gott welcher Arrangements, Winkelzüge und Lügen; aber wenn sie zurückblickte, war bestimmt nicht das Sexuelle ausschlaggebend gewesen. Denn abgesehen von allem anderen wird eine vernünftige Frau, die eine sexuelle Beziehung sucht, gerade auf dem Gebiet, wo Erfahrung alles ist, keinen Jüngling wählen. Ihr Sexualleben mit Michael war so befriedigend, wie man es sich nur wünschen konnte. Oder war es gewesen... Und wie war es jetzt? Rein physisch natürlich sehr gut. Und vom Gefühl her? Aber was hatte das damit zu tun? Mary wäre bei der Behauptung, es käme auch darauf an, laut herausgeplatzt. (Sie dachte jetzt mehr an Mary als zu der Zeit, wo sie noch gegenüber von ihr wohnte.) In Wahrheit war der Geschlechtsakt mit ihrem Mann jetzt, seit sie wußte, daß seine wahren sexuellen Wünsche bei den so sorgfältig geplanten Abenteuern mit anderen Frauen lagen, etwas, das sie – nein, nicht langweilte, aber das ihr immer mehr widerstrebte. Als ob man ein schweres Essen vorgesetzt bekomme, ohne den geringsten Hunger zu verspüren... Nicht, daß sich ihr sexueller Appetit verringert hätte. Oder doch? Wenn ja, warum gab ihr das Eingeständnis das Gefühl, versagt zu haben? Worauf sie jedoch Appetit hatte, war etwas aus der Vergangenheit, aus der Zeit, als sie – und die Ehe (das, was Michael in der Ehe und im ehelichen Zusammenleben suchte und fand) – für ihn ein Bedürfnis, ein erstrebenswertes Ziel darstellte, etwas, dessen er damals sicher sein durfte – trotz der Kinder, trotz der Last der Hausarbeit, trotz allem. Es hatte einmal eine Zeit gegeben, da wußte sie, daß ihr Mann sie brauchte, daß ihr Zusammenleben ihm Kraft gab, und der Mittelpunkt davon war das Bett.

Diese Affäre, der sie sich gegenübersah, würde bestimmt keine Angelegenheit zarter Gefühle und seltenen Schmerzes sein. Dieser Jüngling war zu alt. Zu dinglich. Zu selbstkritisch.

Doch er gefiel ihr. Und er war sehr amüsant, besonders wenn er sich so bewußt mit den zahlreichen Möglichkeiten, sein Leben einzurichten, herumquälte, mit den Problemen des Alltags, mit diesem Jammertal.

An diesem Abend trennten sie sich jedoch in gegenseitigem Einvernehmen: Seine Aufforderung, mit auf sein Zimmer zu kommen, wurde auf den nächsten Abend verschoben.

Sie ging allein zu Bett, dachte an die Delegierten, die sich in diesem Augenblick in den verschiedenen Zimmern voneinander verabschiedeten, nach Wochen angenehmer erotischer oder anderer Partnerschaft: zweifellos erfreuliche Abschiede, wie sie auch bei ihr stattgefunden hätten, wenn sie so wie Mary gewesen wäre ... Jeffrey war zu jung für sie; nein, zu alt; jedenfalls hatte er nicht das richtige Alter. Zwanzig oder fünfundzwanzig – ja, dann wäre er immer noch ein «junger Mann», verglichen mit der für sie beginnenden Dämmerung. Ab fünfunddreißig würde er sich ihrem Status «altersmäßig» nähern – um seinen Jargon zu gebrauchen. Aber zweiunddreißig ... Soll man die Menschen danach beurteilen, welche Einstellungen sie vermutlich auf Grund ihres Alters, ihres Entwicklungsstadiums als Säugetier oder als gesellschaftliches Wesen gewonnen haben? Die meisten Menschen muß man so beurteilen, nur bei wenigen geht es darüber hinaus. Er mit seinen zweiunddreißig Jahren sollte nach den Gesetzen der Gesellschaft einzig und allein daran denken, «seinen Weg zu machen», eine Ehe zu schließen, sofern er nicht schon verheiratet war, und eine Familie zu gründen. Er tat nichts dergleichen, konnte sich aber auch nicht von dem freimachen, was man von ihm erwartete. Und er sah es als einfache Alternative, als Entweder-Oder: «Entweder nehme ich einen passenden Job an und heirate und gründe ein Heim und habe Kinder, oder ich lasse mich weiterhin treiben. Die Hälfte von meinen Freunden hat einen Job, eine Frau und Kinder; die anderen wissen nichts von Pflichten und weigern sich, welche auf sich zu nehmen. Was soll ich wählen? Die Freiheit oder die Fallstricke des Berufslebens?» Es war etwas Altmodisches an ihm, an seinem Dilemma. Weil er jederzeit einen Job haben konnte, wenn er wollte: er brauchte nicht zum Heer der Arbeitslosen zu gehören. Und er verfügte über ein Privateinkommen.

Aber sie mochte ihn, das stand fest.

Eigentlich sollte sie sofort nach England zurückfahren, sich bei Freunden einladen oder sich ein Zimmer mieten – das war es, im Haus von Freunden wäre sie wieder den ganzen Tag damit beschäftigt, zu helfen und zu bemuttern – und ruhig dasitzen, den kalten Wind so heftig wehen lassen, wie er wollte.

Sie fühlte sich fortgezogen, wie von einer verborgenen Unterströmung – es hatte etwas mit ihrem Mann zu tun, aber warum ihm die Schuld geben? Sie konnte ihm nicht immerzu die Schuld daran geben, daß sie so war, daß sie so geworden war – sie sollte nicht mit Jeffrey nach Spanien fahren, sie sollte nicht mit ihm schlafen. Sie wußte schon jetzt, daß Jeffrey Merton ihr rückblickend, wenn sie sich an ihn erinnerte, nur Öde und Wiederholung bedeuten würde. Aber sie hatte nicht die Kraft, nach London zurückzukehren, ein Zimmer zu suchen und dort still für sich zu bleiben.

Sie träumte, kaum daß sie eingeschlafen war. Sie saß in einem Kino. Sie sah einen Film, den sie bereits kannte – den sie tatsächlich schon zweimal gesehen hatte. Sie betrachtete die Sequenz von der armen Schildkröte auf der Insel im Pazifik, auf der man eine Atombombe abgeworfen hatte; die Schildkröte hatte ihren Richtungssinn verloren und kehrte nach dem Eierlegen nicht wieder zum Meer zurück, wie die Natur es ihr sonst befiehlt, sondern ging landeinwärts, wo es kein Wasser gab, wo sie sterben mußte. Sie saß in der Dunkelheit des Kinos und beobachtete, wie sich das arme Tier ruhig vom Meer fort schleppte, dem Tod entgegen, und sie dachte: Oh, der Seehund, mein armer Seehund, ich bin für ihn verantwortlich, das ist meine Aufgabe, wo ist der Seehund? Während sie das dachte, wußte sie, daß sie träumte, und so suchte sie im Traum jenen anderen Traum, den Traum vom Seehund; für die Schildkröte konnte sie nichts tun, aber den Seehund mußte sie retten. Doch sie war im falschen Traum, so als habe sie sich in einem Haus ins falsche Zimmer verirrt und könne die Tür zu dem richtigen Zimmer nicht finden ... Wo war der Seehund? Lag er verlassen zwischen schroffen Felsen und wartete auf sie, suchte sie mit seinen dunklen Augen?

Am nächsten Tag war sie verschiedenen Delegierten dabei behilflich, die Rückreise zu ihren Familien anzutreten; sie hätte das nicht zu tun brauchen, ihre Zeit war um, aber es lag nun einmal in ihrer Natur. In dieser Nacht, als die Konferenzteilnehmer sich in alle Winde verstreut hatten, reihte sie sich in die Kategorie jener Hotelgäste ein, die sich aus ihrem Zimmer in ein anderes schleichen und heimlich zurückkehren, bevor die Sonne aufgeht und die Zimmermädchen in den Fluren mit der Arbeit beginnen.

Sie verbrachte die Nacht mit Jeffrey und willigte ein, mit ihm nach Spanien zu fahren. Heller Wahnsinn, im August nach Spanien zu fahren; aber es war sowieso Wahnsinn, im August in Europa herumzureisen. Vernünftige Leute verreisten in den Monaten davor und danach. Aber man konnte leicht ins Landesinnere fahren, die Küsten meiden. Dort würden sie das *wahre* Spanien finden, das unzerstörbare, wie Jeffrey sagte, der das Land gut kannte.

Die Ferien

Am 31. Juli verließ sie das hohe, glitzernde, internationale Hotel in Istanbul, verließ mit diesem Schritt die Welt der internationalen Beamtenschaft, der Konferenzen, der großen Organisationen – die Atmosphäre des Geldes, das, zwar unsichtbar, aber doch so reichlich vorhanden ist, daß es zur Bagatelle wird. Die Portion Kaffee und das Stück Kuchen, die sie vor Verlassen des Hotels zu sich genommen hatte, hatten zwei Pfund gekostet, doch es wäre ihr niemals eingefallen, ein Wort darüber zu verlieren. Kaum saß sie jedoch im Taxi, war sie in einen heftigen dreisprachigen Wortwechsel mit dem Fahrer verwickelt, der ihr ein paar Pennies zuviel abnehmen wollte.

Sie hatte nur einen Koffer bei sich, denn sie hatte Erfahrung darin, alles auf kleinstem Raum zu verpacken; schließlich hatte sie viele Jahre lang für vier Kinder aus jener Schicht des Bürgertums eingekauft und gepackt, für die von allem das Beste in den Auslagen der Schaufenster an den Hauptgeschäftsstraßen bereitliegt. Ein paar von ihren schicken neuen Kleidern hatte sie Ahmed für seine Frau geschenkt, nachdem sie sich vergewissert hatte, daß sie dieselbe Größe trug. Die scheue Ungläubigkeit, mit der er die Sachen anfaßte, und der nur mühsam verborgene Widerwille – nicht gegen sie, sondern was die Umstände anging, hoffte sie – machten ihr bewußt, wieviel Takt und Selbstbeherrschung Ahmed in den vergangenen Wochen aufgebracht hatte.

Zur Maschine ging sie in einem grellrosa Kleid; die Farbe stand in genau kalkuliertem Widerspruch zu ihrem dunkelroten Haar und der weißen Haut, die nicht bräunte – eine reine Provokation in einem Land, wo jedermann von Natur aus braun war oder so schnell wie möglich braun wurde. Sie hatte *Paris Match*, *Oggi*, den *Guar-*

dian, *Time Magazine* und *Le Monde* bei sich, Jeffrey die Pariser Ausgabe der *Tribune*, die *International Times* sowie den *Christian Science Monitor*.

Als sie die Zeitungen gelesen und ausgetauscht hatten, waren sie schon in Gibraltar, und nach ein paar weiteren Stunden tranken sie Aperitifs in Malaga.

Abermals wurden ihre Ohren von schmerzhaften Vorwürfen getroffen – das Spanische klang ihnen sogar noch schlimmer als das Türkische, da sie die Sprache kannte, die am engsten damit verwandt ist. Überall um sie herum sprach man Sprachen, die sich leicht den Weg in ihr Verständnis bahnten: außerhalb der Hauptbühne von trinkenden Gästen und Kellnern aber war Spanisch auch nur wieder ein Hintergrundgeräusch in den Kulissen: die Spanier waren an ihrer eigenen Küste lediglich Statisten und Nebenfiguren.

Seit Anfang Juni hatte sich diese sonnengleißende Küste allmählich immer mehr gefüllt. Sie war jetzt so voll, daß die Vorstellung nicht abwegig war, aus der Luft betrachtet müsse die Halbinsel aussehen, als drohe sie unter der Last zu versinken und das Meer ringsum stiege immer höher – auf der einen Seite das Blau des Mittelmeers, auf der anderen das Grau des Atlantiks. Bald würden diese Millionen mit ihren bunten Kleidungsstücken, Sonnenschirmen, Sonnenbrillen, mit ihren Hotels, Nachtclubs und Restaurants untergehen.

An einem Tisch zwischen einem hohen Hibiskus und einem Bleiwurzgewächs, der in dem künstlichen Licht nicht blau, sondern stumpf-grau wirkte, saß ein Paar, das sich von der Menge abgewandt hatte und seine Abneigung demonstrierte, die anderen zu beobachten. Von Zeit zu Zeit berührten sich die Hände, hielten sich die beiden sogar an der Hand. Ein- oder zweimal küßten sie sich auch; aber leicht, fast im Scherz, ausgesprochen schicklich. Man hätte auch feststellen können, daß sie einander auffallend lange nicht ansahen, daß ihr Blick häufig abschweifte, nicht in die Menge ringsum, in deren Mitte sie saßen, sondern in die Ferne und zu einem Strand hinunter, wo zahllose junge Leute aus aller Herren Ländern umhertollten. Nicht *im* Meer, nein: Das war leider zu einem fragwürdigen Vergnügen geworden; die Fluten, die im Mondlicht so verführerisch glitzerten, bargen zu viele Fragen. Der menschliche Körper wurde ihnen vorenthalten. Oder doch beinahe. Nur ein oder zwei Leute badeten trotzdem, gaben ihre Vertrauenserklärung oder ihre Gleichgültigkeitserklärung ab: seinen Körper den Fluten dieser Küste auszusetzen, war zu einem Manifest geworden. Jedermanns Einstellung zur Zukunft ließ sich daraus ablesen, was er auf der Speisekarte auswählte, ob er sich zum Schwimmen entschied oder seinen Kindern erlaubte, mit den Füßen ins Meer zu gehen. Im Lokal wurde ein einheimisches Fischgericht mit der gleichen großzügigen Gebärde und dem gleichen Blick in die Runde bestellt – *Heute kennt meine Verwegenheit keine Grenzen* –, mit denen früher die Bestellung einer Flasche Champagner in einem Restaurant einhergegangen wäre, in dem Champagner nicht zu den Selbstverständlichkeiten gehörte. Ein Mädchen, das an einem warmen Vormittag ins Meer ging, zog alle Blicke auf sich, der Vorgang wurde von Grimassenschneiden und Achselzucken begleitet: *Die hat keine Angst. Aber das ist nichts für mich, mir wäre es zu riskant.* Doch wenn man den Fluten jetzt auch die Menschen, die früher die halbe Nacht darin geschwommen und gespielt hatten, vorenthielt, so tanzte nun wenigstens überall die Jugend aus den verschiedensten Ländern beim Klang der Gitarren am Strand.

Die Blicke dieses Paares waren ausgesprochen wehmütig: Er, weil er gern an der Szene, die sich seinen Augen bot, teilgenommen hätte; sie, weil sie an ihre Kinder dachte. Sie beobachtete auch den Mann, wie man die Sehnsucht eines anderen Menschen beobachtet – bereit, Linderung und Trost zu spenden, wenn man glaubt, das könne helfen.

Er war ein junger Mann von schlankem Wuchs, gut aussehend, aber nicht weiter auffallend, weil sein Äußeres – braune Augen, weiches dunkles Haar, dunkle Haut – ihn zum Bewohner dieser Küste machte. Das heißt, solange er nicht sprach.

Die Frau, älter als er, fiel, da er sich dem Schauplatz so unaufdringlich anpaßte, um so mehr auf. Sie war rothaarig. Die Haut totenblaß. Ihre Augen braun wie Trauben oder Rosinen. Ihr Gesicht war fröhlich und liebenswert, und das wunderbar geschnittene und gelegte und gebürstete Haar, das es einrahmte, war eine feste, wie gemeißelt wirkende Welle und so dicht, daß ein Blick darauf beim Betrachter vergangene Gefühle wiederaufleben ließ und seine Hand sich an die weiche Last, die in ihr geruht, erinnerte. Das heißt, ein Verliebter hätte dieses Gefühl gehabt; die Kellner wußten, was die Frisur und die Kleidung gekostet hatten und erwarteten automatisch ein höheres Trinkgeld.

Möglich, daß dieses Paar beobachtet wurde ... es wurde tatsächlich beobachtet, aufmerksam, mit erfahrenen Blicken. Die beiden waren schon auf dem Flughafen genau beobachtet worden, als sie aus der Maschine stiegen, dann auf dem Weg zu dem kleinen Bus, wo sie Seite an Seite zwischen den anderen Passagieren Platz nahmen, und erst recht von dem Augenblick an, als sie sich im Hotel eintrugen – das Zimmer war von der Welternährungsorganisation telefonisch aus der Türkei bestellt worden. Sie waren inspiziert, etikettiert, kategorisiert, klassifiziert worden, von Experten, deren Aufgabe in den Sommermonaten allein darin bestand, die Gäste zu beobachten und abzuwägen.

Gäste, die, grob gesehen, in drei Kategorien zerfielen. Erstens die Kategorie der sogenannten Inklusivreisen, das heißt Gruppen, die in ihren Heimatländern – England, Frankreich, Holland, Deutschland oder Finnland – zusammengestellt worden waren und geschlossen mit dem Bus oder mit dem Flugzeug anreisten, während des hiesigen Aufenthalts eine geschlossene Gruppe bildeten und gemeinsam zurückkehrten. Sie ließen sich sowohl finanziell wie menschlich am leichtesten einordnen. Ein Hoteldirektor oder Kellner brauchte eine solche Gruppe nur fünf Minuten lang mit sachverständigen Blicken zu mustern, um zu wissen, mit wem er es zu tun hatte. Dann kam die Kategorie «Internationale Jugend», die wie Vogelschwärme oder Tierherden die Küste hinauf- und hinunterzogen, eine Atmosphäre entschlossener Selbstgenügsamkeit und Selbstgefälligkeit um sich verbreitend. Sie waren dekorativ, provozierten ständig heftige Gefühlsregungen – Neid, Ablehnung, Bewunderung und so weiter –, waren finanziell jedoch alles in allem ziemlich unergiebig: wenn sie älter wurden, konnte man allerdings damit rechnen, daß sie sich der ersten oder dritten Kategorie anschlossen. Zu dieser dritten, jetzt selteneren Kategorie hatten früher alle Reisenden gezählt: Einzelgänger oder Paare oder Familien, die gemeinsam verreisten und ihre Pläne, ihre leidenschaftlich individuellen Pläne selbst machten. Für jene Touristikexperten, welche die Mentalität von Philosophen oder Glücksspielern besaßen, waren sie die einträglichste Gruppe, weil sie sich als alles entpuppen konnten: als reich oder arm, exzentrisch, kriminell, einsam. Natürlich waren unter ihnen die meisten Liebespaare zu finden – das heißt, wenn man einmal von der Jugend absieht, die sich zwangsläufig in einem permanenten Stadium der Verliebtheit befindet oder sexuelle Beziehungen unterhält. Und natürlich reisten heute mehr Paare zusammen, ohne verheiratet zu sein, als früher. Nicht viel anders war es mit den Bikinis oder den bloßen Knien oder Schultern, die noch vor fünf oder zehn Jahren nicht geduldet worden wären, weder am Strand noch auf den Terrassen der Cafés oder Restaurants – öffentliche Bekanntmachungen und Dekrete wiesen darauf hin, die *Guardia civil* patrouillierte durch die Straßen und sorgte dafür, daß sie befolgt wurden –, doch heute waren alle Schranken und Tabus und Verbote unter dem Druck des Geldes niedergerissen: genau wie jenes stumme NEIN verschwunden war, das es früher unverheirateten, allein reisenden Paaren erschwert hatte, ein Hotel zu betreten und einfach ein Zimmer zu nehmen. Es war möglich gewesen; man hatte es tun können, aber man mußte sehr diskret sein und oft zu Lügen Zuflucht nehmen. Heute war es in den bacchantischen Monaten, wenn die Jugend auf dem Sandstrand – oder, falls sie das Risiko liebte, in den warmen, trügerischen, immer stärker verpesteten Fluten – herumtollte und sich liebte, manchmal sogar öffentlich kopulierte wie Hunde und Katzen, heute war es an dieser sonnenglühenden Küste für einen Hoteldirektor, für einen guten Katholiken und Familienvater, der sich, wenn es nach ihm ginge, sein Leben lang weigern würde, mit einer Frau zu sprechen, die eines solchen Verbrechens verdächtigt wurde, der die eigene Tochter aus dem Haus werfen würde, wenn sie ihn durch voreheliche Liebe entehrte – heute war es für ihn ganz normal, daß er unter seinem reinlichen, ehrbaren Dach, in seinen Betten, in seinem Lokal Frauen mit Männern willkommen hieß, die nicht ihre Ehegatten waren, lächelte, sich verbeugte, plauderte, ihnen guten Tag und gute Nacht und guten

Appetit wünschte, ohne jeden Unterton von Mißbilligung oder Vorwurf – oder höchstens mit einem ganz leisen Unterton, einem bloßen *soupçon,* eben genug, um anzudeuten, daß die wirtschaftlichen Verhältnisse ihn zwar dazu zwängen, aber er (der Hoteldirektor) sich zumindest noch immer darüber im klaren sei, daß es sich um etwas Unmoralisches handle: auch wenn er diese Unmoral beherberge und beköstige. Soviel Ehre und Anstand seien ihm geblieben – all das verstand er so nuancenreich auszudrücken, daß es dem Paar überlassen blieb, ob es davon überhaupt Notiz nehmen wollte.

Dieses Paar war von den Experten als unmoralisch eingestuft worden.

Auch hatte man es in die altbekannte Kategorie «ältere Frau – jüngerer Mann» eingestuft. Den Portier hatte der große Altersunterschied überrascht, als er die Reisepässe an sich nahm, um Einzelheiten für die Meldung an die Polizei festzuhalten. Die beiden wirkten weder frivol noch war ihr Benehmen peinlich oder geschmacklos, und sie waren äußerst zurückhaltend. Aber in der Liebe gibt es Konventionen, und eine davon will, daß die spezielle Untergruppe «ältere Frau – jüngerer Mann» voller Verzweiflung und Romantik sein muß. Oder wenigstens voll zarten Leids. Vielleicht – so wollen es jene ungeschriebenen, aber tyrannischen Wertbegriffe aus dem Gefühlskodex – ist leidenschaftliche Seelenqual die einzige Rechtfertigung für diese in sozialer Hinsicht so sterile Beziehung. Durfte man so etwas überhaupt in dieser Form dulden, so salopp, so voller Humor? Machten die beiden sich über sich selbst lustig? Waren sie einander vielleicht gleichgültig? Ganz gewiß nicht! Ihr Anstand wurzelte nämlich in weit mehr als nur in guten Manieren – so entschieden die Experten, in deren Augen die Erfahrung zahlreicher Sommer zu lesen stand, Experten, die mit einem einzigen raschen Blick den gesellschaftlichen Rang, das sexuelle Temperament und das Vermögen eines solchen Paares zu bestimmen wußten. Handelte es sich vielleicht am Ende doch um kein Liebespaar? Mutter und Sohn konnten sie nicht sein – nein, unmöglich. Bruder und Schwester? Nein, es war ausgeschlossen, daß ein Schoß zwei so verschiedene Wesen hervorgebracht hatte. Waren sie ein ungleiches Ehepaar? Nein, ihrem Zusammensein fehlte der Gleichklang von

Stimmungen und Bewegungen, an dem man Eheleute erkennt – und dann waren da noch die Papiere am Empfang. Es gab keine andere Möglichkeit, sie mußten Liebende sein.

Also wurden sie als Angehörige einer Kategorie beurteilt, die von diesem Land das Äußerste an Toleranz verlangte; denn hier waren die Moralbegriffe noch streng, die Sexualität der Frauen gehörte auch heute noch den Männern. Innerhalb dieser Kategorie galten sie als exzentrisch. Sie wirkten wie Liebende, die sich nicht lieben, obgleich sie ihrem Zustand durch Händchenhalten oder einen gelegentlichen leichten Kuß zu huldigen schienen. Daraus resultierte die leichte Kühle, der tadelnde Blick der Kellner (die sich ihrer Reaktionen natürlich gar nicht bewußt waren), was den Liebenden unnötig große Trinkgelder abverlangte.

Jeffrey war vorher schon dreimal in Spanien gewesen. Einmal, mit zwanzig, hatte er sich an dieser Küste getummelt, wo sich jetzt diejenigen Leute tummelten, denen er mit solcher Wehmut zusah, daß sie, die als Mutter über ein Vierteljahrhundert Erfahrung im sich Anpassen an die Stimmungen anderer verfügte, sie fast selber verspürte. Sie sah, wie er die jungen Mädchen beobachtete, die alle wunderschön waren oder wirkten, wegen des zauberischen Lichts und der intensiven Farbe des Laubwerks, des rauschenden Meeres, das man im Mondschein als massives unruhiges Glitzern wahrnahm – die ganze Atmosphäre der Sommerküste, die um so eindringlicher war, als man allgemein spürte, daß dieses Strandleben, diese Völkerwanderungen, dieses Sonnenanbeten, dieses Meereserlebnis zum Untergang verurteilt, bald zu Ende sein mußten, und zwar für immer. Sie beobachtete ihn: er sehnte sich nach dem, was er verloren hatte – die Freiheit der Jugend, ihre Unbeschwertheit –, und sie fühlte die Last dieses Zwiespalts in ihrem Innern. Er gehörte nicht mehr zu ihnen. Im letzten Sommer konnte er es noch – in Holland. Aber auch da war er sich schon fehl am Platz, nicht dazugehörig vorgekommen. Wegen des letzten Sommers wußte er, daß er den Platz auf der Terrasse nicht verlassen und zu der singenden, tanzenden Schar hinuntergehen konnte, wie damals, «als er noch jung war» – so drückte er sich aus, obwohl er sich dabei natürlich über sich selbst lustig machte. Aber er sehnte sich danach, es zu tun, sich aufzulösen in jener freundschaftlichen Ganzheit, wo so wenig Anforderungen an einen gestellt wurden. Nachdenklich sagte er in seiner humorvoll-selbstzerstörerischen Art, die allmählich schmerzte, daß er vielleicht beschließen solle, ein «bejahrter Hippie» zu werden – warum eigentlich nicht? Es war einfach Schicksal, daß man lächerlich, fehl am Platz war, ganz gleich, was man anstellte – weshalb also nicht das Leben eines Außenseiters führen, wenn es ihm Spaß machte? Aber es würde ihm natürlich keinen Spaß machen. Dafür sorgte schon seine Erziehung. «Mein verdammtes Milieu – es bringt mich noch um!»

Das zweitemal war er mit fünfundzwanzig nach Spanien gekommen, nach dem Collegeabschluß, und hatte mit einem Mädchen, das Stephanie hieß, in den langen, warmen Monaten von Mai bis November in einer billigen *pensión* weiter oben an der Küste gewohnt. Sie waren sehr glücklich gewesen, dann etwas weniger glücklich, und dann war sie mit einem deutschen Jungen fortgegangen, den sie am Strand kennengelernt hatte, und hatte ihm geschrieben, er sei verantwortungslos, egoistisch, gleichgültig, konservativ. Schließlich hatte sie jemanden aus der Anwaltskanzlei ihres Vaters in Cedar Rapids, Iowa, geheiratet.

Vor zwei Jahren war er im Sommer wieder hergekommen und hatte die ganze Zeit in Córdoba und Sevilla verbracht und sich Flamencos angesehen, für den er schwärmte. Er hatte davon geträumt, Flamencotänzer zu werden, wie andere Leute davon träumen, Stierkämpfer zu werden. Manche wurden tatsächlich Stierkämpfer; er hatte den Körperbau und – davon war er überzeugt – das Temperament, das ein Flamencotänzer braucht. Aber das Gefühl für das, was lächerlich oder unpassend an der Sache war (oder was man – und er selbst tat es, wenn er schlecht aufgelegt war – auch Feigheit nennen konnte), hatte ihn daran gehindert. «Ich sehe schon meine Eltern! Wie sie angereist kommen und verlangen, daß man sie zu den nächsten Zigeunern bringt. ‹Wo sind die Zigeuner? Sie haben unseren kleinen Jungen gestohlen!›»

Und jetzt war er zum viertenmal hier, und im August – was ihm an sich schon das Gefühl gab, ein Ausländer, ein Neuling zu sein. Denn wie alle, die aus eigenem Antrieb ohne viel Geld länger als einen Monat in einem fremden Land gelebt haben, fühlte auch er sich als Einheimischer; und es war erniedrigend für ihn, zu einer Zeit hier zu sein, wo jeder Einheimische – natürlich mit Recht – nur einen Gedanken hatte: daß das Land nicht ihm gehörte, sondern vorübergehend an den Fremdenverkehr verpachtet war.

Im Vergleich zu seinem ersten Aufenthalt war das Land verdorben, zugrunde gerichtet, verfälscht.

Sie diskutierten ausführlich darüber, als sie die Goldjungen und -mädchen am Rand des verseuchten Meeres herumtollen sahen.

Als er das erstemal hier gewesen war, Anfang der sechziger Jahre, hatte es Stolz und Würde gegeben; hatte es die Bereitschaft gegeben, unaufgefordert kleine, kostenlose Dienste anzubieten; selbst an den bereits dem Fremdenverkehr gegenüber aufgeschlossenen Küsten hatten die Spanier Eigenschaften besessen, die absolut nichts mit Kommerzdenken zu tun hatten. Man traf auf Menschlichkeit ... Überlegenheit ... Tiefe ... Er lachte über sich, als sie ihn auslachte. Die Tränen, die ihm in den Augen standen, galten bestimmt nicht den Spaniern.

Sie selbst hatte mit ihrem Mann und den Kindern einmal einen längeren Campingurlaub – es fiel ihr schwer, das zu sagen, aber sie überwand sich – mit dem Auto in Spanien verbracht. Das war allerdings schon zwanzig Jahre her. Sie hatten zur allerersten Touristenwelle gehört. Diese Küste, die jetzt mit Hotels und Ferienlagern überfüllt war, war damals noch leer gewesen – ganz leer. Von Landzunge zu Landzunge dehnte sich der Sand, auf dem nur hin und wieder spärlich etwas Gras wuchs. Als sie unter den Pinien zelteten, hatten sie manchmal tagelang keine Menschenseele gesehen. Auch sie erinnerte sich an alle möglichen spontanen Gefälligkeiten der Einheimischen – sie konnte es mit seinen Worten mehr als aufnehmen: Würde, Stolz und so weiter und so fort.

Sie fing an davon zu erzählen, wie das – damals äußerst seltene – ausländische Auto in jedem Ort sofort von einem Heer junger Männer und Knaben belagert wurde, die sich darum stritten, es für wenige Peseten die Nacht über zu bewachen; wie sich vor den Restaurants, in denen die Browns ihre durchaus bescheidenen Mahlzeiten zu sich nahmen, ein Dutzend hungrige Gesichter an die Fensterscheiben gedrückt hatte, so daß ihre Kinder die Märchen ihrer Kindheit bestätigt fanden: die Märchen, in denen der arme kleine Junge heimlich die Reichen bestaunt, von der freundlichen Familie bemerkt und hereingeholt wird – oder eine gute Fee ihn entschädigt, manchmal dadurch, daß er von den armseligen Straßen geradewegs in den Himmel kommt. Sie erzählte ihm von Kindern in Lumpen und ohne Schuhe, Kindern mit offenen Geschwüren, in deren Gesicht und Augen Fliegen herumkrabbelten, Kindern mit den aufgetriebenen Bäuchen der Unterernährten. Doch während sie davon erzählte, mußte sie daran denken, daß man diese Dinge früher, und zwar vor gar nicht einmal so langer Zeit, als rein oberflächliche Symptome abgetan hatte, die bald zu heilen wären, falls man nur dem gesunden Menschenverstand folgte – sie hatten sich noch nicht als der allgemeine Zustand des Menschen manifestiert, der sich bald überall verschlimmern und verdüstern sollte. Sie dachte daran, daß Gespräche dieser Art früher beinahe wie Entwürfe für eine bessere Welt oder Beileidserklärungen geklungen hatten. Heute klangen sie gefühllos. Gleich würden sie und Jeffrey sich gegenseitig im beliebtesten Spiel des Mittelstands überbieten: Wer von ihnen durch passive Teilnahme am Leid anderer der Gnade teilhaftig sei.

Diesen Gedanken hatte sie nicht selbst gehabt: Ihr Sohn James hatte ihn gehabt. Er geriet jedesmal in Wut, wenn das Gespräch auf die Armut kam – meistens durch Eileen oder Tim, die in verschiedenen gemeinnützigen Organisationen mitarbeiteten. Für James war die Lösung sehr einfach: sie hieß Revolution. Alles, was weniger war, konnte die leidenden Armen nur beleidigen und war Zeitverschwendung. Die klassische Revolution – wie die von Castro.

Aber die Kinder hatten alle vier ihren eigenen Standpunkt entwickelt: jedes nahm einen anderen ein. Sie hatten ebenfalls individuelle Einstellungen zum Tourismus, zum unermüdlichen Reisen in so viele Länder entwickelt.

Stephen, der älteste, war ihnen allen voraus – je nachdem, wie man die Sache betrachtete. Seine Einstellung, alle Regierungen seien gleich reaktionär, erlaubte ihm, überallhin zu reisen, so wie es die von ihm wegen ihres Egoismus und ihrer Gleichgültigkeit so oft angegriffenen Reisenden auch tun. Eileen, die sich nicht für Politik interessierte, reiste genau wie Stephen ohne Gewissensbisse. James hatte es schwerer als die anderen: Nach Griechenland wäre er nicht gefahren, hatte aber letztes Jahr Spanien besucht, um, wie er sagte, seine politische Bildung zu vervollkommnen; Israel war in seinen Augen zu faschistisch, als daß man dorthin hätte fahren können, doch die von Militärdiktaturen regierten Länder des Nahen und Mittleren Ostens hatte er ungerührt bereist. Tim glaubte, das Ende der Zivilisation stünde bevor und in Kürze würden wir aus einer in weltweitem Bürokratismus organisierten weltweiten Barbarei auf unsere Gegenwart wie auf ein vergangenes Goldenes Zeitalter zurückblicken. Er reiste wie jemand, der die letzte Flasche eines seltenen Jahrgangs kostet.

Was die Mutter betraf, so saß sie mit (es gab vermutlich kein anderes Wort dafür) einem jungen Liebhaber in Spanien auf einer Hotelterrasse bei einem Aperitif: Morgen wollten sie sich einen Stierkampf ansehen, weil er dafür schwärmte. Aus ästhetischen Gründen.

Bevor die beiden ihr Zimmer aufsuchten, stiegen sie auf Pfaden, die nach Oleander, Sonnenöl und Urin rochen, zum Strand hinab und standen auf gleicher Höhe mit der Schar von Jugendlichen barfuß im aufgewühlten Sand. Da es schon spät war und der Halbmond hoch über dem Meer stand und die Menschenmenge auf der Promenade sich zu zerstreuen begann, hatten einige der jungen Leute sich ihr Nachtlager zurechtgemacht und lagen Seite an Seite – überall, im Schutz eines Felsens, auf einem ausgebreiteten Handtuch, auf Schlafsäcken. Man hatte Strohmatten auf den Sand gelegt, und darauf tanzten noch immer einige mit fliegenden Haaren, strahlenden Augen und bereits schläfrig. Dicht am Wasser sang eine Gruppe zur Gitarrenmusik eines Mädchens, das wie eine Wassernixe auf einem Felsen saß.

Kate bemühte sich, ihren Begleiter jetzt nicht anzublicken; sie wußte, daß es ihm in dem Zustand innerer Erregtheit, in dem er sich befand, bestimmt nicht angenehm gewesen wäre: Sie zog bereits Vergleiche mit den Reaktionen ihrer Kinder. Aber sie erinnerte sich – nicht an ihre Jugend, nein, die war zu weit entfernt und zu anders, um in diesen Zusammenhang zu passen. Sie dachte an die Zeit vor zehn Jahren, als sie in diesen Jungen verliebt gewesen war. *Jener* Schmerz, die Sehnsucht nach etwas, das jenseits einer Zeitgrenze lag, paßte zu dem, was sie jetzt spürte. Sie hatte auf der anderen Seite gestanden, und sie hatte es überwunden – nun, sie hatte keine Alternative gehabt. Ihm würde es natürlich genauso gehen. Doch trotz allem, was man über die Intensität dieser Art von Erfahrungen sagt und was sie selber darüber sagte, erinnerte sie sich nicht gern an jene Zeit. Ihr Gedächtnis hatte sie ein weiteres Mal getrogen, sie hatte das Erlebnis im Geiste herausgeputzt, etwas Präsentables daraus gemacht, damit sie es der konventionellen Kategorie «ältere Frau – jüngerer Mann» zuschlagen konnte. Aber in Wirklichkeit war es erniedrigend gewesen. Ja, während sie diese schönen jungen Geschöpfe betrachtete, die mit instinktiver Grazie tanzten, sich rekelten oder schliefen, sagte sie sich, daß jene Zeit sehr erniedrigend gewesen war. Der Anlaß war einfach gewesen, und nicht ohne Grund hatte der alte Goethe (oder Thomas Mann) von «Erschleichen» gesprochen. Die langjährige Ehe, die langjährige befriedigende Intimität hatten die Sexualität, das Physische, zu einem vertrauten und zwanglosen Ausdruck innerer Regungen, zu einer Sprache des Gefühls werden lassen, – aber der Junge hatte praktisch keine sexuelle Erfahrung, lebte nur von der Phantasie, dem romantischen Gefühl. Ihre auf ihn gerichteten sexuellen Regungen waren erschreckend gewesen – oder wären es gewesen, wenn sie sie nicht gedämpft hätte, als sie begriff, daß die Zwiegespräche des Fleisches dem reifen Menschen vorbehalten sind, als sie – mit den ersten Anzeichen von Unbehagen – begriff, daß sie von diesem langen ehelichen Zwiegespräch abhängig war. Wenn sie bei ihm war, glaubte sie ein Geheimnis verbergen, eine Wunde verstecken zu müssen. Als sie jung war, noch jenes Mädchen im weißen Kleid (noch eine konventionelle Kategorie, wie ein altmodisches Porträt: «Mädchen im weißen Kleid mit Lilien»), kam ihr ein Kuß wie das Tor zu einer Welt vor, in der es wirklich all das gab, was sie sich vorgestellt hatte – bis sie es eines Tages mit den Augen eines Zwanzigjährigen sah, der aus einem Internat und von einer englischen Universität kam und jungfräulich war, was Frauen betraf.

Sie wußte, sie durfte den Schmerz, der an Jeffrey nagte und mit soviel animalischer Scham (wie bei ihr mit jenem Jungen) durchsetzt war, nicht noch dadurch vergrößern, daß sie ihn merken ließ, wie gut sie seine Gefühle verstand.

Als sie dort standen, keine zehn Schritte von den jungen Leuten entfernt, aber absolut getrennt von ihnen, ging ein junges Mädchen an ihnen vorbei, das vor sich hin lächelte; sie war barfuß und genoß es, mit bloßen Füßen im Sand zu gehen. Sie warf Jeffrey einen Blick zu, das Lächeln erstarb, und sie wandte ihm ein leeres Gesicht zu – und ging weiter, von neuem lächelnd. Kate kannte das: ein solches Gesicht zeigt man jemandem, der nicht zur eigenen Clique oder Gruppe gehört. Das Mädchen war ungefähr siebzehn, sie bestand nur aus langen, dünnen Armen und Beinen und langen schwarzen Haaren und schien auf niemanden, nur auf sich selbst angewiesen. Kate versuchte, sich in sie hineinzuversetzen und in Jeffrey einen Mann zu sehen, der alt genug war, daß man ihn so anschaute. Es gelang ihr nur mit Mühe. Auch sie hatte, als sie in diesem Alter war, Männer über fünfundzwanzig so angesehen. Sie konnte sich nur noch daran erinnern, daß diese gottähnlichen Wesen vor allem vom Glanz der Verantwortung oder Macht in der Welt der Erwachsenen umgeben waren. Wieder zu sich selbst, zu der Rolle zurückkehrend, die sie im Leben einnahm, sah sie nur noch einen jungen Mann vor sich, den es seine ganze Kraft kostete, die eigene Schwäche zu erkennen und nicht darunter zusammenzubrechen. Mehr nicht. Er wandte sich ihr zu und sagte: «Gut, daß du hier bist, sonst würde es mich wieder dahin zurückziehen.»

Bei dieser äußerst freimütigen Erklärung, weshalb sie hier, bei ihm war, klopfte ihr automatisch das Herz, krampfte sich vor Schmerz zusammen, aber nur ganz leicht, denn ihr Herz war viel zu sehr mit wehmütigen Erinnerungen beschäftigt, um kleinlich zu sein: Die offiziellen Erinnerungen aller Art waren dünn gescheuert, waren beinahe durchsichtig. Wenn man sie gefragt hätte, sagen wir Ende Mai, an dem Nachmittag, als der Amerikaner, den ihr Mann zufällig kennengelernt hatte, zu ihnen gekommen war (wann hatte die Reihe von Zufällen eigentlich begonnen, die sie hierhergebracht hatten?), wenn man sie damals gefragt hätte, welche Szene oder welche Umstände ihr am besten einen bestimmten Tatbestand, einen bestimmten Lebensabschnitt verdeutlichen könnten, die sie erkennen *mußte*, ganz gleich, wie weh es tat – dann hätte sie diese Situation wählen können, hier am Strand zu stehen, vor sich ein etwa zwei Kilometer langer schmutziger, von Füßen aufgewühlter Sandstreifen, der im banalen Mondschein glänzte, und rund hundert junge Leute zu beobachten, von denen manche jünger waren als ihre eigenen Kinder, neben sich einen jungen Mann, der sie – sie wollte sich da nichts weismachen – wie eine Mutter fühlen ließ. Fast hätte sie gesagt: Sei ganz ruhig, es wird bald wieder besser; und ihn in den Arm genommen. Sie dachte wirklich wie eine Mutter: Bald bist du wieder fort, du wirst diese Sache durchstehen müssen; es ist viel besser, wenn ich nicht dabei bin – außer natürlich, daß ich aus der Ferne, ungesehen, auf dich aufpassen und dich lenken muß ...

Ihr Hotel lag nicht an der glitzernden Straße, die durch den luxuriösen Teil des kleinen Ortes lief, sondern weiter landeinwärts im älteren Teil, wo in den normalen Monaten nur Spanier wohnten. Aber sie betraten ein Foyer, das so hell erleuchtet und geschäftig war wie am Tage, denn dies war ein Ferienmonat, und den Schlaf konnte man aufschieben. Paare aus allen Nationen saßen herum und tranken. Der Speisesaal war geöffnet, und die Leute waren immer noch beim Essen, obwohl es schon nach eins war. Der Portier überreichte Mr. Jeffrey Merton und Mrs. Catherine Brown den Schlüssel, ohne daß sein Lächeln schwächer geworden wäre, nur seine Haltung drückte unbewußt anstoßnehmende Mißbilligung aus.

Sie gingen zu einem Schlafzimmer hinauf, das nicht zu den besten des Hotels gehörte. Sie hatte auf Grund des hochbezahlten Jobs eine Menge Geld, paßte sich ihm jedoch an, denn er trug Sorge, daß das Geld seiner Großmutter ihm auch weiterhin seine Unabhängigkeit sicherte – nichts davon war in Papieren angelegt, er hatte darauf bestanden, es in Schmuck und Bilder zu stecken, die in einem Banksafe ruhten. Es war ein Hotel, wie Kate und ihre Familie es hätten wählen können: unprätentiös, altmodisch. Das Zimmer hatte einen Balkon, der auf einen kleinen öffentlichen Park hinausging; daraus stiegen eine fröhliche, mitreißende Musik und Stimmengewirr empor. Sie trat auf den Balkon. Er kam zu ihr. Sie küßten sich, erfahrene

Liebende. Er ließ sie allein, um ins Badezimmer zu gehen. Unten auf der mondhellen Straße saßen Menschen vor den Häusern und unterhielten sich. Die Kinder, sogar die kleinen, saßen dabei oder spielten in der Nähe. Es war warm und mild, und die unaufdringliche, ferne Musik unterstrich den allgemeinen Frieden. Man hatte den ganzen Nachmittag geschlafen und würde erst ins Bett gehen, wenn der Himmel langsam hell wurde. Der Ort war wacher, lebendiger und munterer als bei Tage. In den Städten Südspaniens erwacht nachts, im glühenden Sommer, eine andere Aktivität, die alles in einem Netz der Geselligkeit gefangenhält und die Rufe der Kinder, das Bellen eines Hundes, die Musik, den Klatsch von der Straße in die engen Gassen und von dort in den Park trägt. Überall stiegen Stimmen aus dem ruhigen Dunkel, aus den Lichtkreisen der Straßenlaternen auf.

Jeffrey war wieder ins Zimmer gekommen. Sie verließ den Balkon und ging zum Bett, um die Decke zurückzuschlagen, während er sich bäuchlings darauf fallen ließ. Zuerst empörte sich die Frau in ihr und schrie, das sei eine Beleidigung: Sie hatten sich erst einmal geliebt, und sie waren doch angeblich Liebende. Dann ertappte sie sich dabei, wie sie seinen Puls fühlte und ihm die Hand auf die Schulter legte, um festzustellen, ob er Temperatur hatte. Sein Rükken war heiß, aber das war die Luft auch. Er wirkte erschöpft. Sein Gesicht war gerötet und schweißbedeckt. Sein Puls ging langsam. Mit großer Kraftanstrengung gelang es ihr, ihn umzudrehen, damit er bequem lag; dann zog sie die Bettdecke hoch. Die Röte wich schnell aus seinem Gesicht: er war jetzt bleich wie der Tod. Vielleicht hatte er kein Fieber, aber er fühlte sich bestimmt nicht gut.

Während sich die Frau in ihr weiter empörte, sich vielmehr offiziell beklagte, man habe sie beschimpft und es sei eine Beleidigung für sie, kehrte sie, im Grunde erleichtert, auf den Balkon zurück. Sie holte sich einen Stuhl aus dem Zimmer, das im Vergleich zu dieser leichten, luftigen, noch immer von lärmendem Lachen erfüllten Nacht stickig und von unbekömmlichem Dunkel erfüllt schien; sie stellte den Stuhl in die Balkonecke und setzte sich dort hin. Sie trug ein weißes Baumwollkleid, das Arme und Hals freiließ, um jeden aufkommenden Lufthauch zu spüren. Dort saß sie, in dieser Vertraulichsten aller Situationen, – aufmerksam, wach, während nebenan ein Mensch schlief, der jünger war als sie. Der Kegel des Mondlichts auf dem Balkon verlagerte sich bald. Sie rückte mit dem Stuhl ein Stück weiter, so daß ihre Arme und Beine im Licht lagen, ihr Kopf aber im Schatten blieb – als wäre der Mond eine Sonne.

Etwa fünfzehn Meter unter ihr unterhielten sich auf dem Bürgersteig gegenüber zwei Männer. Es waren zwei Väter, beleibte Herren in zerknitterten hellen Sommeranzügen, so hell, daß sie fast blendeten – wie der Sandstrand im Mondlicht. Hinter ihnen bewegten sich große Zweige: der Platz, wo die Musik inzwischen aufgehört hatte. Ab und zu fuhren Autos vorbei, geräuschvoll, was zeigte, daß die Musik lauter gewesen war, als es ihr geschienen hatte. Zwischen dem Dröhnen der Motoren und den Huptönen konnte sie ziemlich deutlich die Stimmen der Männer hören. Das Spanisch traf ihre Ohren in Brocken oder Blöcken – die sie nicht auflösen konnte. Zwischen ihr und Spanien hing ein Schleier, den sie nicht wegziehen konnte. Aber es war ein teilweise durchlässiger Schleier, im Gegensatz zum Türkischen, das sie noch am Morgen gehört hatte. Es besaß Augenblicke der Transparenz. Das Portugiesisch, das in ihr war, wie eine zur einen Hälfte der Halbinsel hin offene Tür, zu einem großen Teil Afrikas und Südamerikas, deckte sich manchmal mit den Tönen, denen sie lauschte, manchmal aber auch nicht. Eine Sprache wie Deutsch, das sie nicht verstand, dumpf und undurchdringlich. Aber diesen spanischen Leuten zuzuhören war so, als sähe man etwas zwischen den Bäumen auf der Straße, die man entlangrast. Die Unterhaltung quälte sich am Rand des Verständlichen dahin. Als sie sich über den Balkon beugte und das kalte weiße Mondlicht sich über sie ergoß, kam sie sich so auffallend und aufdringlich vor, daß sie unwillkürlich an der Hotelfassade hinauf und hinunter blickte – nein, außer ihr war niemand auf den Balkonen. Als sie sich vorbeugte, um die Gesten, die Posen und die Haltung der beiden behäbigen Körper sehen zu können, verstand sie plötzlich viel mehr. Eine Bewegung der breiten Schultern oder das schnelle Öffnen einer Hand, verbunden mit dem, was der Tonfall erraten ließ – *fast* verstand sie Spanisch. Sie sprachen über Geschäfte, das war klar. Und doch hatte sie noch kein Wort gehört, aus dem es hervorging.

Es waren die Stimmen von Männern, die von Geld redeten; ihre Körper sprachen von Risiko und Gewinn. Das Quietschen eines vorbeifahrenden Autos verschluckte das Gespräch, spie es wieder aus: Es war eine Beinahe-Klarheit, wie Fenster mit Scheiben aus Quarz statt Glas. Die Stimmen schwiegen. Ein Duft von Tabak. Sie blickte hinunter und sah, wie sie sich Zigarren anzündeten. Der Rauch trieb in kleinen Schwaden fort und verflüchtigte sich in den Zweigen. Der eine der beiden Männer entfernte sich, der andere blieb unschlüssig stehen, blickte sich um, als könnte die Nacht ihm noch eine Gelegenheit bieten, den Schlaf aufzuschieben; dann ging auch er. In wenigen Minuten würden sie gestreifte Pyjamas anhaben. Die hellen Anzüge würden unordentlich auf den Fliesen des Badezimmers liegen und darauf warten, daß die Frauen sie aufhoben und in die Wäsche taten. Die Männer würden neben zwei dikken bleichen Frauen ins Bett schlüpfen.

Liebling! Chéri! Carissimo! Caro!

Sie warf einen prüfenden Blick ins Schlafzimmer, das angesichts der Flut von kaltem Licht hier draußen wie eine schwarze Höhle wirkte. Auf dem Bett lag ausgestreckt ihr Liebhaber. Sie hörte seinen Atem. Das Geräusch gefiel ihr nicht. Wäre er einer ihrer Söhne gewesen, hätte sie überlegt, ob sie nicht morgen den Arzt holen sollte – *sie mußte sofort damit aufhören!*

Es ging auf vier. Endlich leerten sich die Straßen, doch auf dem Platz saßen immer noch Leute auf den Bänken, atmeten die Nacht, träumten, rauchten. Unten auf der Straße war jetzt niemand mehr, nur zwei Kinder spielten noch ruhig vor dem Hotel, während der Vater neben ihnen auf einem Schemel saß, den Rücken an die Ziegelmauer gelehnt, die wahrscheinlich noch warm war. Die Mutter kam heraus und sagte, die Kinder sollten ins Bett gehen, und die Kleinen erhoben heulend Protest; man brauchte kein Spanisch zu können, um zu verstehen, was jeder sagte; als der Vater energisch wurde, die Mutter die Stimme erhob und die Kinder sich an das Leben klammerten, das ihre Eltern in Schlaf ersticken wollten. Dann holte Mama einen Stuhl und setzte sich neben ihren Mann; ein Kind saß auf ihrem Schoß, das andere auf seinem. Den Kindern fielen langsam die Augen zu; die Eltern unterhielten sich leise: Hotelangestellte, vielleicht aus der Küche? Jetzt fuhren nur noch wenige Autos. Der Ort war so still, wie er in diesen hektischen Touristenmonaten sein konnte.

Kate war weit vom Schlaf entfernt.

Sie fühlte sich versucht, in das große Bett zu schlüpfen und zu schlafen, um nur nicht – das zu tun, was sie irgendwann tun mußte.

Außerdem hatte sie immer noch die Fähigkeit, Augenblicke wie diesen zu genießen, Augenblicke ohne jeden Druck, nach all den Jahren, in denen die Bedürfnisse anderer ihren Stundenplan bestimmt hatten. Sie konnte immer noch mit dem Gedanken liebäugeln: Und was macht es, wenn ich erst bei Sonnenaufgang ins Bett gehe? Wenn ich will, brauche ich erst mittags aufzustehen.

Diese Freiheit hatte sie erst vor drei Jahren wiedergewonnen – damals, als die Kinder erwachsen wurden. Aber sie hätte das Recht auf Freiheit schon Jahre früher beanspruchen können. Wie war das zum Beispiel bei Mary Finchley? Wenn ihr danach war, erst am frühen Nachmittag aufzustehen, dann tat sie es und rief den Kindern zu, sie sollten ihr etwas zu essen oder Tee ans Bett bringen. In der Zeitspanne, die zwischen dem Mädchen Kate lag, das Michael geheiratet hatte, und der Kate, die sich vor drei Jahren darüber klargeworden war, daß sie über etwas genauer nachdenken mußte, hatte der Zerfall eingesetzt.

Der kritische Augenblick vor drei Jahren war gekommen, als Tim, damals ein ungebärdiger Sechzehnjähriger, sie beim Abendessen angeschrien hatte, sie unterdrücke ihn. Er mußte es einfach loswerden. Die ganze Familie war dabei, alle waren entsetzt – o ja, sie hatten begriffen, daß sich etwas völlig Neues, etwas Zerstörerisches ereignet hatte, das die Einheit, die sie bildeten, bedrohte. Alle hatten sich taktvoll vereint, um diesen Augenblick echter Not für sie und den Jungen zu mildern. Denn er hatte es loswerden *müssen*, und er war bestürzt über den Haß, der aus ihm gesprochen hatte. Normalerweise legte man in dieser wohltemperierten Familie – so hatten sie sich gesehen, gut aufeinander eingespielt, bemüht, es zu bleiben – Konflikte frei, diskutierte sie, scherzte sie fort. Manchmal brutal. Man könnte sagen, der Geist aus Phase zwei des jungen Paares – Diskussionen, um die schmerzlichen Grenzen von Phase eins zu verwischen – sei Jahre später von der größer werdenden Familie in die Praxis umgesetzt worden. Niemand hätte behaupten können – wer auch? Kate stellte sich so etwas wie einen Kritiker vor, vielleicht jemanden von der Sozialfürsorge –, niemand hätte behaupten können, in dieser Familie würden die Dinge kaschiert und schwelten im geheimen weiter.

Doch daß der Junge sich vor ihnen allen auf diese Weise Luft machen mußte, zeigte das nicht, daß all das Scherzen, Psychologisieren und Kritisieren möglicherweise doch nicht jene gesunde und heilsame Offenheit darstellte, die sie sich vorgestellt hatten, sondern doch vielleicht nur eine Form der Selbsttäuschung war? Ein *Wahn* der Familie, wie der Wahnsinn von Liebenden, die sich selbst zerstören. Wenn es einen Wahn zu zweit gibt, dann bestimmt auch einen Wahn zu mehreren!

Sie dachte an eine typische Familienszene zurück, als ihre vier Kinder in der Pubertät waren, sah sich am einen Ende des Tisches sitzen, voll zärtlicher Gefühle und geschwollen wie die Leber einer gemästeten Gans unter dem beängstigenden Druck von vier kämpfenden und expandierenden Persönlichkeiten, die alle auf die eine oder andere Art mit ihr, dem Brennpunkt, dem ruhenden Pol, kollidierten oder übereinstimmten; sah am anderen Ende des Tisches ihren Mann sitzen, tolerant, humorvoll – ein bißchen müde. Aber nicht wirklich betroffen, nicht unmittelbar beteiligt, denn er arbeitete so hart, hatte so wenig emotionale Kraft übrig für seine Familie, für die vier Kinder – die Monster. So nannten sie sich: wir vier Monster. Fünf Monster: Sie hatte sich so mit den Heranwachsenden, ihren fortwährenden Krisen, ihren Versuchen, sich von der Mutter zu lösen, identifiziert, daß sie selbst sich kaum von ihnen lösen konnte. Es ging ihr immer noch so. Doch der Druck der Monster, die beharrlichen Forderungen, hatten aufgehört. Also gut, beinahe, mit Ausnahme von Tim, dem jüngsten.

Damals, vor drei Jahren, war sie, so bald es ging, vom Tisch aufgestanden, sobald es nicht aussah, als sei sie ein kleines Mädchen, das hinauslief, um zu schmollen oder zu weinen. Trotzdem glich sie einem Hund oder einer Katze, die man aus Versehen getreten hat. Sie wußte es, als sie hinausging, sie war sich der fünf Augenpaare bewußt, die sich Mühe gaben, ihr *nicht* nachzusehen. Sie war in ihr Zimmer gegangen, während ihr Sohn beschämt dagesessen und, den Kopf dicht über den Teller gebeugt, seinen Pudding gelöffelt hatte.

Sie hatte in ihrem Zimmer gesessen und nachgedacht – hatte versucht nachzudenken, während sie sich in einem Gefühlsaufruhr ohnegleichen befand: sie wurde beinahe verrückt unter der Last ihres alten Gefühls: Es ist nicht fair, was erwarten sie eigentlich von mir?

War es vielleicht ihre Schuld, daß Tim sich so schwer tat, mit sich, mit den anderen – mit ihr? Die drei anderen hatten ihre «Kindheit» unmerklich abgelegt und waren «Jugendliche» geworden. Sicher, sie waren voller Unruhe und Probleme, doch Tims explosionsartiger Übergang in die Pubertät erschütterte sie alle. Sie diskutierten darüber, verstanden es – diese gescheiten, modernen Kinder zogen eine große verbale Schau ab. Sie hielten Tim für ein noch größeres Monster; und Kate für sein Opfer. Aber es hatte *keine* Ausflüchte, *keine* Geheimnistuerei gegeben, das mußte sie sich immer wieder ins Gedächtnis rufen. In all den Jahren, in denen es ihr vorkam, als hätte man sie für alle Zeiten mit vier permanent explodierenden Persönlichkeiten zusammengesperrt, hatte sie sich damit getröstet: Aber wir haben nichts unterdrückt, wir haben alles ausgesprochen. Und sie hatte ihre Familie mit anderen verglichen (nicht mit den Finchleys, die lagen jenseits aller Vergleiche, die hatten ihre eigenen Gesetze): alle Familien mit heranwachsenden Kindern waren so. In jeder stand die Mutter im Mittelpunkt, eine Frau, von der nach allen Seiten Funken ausgingen, während die verschiedenen Temperamente zusammenstießen wie Kiesel am sturmgepeitschten Strand. Hatte sie sie überängstlich zu sehr beherrscht, zu sehr kontrolliert, sie für jünger angesehen, als sie waren? Oder hatte sie ihnen überängstlich zuviel Freiheit gelassen, sie zu früh wie Erwachsene behandelt? Vielleicht war das der Fehler, und Mary hatte recht, Mary, die nie einen Gedanken darauf verschwendete, *wie* sie sich verhalten sollte, sondern die einfach ihren Stimmungen folgte. Aber es ging nicht darum, ob sie ihre Kinder unterdrückt hatte oder nicht. Es hing alles mit dem Engagement zusammen. Sie hatte sich vielleicht bei allem zu sehr engagiert, hatte sich davon auffressen lassen, so daß die Kinder keinen festen, verläßlichen Fixpunkt gehabt hatten? Aber das sollte doch wohl der Mann, der Vater sein? Vielleicht hatte Michael die ganze Zeit doch recht gehabt, und sie hatte ihn zu Unrecht kritisiert; sein Engagement hatte das richtige Maß besessen. Warum mußte eine Mutter dauernd der Wetzstein sein? Im Rückblick schien es, als hätte sie, sobald jemand winkte oder rief, immer bereitgestanden, immer Gegenstand der Kritik, immer bereit, ihr Blut hinzugeben, um diese ... Monster zu füttern. Im Rückblick auf die eigene Jugend konnte sie nichts Entsprechendes entdecken – natürlich hatte sie ein enges, ein sehr enges Verhältnis zu ihrer Mutter gehabt, bis diese starb, ein Jahr vor der Reise nach Lourenço Marques, und ihr Vater war den größten Teil des Krieges fort gewesen, hatte die beiden, Mutter und Tochter, allein gelassen; aber sie konnte nicht glauben, daß es genauso gewesen war.

Aber was hatte es für einen Zweck, daß sie hier saß, Bilanz zog und siebte – Entschuldigungen fand? Tim *war* es zuviel geworden, er hatte geschrien, sie unterdrücke ihn, sie behandle ihn wie ein Baby, und die Reaktionen der Anwesenden ließen erkennen, daß es sich dabei nicht um routinemäßige «Liebesworte» handelte, wie man in der Familie gegenseitige Kritik nannte.

Also gut, dann hatte sie ihn eben unterdrückt.

Bemerkenswert war etwas anderes. Nicht nur jetzt, auf diesem Balkon im Mondlicht war sie sich ihrer Situation bewußt, als stände sie auf einer Klippe und der Nordwind blase ihr direkt ins Gesicht und entblöße es – nein, auch damals begriff sie von Anfang an die Gefahr, die dem Jüngsten in einer Familie droht, wenn er langsam erwachsen wird. Es war nun einmal nicht genug, etwas zu *wissen*, sonst wäre es nicht aus ihm hervorgebrochen: «Mein Gott, laß mich endlich in Ruhe, ich ersticke!»

Sie hatte nur zu ihm gesagt, er solle dies und das nicht vergessen, sie wußte nicht einmal mehr, was es gewesen war ... War das der springende Punkt gewesen, das *Was* und nicht das *Wie*? – aber sie konnte sich nicht mehr erinnern, es war fort. Fort, weil sie sich nicht erinnern wollte, den Vorfall so zurechtgebogen hatte, daß er seinen Platz neben ihren offiziellen Erinnerungen einnehmen konnte, neben Erinnerungen, die zehn, fünfzehn Jahre, ein Vierteljahrhundert lang in ihrem Gedächtnis gewesen waren? Aber es hatte *bestimmt* einmal ein Mädchen voll vitaler Energie und Eigenständigkeit gegeben (da war zum Beispiel das Jahr in Moçambique gewesen, das sie bewußt, fast theatralisch als *jeune fille* verbracht hatte); ein Mädchen mit dem Temperament der Rothaarigen (man hatte sie seit frühester Kindheit zu diesem Temperament beglückwünscht, *daran* konnte sie sich sehr deutlich erinnern); ein Mädchen, das – sie wußte es noch genau – sich bei jeder Gelegenheit von den anderen abgehoben hatte, nicht nur wegen ihrer auffallenden Haarfarbe, sondern wegen ihrer Vornehmheit und ihres Auftretens – also, war davon etwas falsch? Täuschte sie sich mit dieser Beschreibung vielleicht selbst? Nein, das glaubte sie nicht. Dieses Mädchen, dem verschiedene Männer intensiv den Hof machten, hatte Michael geheiratet. Nachdem man zuerst ein Jahr zusammen gelebt hatte (Phase eins). Sie waren ein attraktives junges Paar gewesen und Mittelpunkt eines Kreises anderer Paare, die noch nicht geheiratet hatten oder kurz davor standen, oder die verheiratet waren, denen es aber – an Charme fehlte? An Persönlichkeit? Dabei war ihre Ehe ein sympathisches und beinahe schrullenhaft wirkendes Opfer an die Konvention gewesen; sie hatten sich weiterhin wie ein Pärchen benommen, das zusammen lebt, verliebt, sich liebend, liebenswert. Beim ersten Kind war es etwas anders geworden, aber nicht viel. Das Baby (heute Stephen) war dem Leben eines attraktiven jungen Paars einverleibt worden, das intensiver lebte als andere. Das Baby hatte sie zu Parties begleitet, war mit ihnen verreist, hatte sie, Kate, nicht davon abgehalten, an einer Vorlesungsreihe über sarazenische Einflüsse auf die provençalische Dichtung teilzunehmen. Es stimmte, daß es schwer gewesen war, so weiterzuleben, als hätte sich nichts geändert, nachts aufgeweckt zu werden, morgens früh aufstehen zu müssen und immer an den Stundenplan des Kleinkinds gebunden zu sein. Aber damals schien diese plötzliche Umstellung ihrer Gewohnheiten nicht das entscheidende – wie später. Als das erste Kind ein Jahr alt war, wurde sie wieder schwanger. Vater und Mutter bildeten sich ein, sie könnten auch mit zwei Kindern so weiterleben wie bisher.

Jeder hätte ihnen sagen können, daß das eine Illusion war.

Die wirklich einschneidende Veränderung kam nicht mit dem ersten, sondern mit dem zweiten Kind. (Heute eine junge Frau namens Eileen.) Mit einem Kind waren sie ein junges Ehepaar gewesen, das den närrischen Konventionen, den Forderungen der Gesellschaft noch strahlend, ohne Zwang Tribut zollte. Beim zweiten Kind hatten sich die Akzente plötzlich verschoben. Als sie sahen, wie anders ihr Leben geworden war, beschlossen sie, das dritte Kind zu bekommen, «um es hinter sich zu bringen» – eine ganz andere Einstellung. Und bald hatten sie ein Haus, eine Hypothek, ein kleines Auto, eine Putzfrau, die regelmäßig kam, ein Leben, das regelmäßig ablief, alles wegen der Kinder. Es war erstaunlich, wie lange dieses Paar in dem Glauben lebte, all die unwesentlichen Dinge in seiner Umgebung, Auto, Haus und so weiter, hätten mit ihnen selbst überhaupt nichts zu tun – sie wären nicht ihretwegen da, sondern nur wegen der Kinder.

Kate eignete sich schwer zu erringende Tugenden an und lernte Selbstdisziplin. Wenn sie heute auf jenes schöne Mädchen zurückblickte, das von der Mutter verwöhnt, vom Großvater verwöhnt und mit Komplimenten überhäuft wurde, das alle mit jener leicht ironischen Verehrung behandelten, wie man sie jungen Mädchen entgegenbringt, und wenn sie es dann mit der jungen Frau verglich, die nur fünf Jahre später daraus geworden war, hätte sie am liebsten herausgeschrien, es sei alles nur ein Gaunertrick, ja, der ungeheuerlichste Zynismus gewesen. Wenn sie zurückblickte, kam ihr das junge Mädchen wie eine weiße Mastgans vor. Nichts in der Huldigung, die ihr Großvater der Weiblichkeit erwies, nichts in der Art, wie ihre Mutter sie behandelte, hatte sie auf das vorbereitet, was sie lernen mußte, und zwar bald.

Mit drei kleinen Kindern, und dann mit vieren, hatte sie sich Eigenschaften erkämpfen müssen, die nicht einmal zu ihrem Wortschatz gehört hatten. Geduld. Selbstdisziplin. Selbstbeherrschung. Selbstverleugnung. Schlichtheit. Anpassungsfähigkeit an andere – das in erster Linie. Das immer. Diese Tugenden, die man braucht, um mit einem beschränkten Einkommen vier Kinder aufziehen zu können, eignete sie sich langsam an. Sie hatte sich diese Eigenschaften bereits angeeignet, ehe sie daran dachte, ihnen einen Namen zu geben. Sie konnte sich noch deutlich an den Tag erinnern, als ihr beim Lesen eines alten Romans bestimmte Worte auffielen, die ihr altmodisch vorkamen, und sie dachte: Na schön, *das* bedeutet also – monatelang jede Nacht mehrmals aufstehen zu müssen und nie seine gute Laune verlieren zu dürfen; und *das* – nicht mit Michael zu schlafen, weil ein Kind krank war. Und jahrelang ein Schwamm für kleine Wünsche zu sein, so daß alles, was nicht Kind war, an einen so fernen Horizont zurückwich und für immer unerreichbar wurde – wie lautete das Wort *dafür*? Die großen Worte für das, was man von jeder Mutter erwartet, hatten sie amüsiert. Aber Tugenden? Richtige Tugenden? Wenn ja, dann hatten sie sich an ihr gerächt, waren Feinde geworden. Wenn sie, die Ehefrau und Mutter, beinahe schon in mittleren Jahren, auf das Mädchen zurückblickte, das mit Michael zusammen gelebt hatte, kam es ihr vor, als hätte sie sich keine Tugenden angeeignet, sondern eine bestimmte Form von Schwachsinn.

Am Tag nach dem Ausbruch ihres Jüngsten mußte sie vormittags zufällig zum Einkaufen in die High Street und wurde dort von einer kurzen Verkehrsstockung aufgehalten. Sie beobachtete eine junge Frau, die mit einem Kind in der Sportkarre die Straße entlangging. Diese junge Frau, vielleicht neunzehn – ungefähr so alt wie sie, als sie ihr erstes Kind bekam –, trug einen Minirock, hatte unbändige dunkelrote Haare, grüne Augen und strahlte eine ruhige Energie aus. Sie wirkte jedoch wie ein kleines Mädchen, das Mutter spielt. Sie schob die Sportkarre mit einer Hand, während sie in der anderen eine große Tasche mit Lebensmitteln trug. Sie schritt aus wie eine Wikingerin. Von dieser jungen Frau hatte Kate ihre Aufmerksamkeit anderen zugewandt. Die Straße schien sich unversehens mit jungen Frauen, verheiratet oder unverheiratet, mit und ohne Kleinkinder gefüllt zu haben, und sie alle, sie alle – ja, daran konnte man es erkennen, an ihren Bewegungen – bewegten sich mit einer ruhigen, saloppen, schwingenden Grazie, Freiheit. Es war Zuversicht. Es war alles, was sie, Kate, im Übermaß ihrer Befangenheit, im Bewußtsein der Konsequenzen ihrer Handlungen verloren hatte.

Dann, als sie die Wahrheit über diese jungen Frauen – der Gegensatz zwischen ihnen und ihr schmerzte – sehr bewußt in sich aufgenommen hatte, achtete sie auf die Bewegungen, auf die Gesichter ihrer eigenen Altersgenossinnen. Zwanzig Jahre betrug der Unterschied, mehr war nicht nötig, um diese tapferen Gesichter in Habachtstellung, in Mißtrauen erstarren zu lassen. Oder sie waren von einer idiotischen Gutartigkeit, von der Gutartigkeit des Opfers, und von einer schrecklichen wehrlosen *Nettigkeit*, wie das schwache Lachen, das so klingt, als würde es gleich in Tränen übergehen. Sie bewegten sich, als wären ihre Glieder erlahmt – aus Angst, in irgendeine Falle zu tappen, aus Angst, in etwas hineinzustolpern; sie bewegten sich, als wären sie von unsichtbaren Feinden umgeben.

Kate war den ganzen Vormittag langsam auf und ab gegangen, die lange verstopfte Straße hinauf und hinunter und hatte die Wahrheit in sich aufgenommen, daß die Gesichter und Bewegungen der meisten Frauen in mittleren Jahren etwas von Gefangenen und Sklavinnen hatten.

Am Anfang einer langen, unvermeidlichen Erfahrung steht ein junges, zuversichtliches, couragiertes Mädchen; am Ende eine Frau in mittleren Jahren – sie selbst.

Kate war schließlich nach Hause gegangen und hatte wochenlang ihre Bewegungen, Worte und Handlungen von diesem neuen Gesichtspunkt aus beobachtet. Und war dann zu dem einfachen Schluß gekommen, daß sie schwachsinnig war. Von morgens bis abends dachte sie nur noch ans Wirtschaften, ans Organisieren, daran, wie sie es schaffen konnte, daß alles richtig lief, was geschehen würde, wenn sie dies oder jenes nicht tat. Während sie sich beobachtete, ihren Worten lauschte, wandte sie ihre Aufmerksamkeit gleichaltrigen Frauen zu, mit denen sie befreundet war. Alle, jede einzelne, hatten eine lange Ausbildung auf einem einzigen Gebiet genossen: sich mit übertriebener Geschäftigkeit um alles zu kümmern. (Mary Finchley natürlich nicht. Aber sie, Kate, mußte sich langsam darüber klarwerden, was Mary für sie bedeutete, welchen Stellenwert sie einnahm – sie konnte Mary nicht gut von jeder normalen Kategorie ausschließen und es dabei bewenden lassen.) Dazu hatte diese jahrelange Aneignung von Tugenden geführt: Sie und ihre Altersgenossinen waren Maschinen, die man auf eine Funktion eingestellt hatte, aufs Wirtschaften und Vorbereiten und Schlichten und

Voraussehen und Ordnen und Sichaufregen und Ängstigen und Organisieren. Darauf, sich um alles und jedes zu kümmern.

Ihre Familie, sie sah es jetzt, wußte das recht gut. Diese unabhängigen Individuen – Ehemann und junge Leute, die sich gerade erst von der Tyrannei pubertärer Gefühle befreit hatten und den Schwächen anderer Leute deshalb um so intoleranter gegenüberstanden – behandelten sie wie etwas, womit man sich abfinden mußte. Als Mutter war sie eine unbestimmte Größe, war so etwas wie ein altes Kindermädchen, das seine Jahre der Familie geopfert hat und mit dem man sich jetzt abfinden muß. Die Tugenden hatten sich in Laster verwandelt, ins Quälen und Schikanieren anderer Leute. Der lange Schleifprozeß, bei jedem Wink, jedem Ruf anderer immer und ewig bereitzustehen, sich ständig um irgendwelche Kleinigkeiten, bescheidenen Wünsche, Forderungen, Bedürfnisse, Vorfälle, Krisen kümmern zu müssen, hatte aus einem unerschrokkenen jungen Geschöpf eine von fixen Ideen besessene Schwachsinnige gemacht. Besessen von absolut belanglosen Dingen.

Das hatte sie vor drei Jahren begriffen. Während sie weiterhin das große, ihre ganze Kraft beanspruchende Haus führte, das in ihren Augen zu einem Hotel oder Rasthaus für Familienmitglieder und Freunde und deren Freunde geworden war, versuchte sie sich zurückzuziehen. Es war ein innerer Rückzug gewesen, da sie ihren Plan kaum verkünden konnte, ohne die Familie noch mehr zu reizen, noch mehr darauf hinzuweisen, daß alle ihr verpflichtet waren, der Dienerin, die alles in Gang hielt. Es wurde ihr erschwert, weil man ihre Anstrengungen nicht bemerkte. Ihr Mann hatte gerade besonders viel zu tun, und sie konnte verstehen, daß ihm seine Arbeit wichtiger war, denn an seiner Stelle hätte sie auch jede Chance ergriffen, sich weiter zu entwickeln, der drohenden Sackgasse der mittleren Jahre ein für allemal zu entrinnen – er war älter als sie, sieben Jahre älter. Es war ganz natürlich, daß sich die Kinder nur noch insoweit für ihre Mutter und deren Probleme engagierten, wie das alle normalen jungen Erwachsenen bei ihren Eltern tun. Aber sie fand, daß die Kinder sich ihr gegenüber pausenlos defensiv verhielten, und zwar in Situationen, in denen sie, Kate, versucht hatte, solche Verteidigungsmechanismen überflüssig zu machen. Sie war von ihrer Umwelt immer wieder in Verhaltensschablonen zurückgedrängt worden, denen sie sich längst entwachsen glaubte.

Aber warum sollte sie der Familie nicht mitteilen, daß sie dabei war, sich zu ändern, daß sie in diesem Änderungsprozeß bereits mitten drin steckte? Sie konnte es nicht. Die Familie würde es als Appell an ihre Aufmerksamkeit, an ihr Mitleid auffassen. Wie sie es umgekehrt auch getan hätte. (Wieder das alte Lied: es war alles Unsinn, all die rückhaltlosen Diskussionen und das Gerede und die Pläne und die Entscheidungen, sich so oder so zu verhalten. So änderten sich die Menschen nicht: Man änderte sich nicht selbst; man wurde geändert, weil man über etwas hinwegkommen mußte, und erst danach stellte man fest, daß man sich geändert hatte.) Denn wenn die jahrelangen «Liebesworte» irgendeinen Sinn gehabt hätten, hätte sie jetzt zu ihnen greifen können, hätte sagen können: Jetzt reicht's. Ich komme mir vor wie ein Krüppel oder ein Invalide, nachdem ich jahrelang eure Dienerin, euer Fußabtreter gewesen bin. Jetzt müßt ihr mir helfen. Ich brauche eure Hilfe. Aber sie sagte es nicht.

Kurz nach Tims Aufschrei am Abendbrottisch fuhr sie allein zu alten Freunden. Sie übergab ihrer Tochter den Haushalt. Sie verlängerte den Besuch unter allen möglichen Vorwänden. Sie dachte, wenn sie es nur lange genug aushielte, würde die Schablone durchbrochen, würde der Käfig geöffnet werden ... Sie fuhr eher nach Haus, als sie vorgehabt hatte, weil Eileen verreisen wollte.

Obgleich sie beinahe sofort wieder in die alte Rolle zurückfiel, vor der sie geflohen war, konnte sie die sorgenvolle Frau, die der Junge angeschrien hatte, jetzt unter die Lupe nehmen: ein Geschöpf, das wahnsinnig geworden war. Verrückt.

Jener Sommer mit der Szene am Abendbrottisch, mit ihrer Reise, hatte den Anlaß zu den Ereignissen dieses Sommers gegeben; ohne ihn wäre sie nicht auf Alan Posts Vorschlag eingegangen, obgleich ihr Mann ihm beigepflichtet hatte – ja, seine Gereiztheit darüber, daß sie nicht sofort zugriff, hatte sie zögern lassen. Wenn man in einer Sackgasse steckt oder in der Falle sitzt, muß man immer erkennen, was für Möglichkeiten man hat; man muß zuhören.

Was hatte sie aber daran gehindert, zu sagen, sie wolle sich für die Sommermonate ein Zimmer in London mieten? Nichts – außer daß es unvorstellbar war! Es wäre eine so übertriebene Forderung gewesen, daß es ihr gar nicht erst eingefallen war; doch wahrscheinlich war es das, was sie hätte tun sollen.

Sie hatte ein Sprungbrett gebraucht.

Und nun saß sie hier auf einem Balkon, von dem das Mondlicht fast verschwunden war, blickte zu einem Himmel auf, an dem die Sterne in ein kaltes Grau zurückwichen, blickte auf eine Straße hinunter, die jetzt wirklich leer war, endlich. Wenn sie nun allein wäre, wirklich allein, in diesem Land, nur an sich denken könnte ... Ja, dafür hätte sie sorgen sollen; das war ihr natürlich nie in den Sinn gekommen.

Sie hätte hier sitzen können, bis es dämmerte, und dann den ganzen Tag schlafen, wenn sie gewollt hätte, dann durch den Ort schlendern, der nicht nur ein Treffpunkt für Touristen, sondern schließlich auch ein Mittelmeerhafen war. Sie hätte herumschlendern können, wie es ihr paßte, und in zwei Monaten zurückfahren, allein, nachdem sie wirklich allein gewesen wäre – das heißt, eine Frau, die sich ausschließlich nach ihren eigenen Entscheidungen richtet.

Doch nun saß sie hier in der kühlen Dämmerung und dachte daran, daß sie zu Bett gehen sollte, da er ausgeschlafen hätte, wenn sie gerade soweit war, in Schlaf zu sinken. Und wenn sie sich nicht sehr irrte, würde sie sich einem Mann gegenübersehen, der sich in der Defensive befand, weil er in der Nacht umgekippt und eingeschlafen war und sie nicht geliebt hatte, wie es Umstände und Konvention verlangten. Fast hoffte sie, daß er krank sei – nicht sehr, nur ein bißchen.

Am Ende der Straße tauchte ein Mann auf. Er war blond, stammte aus nördlichen Breiten – ein Tourist wie sie. War er mit den jungen Leuten am Strand gewesen? Hatte irgendwo etwas getrunken? Getanzt? Oder vielleicht in einem Café gesessen und sich unterhalten? Oder in einer der kühlen, kellerähnlichen Bars? Als die Straßenlaternen ausgingen, war er genau unter ihrem Balkon – eine nächtliche Gestalt, die von der Dämmerung ertappt wird: Der Himmel begann schwach und verheißungsvoll zu glühen. Er blickte zum Himmel. Er war nicht jung genug, um bei den jungen Leuten gewesen zu sein. Er war von kräftiger Statur, in den besten Mannesjahren, und hatte markante Züge. Nein, er war älter, sein Haar war ganz weiß, nicht blond. Es war ein Spanier, er kam wahrscheinlich gerade von irgendeiner Nachtarbeit. Er bahnte sich seinen Weg zwischen Oleanderbüschen hindurch und blieb an einem Brunnen stehen, wo er sich Gesicht und Hände mit Wasser bespritzte. Er trank ein oder zwei Schlucke und ließ das Naß über die flache Hand direkt in seine Kehle rinnen. Dann zog er die Hand fort, so daß der Strahl seinen gesenkten Kopf traf. Er schüttelte kraftvoll den Kopf, ging zu einer Bank und legte sich, mit dem Gesicht zur Lehne, darauf, wandte der Straße und allen Neugierigen den Rücken. Handelte es sich um einen Armen? Der kein Zuhause hatte? Sie spürte eine Welle der Anteilnahme. Der kleine Gefühlsausbruch glich dem monotonen Plätschern des Brunnens. Spöttisch beobachtete sie sich dabei, daß ihre erste Regung war, auf den Platz hinunterzugehen, ihn an der Schulter zu fassen – natürlich behutsam, um ihn nicht zu erschrecken – und zu fragen, ob er etwas brauche, ob sie ihm helfen könne. In welcher Sprache? Sie sollte Spanisch lernen!

Es war dieselbe schwache Gefühlsregung, die sie damals, nach jener dramatischen Szene mit ihrem Sohn, dazu gebracht hatte, eine streunende Katze aufzunehmen. Ihre Gefühle für diese Katze waren – solange sie dauerten – sehr innig gewesen. Sie wäre nicht das Produkt der jahrelangen «Liebesworte» gewesen, wenn sie sich nicht hätte sagen können: Diese Katze verkörpert mich, ich bin diese Katze. Ich kümmere mich um diese arme Katze, weil ich finde, daß man sich um mich kümmern sollte. Aber wer? Meine Familie natürlich! Die mich nicht mehr braucht und mich unerträglich findet.

Die Familie begriff die Funktion der Katze und kannte ihre Gedanken über das Tier; alle waren sich auch der Rolle, die sie selber dabei spielten, sowie der eigenen Gefühle bewußt. Sie hatten Humor und Nachsicht gezeigt. «Ach komm, du hast diese alte stinkende Katze nur aufgenommen, weil wir nicht nett zu dir sind!»

«Er hat den Nagel auf den Kopf getroffen, Mutter. Du willst es uns nur *zeigen*, das ist alles.»

Während sie auf jenem Balkon saß, Hunderte von Kilometern

entfernt und Jahre danach, spürte sie den Wunsch, aufzuspringen und ihnen ihre Wut und Bitterkeit entgegenzuschleudern. Damals hatte sie natürlich gelächelt, hatte «Humor» gehabt. Jetzt wünschte sie, sie hätte ihnen ins Gesicht geschlagen, ihrer reizenden Tochter Eileen, ihrem charmanten Mann, Tim – ihnen allen. «Ich wollte, ich hätte ihn geschlagen», hörte sie sich flüstern; «wirklich, ich wollte, ich hätte sie alle richtig geschlagen!»

Sie hatte erlebt, wie Mary Finchley ihren Mann, ihre Kinder beschimpfte: Danach lachte sie sich halbtot. Mary hatte getan, wonach ihr zumute gewesen war.

Die Familie hatte Kate wie eine Kranke behandelt und die Katze als Medizin betrachtet.

«Nichts weiter als ein Spielzeug für die Wechseljahre», hatte sie Tim zu Eileen sagen hören.

Sie war noch nicht in den Wechseljahren, aber es hätte keinen Sinn gehabt, das zu sagen: die Familienmythologie wollte, daß die Mutter in den Wechseljahren war. Manchmal war sie sich vorgekommen wie ein verletzter Vogel, der von den gesunden Vögeln zu Tode gehackt wird. Oder wie ein Tier, das von grausamen Kindern gequält wird. Und sie hatte natürlich gespürt, daß sie es verdiente, weil sie sich selbst so verabscheute – oh, es war ein furchtbarer Frühling gewesen, nach einem schlimmen Winter. Sie hatte befürchtet, sie sei wirklich verrückt, sie war oft so außer sich gewesen. Dann hatten die beiden Älteren angefangen, sich nur noch um ihre Vorlesungen und ihre Freunde zu kümmern, und sie war entzückt gewesen. Ehrlich entzückt, obgleich sie sich deswegen sofort wieder schuldig vorgekommen war. Sich schuldig vorzukommen – das scheint in dieser aufgeklärten Zeit fast eine Definition der Mutterschaft zu sein. Ein Haufen Unsinn, reiner Quatsch alles. Irgendwo hatten sie den falschen Weg eingeschlagen ... Wer? Sie selbst? Die Kinder nicht, natürlich nicht! Aber warum soviel Spannung und Feindseligkeit und Groll? – doch das war vorbei. Eileen interessierte sich inzwischen für Männer; nur Tim, so kam es ihr vor, hatte sie noch im Visier. Die schlimmste Zeit war also vorbei. Sie blickte darauf zurück ... Aber wenn es wirklich so war, warum war sie dann hier, mit diesem jungen Mann, der ihr, wie Mary Finchley auf den ersten Blick gesehen hätte, nur das bieten konnte, was sie bereits wußte, was sie gar nicht haben wollte ... Sie verließ den Balkon erst, als die aufgehende Sonne ihre ersten heißen Strahlen über das Meer und in den Ort schoß. Sie war wirklich müde. Im Zimmer wurden ihre Augen, die sich schon auf das Tageslicht eingestellt hatten, von tiefer Schwärze getroffen. Als sie wieder etwas erkennen konnte, sah sie, daß Jeffrey dalag und sie anblickte. Sie lächelte, bereitete sich aufs Reden vor – sah, daß er nicht richtig wach war. Er richtete sich mühsam auf, setzte sich auf den Bettrand, der Blick glasig, ein überraschtes Tier, und seine Tänzergliedmaßen sprachen von dem Traum, den er noch träumte, sein Gesicht war wachsam, mißtrauisch, bereit, sich abzuwenden. Sie sagte behutsam: «Jeffrey!» – aber er gab nur einen scharfen, verwirrten, ablehnenden Laut von sich und eilte ins Badezimmer. Sie hörte, wie er sich übergab. Sie blieb stehen, wo sie stand, fragte sich, ob er wach sein würde, wenn er zurückkäme. Er kam wieder ins Schlafzimmer, hielt sich am Türrahmen, dann an einer Kommode fest. Er schien also zu glauben, er sei allein; er sah sie, taumelte weiter, griff nach dem Fußende des Bettes, starrte sie an. Ihre Gestalt hob sich, das begriff sie, gegen die Tür zum bereits strahlend hellen Balkon ab; sie mußte ihm wie ein dunkler, lauernder Schatten vorkommen. Endlich lächelte er: er wußte, er sollte wissen, wer sie war. Es kostete ihn große Anstrengung, da er praktisch noch schlief, aber er war ein höflicher Mensch, dazu erzogen, zu gefallen, höflich zu sein. Das Lächeln war Höflichkeit angesichts einer Situation, die Höflichkeit verlangte, doch wurde keine Freude daraus. Er schleppte sich wieder ins Bett, und sofort verließen ihn seine Kräfte, und er fiel in tiefen Schlaf.

Sie ließ sich neben ihn aufs Bett fallen, in ihrem weißen Kleid mit Rüschen, in dem noch die süße Kühle der Nachtluft hing, die sie vor der Hitze dieses Tages gerettet hatte. Sie schwor sich, nicht mütterlich zu sein, wenn sie aufwachte, nicht vorzuschlagen, einen Arzt zu holen, sich keine Sorgen zu machen. Sie lag neben diesem jungen Mann, von dem sie wußte, daß er nicht ganz auf dem Posten, ja, möglicherweise krank war, und versuchte, sich in die Gedanken einer Frau zu versetzen, die hierhergekommen war, um mit ihm zu schlafen. Angenommen, sie wäre noch eine «liebende Frau» (so drückte sie es aus) und nicht, als Resultat einer über ein Vierteljahrhundert ausgeübten Tätigkeit als Kindermädchen, eine mütterliche Frau – was würde diese «liebende Frau» jetzt fühlen? Es war leicht – sie brauchte nur an Michael zu denken. Sie würde Jeffrey wecken, um mit ihm zu schlafen – sie und ihr Mann hatten gern zusammen geschlafen, wenn sie, besonders aber wenn er Fieber hatte. Er bekam oft schon beim geringsten Anlaß Fieber; und dann hatten sie diese Würze erotisch ausgekostet – oder hatten es jedenfalls so gesehen. Aber es war unvorstellbar für sie, sich Jeffrey erotisch zu nähern. Erstens (was ihr natürlich die einschlägige Literatur und alle möglichen Experten, Eheberater und dergleichen hätten sagen können) wendet sich eine Frau, die ein harmonisches, enges Verhältnis mit einem Mann hat, nicht leicht einem neuen Mann zu. (Aus diesem Grunde hatte sie nie an die leichten Freuden des Partnertauschs und des geduldeten Ehebruchs geglaubt.) Und letzten Endes hatte sie ihre sexuellen Erfahrungen bei Michael gesammelt – und, aus zweiter Hand, bei Mary.

Ja, wenn sie verrückt gewesen wäre vor Liebe, wie es der Anlaß, ja, sogar der Sinn fürs Ästhetische, der Sinn fürs Angemessene verlangten, dann läge sie jetzt nicht da und versuchte, sich eine erotische Situation vorzustellen.

Sie stützte sich auf den Ellbogen und begutachtete den jungen Mann neben sich mit der ganzen Vorsicht einer «Mutter mit krankem Kind». Obgleich sein Körper vor Hitze glühte, machte er doch den Eindruck, als ob er fröre. Schweiß lief ihm übers Gesicht. Er roch krank. Nein, nicht einmal eine Frau, die verrückt war vor Liebe, konnte diesen Augenblick wählen, um sich ihm zu nähern. Sein Zustand drückte tiefe Abneigung gegen sexuelle Regungen aus.

Es war natürlich möglich, ja sogar wahrscheinlich, daß *er* eine tiefe Abneigung gegen jede sexuelle Regung hatte, zumindest in seiner jetzigen Stimmung, mit seinen Zukunftssorgen oder, was sie betraf ... Die Kälte, mit der sie zu diesem Schluß kam, bestätigte das Ausmaß ihrer Gleichgültigkeit ihm gegenüber.

Sie schlief ein und stand sofort auf einem felsigen Berghang. Ja, da war ihr armer Seehund: langsam bewegte er sich, unter großen

Schmerzen, auf den fernen, unsichtbaren Ozean zu. Sie nahm das glitschige Geschöpf in die Arme – oh, sie hätte es nicht dort lassen dürfen. Es war ganz schwach; seine dunklen Augen machten ihr Vorwürfe. Sein Fell war völlig trocken. In der Ferne stand ein Haus. Sie stolperte darauf zu. Es war ein Holzhaus, das Dach stark geneigt, wegen des Schnees, der – sie wußte es – bald fallen würde, denn es war bereits Herbst. Im Haus war niemand, doch hier mußten Leute wohnen, denn in einem winzigen Kamin glühten noch die Reste eines Feuers, das langsam ausging. Sie legte den Seehund auf die Steine vor dem Kamin und versuchte, das Feuer wieder anzufachen. Es war nicht viel Holz da, aber schließlich flammte das Feuer neu auf. Der Seehund lag ruhig da, seine Flanken hoben und senkten sich qualvoll. Seine Augen waren geschlossen, Er brauchte unbedingt Wasser. Sie trug ihn ins Waschhaus und bespritzte ihn aus den an der Holzwand aufgereihten Holzeimern mit Wasser – die Atmosphäre des Traums glich immer noch einer Sage oder einem alten Märchen, war mehr und mehr die einer anderen Zeit. Das Tier öffnete die Augen und schien von neuem Leben erfüllt. Sie dachte, daß sie eine ganze Menge zu tun hatte: sie mußte das Haus saubermachen, im Wald Feuerholz holen, ehe der Schnee fiel, Lebensmittel einkaufen, Winterkleidung aus den Truhen nehmen und für sich und die Hausbewohner bereitlegen, die, sie wußte es, ihre Familie waren, aber verwandelt, verklärt zu Geschöpfen der Sage, überlebensgroß, mehr verkörpernd, als sie im gewöhnlichen Leben darstellten. In einem der oberen Zimmer des Hauses erblickte sie einen hochgewachsenen, blonden jungen Mann mit blauen Augen. Sie kannte ihn. Er war ihr Liebhaber. Er war es schon immer gewesen. Sie schliefen zusammen. Sie hatten jahrelang aufeinander gewartet, und das Warten und Begehren machten diese Liebe vollkommen ... Der Seehund fiel ihr wieder ein. Der Seehund brauchte sie, lag verlassen auf dem Boden des Waschhauses, wartete auf sie. Sie verließ den blonden jungen Mann, der irgendein Edelmann, vielleicht ein Prinz war, mit den Worten: «Es tut mir leid, ich möchte bei dir bleiben, aber erst muß ich den Seehund zum Meer bringen.»

Sie erwachte – und wurde zur gleichen Zeit von den hellen Strahlen der Sonne und von Jeffrey bestürmt. Er liebte sie wie ein Zehnjähriger, der von seiner Bande angefeuert wird, eine hohe Mauer zu erklettern. Da ihre Erfahrung, wie gesagt, begrenzt war, hatte lediglich die Literatur sie mit der Empfindsamkeit amerikanischer Männer auf diesem Gebiet bekanntgemacht. Außerdem hatte Mary Finchley einmal vierzehn Tage mit einem amerikanischen Verkehrspiloten zusammen gelebt und ihr davon berichtet – selbstverständlich in allen Einzelheiten. (Sie hätte nicht zuzuhören brauchen, hatte Kate sich oft getadelt.) Die Situation der vergangenen Nacht hätte ihn sexuell aktiv werden lassen müssen: er war es nicht geworden; jetzt stand seine Männlichkeit in Frage.

Sie dachte daran, ein oder zwei Scherze über den Einfluß des Milieus zu machen – wie er es fortwährend tat –, aber die dunklen Ränder unter seinen Augen und sein mürrischer Körper sagten ihr, daß Scherze über dieses Thema nicht angebracht waren. Die Uhr zeigte sechs; sie hatte kaum eine Stunde geschlafen. Nun, da er seine Aggression verausgabt hatte, stand fest, daß er krank war: Sollten sie sich wie vernünftige Leute in aller Freundschaft trennen und jeder seines Weges gehen?

Sie lag in einem Gewirr weißer Rüschen, die jetzt zerknittert waren, ganz das Bild einer verführerisch entblätterten Frau, und betrachtete den verdrossenen Achtzehnjährigen an ihrer Seite, der, wenn er noch einen Funken Verstand besaß, als erstes einen Arzt aufsuchen mußte.

Eine Willensanstrengung, die zum Antrieb einer Mondrakete mittlerer Größe ausgereicht hätte, hinderte sie daran, diesen Vorschlag zu machen.

Sie hatten sich angezogen und frühstückten auf der Terrasse, wo bereits lebhaftes Treiben herrschte, als er ihr, nachdem er dreimal hatte aufstehen müssen, gestand, er habe den «Touristendurchfall» und sagte, er wolle in die Apotheke gehen.

Sie blieb allein sitzen und beobachtete einen Mann von etwa fünfzig, der mit einem ungefähr zwanzigjährigen Mädchen vor einer Bleiwurzhecke saß. Sein Haar war, wie das von Michael, sehr kurz geschnitten, ohne jeden Scheitel, und breitete sich von einem Wirbel oben auf dem Hinterkopf aus; früher hatte man diesen Haarschnitt, auch bei Frauen, Igelfrisur genannt. Kate hatte sie auch einmal getragen, aber das war schon eine Zeitlang her. Das hagere, sonnenverbrannte Gesicht des Mannes mit dem – aus Selbstachtung – ironischen Gesichtsausdruck warb um die unwiderstehliche Frische des Mädchens; sie war geschmeichelt, und ziemlich gelangweilt. Der Mann sah intelligent aus, Unterhaltungsfetzen – diesmal englisch – veranlaßten Kate, sich zu sagen: Also, *meiner* ist wenigstens nicht dumm. Sie nahm an, sie müsse sich jetzt vielleicht schämen? *Schicksalsgefährte*, redete sie ihn stumm an, während ihr einfiel, daß sie sich vor nur vierundzwanzig Stunden von Ahmed verabschiedet hatte, dem Diener aller Welt – ebenfalls eine Facette von ihr –, den sie insgeheim mit *Bruder* angeredet hatte. Irgendwo in den Staaten schützte sich ihr Mann – Igelfrisur, schmales, attraktives Gesicht, erfahren – jetzt wahrscheinlich ebenfalls mit Ironie, während die Jugend selbst ihm in Gestalt eines zarten Mädchenkörpers geschmeichelt und gelangweilt gegenübersaß. Wenn ja, kannte Kate ihn nicht: Sie hatte ihn nie weltmännisch, ironisch – verletzlich erlebt. Seine Schöne brauchte nicht einmal sehr jung zu sein; Kate wußte nicht genau zu sagen, was er suchte. Natürlich war Eileen immer in der Nähe, was bedeutete, daß er nicht alles tun konnte, was er wollte; vielleicht war das junge Mädchen, das dem Mann gegenübersaß, seine Tochter, und er wirkte stolz und freute sich an ihrer Gesellschaft, wie das bei Männern mittleren Alters und ihren Töchtern üblich ist ... Eines stand jedenfalls fest: Mary erlebte, wenn sie in ein Verhältnis «ältere Frau – jüngerer Mann» verstrickt war, keine geheimnisvollen Unpäßlichkeiten und süßsauren Spiegelbild-Begegnungen mit Männern mittleren Alters auf sonnigen Hotelterrassen im Süden, die dort mit ihren Puppen saßen. Bienen. Natürlich nicht. Mary hatte, mit Unterbrechungen, ungefähr vier Jahre lang eine Affäre mit einem griechischen Kellner gehabt. Er war etwa dreiundzwanzig gewesen, als es anfing, sah gut aus und war «pausenlos scharf», wie Mary sich ausdrückte. Er hatte sie angebetet. Er war bereit, sie zu heiraten, und wollte zu ihr ziehen und der Vater ihrer drei Kinder werden. Da Mary das abgelehnt hatte, entwickelte sich ihr Verhältnis bemerkenswert harmonisch und dauerte zur beiderseitigen Zufriedenheit bis zu seiner Rückkehr nach Griechenland.

Damals hatte Mary geweint. Es war das einzige Mal, daß Kate das erlebte. Also zollte selbst Mary dieser durchaus wertvollen Kategorie von Liebesaffären Tribut ... Jeffrey zwängte sich zwischen den besetzten Tischen hindurch, beladen mit vielen kleinen Päckchen: alle möglichen Tabletten. Sie sprachen eine Weile über verschiedene denkbare Pläne, doch er warf einen kritischen Blick auf die Urlauber ringsum und sagte, er würde am liebsten ins Landesinnere fahren, ins «wirkliche» Spanien.

Das finanzielle Problem wurde akut. Er hatte nicht genug Geld, um fliegen oder einen Wagen mieten zu können. Busse und Züge waren alles, was er sich leisten konnte. Dazu war sie nun ebenfalls verpflichtet, doch es würde ihr Spaß machen.

Hinter der Terrasse lag der Strand noch leer, durchpflügt von der letzten Nacht. Zwei Männer mit großen Harken glätteten den Sand, damit er die Jungen empfangen konnte, die alle noch im Bett waren; einige schliefen allerdings an der Strandkante, dort, wo die Terrassenmauer verlief. Sie kannten keine finanziellen Probleme, das wußte sie; sie teilten, was sie hatten. Allein schon die Tatsache, daß Jeffrey kein Geld annehmen konnte, ohne es – wie er sagte – bis ins Mark zu spüren, hätte ihn für den Umgang mit den jungen Leuten untauglich gemacht.

«Weiter oben an der Küste ist ein billiger Ort», sagte er. «Dort gibt es keine Touristen. Man kann für einen Dollar pro Nacht ein Zimmer bekommen.»

Er saß zurückgelehnt im schwachen Schatten der Oleanderbüsche, die Hand wie schützend auf der Brust, die Augen halb geschlossen. Der Brustkorb unter der Hand hob und senkte sich langsam, wie bei einem Schlafenden. Er verfiel immer wieder in langes Schweigen, während seine andere Hand locker auf dem Tisch lag und manchmal ein bißchen zuckte – er nickte immer wieder ein und weckte sich selbst. Eine Wespe setzte sich auf den winzigen Marmeladetupfen auf seinem Zeigefinger. Er beobachtete sie eine Weile, schüttelte das Tier dann mit einer Bewegung ab, die ausgereicht hätte, einen Elefanten aufzuscheuchen.

«Solltest du dich nicht vielleicht lieber wieder ins Bett legen und warten, bis es dir wieder besser geht?» Die Worte sprudelten aus ihr heraus, und er warf den Kopf hoch und funkelte sie an.

«Warum?» fragte er kalt.

Noch waren keine vierundzwanzig Stunden seit ihrer Ankunft in Spanien vergangen, da saßen sie wieder in einem Bus, rollten die Küste entlang – nach Norden, den Wellen, die nach Süden fluteten, entgegen. Sie waren unterwegs zu dem unberührten Dorf. Kein richtiges Dorf, sagte er, sondern nur ein paar Häuser, in denen Fischer wohnten, deren Frauen glücklich waren, wenn sie Reisende willkommen heißen konnten, und die man erst überreden mußte, damit sie etwas Geld annahmen. Sie erreichten den Ort am späten Nachmittag und fanden ein riesiges neues Hotel und einen überfüllten Strand vor.

Jeffrey, der die ganze Zeit geschlafen hatte, den Kopf an ihrer Schulter – sie hatte sich alle Mühe gegeben, es ihn nicht merken zu lassen –, sah sich schweigend um und ging wieder zum Bus zurück.

«Wo willst du hin?»

«Weiter die Küste hoch. Es gibt da noch einen Ort.»

«Sollen wir nicht zuerst etwas zu Abend essen? Und vielleicht erst morgen früh weiterfahren?»

«Nein, nein, es ist ganz nahe, nur dreißig Kilometer. Komm!»

Er sprang wieder in den Bus, der jetzt fast leer war, nachdem er seine Ladung ausgespien hatte – Männer und Frauen, die von der Arbeit zurückkamen und nun über die Felder nach Hause gingen.

Sie fuhren weiter. Rechts von ihnen, tief unten, schlängelte sich das Blau des Mittelmeers an der braunen Küste, an den bleichen Stränden entlang, auf denen Kilometer um Kilometer ein Körper neben dem anderen zu sehen war.

Manchmal stieg eine Frau ein, die irgendwo Verwandte besucht oder einen Tag lang Einkäufe gemacht hatte, in der Hand einen vollen Korb. Kinder kletterten in einer kleinen Ortschaft in den Bus und kletterten eine Stunde später an einem Berghang wieder heraus, wo weder ein Haus noch ein Licht zu sehen war. Sich an den Händen haltend, liefen sie in die Dunkelheit, riefen sich laut irgend etwas zu – die spanischen Worte flogen, unbekannten Vögeln gleich, über das Meer davon.

Jeffrey schlief. Um Mitternacht erreichten sie die Endstation. Sie waren hinter Almeria, in einer Kleinstadt knapp zwei Kilometer von der Küste entfernt. Es gab ein Hotel, das man noch nicht für den Tourismus aufgetakelt hatte. Der Mann am Empfang sah ihnen stumm zu, wie sie sich eintrugen, und führte sie dann in den Speiseraum, wo noch einheimische Reisende aus der näheren oder weiteren Umgebung – keine Touristen – beim Abendessen saßen. Jeffrey bestellte ein schweres Gericht nach dem anderen, verzog das Gesicht, wenn er die Gabel zum Mund führen wollte, legte sie jedoch sofort wieder hin, sobald ihm der Essensgeruch in die Nase stieg. Es war, als hätte er noch nie etwas von Kranksein gehört oder davon, daß man von Übelkeit befallen werden kann. Er blickte besorgt drein: Warum kehrte seine Hand, als hätte sie sich selbständig gemacht, immer wieder mit der vollen Gabel zum Teller zurück? Als der Nachtisch kam, aß er ein paar Pfirsiche und bestellte sich noch weitere. Sie hatte gut gegessen – dies war heute ihre erste Mahlzeit – und sah ihm dabei zu, wie er den fünften Pfirsich hinunterschlang und dann aufsprang und hinausstürzte.

Sie fand ihn auf dem Bett liegend, das Licht schien ihm grell ins Gesicht. Er hielt die Hand über die Augen, als läge er in der Sonne. Als er sie sah, wurde sein Blick finster. Sie sah sich in einem grünen Kleid, das ihre weißen Arme und Beine freiließ, sie sah ihre schwere Welle roten Haars, ihre warmen braunen Augen. Unter seiner Hand warf er finstere Blicke auf die Fremde, die lächelnd am Fußende seines Bettes stand.

«Jeffrey!»

«Was ist?»

«Du brauchst einen Arzt.»

Er drehte das Gesicht zur Seite, wie ein Soldat bei dem Befehl «Augen, rechts!» – und lag da, die Arme steif zu beiden Seiten. Dann warf er sich herum, wobei er das Bettlaken über sich zog. Er war noch vollständig angekleidet, hatte sogar noch seine Schuhe an. Und sie, sie schlief sofort ein, nachdem sie die letzte Nacht so wenig geschlafen hatte.

Sie erwachte früh; er war schon auf und schüttete sich die Tabletten, die der Apotheker ihm gegeben hatte, gleich pfundweise in den Mund. Um sieben Uhr sah sie sich einem energischen jungen Mann gegenüber, der sagte: «Wir fahren landeinwärts, nach Granada. Es ist ganz in der Nähe.»

Sie war natürlich einverstanden.

Doch während sie Kaffee trank und süße Semmeln aß und die Wespen in dem Topf mit der Aprikosenmarmelade beobachtete, mied er den Speiseraum und ließ sich, ein Glas Mineralwasser in der Hand, am Empfang Auskunft geben. Von hier aus gab es keine direkte Busverbindung nach Granada, sondern sie mußten erst zurück nach Almeria und dort einen anderen Bus nehmen. Die Reise würde einen ganzen Tag dauern.

Er kam an die Tür des Speiseraums und rief sie heraus: sorgsam bewahrte er, wie sie merkte, alle seine Sinne vor der Berührung mit Essen. Er hatte beschlossen, weiter an der Küste entlang zu fahren. Noch weiter nördlich gab es ein gutes Plätzchen; er erinnerte sich sehr gut daran. Offensichtlich war es ihm zu anstrengend, erst mit dem Bus nach Almeria zurück zu fahren, dort möglicherweise stundenlang auf einen anderen zu warten und dann noch eine ganze Tagesreise ins Landesinnere machen zu müssen. Aber er mußte etwas unternehmen. Das brauchte er, sie konnte es förmlich sehen.

«Wir fahren später nach Granada», verkündete er und trug ihren und seinen Koffer zu dem abfahrbereiten Bus, der in nördlicher Richtung fuhr, nach Alicante, einer Stadt, wo der Bus ungefähr um drei Uhr nachmittags sein sollte. Aber sie würden vorher aussteigen, denn das Dorf, an das er sich erinnerte, lag vor Alicante.

Der Bus war voller Einheimischer, keine Touristen, nur ein oder zwei junge Leute, die billig reisten. Es war eine fröhliche, gesellige Ladung; man unterhielt sich und tauschte Neuigkeiten aus, obgleich sie natürlich kein Wort verstand. Es war wirklich ein sehr merkwürdiges Erlebnis, noch merkwürdiger als die absurde Situation, in der sie sich befand, an ihrer Seite diesen jungen Mann, den sie nicht im Stich lassen konnte, da er krank war oder zusammenzubrechen drohte oder so etwas Ähnliches, der es sich jedoch offensichtlich in den Kopf gesetzt hatte, an dieser bunt geschmückten sommerlichen Küste entlang endlos weiter nach Norden zu fahren. Wochenlang – genau bis vor zwei Tagen, wie sie sich immer wieder ins Gedächtnis rufen mußte, da es schon so lange her schien –, wochenlang war sie wie eine vielsprachige Maschine gewesen, und alle oder doch die meisten Sprachen, die um sie herum gesprochen wurden, waren ihr wie Türen oder Glasfenster vorgekommen. Bevor sie nach Spanien gekommen war, hatte sie sich eingebildet, ihre in der Welt der Konferenzen bewiesenen Fähigkeiten könnten nicht verlorengehen und würden sie in die Lage versetzen, mühelos Spanisch zu sprechen. Aber sie war wie jemand, der aus einem Traum erwacht, in dem er geflogen ist, und nicht begreift, daß man im wirklichen Leben nicht einfach einen Schritt in die Luft tun kann, sich emporschwingen und fortfliegen. Es schien fast, als verstände sie die Sprache *doch;* als hätte sie sie früher einmal verstanden und litte unter zeitweiligem Gedächtnisschwund. Als eine Frau auf der anderen Seite des Mittelgangs ihr zulächelte, oder als der Fahrer durch den Bus ging, um das Fahrgeld zu kassieren, öffnete sie den Mund, um zu sprechen – in ihrem Kopf gingen alle möglichen Sprachen durcheinander, aber kein Satz war zu gebrauchen, die Zunge lag ihr nutzlos im Mund. Sie mußte sich Mühe geben, damit ihre Lippen ein williges Lächeln der Herzlichkeit und Anteilnahme signalisierten. Und sie saß da und lauschte, lauschte den schweren Lauten, die ihre Bedeutung nicht preisgeben wollten. Bis sie sich den Fahrgästen zuwandte und aus ihren Gesten, der Haltung eines Kopfes, einer Schulter ohne weiteres die Bedeutung zu ersehen vermochte. Während sie wie ein unsichtbares Wesen inmitten dieser schwatzenden und lachenden Runde saß, war Jeffrey, der sofort wieder eingeschlafen war, auf seinem Sitz zusammengesunken, und sein Körper lastete schwer auf ihr.

Mittags machte der Bus eine längere Pause als sonst, damit sich die Fahrgäste etwas zu trinken oder zu essen holen konnten. Sie ließ Jeffrey liegen, holte Limonade, rauchte eine Zigarette, und als sie zurückkehrte, sah sie, daß der Fahrer den schlafenden jungen Mann prüfend betrachtete. Er zeigte auf ihn, machte auf sein krankes Aussehen aufmerksam. Sie nickte und lächelte, mit gelähmter Zunge, mit Ohren, die *beinahe* verstanden. Mit einem abschließenden Kopfschütteln ging der Fahrer zu seinem Platz zurück und ließ den Motor an. Es war jetzt unerträglich heiß. Alles flimmerte und blendete, und sie und Jeffrey waren beide schweißgebadet. Er strömte einen säuerlichen Geruch aus und war auffallend blaß, mit einem Stich ins Gelbliche. Gelbsucht? Bei seiner Hautfarbe mußte er einfach gelb aussehen, wenn er krank war.

Sie kamen Punkt drei in Alicante an, und Jeffrey wachte auf. Er triefte von Schweiß und zitterte. Doch er war entschlossen, weiter nach Norden zu fahren. Sie packte ihn an den Schultern und sagte: «Du bist krank. Verstehst du das nicht? Du bist krank. Ich bringe dich jetzt ins Bett und hole einen Arzt, ja?»

Er machte sich frei, als wäre sie ein Spinnennetz, in das er hineingeraten war, oder ein Zweig, der sich in seinem Ärmel verfangen hatte. Er ging zu einem Bus, der in der Nähe stand, und stieg ein, ohne nachzuschauen, wohin er fuhr. Sie stand da und überlegte, ob sie jemanden zu Hilfe rufen sollte. Aber wen? Die Polizei?

Statt dessen ergriff sie die Koffer, die auf der Erde standen, nachdem der Fahrer sie ausgeladen und den Bus gewendet hatte, da er wieder zurückfuhr, und trug sie zu dem anderen Bus. Die Tatsache, daß dieser superhöfliche Amerikaner sie die schweren Koffer schleppen ließ, ohne es überhaupt wahrzunehmen, sagte alles über seinen Zustand.

Am Bus hing ein Schild mit einem Ortsnamen darauf; sie hatte keine Ahnung, wohin er fuhr oder wie weit. Doch war das wichtig? In einem Café kaufte sie eine Flasche Mineralwasser und nahm sie mit in den Bus. Jeffrey trank die Flüssigkeit, doch – was ihr jetzt schon ganz vertraut war – wie jemand, bei dem irgendwelche Gehirnnerven nicht funktionieren, wie ein Tier, das hungrig und doch zugleich angewidert ist von dem, was man ihm zum Essen anbietet. Er hob das Glas immer wieder an die Lippen, wie jemand, der fast umkommt vor Durst, nahm gedankenlos einen Schluck, den er dann mit einem Ausdruck gequälten Mißtrauens im Mund behielt. Er schluckte das Wasser hinunter, als müsse er sich an etwas erinnern, was man ihm darüber erzählt hatte – etwas Furchtbares! –, und hob das Glas dann abermals an die Lippen, schnell, verzweifelt: So trank er es aus und behielt das Mineralwasser auch bei sich. Er würde also nicht aus Mangel an Flüssigkeit sterben, das war immerhin etwas. Erschöpft ließ er sich zurückfallen. Es war jetzt noch heißer.

Die Straßen waren leer, denn es war Siestazeit; die Menschen in den Cafés und auf den Bänken rings um den staubigen Platz waren alle ganz schläfrig. Der Ort erstickte fast unter der drückenden Hitze, und der Bus war kaum besetzt, als er abfuhr.

Kraftlos ruckte und rutschte Jeffrey mit den Bewegungen des Fahrzeuges hin und her, das anfangs weiter in nördlicher Richtung an der Küste entlang fuhr, nach einer halben Stunde jedoch landeinwärts abbog. Er schien nicht wahrzunehmen, daß das Mittelmeer sie nicht mehr begleitete. Nach einer Weile sagte er mit einem erfreuten Lächeln: «O ja, hier geht es entlang, ich erinnere mich, das Dorf ist hier.» Der Bus fuhr nun durch ziemlich flaches Land, das nur teilweise kultiviert war. Dann stieg die Straße an und führte zwischen niedrigen Bergen hindurch. Nun, da sie in die Höhe getragen wurden, erschien hinter ihnen das Meer, eine ferne blaue Fläche. Dann war es verschwunden; die Berge verdeckten es. Sie fuhren auf einer rauhen, unbefestigten Straße, die sich einen Berghang hinaufwand. Jeffrey wurde gerüttelt und gestoßen und döste vor sich hin. Sie hatte den Arm um ihn gelegt, damit er nicht vom Sitz fiel. Einmal erwachte er, und es war nicht die dumpfe Persönlichkeit eines Kranken, die sich ihr zuwandte, sondern der andere Mensch, den er im Schlaf wiedergefunden hatte, der sie zur Gefährtin gewählt hatte. Er lächelte sie freudig an und sagte: «Kate! Ist das nicht einfach großartig? Ist es nicht wundervoll? Ist es nicht einfach...» Aber er sank wieder zusammen, fiel wieder in Schlaf.

Die Sonne erfaßte den vorderen Teil des Busses. Die Fahrgäste, die dort saßen, standen auf und nahmen weiter hinten Platz. Der Fahrer versuchte, mit dem Kopf im Schatten zu bleiben, indem er ihn mit aufwärts gewandtem Kinn nach hinten genau in den Schatten des Daches hielt. Es sah aus, als strecke er das Kinn einem Schlag entgegen.

Die Sonne verschwand hinter einer Kette von Bergen, viel höher als die, die sie durchquerten. Es war schon fast Abend. In einem Dorf, das aussah, als könnte es in Nordafrika liegen – Häuser von der Armut halb verfallen, Menschen von der Armut geformt –, hielt der Bus, setzte einen Drahtkäfig mit ein paar durstgeplagten

Hühnern, ein Faß Ölsardinen, eine Kiste Apfelsinen ab. Er nahm zwei Nonnen auf, die völlig erschöpft waren, so hatte ihnen die Glut der Hitze zugesetzt, und wartete, bis Kate in einem Café noch einmal eine Flasche Mineralwasser für Jeffrey geholt hatte. Dann ging die Fahrt weiter.

Kate war jetzt völlig teilnahmslos. Irgendwann mußte diese schreckliche Fahrt ja zu Ende gehen. Nicht weil Jeffrey es wollte: Er mußte in Bewegung bleiben, irgendwohin fahren, reisen – sie konnte es spüren, begreifen. Aber er war inzwischen ein wenig wirr im Kopf: erwachte ständig zu kurzen Augenblicken der Fröhlichkeit, schwatzte, kicherte und nickte dann unvermittelt wieder ein. Selbst er mußte allmählich einsehen, daß er krank war und die Reise nicht fortsetzen konnte. Oder er mußte darauf gefaßt sein, daß ein Fahrer sich weigerte, sie weiter mitzunehmen. Um acht Uhr abends, bei hellem Mondschein, hielten sie auf einem Dorfplatz. Es war ein kleiner Ort. Auf dem Platz ein Brunnen, der sein Wasser mutlos in ein Becken tröpfeln ließ und auf dessen Rand eine gesprungene weiße Porzellantasse stand, und ein paar staubbedeckte Bäume. Ein Haus auf der gegenüberliegenden Seite sah nach einem Café aus, das große Fenster war von innen mit irgendwelchem Stoff behangen, um die Sonne fernzuhalten, und davor standen zwei Tische, an denen Männer saßen und tranken. Auch ein massiv wirkendes altmodisches Gebäude mit der Aufschrift ‹Hotel› war zu sehen. Sie fand das Dorf auf ihrer Karte. Es lag ungefähr achtzig Kilometer landeinwärts.

Sie ließ Jeffrey, der weder wachte noch schlief, im Bus sitzen und betrat das Hotel. Der Besitzer kam aus dem Speiseraum. Sie bedeutete ihm in verschiedenen Sprachen, sie reise mit ihrem Mann, der krank sei. Französisch erlöste sie, und Señor Martinez kam mit ihr zum Bus und half ihr dabei, Jeffrey herauszuziehen. Es war, als hätten sie es mit einem Kleiderbündel zu tun, das feucht aus der Waschmaschine kam; Jeffrey war so in Schweiß gebadet, daß seine Hände ganz glitschig waren und das Haar ihm förmlich am Schädel klebte. Mit vereinten Kräften gelang es ihnen, ihn die Treppe hinaufzuschaffen – es gab keinen Fahrstuhl – und ihn in einem typischen Hotelzimmer auf ein schmales Bett zu legen. Im Zimmer gab es ein Doppelbett, für Mama und Papa, und noch drei schmale Betten, für die Kinder.

Señor Martinez verließ das Zimmer und kam einen Augenblick später mit einer Flasche Mineralwasser zurück: ein guter Familienvater, man brauchte ihm nicht erst lange zu erklären, daß dieser junge Mann viel Flüssigkeit verloren hatte. Er stützte Jeffrey, und sie hielt ihm ein Glas Wasser nach dem anderen an die Lippen. Gierig trank er alles aus, aber sein Gesicht drückte heftigen Widerwillen aus.

Señor Martinez verschwand mit den Worten, er werde versuchen, einen Arzt zu erreichen.

«Aber Sie müssen verstehen, Madame – *il faut que vous compreniez, oui?* – das hier ist ein kleines Dorf, ein sehr armes Dorf, wir haben hier keinen Arzt – pas de médicin, oui? – der nächste Arzt wohnt dreißig Kilometer weit weg und macht vielleicht gerade Ferien, ich weiß es nicht. Aber ich werde tun, was ich kann.»

Er ging in die *oficina* hinunter, und sie setzte sich auf einen ungepolsterten Stuhl ans Fenster, durch das sie, hinter sich das heiße, stickige Zimmer, wieder auf einen weiten Sternenhimmel blicken konnte, auf Dächer und Bäume, die in weißes Mondlicht getaucht waren. Jeffrey sprach in strengem Ton davon, daß man sofort einen anderen Bus nehmen müsse, lachte dann über irgend etwas Lustiges, das ihm in der Erinnerung an die heutige Busfahrt eingefallen war; doch ehe er es ihr erzählen konnte, war er wieder eingeschlafen. Señor Martinez kehrte zurück und berichtete, die Tante des Arztes habe gesagt, der Doktor komme in drei Tagen zurück; für den Fall, daß es dringend sei, sollte man sich am besten an die Nonnen wenden.

«Dies ist ein kleines Dorf, verstehen Sie. Die Leute sind arm. Wenn man den Arzt holt, muß es sich schon um eine schwere Krankheit handeln. Die Nonnen im Kloster kümmern sich um die leichteren Fälle.»

Sie standen zu beiden Seiten des Bettes und blickten auf den Kranken hinunter; alles klebte an ihm, und das feuchte Haar lag dicht am Schädel an.

Señor Martinez, der Spanier, sah mit seinen rund fünfzig Jahren aus, wie Jeffrey später einmal aussehen würde. Alles an ihm wölbte sich: der kahle Schädel, die schmalen Schultern, der Hängebauch. In Jeffrey, dem Amerikaner mit deutschen Einwanderereltern, mußten ein oder zwei Gene von dieser Küste wirksam sein, denn Señor Martinez hätte ohne weiteres sein Vater sein können.

Aber wie krank war er?

Wäre der junge Mann ihr Sohn, dachte Kate, würde sie sich überhaupt keine Sorgen machen und den Zustand als *Flucht in die Krankheit* diagnostizieren: ein kleiner Fieberanfall, eine Erkältung oder eine allgemeine Abgeschlagenheit. Was die Konsultation eines Arztes und ein paar Tage Bettruhe erforderte, wobei die Tage im Bett das wichtigste sind. Sie selbst machte es genauso, wenn ihr alles zuviel wurde, sie flüchtete sich in diesen Zustand wie die Erde in den Winter, wenn sie das Gefühl hat, alle Wärme habe sich nach innen zurückgezogen, das Feuer sei tief unter den Felsen verborgen, die Sonne zu weit fort. Man liegt irgendwo zusammengerollt oder streckt alle viere von sich, je nach Temperament, nichts als ein Bündel Fleisch und Haar und Augen, ein Bündel, das anscheinend nicht viel mit einem zu tun hat, wie ein Hund, der in der Wintersonne liegt, um sich zu wärmen.

Señor Martinez, selbst Vater von Kindern, schien nicht beunruhigter als sie. Doch wirkte Jeffrey auf den ersten Blick krank genug, um sie beide nicht wahrzunehmen; er starrte ins Leere, und das konvulsivische Zucken, an dem er litt, hatte etwas bewußt Dramatisches. Señor Martinez sagte, die lebhaften dunklen Augen voller Hilfsbereitschaft und Wärme: *«Alors, ça va mieux demain, oui, oui, Madame, j'en suis certain...»* – als wäre er Arzt und sie eine besorgte Mutter. Er entfernte sich mit dem Hinweis, sie würde im Speiseraum eine Mahlzeit finden, aber dies sei natürlich kein so elegantes Hotel, wie sie es gewöhnt seien; sie müsse mit dem vorlieb nehmen, was es böte.

Der Speiseraum war nicht größer als das Speisezimmer einer bürgerlichen Familie, was er früher wahrscheinlich auch gewesen war. Schwere dunkle Möbel, schwere weiße Tischwäsche. Die Mahlzeit bestand aus Brotsuppe, einem Stück gebratenen Fleisch, Früchten. Sie wurde von einem Mädchen bedient, das nicht nur bei Tisch servierte und in der Küche half, sondern auch die Zimmer saubermachte. Die Gäste in diesem Hotel waren Regierungsbeamte auf Inspektionsreise, Polizisten, deren lokale Polizeistation einige Kilometer entfernt lag, und Priester, die kamen, um den Nonnen die Beichte abzunehmen und ihnen die Sakramente zu reichen.

Sie war völlig entspannt, als sie zu Bett ging. Dies war der erste stille Ort, seit sie ihren großen Garten in Blackheath verlassen hatte. Die spanische Küste, Istanbul, die Konferenz in London – überall Lärmen, Hämmern, Rufen, Schreien. Hier wachte sie kurz vor Mitternacht auf und hörte nur ein Maultier oder ein Pferd unter dem Fenster vorbeiklappern. Auch Jeffrey war aufgewacht, und so, als sei er nicht schon stundenlang hier, als sei er nicht dem gewöhnlichen Leben entrückt gewesen, richtete er sich auf und fragte mit ganz normaler Stimme, ob er etwas zu essen haben könne – und wo sie seien?

Sie erklärte es ihm. Sie genossen einen normalen Augenblick des Zusammenseins in dem stillen Dorfhotel, in dem sich nichts rührte. Er sagte: «Dann war ich also krank?» Sie sagte, ja, und ging im Nachthemd nach unten, wie in ihrem eigenen Haus, um nachzuschauen, ob sie in der Speisekammer etwas fände, denn das Zimmermädchen und Señor Martinez – dessen Frau und Kinder bei Verwandten in Barcelona zu Besuch waren – schliefen längst. Auf der großen Anrichte fand sie einen Laib Brot und, unter Fliegendraht, etwas Butter, und nahm ein paar Scheiben Brot sowie Butter und Früchte mit nach oben. Und da stand Jeffrey, der in der Zwischenzeit rasch gebadet und sich gekämmt und angezogen hatte, und forderte, sie sollten ein Café oder Restaurant im Ort aufsuchen. Er schien voller Energie – voll auffallend verdächtiger Energie. Seine außerordentliche Gereiztheit, seine Unruhe waren ihr eine Warnung. Sie erklärte abermals, daß in diesem Dorf um diese Zeit bestimmt alles schlief; daß sie weitab von jeglichem Touristengebiet seien; daß sie am nächsten Morgen weiterfahren könnten. Er verschlang das Essen, als haßte er es, und gerade als er vorschlug, einen Mondscheinspaziergang zu machen, wurde ihm abermals übel.

Er hielt sich am Fußende des Bettes fest, schwitzend, gelb, sagte, es gehe ihm schon viel besser. Er fiel wieder ins Bett und schlief ein.

Am Morgen würde er wahrscheinlich alles überstanden haben.

Er wachte tatsächlich früh auf, und sie gingen zusammen in den Speiseraum hinunter, wo Señor Martinez beim Kaffeetrinken war. Sie gestand ihren nächtlichen Diebstahl; aber er hatte ihn natürlich schon bemerkt und verstand ihn. Er war charmant, doch ihr fiel auf, daß sein Benehmen sich verändert hatte. Sie hatte die Reisepässe am Vorabend beim Empfang liegen gelassen: Die Aufregung über Jeffreys Krankheit hatte Señor Martinez daran gehindert, sie sich gleich anzusehen. Das hatte er heute morgen nachgeholt. Gestern abend waren sie und Señor Martinez wie Eltern gewesen, die am Bett eines kranken Kindes beratschlagten; jetzt mußte er denken, seine Gäste hätten irgendein skandalöses Verhältnis miteinander. Er strahlte Vorwurf und Trauer aus. Einen beinahe philosophischen Vorwurf. Während sein freundlicher Blick auf den Liebenden ruhte, schien er zu sagen: Wir hier sind arme Leute. Wir können uns solche Dinge nicht leisten.

Aber er ließ ihnen guten, frischen Kaffee und schweres, nach englischer Art getoastetes Brot bringen – diese Sitte kannte er, o ja, denn sein jüngerer Bruder hatte als Kellner in einem Restaurant in Manchester gearbeitet; und er sagte immer wieder, wie ein nervöser Mensch, der sich ständig wiederholt, es tue ihm leid, daß es erst morgen einen Bus gebe. Seine Nervosität – wenn es Nervosität war – sagte, was er aus Höflichkeit nicht aussprechen wollte: daß er wünschte, sein Hotel könnte schon eher von ihrer Sündhaftigkeit befreit werden.

Seine Höflichkeit hingegen ließ ihn sagen, es tue ihm leid, daß der Ort nur so begrenzte Annehmlichkeiten biete: schließlich machten sie Ferien, und es sei ein Unglück, daß weitgereiste, erfahrene Leute in einem Dorf gefangen säßen, das so wenig zu bieten habe.

Und so ging es weiter, während Kate still dasaß und wußte, daß sie diesen netten Mann in eine dumme Lage brachte. Sie hoffte, daß das gedämpfte Licht im Raum ihre Verlegenheit verbarg. Señor Martinez sprach weiter französisch und wendete sich ausschließlich an sie. Er hatte inzwischen herausgefunden, daß Jeffrey ein paar Worte Spanisch verstand, aber er ignorierte ihn. Seine Ablehnung richtete sich also gegen den Mann? Über die Frau dachte er anders? Vielleicht mochte er Jeffrey nicht, aber Kate mochte er trotz ihrer Unmoral?

Nach dem Frühstück gingen sie auf den kleinen Platz hinaus. Er war leer. Ein Hund lag irgendwo im Schatten. Die Augustsonne, schon um diese Morgenstunde so heiß wie sonst um die Mittagszeit, färbte den Himmel ganz weiß. Der Brunnen tröpfelte still. Das große verhangene Glasrechteck gegenüber zog sie an; die Tür stand offen, um Luft einzulassen. Es war ein Café, aber nur für Abendgäste: Hier hatte niemand Zeit, tagsüber herumzusitzen. Im Innern war niemand, nicht einmal ein Kellner. Sie folgten einer kleinen Gasse, spazierten an einer Schmiede und einem Laden vorbei. Es war der Dorfladen. Er verkaufte Zwiebeln, grobe Wurst, Olivenöl aus Fässern, Sardinen, die jede Individualität eingebüßt hatten, da sie unter einer Salzkruste zusammengepfercht waren, große grünrote Tomaten, die stark nach Weinbergen und Feldern rochen, riesige Weißbrotlaibe, grüne Paprikaschoten. Im Ort lebten vielleicht hundert Familien; und ein paar Meter weiter begannen die Felder, auf denen zwischen Olivenbäumen und Steinen langsam der Mais gelb wurde.

Sie gingen schweigend zu dem Platz zurück. Señor Martinez hatte ihre Bemühungen beobachtet, sich in einem Café niederzulassen, und vor dem Haupteingang des Hotels unter einem Baum einen Holztisch aufgestellt. Er winkte sie heran und brachte ihnen Gläser mit Mineralwasser und Zitronenscheiben. Dort saßen sie und wußten, daß sie beobachtet wurden. Die wenigen Häuser des Dorfes hatten Fenster mit Holzläden, und hinter den Läden gab es Augen. Ein- oder zweimal ging ein Bauer oder Handwerker über den Platz und wünschte ihnen guten Tag. Die Männer waren voller Würde und Zurückhaltung. Genau, wie Jeffrey es noch im Gedächtnis hatte. Hier gab es das, was er gesucht hatte: es war in den stummen Vorwürfen von Señor Martinez zu finden (der in diesem Augenblick nichtsdestoweniger in der Küche mit der Köchin beratschlagte, welche Mahlzeit sie auf den Tisch bringen könnten, die dem Stil der Besucher mehr entsprach als die dörfliche Kost); in den Frauen, die hinter den Fenstern saßen oder standen und sich nicht zeigten; in den Männern, die im Laufe des Vormittags wie zufällig eine Tasse Wasser aus dem Brunnen schöpften.

Aber es war wie eine Strafe, dort zu sitzen und allen Blicken ausgesetzt zu sein.

Um sie herum war eine so tiefe Armut, daß für diese Menschen selbst die nach westlichen Begriffen ganz normale Kleidung, die sie und Jeffrey trugen, außerhalb jeder Reichweite lag. Allein ihre Handtasche – die für sie nichts Besonderes dargestellt hatte, bis sie nun auf einmal die Augen nicht mehr von diesem eleganten glänzenden Ding abwenden konnte, das auf der gescheuerten Tischplatte lag – kostete wahrscheinlich soviel, wie hier ein Arbeiter im ganzen Monat verdiente. Sie hatte sie sich in Istanbul in der Hotelboutique gekauft, um sich eine kleine Freude zu machen. Aber das war unwichtig, darum ging es nicht; sie wußte, daß niemand von denen, die hier vorbeigingen oder aus den Fenstern sahen, ihr die Kleidung, die Tasche, die Schuhe neidete. Nein, unerträglich für die Menschen hier war, wie sie und Jeffrey lebten – ihr unbeschwertes Reisen, ihr gedankenloses Genießen, ihr sorgloses Auftreten, ihre unbekümmerten Beziehungen zueinander.

Sie waren nur achtzig Kilometer vom Meer entfernt; an der Küste war das Leben, das sie führten, die Norm. Dort waren alle, oder zumindest die Gäste, ständig unterwegs von einem Land zum anderen, per Auto, Bus, Flugzeug oder zu Fuß, durchquerten Kontinente, um ein Musikfestival oder auch nur ein Restaurant zu besuchen, genossen, was Freundschaft, Liebe, die Beziehung der Geschlechter untereinander anging, eine Freiheit, die diesen Dorfbewohnern völlig undenkbar erscheinen mußte.

Hier saßen sie, Kate Brown, fünfundvierzig, Mutter von vier Kindern, Frau eines angesehenen Arztes, der in eben diesem Augenblick vermutlich auf irgendeinem Kongreß einen Vortrag über irgendeine komplizierte Erkrankung des Nervensystems hielt, und Jeffrey Merton, der nächstes Jahr um diese Zeit mit an Sicherheit grenzender Wahrscheinlichkeit unglücklich, aber pflichtbewußt in der Washingtoner Kanzlei seines Onkels arbeiten würde – «Liebende», und gefühlsmäßig so wenig beteiligt, daß die «Liebe» im Rückblick auf das gemeinsame Erlebnis die geringste Rolle spielen würde. In diesem Ort gab es keine Frau und kein Mädchen, die je damit rechnen konnten, und lebten sie noch hundert Jahre, eine derartige Freiheit zu genießen. Hier stand Madame Bovary noch stellvertretend für sämtliche Ausschweifungen; und wenn die Männer auch, wie Señor Martinez' Bruder, nach Manchester gingen und dort als Kellner arbeiteten, konnte man doch sicher sein, daß sie die Sitten und Gebräuche jener abenteuerlich zivilisierten Stadt nicht mit hierher zurückbrachten. Aber die Männer waren meist Bauern und bestellten das Land. Sie bauten Mais an und machten Mehl daraus. Sie bauten Oliven an und verkauften einen Teil der Ernte. Sie bauten Tomaten an. Sie arbeiteten auf dem Besitz des reichen Aristokraten, der den größten Teil des Jahres in Madrid oder in seiner Villa am Meer wohnte, wie schon sein Vater und sein Großvater; und die Löhne dieser Herren hielten das Dorf mager und ausgedörrt.

Gegen zwölf durchströmte die Sonne das Laubwerk des Baumes, so daß es wie ein Spitzenbaldachin über ihnen wirkte; sie zogen sich ins Hotel zurück, und Jeffrey sank zu Boden, er war ohnmächtig geworden. Abermals schaffte sie ihn mit Señor Martinez' Hilfe nach oben und legte ihn aufs Bett.

Und abermals hatte sich Jeffrey hinter blinde Augen geflüchtet, in denen ein Ausdruck der Empörung oder des Staunens lag: Warum erwartest du soviel Vitalität von mir? fragten sie, ob sie nun zur Decke blickten, auf die Wände ringsum, zu dem blendenden Lichtquadrat des Fensters oder auf Señor Martinez. Wieder war er in Schweiß gebadet. Jetzt zog Señor Martinez mit einer Entschuldigung die Augenlider des jungen Mannes hoch: die fleischige Innenseite war schwefelgelb. Und er deutete stumm auf die Arme, die sich von dem Weiß der Bettdecke gelb abhoben. Kopfschüttelnd ging er nach unten, um die Tante des Arztes anzurufen.

Sie sagte, sie würde dem Arzt, wenn er wie üblich anriefe, um zu fragen, was es Neues gäbe, sagen, daß im Dorf ein junger Amerikaner krank läge mit Fieber, starken Schweißausbrüchen, einer Gelbfärbung der Haut und am Weißen im Auge. Nach Meinung der Tante, sagte Señor Martinez, sei es Gelbfieber: Sie habe eine Verwandte in Südamerika gehabt, die daran gestorben sei. Er zuckte die Achseln: Selbstverständlich durfte man die alte Frau nicht ernst nehmen.

Kate ging nach oben und entdeckte, daß Jeffrey gewissermaßen in sich zusammengefallen war. Er lag so schlaff und kraftlos auf dem Bett, daß sein Arm mit einem dumpfen Laut zurückfiel, als sie ihn anhob. Seine Augen waren halb offen. Er sah aus wie ein Toter, aber sie sagte sich immer wieder (stumm natürlich, wie man es bei Kindern tut oder bei jemand, der *absichtlich* eine Distanz zwischen sich und der Welt der Pflichten aufgebaut hat): «Ja, aber er muß sich trotzdem für das eine oder das andere entscheiden. Entweder wird er Anwalt oder Vagabund, und sei es nur deshalb, weil er keine andere Wahl zu haben glaubt. Sonst läge er nicht hier, mit Fieber und die Haut ganz gelb gefärbt – aber krank ist er nicht, nein, nicht so krank wie jemand, der an Cholera leidet oder auch nur die Masern hat.»

Doch Jeffrey war krank, wirklich krank, auch wenn er, wäre er ein spanischer Arbeiter oder Kleinbauer gewesen, für den sich die tägliche Arbeit in Essen oder Nichtessen ausdrückte, überhaupt nicht krank gewesen wäre. Sie nahm es ihm natürlich nicht übel! Auch wenn sie unwillkürlich wünschte, er wäre in die Staaten zurückgefahren und hätte seine seelische Krise dort ausgekostet. Denn um eine solche handelte es sich selbstverständlich ... Sie selbst war – wie sie schamlos vor sich hin flüsterte, da Señor Martinez sie ja weder sehen noch hören konnte – aus körperlichen Gründen hier. Deshalb hatte sie unterschrieben: der Körper, die Freuden des Fleisches. Sie wünschte, es wäre jemand da, der mit ihr über den Witz lachen könnte, und wischte Jeffreys Stirn mit dem Schwamm ab und stützte ihn, damit er trinken konnte.

Im Speiseraum saß ein beleibter Mann in Uniform mit einer Pistole im Gürtel. Es war eine Militäruniform. Die Pistole bewachte das Mahl, während das Mädchen kalte, gelierte Suppe, kaltes Fleisch und Salat und Brot servierte.

Kate ging wieder nach oben, fand Jeffrey wie sie ihn verlassen hatte, ließ ihn abermals Wasser trinken, brach dann selbst zusammen und schlief. Und schlief und schlief, lauschte dabei gleichsam auf etwas, das eben außerhalb ihrer Hörweite lag; die innere Stimme wollte, daß sie etwas verstand, aber sie war zu abgestumpft, um zu verstehe. Sie träumte von dem Seehund, oder hatte von ihm geträumt, denn sie spürte noch die Last des Tieres in ihren Armen. Er war noch feucht von dem Wasser, mit dem sie ihn benetzt hatte. Hinter ihr hatte eine niedrige und glanzlose Sonne einen niedrigen, etwa ein Viertel des Horizonts umspannenden Bogen beschrieben. Es war eine kleine Sonne, sie spendete überhaupt keine Wärme, alles wurde jetzt sehr dunkel; sie, Kate, schien in einem fortwährenden kalten Zwielicht weiter und immer weiter zu gehen.

Als das Sonnenlicht am nächsten Morgen aus dem Zimmer wich, war es, als habe es auf Jeffreys Haut einen Farbfleck hinterlassen. Sie bat Señor Martinez, doch freundlicherweise noch einmal zu versuchen, den Arzt zu erreichen. Aber die Tante nahm nicht ab: Sie schien die Vormittage im Gebet in der Klosterkirche zu verbringen. Als Kate und Señor Martinez noch überlegten, was sie tun sollten, sahen sie durch das Fenster, an dem sie standen, einen Lastwagen auf dem Platz halten. Es war ein klappriger alter Ford, und der Fahrer füllte den Kühler mit Wasser aus dem Brunnen. Gleichzeitig zog ein Pferd einen Karren, wie es ihn in Spanien schon seit vielen Jahrhunderten geben mußte, auf den Platz. Das Pferd hatte Durst, denn es lenkte seine Schritte schnurstracks zum Brunnen und trank, während der Lastwagenfahrer seinen leeren Benzinkanister unter den Nüstern eintauchte.

Señor Martinez' finsterer Ausdruck verschwand; er lief hinaus, redete mit dem Lastwagenfahrer, kam zurück und sagte, daß der Mann – ein Straßenarbeiter – Jeffrey ins Kloster bringen wolle, doch es müsse schnell gehen, denn er habe nicht viel Zeit.

Kate und Señor Martinez versuchten, den Kranken anzukleiden – er leistete keinen Widerstand, aber die kraftlosen Glieder wurden so schwer, daß sie es aufgaben und ihn in Wolldecken wickelten. Nackt, aber vermummt trugen sie ihn nach unten und setzten ihn mit vereinten Kräften in das hohe Führerhaus des Lasters. Señor Martinez stieg mit ein, denn die Nonnen sprachen nur Spanisch. Da ihnen das französische Wort für Gelbsucht nicht einfallen wollte, hatten sie sich auf «la maladie jaune» geeinigt, und diese Laiendiagnose sollte dem Kloster mitgeteilt werden.

Der Lastwagen rumpelte vom Platz, und Jeffrey hing wie ein Angeschossener zwischen dem Hotelbesitzer und dem Straßenarbeiter.

Das war um zehn Uhr morgens.

Señor Martinez, der nach seiner Rückkehr berichtet hatte, daß die Nonnen Jeffrey im Kloster behalten und pflegen wollten, rief in Kates Auftrag nachmittags um fünf dort an, und man sagte ihm, der Patient schlafe; da man ihn für sehr krank halte, habe man einen Arzt in Alicante verständigt, der bei Notfällen zu kommen pflege.

Obgleich sie dort nichts tun konnte, beschloß Kate, zum Kloster zu gehen. Der Weg führte durch eine Straße, die sie vorher nie bemerkt hatte: Es war eher eine Gasse, ein Pfad, sehr ärmlich, zu beiden Seiten Wohnungen mit nur einem einzigen Raum für jede Familie. Die Vordertür ging auf diese Gasse, die Hintertür auf eine andere. Die Türen standen offen, und in jedem Raum waren Kinder aller Altersstufen mit der Mutter, wahrscheinlich in Kates Alter oder jünger, aber sie sah aus wie eine alte Frau. Es waren auch alte Leute da, die in der Gasse zwischen Hühnern und Ziegen auf Stühlen saßen. Doch junge Männer oder Männer in mittleren Jahren waren keine zu sehen: Sie waren bei der Arbeit. Kate ging die Gasse hinunter, lächelte: Sie schämte sich, und kein vernünftiges Zureden konnte diese Scham verscheuchen. Bei jedem zweiten Atemzug sagte sie sich, daß sie achtzig Kilometer von hier unbemerkt in der Menschenmenge untergehen würde, eine von Hunderttausenden – in diesem Monat sogar Millionen –, nicht moralischer oder unmoralischer als andere. Aber es nützte nichts. Das Lächeln und die Grußworte dieser armen Frauen im abgetragenen Schwarz der Armen, die Schwärme von Kindern, die tödliche, verzweifelte, abgrundtiefe Armut waren Anklagen, die man ihr, der Fremden, zurief, die da so liebenswürdig in ihrem schicken weißen Kleid vorbeispazierte, ihrem modischen dunkelroten Haar (dessen Scheitel allerdings schon einen Graustreifen freigab), ihrer schicken Tasche, ihren glatten, weißen, gepflegten Gliedmaßen.

Nach hundert Metern endete die Gasse an einem steinigen Olivenhang, durch den ein Pferdeweg führte – heute morgen war der

Lastwagen hier entlanggeholpert. Sie blickte sich um und sah, wie die schwarzgekleideten Frauen und barfüßigen Murillo-Kinder dichtgedrängt in der Gasse standen und ihr nachstarrten.

Sie ging mit brennendem Gesicht weiter, zwischen Olivenbäumen und dann zwischen Maispflanzen hindurch, bis sie hinter einem Eukalyptusbaum abbog, der seinen trockenen Duft noch kräftiger als die Oliven verströmte. Dort lag das Kloster. Zu beiden Seiten des schmiedeeisernen Tors wich die hohe Steinmauer zurück, und hinter dem Tor lagen ein sauber gefegter Hof mit einigen blühenden Sträuchern und ein weißgetünchtes zweistöckiges Gebäude. Als sie den Hof durchquerte, gab ein anderes großes Tor – offenbar das Haupttor, das andere, durch das sie gekommen war, war nur ein Nebeneingang – den Blick auf die Kirche frei, die alles beherrschte: Klostergebäude, Mauer, schmiedeeiserne Tore; Oliven, Felder, steinige Erde. Ihre Kuppel glänzte und erwiderte das Feuer des Sonnenuntergangs. Kate klopfte an eine Tür, die, wie sie jetzt sah, offenbar eine Hintertür war, und wurde angelächelt, willkommen geheißen, zuerst von einer schwarzgewandeten Frau, dann von zweien, dann von dreien, dann von einer kleinen Schar, die alle über sie Bescheid wußten und daß sie bestimmt gekommen war, um den Patienten zu besuchen. Sie wurde in ein winziges Zimmer geführt, das auf einen Innenhof ging. Dort lag Jeffrey auf einer eisernen Bettstelle unter einem leuchtenden Herz-Jesu-Bild. Auf einem niedrigen Tisch stand ein Kruzifix; an der weißgetünchten Wand hing ein Elfenbeinkreuz.

Irgendein Medikament hatte Jeffrey seit dem Morgen noch apathischer gemacht. Er bewegte sich überhaupt nicht, war, wenn man ihn berührte, kalt und feucht, und die Haut wirkte wie gemalt. Sie konnte nicht das geringste ausrichten, aber sie setzte sich eine Weile auf einen Stuhl mit Binsensitz, während die Nonnen ihr Kaffee und Kuchen und dann ein Glas Wein brachten, immer lächelnd, entzückt, daß sie da war und ihnen Gelegenheit gab, Gott zu dienen. Zuletzt dankte sie ihnen und ging. Sie betrat die Kirche. Es war still und roch nach Weihrauch, und sie hätte sich gern eine Zeitlang hingesetzt und nachgedacht oder sich vielleicht sogar gefragt, was das wohl sein mochte, ein Gebet, doch es war sinnlos: Selbst in dieser kleinen, unbedeutenden Manifestation der Institution Kirche gab es genug Gold und Edelsteine, um Tausende zu speisen und zu heilen. Dieser Gedanke hatte hier an diesem Ort nur wenig Kraft, er war ein abgelegener Gedanke, der die übellaunige Zwecklosigkeit einer verlorenen Sache verkörperte – aber sie vertrieb ihn nicht, lehnte sich trotzdem auf. Sie verließ die Kirche und ging durch eine duftende, warme, schmeichelnde Dämmerung wieder ins Dorf zurück.

In der übervölkerten Gasse waren die Männer inzwischen von den Feldern zurückgekehrt, und sie freute sich über die Dämmerung, die durch das in jeder Wohnung brennende nackte Licht nur noch dichter wurde. Den ganzen Weg hieß es guten Abend, guten Abend, *buenas tardes*, *buenas tardes*, während Scharen von Kindern durch den Staub neben ihr herliefen, bis sie das Hotel betrat und die Kinder wie Vögel vor einem Hindernis innehielten und rufend in die Dunkelheit flohen.

Im Speiseraum nahm sie in Gesellschaft eines älteren Priesters ihre Mahlzeit ein, der, wie sie erfuhr, niemand anders war als der im Kloster erwartete Arzt. Es gab heiße dicke Suppe, Spiegeleier, Paprikaschoten mit Tomaten, und Quittenmus. Sie bat den Priester, sie anzurufen, wenn er «ihren Mann» untersucht hätte, hielt seinem kalten Blick, der sie nicht verurteilen sollte, stand und ging hinauf in ihr Zimmer, um auf den Anruf zu warten. Der Priester mußte zu Fuß zum Kloster gehen, genau wie sie, und natürlich würde er sich erst einmal mit den fröhlichen und freundlichen Nonnen in ihrem stumpfen Schwarz unterhalten und dann erst Jeffrey untersuchen. Es war nach Mitternacht, als unten die Telefonklingel schrillte, und Señor Martinez kam nach oben und berichtete, daß Pater Juan glaube, der junge Mann habe Gelbsucht, aber bestimmte Symptome des Falls stünden dieser Diagnose entgegen. Wahrscheinlich werde man in drei Tagen Genaueres wissen, wenn der einheimische Arzt seine regelmäßige Visite im Kloster mache.

Sie ging zu Bett und sank in einen leichten Schlaf, nur eben unter die Wachgrenze, sank in einen flachen See von Träumen, wo sich Schatten von Ideen so kühl und leicht wie Fische bewegten – diese Gegend war sehr weit von dem dunklen Land im Norden entfernt, wo sie und der Seehund ihre beschwerliche Reise machten. Sie wachte früh auf, als der Tag die Dunkelheit noch als frisches Grau überflutete. Sie saß am Fenster, um das Erwachen des Dorfes zu beobachten.

Bald kam ein Mann zum Brunnen, streckte die Hand aus, um den Wasserstrahl über sein Gesicht zu leiten, beugte dann den Kopf und trank von der Seite, wobei schwaches Sonnenlicht seine braune Wange färbte.

Ein schwarzes Pferd trabte aus einer Seitenstraße herbei und stand mit gesenktem Kopf da, sich die Fliegen aus den Augen zwinkernd.

Eine Frau trat aus der Haustür und stellte einen Holzstuhl in den Staub. Sie ging wieder ins Haus und kam mit einem Messer, einem mit grünen Paprikaschoten beladenen Emailleteller und einer Plastikschüssel zurück. Sie trug das fadenscheinige Schwarz der ärmlichen Frauen Europas. Sie ließ sich so vorsichtig auf dem Stuhl nieder, als könnte das Hinsetzen weh tun, und klemmte sich die Schüssel zwischen die Knie. Den Emailleteller in der Ellbogenbeuge balancierend, schnitt sie Paprikascheiben in die Schüssel. Sie war alt, eine alte, müde Frau, mit ergrauendem Haar, das straff nach hinten gekämmt war. Als Kate gerade dachte: Nein, wahrscheinlich ist sie gar nicht so alt, man wird es mir *abermals* vor Augen führen, blickte die Frau direkt zu Kate hoch, die weißgerüscht am Fenster saß. Die Frau lächelte, und Kate erwiderte das Lächeln und wußte dabei, daß sie es mit diesem Lächeln nicht aufnehmen konnte. Und die Frau war selbstverständlich nicht älter als Kate, aber sie war so verbraucht und abgearbeitet wie das Pferd.

Kate trat vom Fenster zurück und zog sich an. Ein Tablett mit Kaffee, süßen Semmeln, Marmelade wurde gebracht. Sie wehrte das blendende Licht mit den Fensterläden ab, und da sie außer den rund eine Woche alten Zeitschriften, die hier in diesem Dorf natürlich völlig fehl am Platz waren, nichts zu lesen hatte, saß sie den ganzen Vormittag untätig herum, bis es Zeit war zum Essen. Danach schlief sie wieder und ging dann zum Kloster. Jeffrey lag in seiner weißgetünchten Zelle, deren Fußboden mit duftendem Wasser besprengt war. Die Nonnen taten das mehrmals am Tag, um der

Luft die Trockenheit zu nehmen und den Staub zu binden, der das Kloster wie ein weißgebleichtes Tuch umhüllte.

Sie zwang sich dazu, zwischen den armen Leuten hindurch zurückzugehen, und saß bis zum Abendessen um zehn in ihrem Zimmer und wäre anschließend gern in das Café gegenüber gegangen, wo um diese Zeit Menschen waren. Aber sie konnte es natürlich nicht, es war voller Männer. Selbst mit Jeffrey wäre es unmöglich oder peinlich gewesen, sie hätten die Leute gestört, die jeden Abend herkamen und für die das Café mit zum Familienleben gehörte.

Wenn sie doch nur etwas zu tun hätte, damit das aufhörte, was sie sich lange Zeit als dringenden Wunsch eingeredet hatte: Zeit zum Nachdenken. Aber sie dachte nicht nach, sie lauschte auf ihre Gefühle. Sie wollte ihr Heim, ihr Leben darin – das natürlich der Vergangenheit angehörte. Dabei war ihr jedoch, als erbaute sie sich in ihrem Kopf eine Zukunft, und die dauernde Anstrengung, sich immer wieder sagen zu müssen «Das ist vorüber, das ist vorbei» führte zu Gefühlsattacken, denen sie hilflos ausgeliefert war.

Sie sehnte sich nach ihrem Mann.

Ihr Zustand bis zum Mai, als sie ihr Zuhause verlassen hatte, diese stets wiederkehrenden Gefühlsschwankungen – zwischen der Liebe, die sie brauchte, und der Gereiztheit darüber, daß sie sie brauchte, zwischen dem Bedürfnis nach mehr Freiheit und dem feigen Wunsch, eingesperrt zu sein – all das hatte jetzt einem leidenschaftlichen Verlangen Platz gemacht, das jedoch vertagt werden mußte: bis zum Herbst. Sie sehnte sich nach dem Körper ihres Mannes, wie sie sich früher, als sie noch ein Mädchen gewesen war, nach einem Liebhaber gesehnt hatte; doch heute war das Verlangen natürlich tausendmal intensiver, da sie so viele Erinnerungen angehäuft hatte, aus denen es sich speiste. Während sie den ganzen Tag und die halbe Nacht damit zubrachte, ihre Ehe wie ein Diapositiv zwischen Daumen und Zeigefinger ans Licht zu halten, um sie zu analysieren, ein kleiner, klar umrissener Gegenstand, den sie auch jetzt noch kompromißlos ablehnen konnte, hatte der Rhythmus ihres Körpers, hatte ihr Gedächtnis ein Rendezvous mit ihrem Mann vereinbart. Den ihre Intelligenz kühl betrachtete, wie jemand, der bewußt die Freuden des Fleisches genießen will, solange sie dauern, kühl, ziemlich gelangweilt, bemüht, keinen Anstoß zu erregen, fast als wollte sie sagen: *Ich bin nicht mit dem einverstanden, was er denkt, aber ich werde bis zum Tod für sein Recht kämpfen* etc. Den ihr Gefühl verachtete, weil es in ihm den kleinen naschhaften Jungen sah.

Ihre Sexualität – ganz auf sich gestellt, ohne den Beistand ihrer Gedanken, ihrer Gefühle und ihrer Erwartungen von der Zukunft – widersetzte sich der Überzeugung, daß sie jetzt nur die eine Pflicht hatte, darüber nachzudenken, was aus ihrem Leben geworden war und wie es in Zukunft sein sollte. Es war allerdings nicht der Hunger eines Menschen, der ohne Nahrung auskommen muß; sie litt keine Qualen, spürte keinen Notstand: denn alles Erotische war ja – abgesehen von dem gelegentlichen Stich, so wie sich einem der Mund zusammenzieht, wenn man Essen riecht oder eine Tafel Schokolade ausliegen sieht – vertagt worden. Bis zum Herbst. Bis zu einer Zukunft, die es nicht geben würde, jedenfalls nicht so, wie ihr Mann, sie und die Kinder sie sich bis zu jenem berühmten Nachmittag im Mai vorgestellt hatten, als alles anders geworden war. Die Zukunft würde keine Fortsetzung der unmittelbaren Vergangenheit sein, in der dieser Sommer rückblickend nur wie eine belanglose Unterbrechung wirkte. Nein, die Zukunft würde am Ende ihrer Kindheit beginnen. Denn ihr kam es immer mehr so vor (was diese Sexualität anging, eine Sache, die fehl am Platze war, wie ein Organ, das man ihrem Körper entnommen und neben sie gelegt hatte, damit sie es betrachte wie ein mißgestaltetes Kind ohne Funktion oder Zukunft oder Ziel), als erwache sie aus einem Wahn, der die ganzen Jahre über angedauert hatte, von jenem Augenblick in ihrer frühen Jugend, als die Natur forderte, sie müsse sich einen Mann verschaffen (damals hatte sie es natürlich romantischer ausgedrückt), bis vor kurzem, als die Wirkung der Droge allmählich nachließ. All die Jahre erschienen ihr nun wie Verrat an ihrem eigentlichen Selbst. Während ihr Körper, ihre Bedürfnisse, ihre Gefühle – alles an ihr – sich sonnenblumengleich einem Mann zugewendet hatten, hatte sie die ganze Zeit noch etwas anderes in der Hand gehalten, etwas Kostbares, das sie allen, die sie kannte, vergeblich anbot, ihrem Mann, ihren Kindern – aber man hatte es nie genommen, nie bemerkt. Und was sie, ohne es zu wissen, angeboten hatte, und was sie und alle anderen immer übersehen hatten, war das einzig Wirkliche in ihr.

Selbst jetzt, wo sie von allem Druck befreit war und so allein, wie sie es sich während der Jahre des Untergehens in der Familie, als es so unerreichbar schien, gewünscht hatte, war sie nicht imstande, auszuruhen und nachzudenken, zu verstehen, zu verarbeiten, denn sie fühlte sich fortwährend zur Zukunft hingezogen, in die Arme ihres Mannes, in ein Meer der Vertrautheit, das ihre Vergangenheit einschloß. Die Vergangenheit, der ihr Verstand doch eine Art Wahnsinn zuschrieb. Sie sehnte sich nach der Vergangenheit, war von ihr besessen. Während sie allein in ihrem Hotelzimmer saß, versetzte sie ein Fieber des Verlangens in ihr Schlafzimmer, in die Arme ihres Mannes; ein kalter Wind jagte die Blätter um ihr Haus, doch sie umschloß die Wärme ihres Heims: die Vergangenheit.

Sie saß am Fenster, bis im Dorf nur sie noch wach war. Kein einziges Licht brannte mehr. Die Lichttraube am Berghang oben, Señor Martinez zufolge ein anderes Kloster, war ein fernes Flimmern geworden, wie das flackernde Licht, das eine im Wind schaukelnde Sturmlampe meilenweit ins Land ausstrahlt. Aber dieses Licht flimmerte, weil Blätter sich über der Laterne am Klostertor wiegten. Sie stellte es fest, als sie am nächsten Morgen die steile Straße hinauf ging. Dort stand ein kleines weißes Gebäude ganz allein zwischen Apfelsinenbäumen, unter denen Hühner scharrten. Eine Nonne bearbeitete die Erde mit einer Hacke, die schwarzen Ärmel waren aufgekrempelt und gaben ihre Handgelenke frei; auf schwarzen Röcken ließ sich Staub nieder.

Diese Braut Christi lächelte Kate zu; Kate lächelte zurück. Irrsinnig, dachte sie. Wir alle, der ganze verdammte Haufen, verrückt, alle, Männer und Frauen, wir sind alle wahnsinnig und wissen es nicht. Hier stand diese Frau in ihrem selbstgewählten Gefängnis, hier stand sie, eine Gefangene ihrer Erinnerungen, und dort war Michael, beschäftigt – nicht so sehr mit dem Essen wie mit dem Naschen von Pralinen, biß an dieser ein Stückchen ab, schluckte eine andere ganz hinunter, warf die dritte fort, ohne sie probiert zu haben.

Die Laterne über dem Tor war aus Eisen und sah alt aus. Wahrscheinlich sollte sie so aussehen. Die Blätter, die nachts das Licht flimmern ließen, gehörten zu einem alten Olivenbaum.

Als sie wieder ins Hotel kam, sagte Señor Martinez, sie solle bei dieser Hitze nicht allein spazierengehen. Es tue ihm leid, daß sie sich nirgends zerstreuen könne. Vielleicht würde sie manchmal gern in den Innenhof gehen, der sonst den Hotelgästen nicht offenstehe, sie könne ihn jedoch benutzen.

Im Innenhof war ein kleiner Teich, wo man unter einer Schicht von Staub und Wasserpflanzen, deren Blätter mit kleinen Bläschen bedeckt waren, mit einiger Mühe Goldfische erkennen konnte. Auf der anderen Seite des Hofes, in einer schattigen Ecke, saß eine alte Dame, eine Tante von Señor Martinez' Frau. Sie las ein frommes Buch und strickte irgendein Kleidungsstück aus schwarzer Wolle.

Am Abend besuchte Kate wieder Jeffrey. Er hatte immer noch mit niemandem geredet, berichteten die Nonnen, aber jetzt öffnete er die Augen, schien sie zu erkennen und sagte mit normaler Stimme: «Oh, du bist es, wie steht's?» und fiel abermals in seinen Schlaf oder seine Erstarrung.

Am späten Abend kam der einheimische Arzt ins Kloster, und die Nonnen riefen Señor Martinez an und berichteten, unter Umständen sei es Typhus, was Jeffrey habe, aber man solle sich keine Sorgen machen.

Am nächsten Morgen wurde Typhus ausgeschlossen, die Diagnose Gelbsucht jedoch nicht bestätigt. Ein Tag verging, noch einer. Sie besuchte Jeffrey, saß bei ihm, ging durch die ärmlichen Straßen und Gassen und Olivenfelder zum Kloster; sie saß im Innenhof des Hotels, sie kämpfte wütend vor Erbitterung über sich selbst gegen ihre Gefühle – und träumte von dem Seehund. Die Atmosphäre des Traums sog sie ein, so daß sie selbst im Wachen Stimmungen, Gefühlsblitze – falls das das richtige Wort war – wahrnahm, die vom Traum, vom Seehund kamen. Sie hatte mit ihren Träumen schon immer auf gutem Fuß gestanden, hatte immer aufgepaßt, um daraus zu lernen. Schon als sie noch ganz klein war, fünf oder sechs Jahre alt, hatte sie mit der Hand in das Land hinter dem Tageslicht greifen können, um ein vertrautes Ding, das dort lebte, zu berühren, oder um frohgemut, ohne Erstaunen oder Angst, hindurchzugehen.

Auch ein Traum, der sich wie eine Fabel oder Sage entwickelte, überraschte sie nicht: Sie hatte schon mehrere solcher sich nach und nach entfaltender Träume in sich getragen, und wenn ihr dabei ein neues Entwicklungsstadium eines vertrauten Themas präsentiert wurde, blieb sie so lange sie konnte wach liegen, ohne es sich anmerken zu lassen, und dachte an die Ideen, die in ihr Gestalt annahmen und die sie nur in diesen Reflexionen sehen konnte, wie Schatten an den Wänden der Höhle ihres Schlafes, die sich im Schein des Feuers abzeichneten.

Aber dieser Traum, der Traum vom Seehund, unterschied sich von allen Träumen, die sie kannte. Nicht, weil er so «wirklich» schien – so wirklich waren viele ihrer Träume, wirklich wie das Wachleben. Nein, es war wegen seiner ganz eigenen Atmosphäre, in die sie sogar dann eindringen konnte, wenn der Seehund nicht da war – wenn er sich gleichsam hinter der Bühne befand, mit seinen eigenen Angelegenheiten beschäftigt. Sie konnte den Ort des Traumes betreten und wußte, daß es «der Traum vom Seehund» war. Schlafen zu gehen und sich in diesen Traum zu versenken, war ihr in diesem Abschnitt ihres Lebens ebenso wichtig wie im glühenden August der Aufenthalt in diesem Hotel in dem armen, staubigen Dorf oder wie die Besuche bei Jeffrey und das Warten auf seine Genesung oder wie das Ringen mit den Gefühlen ihres Ich, die einem Verräter glichen, der in ihr zum Leben erwacht war. Der Traum, der sich in ihr entwickelte, beschäftigte sie.

Während der Siesta an einem heißen Nachmittag war sie mit dem Seehund in einer Arena: In der nördlichen Landschaft stand ein römisches Amphitheater. Sie stand unten in der Arena. Plötzlich sprangen wilde Tiere aus den in die Mauern der Arena eingelassenen Käfigen. Löwen, Leoparden, Wölfe, Tiger. Sie lief mit dem Seehund im Arm die Tribünenstufen hinauf, so weit sie konnte, während die Tiere ihr folgten. Mit aller Kraft kletterte sie bis zum höchsten Rang empor und dort auf ein schwaches Holzgeländer, das unter ihrem Gewicht und dem des Seehundes erzitterte. Dort klammerte sie sich fest, zog die Beine hoch, versuchte den Seehund hochzuheben, ihn außer Reichweite von Fangzähnen und Pranken zu bringen. Ein schreckliches Knurren und Brüllen ertönte. Sie dachte, sie hätte nicht die Kraft, den Seehund noch lange zu schützen. Ihre Kräfte nahmen ab, und die Tiere zu ihren Füßen sprangen hoch und schnappten und knurrten und verfehlten die vernarbten Schwanzflossen des Seehunds nur um wenige Zentimeter. Dann wurden die rasenden Sprünge seltener, und bald war sie mit ihrer Bürde weit fort von den Tieren, die sich entfernten und kleiner wurden und verschwanden.

Es war jetzt eine Woche her, daß Jeffrey ins Kloster gebracht worden war. Es war so gut wie sicher, daß er keinen Typhus gehabt hatte, obgleich Kloster und Behörden zwei unruhige Tage hinter sich hatten. Aber inzwischen glaubten sie auch nicht mehr, daß es Gelbsucht gewesen war, trotz der Farbe. Das Gelb war völlig verschwunden, und er hatte ständig ziemlich hohes Fieber. Sicher war nur, daß er krank war, und zu schwach zum Reisen.

Kate besuchte ihn jeden Tag, manchmal zweimal täglich. Jetzt erkannte er sie, und sie redeten, nicht viel, waren jedoch freundlich und liebenswürdig zueinander, wie am Anfang in Istanbul. Sein Fieber flammte immer wieder auf und ließ dann nach. Er sagte, es gefalle ihm, hier in diesem schmucklosen Zimmer zu liegen, hinauszublicken ins Sonnenlicht, das einen Baum und ein Petunienbeet und ein paar Jasminzweige umfing – danach habe er sich wer weiß wie lange gesehnt. Er glaubte nicht, daß er krank war. Er sah seinen Aufenthalt im Kloster so: ruhig in einem weißen Bett, in einem weißen Zimmer zu liegen und auf Blätter und Blumen hinauszublicken.

Wenn sie nicht im Kloster war, hielt Kate sich stundenlang im Innenhof des Hotels auf. Abends saß sie bis in die Nacht am Fenster, wachsam gegenüber trügerischen Erinnerungen, Wünschen und falschen Hoffnungen, und betrachtete den Vollmond.

Eines Abends ging der Weg zum Kloster über ihre Kräfte. Es war drückend heiß, sie hatte mittags sehr lange geschlafen, und sie fühlte sich nicht wohl; das schwere Essen bekam ihr nicht. Letzte Nacht, glaubte sie sich zu erinnern, hatte sie sich erst bei Morgengrauen aufraffen können, das mondhelle Fenster zu verlassen, die Sterne und das Klosterlicht, das durch seinen beweglichen Schirm vom Berghang herabflimmerte. Sie bat Señor Martinez, im Kloster anzurufen und Jeffrey ausrichten zu lassen, sie käme heute abend nicht, und blieb auf dem Bett liegen. Zum Abendessen ging sie nicht hinunter, am nächsten Morgen schickte sie ihr Frühstückstablett unberührt zurück, und als Señor Martinez ihr Zimmer betrat, um nach ihr zu sehen, las sie in seinem Gesicht, daß sie krank war, wie Jeffrey.

Oh, mehr war also nicht mit ihr? Sie hatte sich so – sie konnte nicht beschreiben, wie sie sich gefühlt hatte, aber zu erfahren, daß sie vielleicht die Gelbsucht bekam oder was Jeffrey sonst für eine Krankheit haben mochte, war eine Erleichterung. Die ganze Nacht hatte sie wach gelegen – am Fenster zu sitzen, ging über ihre Kräfte – und vom Bett aus beobachtet, wie der Mond durch das Sternenfeld zog. Trotzdem war sie mit dem Seehund in den Armen nach Norden gegangen. Sie glaubte fest daran, daß irgendwo vor ihnen das Meer lag, denn sonst mußten sie und der Seehund sterben. Es hatte leicht zu schneien angefangen, und der Schnee wehte in die Spalten und Vertiefungen der scharfkantigen, schwarzen Felsen. Sie fröstelte und war froh, daß der Körper des Seehunds sich an sie schmiegte und sie schützte. Der Seehund hatte den Kopf auf ihre Schulter gelegt, und an der Wange spürte sie die weichen Borsten seines Fells. Die Lebensflamme des Seehunds war sehr schwach, das wußte sie. Sie wußte, daß sie nicht nur das Leben des Seehunds, sondern auch ihr eigenes aufs Spiel setzte, wenn sie in den Winter ging, der vor ihr lag – als strecke sie die geöffnete Hand mit einem einzigen vertrockneten Blatt darauf dem kalten Wind entgegen.

Señor Martinez sagte, sie möge ihm erlauben, die Tante des Arztes anzurufen, damit sie dem Arzt ausrichtete, er würde hier gebraucht. Kate begriff, daß damit unter Umständen etwas in Gang gebracht wurde, das in einer weißgetünchten Zelle wie der von Jeffrey enden konnte. Wenn sie krank war oder krank wurde, dann sollte sie auf dem schnellsten Wege nach Hause fahren. Bisher war es ihr als unmöglich, gefühlsroh und unverantwortlich erschienen, Jeffrey hier allein zu lassen. Jetzt sagte sie sich, daß er schließlich ein Mann von dreißig Jahren war, der auch dann weiterlebte und wahrscheinlich sogar ganz glücklich, wenn sie nicht jeden Tag ein oder zwei Stunden bei ihm saß, wozu sie ohnehin nicht mehr fähig war. Sie konnte ihn verlassen. Sie ließ ihm über Señor Martinez und die Nonnen telefonische Nachricht zukommen, bat Señor Martinez um einen Bogen Briefpapier – das Hotel hatte kein eigenes – und schrieb ihm. Es war ein kurzer, humorvoller, bedauernder Brief, voll von der Ironie der Situation. Beim Schreiben merkte sie, daß sie tatsächlich krank war, denn es strengte sie sehr an. Zu gegebener Zeit würde er ihr mit einem ähnlichen Brief antworten. Bis dahin würden dieses kleine Dorf und die so unterschiedlichen Erfahrungen, die sie hier gemacht hatten, der Vergangenheit angehören, zwei Filme, die immerhin mit derselben Sequenz angefangen hatten – ein Mann und eine Frau, die Seite an Seite in einem einfachen Landbus sitzen, der irgendwo hält. Sie blicken in das helle Mondlicht hinaus. Ein Dorfplatz. Auf dem Rand einer kleinen, gesprungenen Brunnenschale glänzt eine weiße Porzellantasse. Ein Café, vor dem Männer sitzen und trinken. Ein paar Bäume, mit denen irgend etwas nicht stimmt. Waren sie krank? Nein, sie waren dick mit Staub bedeckt.

Als sie mit ihrem Gepäck am Brunnen stand, nachdem sie die unglaublich bescheidene Rechnung bezahlt hatte, drückte Señor Martinez ihre Hände, und in seinen Augen standen Tränen. Auch sie fühlte, wie ihr Tränen in die Augen stiegen. Und sie war abermals verlegen, denn Señor Martinez mochte sie, o ja, er mochte sie wirklich sehr gut leiden und verstand auch, weshalb der junge Mann, der leider krank war, sie gewählt hatte, obwohl sie so viel älter war als er (Pässe sagen alles), aber er war trotzdem schockiert, er war immer noch schockiert, obgleich voller Bedauern: Er wußte, daß es in der heutigen Welt viele solcher Beziehungen gab, aber er fand die Welt deshalb nicht besser – all das und noch viel, viel mehr sagte der Druck seiner Hände, sagten die feuchten, ehrlichen, lebhaften Augen, während der Bus sanft in der Sonne eines frühen Morgens vibrierte und auf zwei Fahrgäste wartete, auf Kate und ein junges Mädchen, das Señor Martinez zufolge die Tochter eines Landmannes war, der auf einem an ihrem täglichen Weg zum Kloster gelegenen Feld Tomaten anbaute: Das Mädchen hatte sich für einen Monat als Zimmermädchen in einem Hotel an dieser lukrativen Küste verdingt; dann würde es zurückkommen und seiner Mutter und den sechs kleineren Geschwistern helfen.

Señor Martinez stellte ihren Koffer in den Bus und erklärte dem Fahrer, der Señora gehe es nicht gut, und sie müsse mit großer Rücksicht behandelt werden. Was sie wirklich nötig hatte: Die Fahrt zur Küste war sehr anstrengend, ihr war in der Hitze ständig übel, und als sie am Ziel anlangte, ließ das grelle Sonnenlicht sie schwindeln. Es war Mittag. Der Kopf tat ihr weh, und sie hätte ins Bett gehört, aber sie hatte nichts anderes im Sinn, als so schnell wie möglich nach London zurückzukehren.

An der Küste stieg sie in einen anderen Bus und gelangte bald in einen größeren Ort, wo es ein Fremdenverkehrsamt gab, und um fünf Uhr nachmittags hatte sie einen Arzt gefunden: im Innern des Landes, wo die Leute arm waren, mußte man, wenn man einen Arzt brauchte, tagelanges Warten in Kauf nehmen und brauchte die Vermittlung der Kirche.

Der Arzt hörte sich alles an, was sie von Gelbsucht und Typhus zu berichten wußte, untersuchte sie und sagte, seiner Meinung nach leide sie an Blutarmut. Er riet ihr, gleich nach ihrer Rückkehr ihren Hausarzt in London aufzusuchen, obgleich er für sein Teil glaube, es werde ihr bald viel besser gehen. Er verschrieb ihr ein Beruhigungsmittel und berechnete für die Konsultation ungefähr fünf Pfund. Beim höchsten Stand der Flut, wo Ströme von Gold die Küste hinauf- und hinunterflossen und es keinen Zweifel gab, daß die Señora reich war – man brauchte nur einen Blick auf ihr Kleid, ihre Handtasche, ihre Schuhe zu werfen! – was konnte da gerechter sein?

Die Señora, die beim Arzt die gleiche Einstellung wiederfand, die sie Jeffrey gegenüber eingenommen hatte, daß nämlich – jedenfalls zu Anfang – seine Krankheit eine Wunschkrankheit war, fühlte sich trotzdem zu schwach für Bus und Eisenbahn und betrat wieder die Welt der Reichen, indem sie einen Mietwagen zum Flughafen nahm.

In einem Sessel vor sich hin dösend, wartete sie darauf, daß jemand seine Reservierung rückgängig machte, legte sich dann, als die Zeit immer langsamer dahinschlich, auf eine Sitzbank und schloß die Augen vor der Neugier oder dem Mißfallen anderer Reisender. Die lähmende Übelkeit, die für diese Krankheit – welche es auch sein mochte – typisch war, hatte sie wieder befallen, und als sie endlich, allerdings erst am nächsten Morgen, im Flugzeug saß, hatte sie das Gefühl, einen großen Fehler gemacht zu haben: Sie war sicher, sie würde sterben, hoffte es, und wurde, als sie in London ankam, nur noch von dem Gedanken an ihr eigenes Bett, an ihr eigenes Zimmer aufrechtgehalten, an ihr Zimmer mit den geblümten Vorhängen, hinter denen man sommerliche Zweige erkennen konnte, die Sonnenschein oder Wolkenlicht oder Mondschein durchließen – oh, sie konnte es nicht erwarten, wieder zu Hause zu sein, vielleicht war ja eines der Kinder von irgendwoher schon zurückgekommen und konnte sie pflegen. Sie hatte dem Taxifahrer bereits die Adresse gegeben, als ihr einfiel, daß sie kein Recht darauf hatte: das Haus war belegt mit Fremden. Sie bat den Fahrer, zu warten, während sie überlegte. Er tat es, und sie konnte ihre unangenehme Lage am Taxameter ablesen, während sie dachte, es sei Wahnsinn, sich im August ein Hotelzimmer in London zu erkämpfen. Aber sie wollte sich nicht an Freunde wenden, besonders nicht an Mary, die sie gewiß begeistert aufgenommen hätte. Das heißt, wenn sie nicht gerade von irgendeiner Affäre in Anspruch genommen war – *ihre* Kinder waren auch fort.

Endlich erklärte sie dem Taxifahrer ihre Schwierigkeiten und ließ durchblicken, etwaige Bemühungen seinerseits würden nicht unbelohnt bleiben. Er fuhr sie nach London hinein, wobei er sich von Zeit zu Zeit prüfend umwandte, um zu sehen, wie krank sie war und ob er sie nicht doch lieber in ein Krankenhaus bringen sollte. Und dann fuhr er von einem Hotel zum anderen, ließ sie allein im Wagen, während er einem, zwei, drei, vier Empfangschefs ihren Fall unterbreitete. Endlich, aus einem Hotel in Bloomsbury, einem viel kostspieligeren, als Mrs. Michael Brown es wählen würde, kam er mit dem Bescheid zurück, wenn sie ungefähr eine Stunde warten könnte, wäre ein Doppelzimmer mit Bad frei: Der Preis entsetzte sie, aber sie hatte keine Wahl.

Das Hotel

Sie bezahlte den Taxifahrer, leistete im Hotel eine Anzahlung und wurde gefragt, ob es ihr so gut gehe, daß sie in der Halle warten könne? Die Frage, der besorgte Tonfall waren wohltuend, aber wo sollte sie sonst hingehen, wenn nicht ins Krankenhaus, eine Alternative, die von Taxifahrer und Hotelportier bei ihren Beratungen über Ansteckung, Epidemien und dergleichen – die bestimmt stattgefunden hatten – verworfen worden waren. Nein, Portier, Taxifahrer und sie selbst hatten entschieden, daß sie eher unpäßlich als krank war, und so saß sie, schwach wie sie war, in der Halle und versuchte, Ordnung in ihre Gedanken zu bringen, indem sie sich auf den Schauplatz ringsum konzentrierte. Mußte es von einem geographisch günstigen Punkt aus – zum Beispiel durch ein besonders starkes Fernrohr auf der Spitze der Alpen – nicht so aussehen, als ob ganz Europa im August die Bevölkerung wechselt, Volksmassen austauscht? In diesem Foyer, das von Kästen mit Blumen – mit künstlichen Blumen, aber sie übertrumpften die Natur in einem solchen Maße, daß echte Blumen schäbig und deplaciert gewirkt hätten – geschmückt wurde, verbargen die Livreen der zahlreichen Angestellten und die Ferienkleidung der Gäste zunächst die wirklich interessante Tatsache, daß es hier wahrscheinlich außer ihr keinen einzigen Engländer gab. Die Reiseleiter und Gepäckträger, die umherliefen, die Kindermädchen (von jener Sorte, zu der sie selbst kürzlich noch gehört hatte), die hinter ihren Tischen lächelten und Verständnis ausstrahlten, die Kellner: Sie kamen, wie auch die Gäste, aus allen Teilen Europas. Sie hätte ebensogut noch in Istanbul sein können, in Malaga oder Alicante – irgendwo, nur nicht in dem Dorf, das sie gestern verlassen hatte. Ihre Ohren versuchten immer noch, sich Klänge zugänglich zu machen, zu denen sie keinen Schlüssel besaß, während sie andere Geräuschfolgen aufnahmen, die sofort ihre Gehörnerven erreichten. Ein junges Paar in ihrer Nähe sprach deutsch; die beiden wandten den Kopf und starrten sie an, und Kate fragte sich, warum sie es taten. Sie hielten ihren freundlichen, aber aufmerksamen Blick weiterhin fest auf sie gerichtet. Sie waren sehr attraktiv und offenbar reich. Er trug, obgleich es ein schwüler Londoner Sommertag war, einen langen Pelzmantel, der wie Maulwurf aussah, in einem gedämpften Mauve. Vielleicht war es auch sehr weiches Wildleder. Der Mantel war hoch zugeknöpft, nur am Kragen offen, wo er einen Schimmer weißer Seide freigab. Der Mann hatte dunkle, zärtliche Augen und schwarzes, leicht gelocktes Haar; er trug eine Art Pagenfrisur. Das Mädchen sah aus, als sei es sein Double. Ihr Haar war dunkel und wie seines geschnitten. Ihre Augen und ihr Lächeln waren ebenso angenehm. Sie war in langes weißes Crêpe de Chine gekleidet, der Stoff wurde an den Ärmeln und vorn von etwa hundert winzigen überzogenen Knöpfen zusammengehalten. Um den Hals trug sie lange glitzernde Glasperlenketten und hatte weiße, hochgeschnürte Stiefel an. Beide trugen Ringe an sämtlichen Fingern ihrer zupackenden, lebhaften, schön geformten Hände. Selbst in dieser wohlgenährten, wohlgestimmten Menge fiel dieses Paar auf; es strahlte die Harmonie sinnlicher Erfüllung aus. Die beiden brauchten nur einen Raum zu betreten, und jedermann wußte, daß für sie alles, ihre Mahlzeiten, ihr Liebesleben, ihre Unterhaltung, ihr Schlaf, ein Genuß sein mußte. Kate war nicht die einzige, die sie musterte. Natürlich, das war der Grund, weshalb die beiden sie ansahen: «Ja, wir sind es gewöhnt, daß man uns anstarrt, wir wissen, es ist der Preis, den wir dafür zahlen müssen, daß wir so schön gekleidet, daß wir selbst so schön sind, aber was genug ist, ist genug!» Kate blickte woanders hin und horchte statt dessen auf ihr Deutsch – nein, jetzt sprachen sie französisch und überlegten, ob sie einen Wagen nehmen sollten, um Freunde zu besuchen, die auf dem Land, in Wiltshire wohnten, oder ob sie zuerst zu Mittag essen sollten – nein, in einem Restaurant, nicht hier in diesem Hotel, wo es mit dem Essen bestimmt nicht weit her sein konnte... Die Laute schienen sich zu entfernen und wieder näherzukommen, schienen sie fast zu fächeln, ihre Stirn war kalt und feucht. Lächelnd beugte sich ein junges, adrett in Schwarz-weiß gekleidetes Mädchen zu ihr herab und bat sie mit ausländischem Akzent, mitzukommen. Als Kate sie anstarrte, wurde die Aufforderung wiederholt.

«Entschuldigen Sie», sagte Kate, «ich fühle mich nicht ganz wohl.» Und sie versuchte aufzustehen, schwankte, und das Mädchen mußte sie stützen. Wärme und Fürsorge überfluteten Kate: ja, das Mädchen verstand sich auf seine Aufgabe – wer konnte das besser beurteilen als Kate, die selbst noch vor kurzer Zeit anderen ihre Aufmerksamkeit gewidmet hatte?

Man mußte auf die Zuvorkommenheit warten, für die man soviel bezahlte – es war Hochsommer, es war August –, aber wenn die Zuvorkommenheit in Gang gesetzt wurde, war sie von bester Qualität.

Eingehüllt in einen Kokon aus Zuneigung und Wärme, war Kate bald in ihrem Zimmer, und das Mädchen, Anja aus Österreich, eine zukünftige Hotelleiterin, die ihrer erstklassigen Ausbildung in England den letzten Schliff geben wollte, half Kate beim Ausziehen, sorgte dafür, daß sie ins Bett kam, zog die Vorhänge zu, um ein angenehmes Dunkel zu schaffen, bestellte Zitronentee und trockenen Zwieback, verordnete Ruhe, Frieden, Stille – und verabschiedete sich, nachdem sie Kate der Fürsorge eines anderen Mädchens übergeben hatte, einer jungen Italienerin, ebenso nett und fürsorglich, die hier ihr Englisch vervollkommen und ihre Ausbildung fortsetzen wollte. Sie war noch nicht so erfahren wie ihre Kollegin, denn Anjas liebevolle Sympathie und Hingebung erstreckten sich über alle Etagen des Hotels, während Silvia nur auf dieser Etage tätig war.

Silvia zog sich lächelnd zurück, nachdem sie Kate versichert hatte, sie brauche bloß auf den entsprechenden Knopf zu drücken, dann stünde sie ihr zu Diensten.

Kate lag in einem Zimmer, das so groß war wie das kleinste Schlafzimmer bei ihr zu Hause. Jeder Winkel war ausgenutzt, wie bei einem Nähkästchen. Das Bett, in dem sie lag, ein Einzelbett, war so groß wie das schmale Doppelbett, das sie in den ersten Jahren mit ihrem Mann geteilt hatte, als sie sich noch kein breiteres hatten leisten können. Das Pendant stand eine Armlänge entfernt, noch unter der taubengrauen Hülle, auf der zwei rosa Kissen ruhten, die Häuslichkeit und Gemütlichkeit vortäuschen sollten. Sonst gab es im Zimmer keinen einzigen Gegenstand, der nicht funktionell war. Die dikken rosafarbenen Vorhänge wurden sicher in der Waschmaschine gewaschen, waren sicher bügelfrei – aber was hatte es für einen Sinn, in einem Hotel zu wohnen, wenn man weiterhin wie eine Hausfrau dachte? Sie fuhr trotzdem in ihrer Bestandsaufnahme fort: Der Teppich war dunkelgrau, darauf sah man den Schmutz nicht so. Die Wandverkleidung war ein Mißgriff: Die Wände waren weiß und mit einem strukturierten oder genarbten Material tapeziert, das den Staub geradezu anzog; man mußte sie bestimmt mindestens zweimal in der Woche mit dem Staubsauger reinigen. Es gab Fernsehen und Radio und hinter dem Bett eine Tafel mit Knöpfen und Schaltern zum Drücken und Knipsen.

Aber still war es nicht: Der Verkehr raste und toste unter den Fenstern vorbei, die bei diesem Wetter natürlich offen sein mußten, und ganz in der Nähe ihres Zimmers mußte es so etwas wie einen Arbeitsraum geben, aus dem oft lautes Geklapper und Lachen drangen. Sie konnte Dunkelheit, Unbeweglichkeit, Ruhe haben – aber keine Stille.

Sie sollte trotzdem zu schlafen versuchen, bis die Krankheit – welche war es wohl? – vorbei war. Gelbsucht? Nein, sie war überhaupt nicht gelb. Ihr war auch nicht kalt, ihr Körper glühte, als wäre die trockene Hitze Spaniens immer noch in ihm. Sie hatte das Gefühl, als hätte sie Fieber, und der Kopf tat ihr weh. Auch war ihr immer noch übel, und sie fühlte sich innerlich kalt, eisig, trotz der Fieberglut ... Sie begriff erst jetzt, wie schrecklich die lange Reise in holpernden Bussen und dann in der Luft und dann wieder im Taxi gewesen war – ein Alptraum heißer, kranker Bewegung, der kalte Übelkeit barg.

Sie mußte sich übergeben. Sie übergab sich. Und noch einmal ... Sich mit beiden Händen auf den Rand des Waschbeckens stützend, erblickte sie im Spiegel ein grünlich-weißes Gesicht, das auf den Wangenknochen flammendrot getönt war, glatte Strähnen rotgefärbten Haares fielen darüber, das Grau nur mühsam verdeckend. Die Knochen traten hervor, die Haut war welk und schlaff. Wenn dieses Gesicht durch das Dorf gegangen wäre, hätten die Frauen die bestehende Verwandtschaft erkannt. Sie wankte wieder ins Bett und fiel in leichten Schlummer. Sie nahm ein diskretes Klopfen wahr, merkte, daß jemand, vermutlich Silvia, hereinkam und sich lächelnd über sie beugte. Aber Kate bewegte sich nicht. Es folgte eine lange, langsame Zeit unter Wasser, in einem Zimmer, in dem Tag und Nacht nur daran zu unterscheiden waren, daß es entweder einer dunklen, lärmerfüllten Höhle mit qualvoll hellen, senkrechten Lichtstreifen auf der einen Seite glich, vor denen sie sich abwenden mußte, oder einer dunklen Höhle, in die auf der anderen Seite unmittelbar über dem Boden ein waagerechtes Lichtband fiel, vor dem sie ebenfalls die Augen schließen mußte. Silvia kam oft herein, mit einem Getränk aus Zitronen und geschlagenem Eiweiß, das ihre Ausbildung für Kates Zustand vorsah. Es war köstlich, und Kate trank jedes Glas, das neben ihr auftauchte. Und wenn Silvia gegangen war, wurde ihr wieder übel. Sie wußte nämlich, daß Silvia eine Spionin der Hoteldirektion war und sich vergewissern sollte, daß Kate nicht an einer Krankheit litt, die dem Hotel Schwierigkeiten mit den Behörden einbringen konnte. Silvia erstattete Bericht über Kate – was Kate an ihrer Stelle natürlich auch getan hätte. Sie machte Silvia keinen Vorwurf daraus, im Gegenteil; Kate paßte nur auf, daß niemand merkte, wie oft und gründlich ihr übel wurde. Doch der Lärm war viel schlimmer als die Übelkeit. In ihrem Dämmerzustand hatte Kate das Gefühl, daß der Lärm sie überschwemmte, auf sie herabstürzte und ihr alle Knochen brach. Wenn auf der Straße Räder quietschten, tat das Geräusch ihrem Rückgrat weh, und die vielsprachigen Laute und die Schritte draußen auf dem Flur vibrierten und bebten in einem Ozean heftiger Empfindungen, daß ihr der Kopf dröhnte.

Zu verschiedenen Zeiten ertönte ein schweres rollendes Geräusch; sie mußte Silvia danach gefragt haben, denn sie wußte, daß Putzmaterial für die Zimmer mit einem Wagen befördert wurde und andere Wagen mit Mahlzeiten und Getränken und Zigaretten den ganzen Tag und den größten Teil der Nacht hin- und herrollten. Sie klirrten und klapperten, und die dünnen Wände zitterten, während der Straßenverkehr die Fenster vibrieren ließ.

Sie mußte sich mit der stets freundlichen und zuvorkommenden Silvia auch noch über anderes unterhalten haben. Sie wußte zum Beispiel, daß Silvia aus der Nähe von Venedig kam, wo ihr «Vater ein kleines Hotel hatte und die ganze Familie mithalf». Silvia hatte in diesem Familienhotel alle Arbeiten verrichtet, sie war Kellnerin, Zimmermädchen und Köchin gewesen und hatte sogar ihren Papa vertreten, als er letztes Jahr mit der Mutter Urlaub in Schweden machte. Nächstes Jahr ging sie nach Lyon in ein Hotel, wo sie die Funktion ausüben würde, die Anja hier erfüllte: Sie stieg eine Stufe höher. Und im Jahr danach? Dann war sie verheiratet; ihr Verlobter war in diesem Sommer in Zürich, um Erfahrungen im Weinhandel zu sammeln. Sie wollten beide zusammen in einem Hotel arbeiten, vielleicht in Italien, aber das mußte nicht unbedingt sein; auch Frankreich oder Deutschland oder England kamen in Betracht. Konnte man heutzutage nicht überall arbeiten? Sie sah sich als Direktorin, ihn als Direktor, natürlich in einem guten Hotel, etwa in dieser Kategorie oder sogar noch eine Stufe besser. Dieses Hotel war sehr gut, ja, es machte einen angenehmen Eindruck auf sie, aber zu gegebener Zeit möchte sie doch lieber in ein Hotel draußen in der Natur, so wie ihr Vater eines hatte, nur eine Kategorie besser, für die sehr Reichen, die sich vollkommene Einfachheit, vollkommene Ruhe, das Beste vom Besten leisten konnten – und, das brauchte nicht eigens gesagt zu werden, Gefälligkeit und Freundlichkeit von höchster Qualität. Silvia würde diese Zuneigung und Sympathie dann natürlich nicht mehr selbst verströmen; das war dann Aufgabe des bei ihr angestellten Personals.

Doch in der Zwischenzeit erledigte sie ihre Aufgabe so vorbildlich, daß ihr Gesicht, das sich im verdunkelten Zimmer über Kate beugte, zum Symbol der Ruhe und Freundlichkeit geworden war. Ein lächerlicher, absurder Gedanke, das wußte Kate trotz ihrer Krankheit, aber dennoch: wie außerordentlich angenehm. Und kein Wunder, daß jenes gutaussehende Paar in dem seidenweichen Pelz, in dem weißen Crêpe de Chine mit den Hunderten von winzigen Knöpfen, die alle mit einem Seidenstoff bezogen waren, der sich im Gewebe kaum merklich von dem Crêpe unterschied, so daß man schon sehr genau hinschauen mußte, wenn man feststellen wollte, daß ein anderes Material benutzt worden war, da die winzigen Knöpfchen – die auf den ersten Blick fast wie aus Elfenbein wirkten – stärker glänzten als der Stoff des Kleides – kein Wunder, daß sie so zuversichtlich und so sicher waren, so mühelos ihre Selbstbeherrschung bewahrten: Silvias Selbstaufopferung und die Hingabe von Tausenden ihresgleichen hatten das bewirkt. Wo waren sie jetzt? In der Schweiz? In Griechenland? Aber sie mußten sich nicht auf Europa beschränken; vielleicht waren sie bereits in Südamerika oder Island.

Kate merkte, daß sie wach war und daß absolute Stille sie umgab. Nichts rollte die Flure entlang, kein Verkehrslärm war zu hören. Sie fühlte sich hungrig. Mit einem Anruf stellte sie fest, daß es vier Uhr morgens war, beschloß aber, wenn sie schon einmal in einem solchen Hotel wohnte, daß sie ebensogut auch dessen Vorteile genießen könnte. Der Zimmerservice brachte ihr eine kalte Platte und einen angenehmen Wein, aber es war noch zu früh. Sie aß ein wenig und spürte wieder diese leichte Übelkeit, aber sie hatte einen völlig klaren Kopf und fühlte sich dem Leben wieder gewachsen. Der Tag mit seinem Lärm begann; das Licht blendete und schmerzte. Sie stand auf und zog sich an. Die Kleider schlotterten ihr um den Körper; sie hatte, sagte die Waage, fast fünfzehn Pfund abgenommen. In welcher Zeit? Sie versuchte sich zu erinnern, gelangte aber nur zu dem Schluß, daß jetzt Anfang September sein mußte.

Sie stand vor dem Spiegel, die Vorhänge waren endlich ganz zurückgezogen und gaben den Blick auf den Platz mit seinem in der Hitze brandenden Verkehrsgefunkel und die schwere stickige Blätterlast darüber frei. Sie sah eine Frau, die nur noch aus Haut und Knochen bestand, die kleinen, dunklen Augen in ihrem bleichen, abgemagerten Gesicht, das von einer ungepflegten, wirren Haarmasse umgeben war, blickten ängstlich. Der graue Scheitel war drei Finger breit. Sie glich in nichts mehr der hübschen, gepflegten Frau aus dem Vorort im Süden Londons; und die Menschen, die so froh gewesen waren, wenn sie der freundlichen, lächelnden, eleganten Kate Brown begegneten, sei es bei der Konferenz hier in London oder bei der in Istanbul, hätten sie nicht wiedererkannt.

Es lag an ihrem Haar, vor allem an ihrem Haar ... aber nichts war leichter, als das wieder in Ordnung zu bringen. Sie rief im Frisiersalon des Hotels an, um einen Termin zu vereinbaren, und erfuhr, daß sie bis zum späten Nachmittag warten mußte – und machte außerdem die Feststellung, daß sie gar nicht die Kraft hatte für das, wozu sie aufgestanden war und sich angezogen hatte: Sie hatte eigentlich vorgehabt, zu Fuß zum Büro der Welternährungs-Organisation zu gehen – rund eine halbe Stunde – und sich die Post abzuholen, die dort auf sie warten mußte. Doch sie wurde ohnmächtig, fand sich mit einem blauen Fleck an der Schulter auf dem Fußboden wieder, schleppte sich ins Bett zurück und bat im Hotel darum, die Post von einem Boten holen zu lassen. Sie kam; viel war es nicht. Lediglich zwei Briefe von ihrem Mann, auf die sie schon wartete. Sie hatte ihm mehrere Ansichtskarten und einen richtigen Brief aus Istanbul geschickt, in dem sie ihm mitgeteilt hatte, sie habe vor, «einen Abstecher» nach Spanien zu machen, woraus er sicher schloß, daß sie interessante Leute kennengelernt hatte; aber sie hatte es für besser gehalten, ihm kleine Andeutungen zu machen, damit er Zeit hatte, die Anspielung zu verdauen. Michaels Briefe waren herzlich, humorvoll, voller Informationen über alles, auch über ihre Tochter, die bei Freunden in Philadelphia wohnte und sich offenbar ernstlich verliebt hatte. Die Briefe machten alle kritischen Gedanken zunichte, die sie je über ihre Lage, über ihre Ehe gehabt hatte. Sie lag im Bett, fühlte sich gar nicht gut, sehnte sich jedoch nach ihrem Mann, nach der Vertrautheit zwischen ihnen, nach seiner Nähe. Jetzt kam es ihr kindisch vor, daß sie sich jemals über seine Affären geärgert hatte: was waren sie im Vergleich hierzu – zu der Geste, mit der sie ihm, oder er ihr, die Hand reichte, und die ein Vierteljahrhundert Zusammensein umschloß. Das leere, nur eine Armlänge entfernte Bett erniedrigte sie; daß sie überhaupt hier war, auch nur für einen Augenblick ihr gewohntes Leben verlassen hatte, erschien ihr plötzlich als der einer Verrückten unterlaufene Fehler. Daß sie so heftig reagierte, das Bett nicht verlassen mochte, am liebsten geweint und Michael mit einem Telegramm gebeten hätte, heimzukommen – all das sagte ihr, daß sie noch immer krank war und daß sie vernünftigerweise einen Arzt hätte konsultieren sollen. Doch sie hatte kaum beschlossen, es zu tun, da glitt sie, um das klägliche Bedürfnis nach ihrem Mann, aber auch nach allem anderen loszuwerden, aus ihrem Wachleben abermals in einen Halbschlaf und träumte, sie sei in einem Land, wo um sie herum dickverschneite Kiefern und Fichten standen. Der Himmel war ein sonnenloses Grau.

Sie näherte sich einem Dorf, dessen Häuser ganz aus Holz gebaut waren, und daraus strömten Menschen auf sie zu; unter ihnen – größer als sie, sie überragend – der junge König, der ihr in dem Holzhaus, in das sie den Seehund gebracht hatte, begegnet war. Er hatte mit ihr geschlafen. Er war blond, hatte ein schönes, markantes Gesicht und tiefblaue Augen. Aber er war älter geworden, seit sie ihn das letztemal gesehen hatte. Er beugte sich herunter, um sie zu küssen, forderte sie zum Tanz auf und wirbelte dann mit ihr davon. Die Dorfbewohner tanzten jetzt alle, alt und jung, Männer und Frauen, hielten sich an den Händen und schwenkten sich im Kreis oder hatten sich um die Taille gefaßt. Der junge König und sie tanzten auf einer erhöhten Holzplattform, damit die Dorfleute sie genau sehen konnten, die beim Tanz die Augen auf ihren König und auf sie, seine Erwählte, gerichtet hielten, und sie lächelten und lachten aus Freude darüber, daß sie dort beim König war. Die Musik war laut, und sie konnte nicht sehen, woher sie kam. Dann stieg der junge König von der Plattform hinunter, ließ sie einfach stehen, nahm ein junges Mädchen, das mit einem Jungen getanzt hatte, der ihr Bruder zu sein schien, bei der Hand und zog sie lächelnd auf die Plattform und tanzte mit ihr weiter. Ihre langen, goldenen, mit einer roten Schleife gebundenen Zöpfe flogen, als sie sich, während er sie um die Taille gefaßt hatte, drehte und drehte, und sie lachte in das lächelnde Gesicht hinauf, das sich jetzt in einem Kuß ganz nahe zu dem ihren hinunterbeugte. Kate lief fort, in trostlosem Gram. Die Dorfbewohner kamen schreiend hinter ihr her: Sie war zur Feindin geworden, da sie in Ungnade gefallen war. Sie fingen sie und hielten sie fest; der junge König achtete nicht auf die Menge, achtete nicht auf sie, er tanzte noch immer mit dem Mädchen. Man warf sie in eine holzverkleidete Grube, das Holz strömte einen starken Geruch aus, aber sie konnte nicht entfliehen: über den Rand der Grube hinweg sah sie den jungen König mit dem Mädchen tanzen.

Sie rief laut, sie sei zu Unrecht im Gefängnis, zu Unrecht verstoßen, und der König, in dessen Gesicht jetzt ein Ausdruck von Zorn lag, kam, seine Partnerin an der Hand hinter sich her ziehend, schnell durch den Schnee gelaufen, blieb vor der Grube stehen und schalt sie wegen ihres Mangels an Großmut, ihres pedantischen und kritischen Geistes und ihres fehlenden Gemeinschaftssinns, vor allem aber wegen ihres mangelnden Verständnisses für die Gesetze, die das Leben bestimmen: Der König mußte nacheinander mit jeder Frau und jedem Mädchen vor den Augen des Dorfes auf der erhöhten Plattform tanzen. Der Tanz ging weiter, die laute Musik, das Singen, Lachen, Küssen. Über ihr rauschten und ächzten die Kiefern und begannen zu wimmern und zu schreien, als ein kalter Wind immer schneller blies. Kate mußte aus der Grube herauskommen, das war ihr klar. Irgendwo ganz in ihrer Nähe war der Seehund, allein; unter Schmerzen versuchte er abermals, über die Steine zum Meer zu kriechen. Er glaubte, sie hätte ihn im Stich gelassen.

Fröstelnd erwachte sie. Sie versuchte aufzustehen, um sich im Spiegel zu betrachten, ob sie gelb oder rot war oder sonst eine Farbe zu sehen war, die eine Diagnose zuließ, doch sie fiel wieder aufs Bett zurück und läutete nach Silvia. Herein kam ein Mädchen, das sie bisher noch nie gesehen hatte, ein pummeliges, dunkelhaariges Ding in einem kurzen weißen Kleid. Sie hatte ein pausbäckiges Gesicht und freundliche schwarze Augen. Ihr Mund lächelte; darüber war die Andeutung eines Schnurrbarts zu sehen, der die hübsche, autoritäre Frau vorausahnen ließ, die sie einmal werden würde. Auch sie war selbstsicher und sich ihres Wertes bewußt; wie Silvia und Anja wußte sie genau, daß sie die ihr übertragenen Aufgaben tadellos erledigte. Lächelnd beugte sie sich über Kate, legte ihre kühle Hand auf die von Kate und fragte, wie sie sich heute fühle. Sie setzte sich auf Kates Bett, hielt Kates Hand und erzählte, sie sei Schweizerin, stamme aus dem französisch sprechenden Landesteil und lerne das Hotelfach; auch sie hatte einen Verlobten, der das Weingeschäft erlernte; sie vertrat Silvia, während Silvia Anja vertrat, die für zwei Wochen die Direktorin vertreten mußte, die zu ihrer plötzlich erkrankten Mutter gefahren war. Sie hieß Marie, und sie lächelte und lachte und sagte, Madame habe kein Fieber, aber vielleicht mache sie sich über irgend etwas Sorgen? Darüber mußte Kate lachen, und sie lachten beide; Kates Lachen lief in einem kleinen Klagelaut aus, der einer Bitte um sofortige Liebe gleichkam. Ihr fehlte nichts; das glaubten sie beide. Und doch war ihr schwindlig und übel, die Kräfte verließen sie immer mehr. Marie brachte ihr etwas Suppe, die Kate sofort wieder erbrach; das Mädchen war noch im Zimmer und konnte rechtzeitig ins Bad helfen. Nun schien es ihnen beiden an der Zeit, einen Arzt kommen zu lassen. Er erschien, doch genau wie der Arzt in Spanien schüttelte auch er nur verneinend den Kopf. Kate hatte weder Gelbsucht noch Typhus. Nein, sie litt auch nicht an Blutarmut oder, falls doch, dann nur ein bißchen. Sie hatte wahrscheinlich irgendeine der vielen Grippearten. Auf jeden Fall müsse sie im Bett bleiben, sagte der Arzt, und diese Tabletten nehmen ... Kate schlief wieder ein.

Weit hinter ihr glitt die Sonne zögernd über einen Horizont aus dunkel dräuenden Schneebergen herauf und rutschte dann, nach kurzem krebsgleichen Lauf dicht über die Gipfel hinweg wieder dorthin zurück, wo für sie Tag war, überließ dieses dunkle Land den kalten Schatten. Kate war von düsterem Zwielicht umgeben; nur mit Mühe konnte sie die ausgedörrten Erdhügel erkennen, zwischen denen sie sich einen Weg suchte. Der Seehund lag leblos in ihren Armen, den Kopf an ihrer Schulter. Doch er drohte herunterzurutschen, denn er lag im Koma oder bereits im Sterben. Sie konnte seinen trockenen, rasselnden, unregelmäßigen Atem hören. Es wäre gut, wenn sie sein Fell von neuem benetzen könnte. Aber alles war gefroren, und der Seehund brauchte Salzwasser auf seinem trockenen Fell. Sie legte das Tier in den Schnee und tastete sich durch die Dunkelheit, ob sie irgend etwas fände. Sie gelangte zu einem schwarzen Felsen, in dessen Ritzen Salzkristalle schimmerten, und in einem Spalt daneben entdeckte sie Eis und brach ein Stück heraus. Ein bißchen Wasser stand dort, das noch nicht erstarrt war. Sie warf die Kristalle in das Wasser, machte eine Salzlösung und trug den halbtoten Seehund zu diesem Tümpel, der trotz des Salzes schon zuzufrieren drohte, und bespritzte das Tier schnell mit der Flüssigkeit, immer schneller und hektischer, da die Oberfläche des kleinen Tümpels zufror und das Wasser versickerte. Doch ehe das Eis fest war, hatte sie das völlig ausgedörrte Fell des Seehunds, sein Gesicht und seine Augenlider mit Wasser einreiben können. Er öffnete die Augen und stöhnte schwach, er hatte sie erkannt. Sie wußte, daß der Seehund lebte und wenigstens für den Augenblick gerettet war. Sie mußte ihn aufheben und mit ihm nach Norden, immer weiter nach Norden gehen, fort von der Sonne, die so weit unten im Süden in ihrem ewigen Tag stand. Das Dunkel ringsum war undurchdringlich. Es schneite wieder. Sie nahm den Seehund in den Arm, er war, da er jetzt atmete und lebte, nicht mehr so schwer, und setzte ihren Weg nach Norden fort.

Es war Mitte September, als sie das Bett verließ. Sie hatte noch mehr abgenommen. Ihr Haar war brüchig und kraus, orangene Streifen durchzogen es, und am Ansatz war es ganz grau, ihr Gesicht war nur noch Haut und Knochen. Mit keiner Bürste war das Haar zu glätten. Sicher, ein wenig Geduld beim Friseur, und es ließ sich in ein paar Stunden wieder in die schwere, weiche, seidige Welle verwandeln, die «ihr» Stil war. Beziehungsweise drei Monate lang gewesen war. Mußte sie, wenn sie zu Hause war, wieder zu ihrer alten, unauffälligen Frisur zurückkehren? Wozu sich für eine der beiden Möglichkeiten entscheiden, wenn ihr Körper bis zum Skelett abgemagert war: eine genaue Prüfung dieses Gedankens ergab, daß sie es nicht wagte, sich unter die Trockenhaube zu setzen.

Sie kämmte sich das Haar aus dem Gesicht: Das war zu jung für sie, aber zu mehr hatte sie nicht die Kraft. Sie ging durch die lärmende Halle, in der es so stark nach Parfum roch, daß ihr wieder übel wurde, hinaus auf die Straße, wo alle Gesichter geschäftigen, sensationshungrigen Touristen gehörten. Die Leute starrten sie an. Als sie sich in einem Schaufenster erblickte, verstand sie, warum. Sie hätte sich ein Tuch um den Kopf und ein anderes als Gürtel um das wie ein Sack um ihre Glieder schlotternde Kleid binden sollen. Im erstbesten Geschäft, das sie fand, kaufte sie aufs Geratewohl einen großen Hut und zog ihn tief ins Gesicht. Jetzt fühlte sie sich vor taktlosen, kritischen Blicken geschützt.

Sie nahm einen Bus und kletterte mühsam nach oben und saß vor Schwäche leicht schwankend da, während sie die wenigen Kilometer nach Süden zu ihrem Heim fuhr. Sie wollte es betrachten. Nein, nicht hineingehen, es nur sehen. Sie hatte das Haus noch nie so betrachtet, wie sie es jetzt tun würde, wo es an andere Leute vermietet war. Es war, als werfe sie einen Blick auf ihr eigenes Leben.

Sie stieg aus, stieg in einen anderen Bus ein und war am Ende der Straße. Sie war breit, mit Bäumen bestanden. Niemand weit und breit. Mr. Jaspers Spaniel saß auf dem Bürgersteig und ließ die Zunge heraushängen. Er erkannte sie, rührte sich aber nicht. Speichel tropfte ihm aus dem Maul. Als sie den vor Hitze schwitzenden Hund in seinem Fellkleid sah, merkte sie, wie heiß es war; sie war in Schweiß gebadet.

Langsam ging sie die Straße hinab. Sie hatte das Gefühl, als sei sie erst jetzt aus dem Ausland nach England zurückgekommen. Jetzt war sie wirklich daheim. Sie hatte die internationale Welt verlassen. Die junge Mrs. Hatch war im Vorgarten und grub die Erde um ihren weißen Rosenstrauch um. Sie blickte hoch, als Kate vorbeiging, schenkte ihr noch einen zweiten Blick, verlor jedoch, als Kate gerade grüßen wollte, das Interesse an dem seltsamen weiblichen Wesen und grub weiter.

Kate stand unter den Platanen vor ihrem Garten und sah hinein. Das große, behäbige Haus lag stumm in der Vormittagssonne. Der Himmel war klar, und der Garten wirkte nackt, ein bißchen kraftlos. Die Pflanzen brauchten Wasser. In dem Baum, unter dem sie an jenem entscheidenden Nachmittag gesessen hatte, gurrte eine Taube. Der Rasen mußte gemäht werden: die Mieter würden das wahrscheinlich erst in letzter Minute tun; erst dann, wenn sie sie, die Besitzer, zurückerwarteten. Der umgefallene Liegestuhl auf dem Rasen wirkte trostlos.

Kate blieb dort, im dichten Schatten, stehen. Vielleicht kam jemand heraus. Aber es passierte nichts. War Mrs. Enders beim Kochen? Oder einkaufen gegangen? Aber das war nicht Kates Sache. So würde ihr Haus, ihr Heim, wenn Michael und sie ausgezogen waren und sich irgendwo eine Wohnung genommen hatten, schon sehr bald aussehen. Man sagt «mein Haus», «mein Heim». Unsinn. Menschen fluten in die Häuser und wieder heraus, die Häuser bleiben stets dieselben, passen sich leicht ihren Bewohnern an. Und Kate fühlte bei diesem Haus, in dem sie fast ein Vierteljahrhundert gelebt hatte, nichts. Überhaupt nichts. Nur ein Gefühl der Benommenheit und Schwerelosigkeit, als könne sie sich in die Luft erheben, aus Mangel an Substanz. Bestimmt war es töricht, so abrupt aufzustehen und halb London zu durchqueren, nachdem sie drei Wochen im Bett gelegen und so gut wie nichts gegessen hatte. Sie gehörte wieder ins Bett. Sie trat aus dem Schutz des Baumes hervor und erblickte auf dem Bürgersteig gegenüber Mary. Sie trug Hut und Handschuhe. Sie verabscheute es, einen Hut aufzusetzen und Handschuhe anzuziehen und tat es nur selten. Wo Mary wohl gewesen war? Kates Mund dehnte sich zu einem Lächeln, da Mary sie gleich sehen mußte. Aber Marys düsterer Gesichtsausdruck änderte sich nicht. Wie Iris Hatch warf sie der Frau, die dort stand, einen kurzen Blick zu, schenkte ihr noch einen zweiten, weil die Person so absonderlich aussah – was hatte eine Landstreicherin in dieser respektablen Straße zu suchen? – und ging weiter.

Jetzt fühlte Kate doch etwas, ein heftiges Gefühl der Furcht überkam sie – und der Empörung. Wie *konnte* Mary sie schneiden? Waren sie nicht seit Jahren gute Freundinnen? Mary mußte betrunken sein! Sie hatten alles miteinander geteilt, jede häusliche oder persönliche Krise, die Kinder – vielleicht sogar die Ehemänner? Kate wußte, daß Mary einmal ein Auge auf Michael geworfen hatte – und da sie Mary war, hatte sie es ihr auch prompt erzählt. Und Kate wußte, daß Michael in Mary eine attraktive Frau sah – nun, das taten alle Männer, selbst wenn sie sich dagegen wehrten, selbst wenn sie Mary ablehnten. Was bei Michael der Fall war. Kate war sogar ein bißchen eifersüchtig gewesen – verdammt, sie ließ es schon wieder zu, daß ihr Gedächtnis sie trog: sie war rasend eifersüchtig und ganz krank davon gewesen. Aus jener Zeit stammten ihre engen Beziehungen zu Mary. Es war, gelinde gesagt, keine Erinnerung, auf die sie stolz sein konnte.

Kate beobachtete, wie Mary weiterging, ein gerader und tüchtiger Rücken unter einem gerade aufgesetzten, vernünftigen Hut; so war Mary nicht, Mary hatte sich verkleidet.

Sie bemerkte, daß sie erleichtert war, weil Mary sie nicht erkannt hatte. Mehr noch: Sie war erlöst, als wäre sie von etwas befreit. Schnell verließ sie den Schatten der Bäume und ging durch tiefe

Schattenquellen den glühenden Bürgersteig entlang. Sie sah, daß Mary Hut, Handschuhe und Schuhe bereits von sich geworfen hatte und bei sich auf dem Rasen stand, barfuß, mit breit gespreizten Beinen und wogender Brust, die Hände in den Hüften. Die Augen wegen des grellen Lichts zusammengekniffen, starrte sie zu Kates Haus hinüber.

Das gab ihrem Gesicht einen ratlosen Ausdruck: Mary stand den meisten Situationen mit diesem Ausdruck gegenüber, wie jemand, der einen Dolmetscher braucht.

Da waren zum Beispiel die Gespräche, die sie «Kälbersitzungen» nannten. Davon hatte es allerdings nur zwei gegeben. Die erste vor ungefähr einem Jahr, nach dem Besuch der Lehrerin von Marys zehnjährigem Sohn, die versucht hatte, Mary klarzumachen, daß dem Jungen etwas fehlte – «in seiner häuslichen Umgebung», wie die Lehrerin sich ausdrückte.

Es traf sich, daß Michael an jenem Wochenende fort war, daß Marys Mann arbeitete und daß Kates und Marys Kinder anderweitig beschäftigt waren. Nachdem sie beide mehrmals lauthals die Feststellung getroffen hatten, wie bemerkenswert es sei, daß sie beide zur gleichen Zeit allein waren und daß das ein Grund zum Feiern sei, landeten sie schließlich in Marys Schlafzimmer, wo sie zuerst Kaffee und dann Whisky tranken. Mary erzählte Kate auf ihre Art, die sehr gewissenhaft klang, aber nur das Ergebnis ihrer Ratlosigkeit war, in allen Einzelheiten von den Empfehlungen der Lehrerin für eine «bessere Integration» des Kindes. Ihre Worte überstürzten sich nur so: gut angepaßt, typisch, normal, integriert, gesichert, normativ; und bald lachten sie beide, da in ihnen eine Heiterkeit aufstieg, die teils von der Aussicht auf zwei Tage völliger Freiheit und teils von dem Scotch herrührte.

Auch Kate steuerte ihr Scherflein bei und erzählte Mary, auch zu ihr sei einmal eine Studienberaterin gekommen, und zwar wegen Eileen, die damals aus irgendeinem, inzwischen längst vergessenen Grund «schwierig» war. «Sie behauptete», erzählte Kate, «Eileens Probleme könne man in einer gut strukturierten Familieneinheit wie der unseren leicht anpacken und lösen.» Mary lachte plötzlich verächtlich auf. «Eine Einheit, ja, sie sagte, wir seien eine Einheit. Nicht nur das, sogar eine nukleare Einheit.» Sie lachten. Sie brüllten vor Lachen, schrien, waren ganz heiser, Mary fiel auf ihr Bett zurück, Kate in ihren Sessel. Andere Geschehnisse fielen ihnen ein, jedes produzierte eine ganze Reihe von unwiderstehlich komischen Worten. Bei jedem neuen Wort wälzten sie sich vor Lachen, schrien abermals. Ganz bewußt suchten sie nach Worten, die ein Lachen auslösten, und nicht lange, da brachen sie bei ganz gewöhnlichen Worten in Lachen aus, nicht nur bei Fachausdrücken wie «Eltern-Kind-Konfrontation», «Syndrom», «Stress-Situation», sondern sogar bei dem Wort «vernünftig», «geregelt», «gesund» und so weiter. Und dann schrien sie bereits bei «Familie» und «Heim», und bei «Mutter» und «Vater».

Aber Kate wurde es langsam unbehaglich; und ihr Unbehagen – Mary besaß einen sicheren Instinkt – teilte sich mit; und in Marys Gesicht lag der vertraute Ausdruck von Neugier, es drückte die Bereitschaft aus, sich belehren zu lassen: weshalb reagierte Kate jetzt mit einem Mal so ablehnend, wo sie es doch einen Augenblick vorher nicht im geringsten gewesen war?

Ein paar Tage später, als sie in Marys Küche auf das Garwerden irgendeines Gerichts warteten, fingen sie wieder an zu lachen, wegen eines Wortes, das ohne Kates Willen seinen Zusammenhang im Satz verlassen und eine besondere Betonung angenommen hatte. Sie hatte gesagt, als sie ins Wohnzimmer gekommen sei, hätten Kinder und Ehemann bei irgendeinem Kartenspiel gesessen; aber das Wort «Ehemann» machte sich plötzlich selbständig, und sie mußten lachen. Sie konnten nicht aufhören. Sie begannen zu improvisieren, erzählten sich Anekdoten oder beschrieben Situationen, in denen bestimmte Worte vorkommen mußten: Ehefrau, Ehemann, Mann, Frau... Sie lachten und lachten. «Der Vater meiner Kinder», sagte die eine; «der Ernährer der Familie», sagte die andere, und sie kreischten wie zwei Megären.

Es war ein Ritual, wie die Herrenabende von biederen Bürgern, die auf einmal alles bespucken, beleidigen, in den Schmutz treten, was sie im normalen Leben hochhalten.

Es war, man braucht es nicht eigens zu sagen, Kates Schuldgefühl, das auch diesem Ereignis ein Ende machte; und Mary zügelte sich ziemlich bereitwillig und prompt, als Kate es tat, zündete sich eine Zigarette an und saß rauchend da, die Asche fiel überall hin, und lächelte auf ihre übliche Weise: Gut, wir haben also damit aufgehört, oder? Ich nehme an, wir sind übers Ziel hinausgeschossen? Welches Ziel? Sag es mir doch, erkläre es?

Die beiden Vorfälle, die sich nicht mehr wiederholten, gehörten schon bald der Vergangenheit an, und wenn die Rede darauf kam, sagte Mary etwa: «Kate, weißt du noch, wie wir damals so furchtbar gelacht haben? Bei unseren Kälbersitzungen?» Und ihr Gesichtsausdruck war so wie jetzt, wo sie im grellen Sonnenlicht blinzelnd auf das gegenüberliegende Haus starrte: Ich verstehe es nicht, aber wenn du es sagst, werde ich es wohl akzeptieren müssen; du weißt, ich gebe mir alle Mühe, mich in deine Gedankenwelt einzufühlen. Immer.

Sie stand zwischen Liegestühlen, einem Klettergestell, dem die Kinder längst entwachsen waren, zwischen Fahrrädern, einem Gartentisch, einem Vogelbecken, Hortensien, einem Rasensprenger, zwei Katzen, einer Gießkanne und einem kleinen Farbtupfer auf dem Rasen – ihre Handtasche, ihr Hut, ihre Handschuhe, ihre Schuhe.

Kate ging an dem Spaniel vorbei, der, alle viere von sich gestreckt, auf dem Gehsteig lag, mit seiner rosa-violetten Zunge Steinchen zusammenscharrte und mit dem Schwanz faul zur Begrüßung wedelte.

Im Bus mußte sie immer wieder denken: Mary hat mich nicht erkannt. Auch Iris Hatch hat mich nicht erkannt.

Da es mitten am Tag war und starker Verkehr herrschte, dauerte es über eine Stunde bis zur Stadtmitte, und Kate ging während der ganzen Fahrt der Satz nicht aus dem Kopf: Sie haben mich nicht erkannt, sie sehen mich jeden Tag, aber sie haben mich nicht erkannt. Nur der Hund hat mich erkannt.

Als sie sich die Stufen zum Hoteleingang hinaufschleppte, sich in der Halle unsichtbar zu machen versuchte, sich gegen die Wand des schwindelerregenden Fahrstuhls lehnte, im lauten Zimmer auf das Bett sank, wiederholte sie: Sie haben durch mich hindurchgeblickt; sie haben mich nicht erkannt. Weit davon entfernt, darüber traurig zu sein, fühlte sie sich fast trunken vor Erleichterung darüber, daß

Freundschaft, Bindungen, «Leute, die ich kenne» so wenig bedeuteten, so leicht wegzuleugnen waren.

Sie schlief den ganzen heißen Nachmittag, erklärte der besorgten Silvia – die nach dem Flug in höhere berufliche Sphären wieder auf dieser Etage gelandet war – beim Aufwachen, daß es ihr viel besser gehe, ja, es gehe ihr ausgesprochen gut, sie sei wahrscheinlich gesund. Obgleich es dumm war, wieder aufzustehen – sie hatte immer noch nichts bei sich behalten können –, bat sie den Portier, ihr eine Theaterkarte zu bestellen.

Für welches Stück war ihr gleich. Sie wollte Leute sehen, die in anderer Verkleidung auftraten, das war alles. Ihre beste Freundin hatte sie nicht wiedererkannt: ein bißchen weniger Gewicht, ein lässig aufgesetzter Hut, ein wahrscheinlich schleppender Gang, die Tatsache, daß Mary sie irgendwo am Ufer des Mittelmeers wähnte – diese Kleinigkeiten hatten für Mary genügt, eine Frau, die sie seit Jahren täglich sah, nicht wiederzuerkennen; Kate hatte nur eine etwas andere Rolle als sonst zu spielen brauchen.

Die Leute am Empfang waren stolz, daß sie eine Karte für *Ein Monat auf dem Lande* für sie bekommen hatten. Sie trafen unfehlbar das Richtige für sie, und darauf waren sie stolz.

Um acht Uhr saß sie auf ihrem Platz in der ersten Parkettreihe. Das Theater war vollbesetzt. Normalerweise liefen Stücke wie dieses in einem kleineren Theater für ein anspruchsvolleres Publikum, aber es war September, ein Monat, in dem es fast soviel Gold regnete wie im August. Dollars. Das Publikum bestand größtenteils aus Amerikanern. Sie waren gekommen, um die Hauptdarstellerin, einen berühmten Namen, in einem berühmten Stück zu sehen. Es war ein Erlebnis ersten Ranges, ein Kulturerlebnis; viel zu viel ehrfürchtiger Respekt lag in der Luft.

Ein Monat auf dem Lande ist auf seine Art ein recht lustiges Stück. Lustig auf eine differenzierte und lebenswahre Art, hinter jedem zweiten oder dritten schiefen Lächeln eine Träne. Man muß allerdings in der richtigen Stimmung sein. In jener Verfassung nämlich, in der Kate gewesen war, als sie vor vier Jahren das letzte Mal hier war: sie war aus dem Theater gegangen mit dem Gefühl, ein besonders gutes Essen genossen zu haben, erinnerte sie sich.

Kate und Michael gingen oft ins Theater. Wenn sie längere Zeit nicht dagewesen waren, war ihnen, als seien sie träge geworden, als vernachlässigten sie ihre Pflichten gegenüber sich selbst. Gewöhnlich gingen sie zusammen hin oder mit Freunden, da ihre Kinder dem Kino den Vorzug gaben. Sie sahen sich genauso gern neue Stücke an, wo die Schauspieler sich unters Publikum mischen oder das Publikum beschimpfen und wo man sich nicht festlich anzuziehen braucht, wie klassische Stücke, Shakespeare zum Beispiel, die irgendwelche Regisseure auf den Kopf stellen, um ihre privaten Ansichten zu illustrieren, und Stücke wie dieses hier, die vertrauten, wunderschön rezitierten Gedichten gleichen. Bei den Gesprächen nach dem Theater – Das war gut, das war nicht gut – beruhte das Urteil darauf, ob man gleichsam gut gegessen hatte oder nicht, ob man gesättigt, gestärkt, gekräftigt worden war oder noch Hunger hatte und irgendeiner Bestätigung bedurfte. Was für eine Bestätigung? Jedenfalls hatte Kate festgestellt, daß Stücke dieser Art ihr immer am meisten gaben. Ibsen, Tschechow, Turgenjew – Stücke, in denen man Menschen wie sich sah, mit Schicksalen, die einem bekannt vorkamen.

«Wie russisch!» murmelten die Leute ringsum. Das bewies, daß diese Zuschauer nicht sehr kultiviert waren, sonst würden sie sagen: «Genau wie wir, nicht wahr?»

Und Kate fand tatsächlich, daß der Haushalt der Natalija Petrowna ihrem eigenen sehr ähnelte. Das heißt, sie hätte es gefunden, als sie das Stück das letzte Mal gesehen hatte. Vielleicht war es ein Fehler, ins Theater zu gehen, wenn man gerade längere Zeit krank gewesen war?

Eine Frau saß exponiert in der ersten Parkettreihe, eine Frau, die von anderen Zuschauern beobachtet wurde. Einige blickten ebensooft zu ihr wie zur Bühne. Sie schien dort ziemlich fehl am Platz, eine exzentrische, verrückte Person in einem rosa-violetten sackähnlichen Kleid, um das sie in der Taille nachlässig ein gelbes Tuch geschlungen hatte, mit struppigem, changierendem Haar, einem hageren gelben Gesicht, das nur noch aus Haut und Knochen und brennenden zornigen Augen bestand. Sie murmelte: «Ach, Quatsch! Russisch, ist der Hintern meiner Tante vielleicht russisch?

Oh, was für ein Unsinn!» – während sie unruhig auf ihrem Platz herumrutschte.

Natalija Petrowna sagte: «*Auf was hoffe ich denn? Mein Gott, laß mich nicht mich selbst verachten!*» – und diese unmögliche Person, die aber Geld haben mußte, da sie so eine teure Karte bezahlen konnte, sagte ganz laut und aufdringlich, ja sogar vertraulich, sich direkt an die Schauspielerin wendend: «Ach, Unsinn, Unsinn, warum sagen Sie so etwas?»

Sie dachte, etwas an der Art, wie sie die Dinge sah, müsse falsch sein. Obwohl sie der Bühne so nahe war, kam es ihr vor, als wäre sie weit davon entfernt; und sie versuchte dauernd, sich wachzurütteln, eine andere Art von Aufmerksamkeit oder Teilnahme anzunehmen, denn sie konnte sich daran erinnern, in welcher Stimmung sie sonst im Theater saß, und wußte, daß ihr gegenwärtiger Zustand völlig anders war. Es schien, als betrachte sie die Wesen auf der Bühne durch ein Fernrohr, so außergewöhnlich und fern kamen sie ihr in ihrer Entfernung von der Wirklichkeit vor. Und doch hatte sie das letzte Mal, als sie hier gesessen hatte, über Natalija Petrowna gesagt: Das bin ich. Sie hatte gedacht: Gibt es überhaupt einen einzigen Menschen auf der Welt, der sie nicht sofort erkennen würde?

Nun, die Leute in dem spanischen Dorf, wo sie gerade mit ihrem jugendlichen Liebhaber Jeffrey gewesen war, würden sie zum Beispiel sicher nicht erkennen. Die nicht. Diese Frauen hatten mit Natalija Petrowna einzig und allein das Alter gemein, neunundzwanzig Jahre, das sagte wenigstens Turgenjew, aber sie handelte und dachte wie eine Fünfzigjährige – und wurde von einer solchen gespielt. Eine Frau, die glaubt, sie werde alt, und die gierig nach der Jugend greift. Offensichtlich ließ das 19. Jahrhundert, wie die Armut, die Frauen schnell altern. Man konnte sich nicht vorstellen, daß eine Neunundzwanzigjährige heute so handelte; sie würde nicht im Traum daran denken, sich in einen Studenten zu verlieben, um die innere Leere auszufüllen, ganz und gar nicht.

Aber was taten sie dann alle hier? Also, was? Quatsch, es war alles Quatsch – oh, natürlich nicht das Spiel der Darsteller, nicht die Art, wie es gemacht war, das war alles wunderbar, ganz wunderbar. «Sie sind fabelhaft!» rief sie den Schauspielern zu, denn es kam ihr so vor, als könnten ihre ungemein kritischen Gedanken ihnen geschadet haben, aber sie machten weiter, als sei nichts geschehen, und beachteten die Verrückte wenige Meter vor ihnen gar nicht.

Ja, wunderbar; und noch vor vier Jahren hatte sie sich gewunden, hatte sich persönlich angegriffen gefühlt; ganz unbehaglich war ihr geworden bei den Selbsttäuschungen und Eitelkeiten der schönen Dame – dem Spiegelbild sämtlicher Frauen im Publikum, die im Mittelpunkt der Aufmerksamkeit gestanden hatten und nun mit ansehen müssen, wie ihre Macht ihnen entgleitet.

Doch ganz gleich, wie laut sie «Wunderbar!» rief – oder meinte, es tun zu müssen, und sich zurückhielt, denn die Leute starrten sie wütend an und machten pst! – zweifellos wirkte das, was sie hier für eine Menge Geld betrachtete (es war die Stimmung, in der sie war, das mußte es sein), als ob ein Haufen wohlgeborener Irrer ein privates Spiel oder Ritual durchexerzierte, und bisher hatte ihnen noch niemand gesagt, daß sie verrückt waren. Es war eine Farce und mitnichten eine nuancierte und feinnervige Komödie voller Wahrheiten über die menschliche Natur. Es war vielmehr so, daß die Ereignisse in der Welt, daß der allgemeine Zusammenbruch die Handlung dieses Stückes banal erscheinen ließ und es zur Farce machte. Ein Witz. Wie ihr eigenes Leben. Eine Farce.

Aber diese Leute hier würden heimfahren, würden Tausende von Kilometern per Schiff oder Flugzeug zurücklegen und ihren Freunden erzählen, sie hätten *Ein Monat auf dem Lande* gesehen, und das Programm in einer den ganz besonderen Erinnerungen reservierten Schachtel aufbewahren.

«Oh, halten Sie doch endlich den Mund», sagte hinter ihr jemand. Zu ihr. Also äußerte sie ihre Gefühle immer noch laut? Wie unmöglich sie sich benahm. Vielleicht sollte sie unauffällig gehen und sich wieder ins Bett legen.

Oh, ich fühle, daß ich mich am Rande eines Abgrundes befinde – retten Sie mich! schrie Natalija Petrowna; und ihre Erregung ließ das Publikum erbeben.

Kate hatte die Lippen jetzt fest zusammengepreßt, so daß ihr kein Wort darüber kommen konnte; und sie dachte: sie ist verrückt. Durchgedreht. Übergeschnappt. Darf es sein. Mehr noch, wird dazu ermutigt. Man sollte sie einsperren. Und wir sitzen hier und schauen ihr zu. Wir sollten sie mit faulen Äpfeln bewerfen. Uns. Ja, das war es, wenn sie einen oder zwei Äpfel oder eine Banane hätte, möglichst angefault – aber denk um Himmels willen nicht an Essen. Schau auch nicht zur Bühne, das ist viel besser.

Sie betrachtete die Leute ringsum, wußte, daß es freche, aggressive Seitenblicke waren, als rechne sie damit, daß man zurückzischte: «Starren Sie mich nicht so an!» Aber schau sie dir doch an, diese Touristen, zu denen sie selbst noch vor gut einer Woche gehört hatte, gut gekleidet, gut genährt, wie sie sich alle aufgetakelt hatten, diese sorgfältig zurechtgemachten Gesichter und diese Haare – großer Gott, schau dir diese Köpfe ringum an, in manchen Teilen der Welt kann man eine Familie mit fünfzig Pence in der Woche ernähren. Manche Köpfe hier würden ein Dutzend Familien monatelang ernähren. Ein lächerlicher Gedankengang, weil es nur auf das hinauslief, was die Menschen in den letzten zweihundert Jahren gedacht hatten. Die Französische Revolution. Zweitausend Jahre Christentum. Wahrscheinlich schon viele tausend Jahre länger, wenn man es nur wüßte. Denn die Menschen hatten schon viele tausend Jahre auf teure Frisuren geschaut und gedacht, wieviel Essen und Wärme sie darstellten, es war also offensichtlich ein völlig sinnloser Gedanke, warum ihn weiterverfolgen? Aber Gedanken dieser Art bohrten doch weiter, ob sie nun sinnlos waren oder nicht. Die alte Frau neben ihr war eine fette alte Schachtel mit leblosem weißen Haar, sorgsam toupiert und gelockt – um die rosa schimmernde Kopfhaut zu verbergen. Ihr Kadaver mit seinen Brillanten und Pelzen würde Hunderte von Familien jahrelang ernähren. So hatten die Menschen wahrscheinlich schon immer gedacht. Aber was für eine bemerkenswerte Sache war das, dieser Saal voller Leute, eher Tiere, die alle in eine Richtung blickten, zu anderen aufgeputzten Tieren, die auf einer erhöhten Bühne ihre Nummer machten, Tiere, die mit Stoff und Pelzstücken behängt, mit Steinen geschmückt, im Gesicht und an den Pfoten mit Farbe bemalt waren. Sie alle hatten gerade irgendein Tier gegessen; und die Pelze, die man trotz des warmen Abends überall sehen konnte, stammten von Tieren, die in Wäldern und Feldern gelebt und gespielt und kopuliert hatten, und die

Fußbekleidung, die jeder trug, war aus Tierhaut, und ihr Haar – nein, man mußte noch einmal darauf zurückkommen, unmöglich, es nicht zu tun – ihr Haar war das schlimmste: Büschel und Hauben und Mähnen und Perücken aus Haaren, gekräuselt und gelockt und gedreht und verlängert und gekürzt und künstlich verändert, in allen Farben gefärbt und parfümiert und pomadisiert und gelackt. Es war ein Saal voller Tiere, Hunde und Katzen und Wölfe und Füchse, die Männchen machten und sich mit Schleifen geschmückt und ihr Fell gebürstet hatten ... Dieser Gedanke war noch sinnloser, wenn das überhaupt möglich war. Es gab doch einmal einen Karikaturisten, der die Menschen als Tiere zeichnete, aber was hatte es für einen Sinn, *er* hatte nichts damit erreicht, alles ging weiter und immer weiter.

Natalija Petrowna sagte mit genau berechneter Koketterie: *Das Wort kränklich gefällt Ihnen wohl nicht ... daß wir beide schon alt, sehr alt sind ...*

Oh, um Himmels willen, dachte Kate – hatte es aber, leider, auch laut gesagt, denn eine Frau, die mehrere Plätze weiter saß, beugte sich vor und warf ihr einen vernichtenden Blick zu. Die Frau sah aus wie eine Katze, eine alte Pussykatze, die dick und faul geworden war ... Aber genug jetzt, hör auf damit, sie mußte ihre Aufmerksamkeit von der Bühne abwenden, da sie sich so daneben benahm – weshalb bloß sah außer ihr niemand, konnte niemand sehen, daß sie alle dem Benehmen von Verrückten zusahen? Einer Parodie. Eigentlich müßten sie alle vor Lachen brüllend von den Sitzen fallen, statt intelligentes Verständnis für diese lächerlichen, absurden, bedeutungslosen Probleme aufzubringen.

Ich bin verliebt, ich Unglückliche!

Und kurz darauf stand das Publikum auf, drängte und stieß und keuchte nach einem Glas mit diesem oder jenem Getränk, und Kate ging in den Waschraum, wo sie ohne Überraschung sah, daß ihr aus dem Spiegel ein Affe entgegenblickte. Die Toilettenfrau war eine alte Sau, und die Frauen, die hereinkamen, um sich frischzumachen oder Pipi zu machen, waren Katzen und Hunde. Eine war ein hübscher kleiner Fuchs, bestand nur aus einer spitzen Nase und klugen wachsamen Augen. Als sie sich wieder zu den Zuschauern gesellte, die sich in ihre Sessel zurückmühten, sah Kate, daß sie alle zu dem geworden waren, was sie sich vor ein paar Minuten eingebildet hatte: Sie war in einem Saal voller Tiere, eines lächerlicher angezogen als das andere. Hatte jener Künstler die Menschheit ständig so gesehen? Es war vielleicht keine Einbildung von ihm gewesen, und er hatte immer in dem Zustand gelebt, in dem sie sich jetzt befand? War in Geschäften von Schweinen und Affen bedient worden, hatte Frauen mit den Gesichtern von Katzen und Hündchen geliebt, war Wölfen aus dem Weg gegangen, hatte in Spiegel geschaut und gehofft, eines Tages werde dort endlich ein menschliches Gesicht erscheinen und die Tiermaske verschwinden lassen, die ihm immer in die Augen starrte, ganz gleich, wann und wie er sich zum Spiegel schlich und versuchte, sich selbst zu überrumpeln, in der Hoffnung, das Licht eines frühen Morgens oder eine Unterbrechung seines Schlafes oder ein plötzliches Abwenden von der Staffelei oder dem Zeichenblock werde ihn das Gesicht eines Menschen mit den Augen eines Mannes sehen lassen, der seinen Blick erwiderte?

Glaubte er, daß an diesem Tag die Tiermasken vielleicht von allen Menschengesichtern abfielen und sich dann – ja, was dann?

Dann würde sich der Löwe beim Lamm niederlegen, kein Zweifel, und all diese lächerlichen Gedanken brauchten nicht mehr in den Köpfen der Menschen herumzuspuken, die alten «progressiven», «liberalen», «intelligenten» – oder sozialistischen oder Wie-ihr-wollt-Gedanken, weil sie sinnlos waren, sie änderten nichts. Die dort auf der Bühne waren durch eine Revolution von den Brettern gefegt worden, und siehe da, sie standen immer noch da oben, und nichts hatte sich geändert, und dieselben Gedanken kreisten und kreisten immer noch in ihren Rillen in den Köpfen der Leute, und schon bald mußte man hören, was sie waren: ein Haufen zerkratzter Schallplatten. Denn die Menschen würden das, was ihnen immer wieder im Kopf herumging, wegen seiner nicht endenwollenden Sinnlosigkeit unerträglich finden. Sie würden ein Ende damit machen. Sie würden keine andere Wahl haben.

Natalija Petrowna war in ihrem eleganten grünen Gewand – dem dritten heute abend – den Tränen nahe. Kate stiegen aus Mitgefühl ebenfalls Tränen in die Augen.

Um das so gut zu können, um ein lächerliches, unwürdiges Verhalten darzustellen, das jedermann auszischen und verurteilten sollte, verbrachten Männer und Frauen von höchster Intelligenz und Begabung Jahre der Mühe, der harten Arbeit und Hingebung und Erniedrigung, Jahre des Rollenstudiums und lebten allein von der Hoffnung oder von Hungergagen an Provinzbühnen. Dafür schwitzten und litten sie, für den Augenblick der hehren Kunst, wenn Natalija Petrowna schleppende Röcke über schmutzige Bretter rauschen läßt und zu einem Mädchen, das denselben jungen Mann liebt, sagt: *Welchen Sinn hat das, einander zu quälen?! Es ist höchste Zeit, daß wir beide wieder zur Besinnung kommen. Anstatt daß wir einander durch Vorwürfe und Verdächtigungen martern – wäre es nicht besser, darüber nachzudenken, wie wir aus dieser schwierigen Lage kommen?*

Ach ja, um so eine Unterhaltung zu hören, sollte man Pilgerfahrten machen.

Was sie da dachte, mußte sie sich aber bald für immer aus dem Kopf schlagen. Wer war sie überhaupt, das, was alle anderen fabelhaft fanden, als großen Schwindel zu bezeichnen? Früher hatte sie es doch auch immer wundervoll gefunden und würde es also voraussichtlich auch wieder dafür halten, wenn Normalität und Gewohnheit zurückgekehrt waren und sie wieder bei ihrer Familie war, ihre Röcke durchs Haus rauschen ließ und ihren eleganten Spitzensonnenschirm mit einer raschen Drehung ihres weißen Handgelenks entfaltete.

Noch eine letzte Anstrengung, und ich bin frei!... O ja, ich dürste nach Freiheit und Ruhe, und kurz darauf erhoben sich alle, um zu applaudieren und zu applaudieren, wie wir es im Theater im allgemeinen tun, als ob das Bedürfnis der Schauspieler nach Anerkennung, das Bedürfnis der Zuschauer, Anerkennung zu gewähren, zu einem Handeln führt – Hände, die in einer Lärmsalve immer wieder aneinander schlagen –, zu einem Handeln, das ein Kommentar zu ganz anderen Dingen ist als den Vorgängen auf der Bühne und das nichts damit zu tun hat, ob die gezeigten Ereignisse nun häßlich, schön, bewundernswert oder was auch immer sind. Diese Tätigkeit hat mehr von einer rituellen Selbstbestätigung an sich, mit der Zuschauer und Schauspieler anerkennen, daß sie ins Theater gehen und darin spielen. Ein phantastisches Ritual. Überhaupt eine phantastische Angelegenheit.

Kate applaudierte mit den übrigen und rief laut «Bravo!» – wie es einige Enthusiasten in den hinteren Reihen und auf der Galerie taten –, erwiderte die Grimasse der katzenähnlichen Frau, die sie ausnehmend finster anblickte (wahrscheinlich, weil sie jetzt Geräusche der Anerkennung von sich gab, während sie vorher kritisch gewesen war?), und wurde von Menschen, die ihre Tiermasken verloren hatten und wieder Männer und Frauen waren, auf den Bürgersteig hinausgedrängt.

Sie wartete hartnäckig auf ein Taxi, beobachtete, daß mehrere Wagen für sie, für die verrückte Person am Rand des Bürgersteigs, nicht anhalten wollten. Schließlich hielt doch ein Taxi, und der Fahrer sagte: «Aber das sind doch nur ein paar hundert Meter!» und sie sagte: «Ja, ich weiß. Aber ich war krank.» Also wurde sie zum Hotel gefahren und ging wie eine Verbrecherin durch die Halle, hoffte, niemand würde Notiz von ihr nehmen. Aber man tat es natürlich doch, dauernd drehten sich Köpfe nach ihr um. Sie erreichte ihr Zimmer, nahm ihren Taschenspiegel – sie hätte bestimmt nicht die Kraft gefunden, noch einen Augenblick länger aufrecht zu sitzen –, fiel ins Bett und blickte in ihr Gesicht.

Seit dem Morgen war das Haar noch brüchiger, glanzloser, krauser geworden, und ihr Gesicht wirkte wie das einer alten Frau. Natalija Petrowna hätte sich keine Sekunde lang mit diesem Gesicht gezeigt. Man konnte sich vorstellen, wie sie in einem köstlichen weißen Morgenmantel vor dem Sessel saß und sich eine kühlende Gurkencreme – die Russinnen schworen auf Gurken – auf die geschundenen Partien unter den scharfen, abwehrenden, rotgeränderten Augen strich, wobei sie sagte: Oh, ich fühle, daß ich mich am Rande eines Abgrundes befinde – retten Sie mich! Oder, während sie der Zofe befahl, ihr die hundert kleinen überzogenen Knöpfe auf dem Rücken aufzumachen: Kann je ein Mensch so unglücklich gewesen sein wie ich?

Vor langer Zeit lag ein junges Mädchen im Bett, hielt sich einen Taschenspiegel vors Gesicht und dachte: Das wird *er* gleich sehen.

Was *er* dann kurz darauf sah, war ein Gesicht, das sich nur mit «spitzbübisch» oder «kokett» charakterisieren ließ, trotz Augen von einer braunen Tiefe, die nur einem Spaniel gehören konnten.

Jahrelang hatte Kate, die vor so vielen verschiedenen Spiegeln ihre Zeit verbrachte, genau das sehen können, was *er* sah, wenn sein Gesicht dicht über ihrem war. Es war alles so lästig, so erniedrigend... Hatte sie wirklich so viele Jahre ihres Lebens – es kamen doch bestimmt Jahre zusammen! – vor dem Spiegel verbracht? So wie alle Frauen. Schlafend oder in Trance die Jahre vertan. Wählte eine Frau *ihn* oder ließ sich von *ihm* wählen, weil er das Gesicht bewunderte, um das sie sich so oft und lange gemüht, das sie berührt und hierhin und dorthin gedreht hatte – sie wäre nicht überrascht, sie wäre ganz und gar nicht überrascht! Sie hatte nämlich ihr ganzes Leben oder seit sie sechzehn war – ja, so alt war das Mädchen gewesen, das ein Verhältnis mit dem eigenen Gesicht hatte – in Spiegel geblickt und das betrachtet, wonach andere Leute sie beurteilen würden. Und jetzt hatte sich dieses Bild von selbst aufgerollt und in eine Ecke gelegt, und geblieben war das Gesicht eines kranken Affen.

Die Schauspieler hatten völlig recht. Sie ließen sich nicht auf ein Mienenspiel, eine Frisur, eine Art zu gehen oder zu reden festlegen, nein, sie wechselten, waren nie die gleichen. Aber sie, Kate Brown, Michaels Frau, hatte zugelassen, daß sie seit dreißig Jahren eine gleichbleibend schlanke Brünette mit mitfühlenden braunen Augen war.

Kate schnitt sich im Taschenspiegel Grimassen, wechselte mehrmals den Ausdruck ihres Gesichts, übte sich darin wie eine Schauspielerin – es gab so viele, die ihr noch nie eingefallen waren! Sie hatte sich auf eine beängstigend kleine Skala beschränkt, meist natürlich auf einen Ausdruck, der ihr stand, der angenehm war und anderen gefiel; doch wie stand es mit dem, was jetzt in ihr vorging, wo sie krank war (ihre Haut brannte wieder, ein Hitzeschild über dem kalten Ozean der Übelkeit), wo sie unruhig und rebellisch war wie ein Heer von Ameisen auf einem Kadaver? Aber sie hatte noch ein paar Wochen, vor ihr lag noch eine lange Spanne Freiheit... Wie lang? Sie suchte nach Michaels Briefen, die alle Emotionen vertrieben hatten, nur die eine nicht: die Sehnsucht nach ihm, nach dem Trost, bei ihm, bei der Familie, in ihrem Heim zu sein. Jetzt sah sie, daß er geschrieben hatte, er würde nicht vor Ende Oktober zurückkommen, möglicherweise erst Mitte November – sofern sie nichts dagegen hatte? Er würde die Einladung, länger zu bleiben, nicht annehmen, wenn es ihr lieber wäre, er täte es nicht. Er entnahm ihrem Brief, daß sie ebenfalls einen interessanten Sommer verlebte – also, alles Gute, er freute sich für sie, wurde ja auch Zeit, daß sie einmal andere Tapeten sah. Falls er nicht umgehend etwas von ihr hörte, würde er sie also erst im Herbst wiedersehen. Aber er hatte natürlich *nichts* gehört, denn Kate hatte diesen Teil seines Briefes gar nicht richtig erfaßt: Jetzt schickte sie ihm, der Sicherheit halber, ein Telegramm und wünschte ihm eine schöne Zeit.

Sobald es hell war, nahm sie ein Bad, zog ein Kleid an, das ihr viel zu weit war, bürstete das Haar in dieser und jener Richtung und band, da sie es nicht zu bändigen vermochte, ein Tuch darum, bestellte ein reichhaltiges internationales Frühstück, hatte aber keinen Appetit, und verließ das Hotel, ohne zu wissen, wohin.

Nachdem sie das Hotel bezahlt hatte, besaß sie nur noch verhältnismäßig wenig Geld. Das heißt, wenig für jemand wie Kate Brown aus der Welt der Konferenzen, aber viel für eine Frau, die noch einige Wochen lang nichts weiter zu tun hatte, als auf die Rückkehr ihrer Familie zu warten.

Maureens Wohnung

Sie nahm einen Bus und blieb darin sitzen, bis sie Wasser schimmern sah – einen Kanal – und ihr Blick auf das Wort RISTORANTE fiel: knallrote Schrift auf totenblasser Farbe, die im intensiven Licht der Septembersonne glänzte. Ansonsten war es eine typische Londoner Straße, und sie stieg aus und entdeckte neben einem Zigarettenladen ein Anschlagbrett. Als sie darauf zuging, sah sie, daß der Ladenbesitzer, ein kleiner ältlicher Mann in einem Overall, zusammen mit einem jungen Mann eine neue Karte anheftete. Der Ältere hielt seinen Daumen hoch – eine Geste, mit der man in manchen Ländern kundtut: Gut, ausgezeichnet, das wäre geschafft – doch auf dem Daumen lag eine Heftzwecke, und er drückte sie fest in die Mitte des weißen Rechtecks. Der junge Mann hatte lange Jesushaare und war barfuß. Er hatte ein sanftes, kindliches und offenes Gesicht; nachdem der Ältere in den Laden zurückgegangen war, stand er da und betrachtete die rund hundert Kartonrechtecke, zwischen denen seines nun verschwunden war.

Es lautete: MÖBLIERTES ZIMMER BIS ENDE OKTOBER ZU VERMIETEN, FÜNF PFUND PRO WOCHE, KÜCHEN- UND BADBENUTZUNG.

Kate sagte zu dem jungen Mann: «Wo ist das Zimmer?»

«Gleich um die Ecke.»

«Gehört es Ihnen?»

Darüber mußte er lächeln, höflich, aber mit einem kleinen Was-denken-Sie-denn-Nicken, das Lächeln war eine für sie bestimmte Erklärung, denn anschließend sagte er: *«Mir?»*

Auf diese Weise war klargestellt, daß sie wie alle Angehörigen ihrer Generation in Begriffen des Privateigentums dachte, während er, jung wie er war, sich frei fühlen durfte. Sein Lächeln wurde wieder natürlich, und er sagte schließlich: «Und anderen.»

«Wenn ich das Zimmer nehme», sagte Kate mit dem humorvollen, anpassungsfähigen Ton, der ihr nach jahrelangem Umgang mit jungen Leuten leichtfiel, «gehört es dann mir, oder müßte ich es mit jemandem teilen?»

Er lachte nachgiebig und sagte: «O nein, es würde Ihnen gehören. Ich will ein bißchen verreisen, und von den anderen werden die meisten auch nicht da sein.»

«Würden Sie es mir dann bitte zeigen?»

Er betrachtete sie prüfend. Was er sah, war natürlich eine alte Frau. Daß sie krank war oder krank gewesen war, wurde nicht wahrgenommen: «eine alte Frau». Dann machte er eine Drehung, so daß er neben ihr stand, erklärte damit, daß sie passabel war, und sie gingen zusammen am Kanal entlang. Er warf ihr ab und zu einen Blick zu, den sie so deutete: Aber wir wollten eigentlich keine alte Frau in der Wohnung haben.

Sie sagte: «Ich bin sauber, umsichtig, gelernte Hausfrau.»

Er lachte wieder auf seine Weise, die klarstellen sollte, daß es erst nach sorgfältiger Überlegung geschah, und sagte: «Oh, das interessiert mich nicht.» Dann, erklärend: «Es ist mir egal, was Sie in der Wohnung machen. Aber da ist jemand ...»

«Der mich akzeptieren muß?»

Die Wohnung lag im Erdgeschoß und war – nach der Septemberhelle – ziemlich dunkel. Der junge Mann führte sie durch eine geräumige Diele, die mit zahllosen Kissen und mehreren Posters möbliert war. Es roch trocken und durchdringend nach Marihuana. Kate folgte ihm, dachte, man zeige ihr nun das Zimmer, das zu vermieten war, aber sie wurde in einen großen Raum mit hohen Fenstertüren geführt, die auf einen kleinen, mit allen möglichen Pflanzen bewachsenen Innenhof gingen und offen standen. Auf einem Stuhl beim Fenster saß ein Mädchen in der Sonne. Ihre nackten braunen Füße standen nebeneinander auf einer Binsenmatte. Langes, dichtes, gelbliches Haar hing um ihr Gesicht, fiel darüber, so daß sie erst den Kopf heben mußte, damit Kate ihr braunes, gesundes Gesicht mit den runden blauen Augen und dem offenen Blick sehen konnte. Das Mädchen tat nichts. Es rauchte.

Sie betrachtete Kate prüfend, sah dann den jungen Mann an.

Er sagte zu Kate: «Ich habe Sie noch gar nicht nach Ihrem Namen gefragt?»

«Kate Brown.»

«Das ist Kate», sagte er zu dem Mädchen. Zu Kate sagte er mit jener Förmlichkeit, die von seiner Erziehung herrühren mußte und ein kleines steifes Kopfnicken, wie eine angedeutete Verbeugung, einschloß: «Das ist Maureen.» Sich wieder dem Mädchen zuwendend, sagte er mit der naiven, angelernten Unbeholfenheit: «Ich hatte das Angebot gerade am Brett angebracht, da stand sie da und fragte, ob sie mitkommen könnte.»

«Oh», sagte Maureen. Sie warf das Haar zurück, sprang vom Stuhl hoch, als wolle sie etwas tun, setzte sich dann aber wieder hin, entspannte sich dabei blitzschnell wie eine Katze. Sie trug einen sehr kurzen braunen Rock und eine blaukarierte Bluse: Sie sah darin aus wie ein Mädchen, das für landwirtschaftliche Erzeugnisse wirbt.

Endlich lächelte sie und sagte: «Möchten Sie es sehen?»

«Ja», sagte Kate.

«Du meinst, sie ist okay?» sagte der junge Mann zu dem Mädchen – seiner Freundin? Sich nach diesem Ausrutscher wieder auf seine gute Erziehung besinnend, wurde er sogar ein bißchen rot, als er Kate erklärte: «Wissen Sie, ich wollte mich vor meiner Abreise vergewissern, daß Maureen einverstanden ist.»

Abrupt schlug Maureen die Augen nieder: zwei weiße Halbmonde auf braunen Wangen. Kate hatte den Eindruck, daß sie ein Lächeln zurückhielt.

«Es ist alles in Ordnung, Jerry. Ich sagte es dir doch schon», erklärte Maureen.

«Also, dann will ich ...»

«Ja, tu es.»

Jerry nickte Kate zu, warf einen langen, festen Blick auf Maureen, der ihr etwas einschärfen sollte – aber Kate konnte nicht erkennen, was –, und verließ das Zimmer. Es war das letzte Mal, daß Kate ihn sah.

Maureen überlegte. Überlegte sie, ob sie nach Kates Zahlungsfähigkeit fragen sollte? Sie sagte aber nur: «Es ist das Zimmer ganz hinten links vom Flur. Es gehört Jerry, aber er fährt in die Türkei.»

Sie begleitete Kate nicht, sondern blieb auf ihrem Stuhl sitzen, in einer Wolke von blauem Rauch, der nach anderen Ländern und Breiten roch. Die blauen Wellen und Ringe und Wirbel hüllten sie ganz ein, als säße sie in sonnenbeschienenem Wasser.

Das Zimmer war klein. Ein schmales Bett und ein Schrank standen darin. Es war hier merklich kühler als im vorderen Teil der Wohnung, der nach Süden ging. Die Kälte des Zimmers paßte zu der Kälte, die Kates Magen ständig einschnürte. Aber es würde gehen.

Sie ging zu dem Mädchen zurück und sagte, ja, sie würde das Zimmer bis Ende Oktober nehmen – als sie sich das sagen hörte, begriff sie, daß sie Entscheidungen getroffen hatte, von denen ihr bewußtes Ich nichts wußte.

Da Maureen nichts von Geld sagte, legte sie fünf Ein-Pfund-Noten auf ein rotes Kissen zu Füßen des Mädchens.

Hinter ihrer Jalousie aus gelblichem Haar schenkte Maureen ihr ein Lächeln. «Danke», sagte sie. «Hätte aber Zeit gehabt.»

«Der Schlüssel?» mahnte Kate.

«O ja. Er ist irgendwo. Ja. Jetzt weiß ich.» Sie sprang hoch, richtete sich mit einer einzigen Bewegung senkrecht auf, bückte sich ebenso plötzlich mit durchgedrückten Knien und hob wahllos einige Kissen hoch. Unter einem lag ein Schlüssel. Sie überreichte ihn Kate – ohne sich vorher aufzurichten – und ließ sich dann, geschickt die Beine kreuzend, auf das Kissen fallen.

«Sind Sie Tänzerin?» sagte Kate.

«Nein, ich bin keine Tänzerin. Aber ich tanze.» Sie runzelte die Stirn – erdrückt von den starren Kategorien der älteren?

Auf dem Weg nach draußen blieb Kate vor einem hohen, altmodischen, schwenkbaren Spiegel in der Diele stehen. Sie sah einen dünnen Affen von Frau in einem «guten» gelben Kleid, das Haar am Hinterkopf unordentlich mit einem Tuch zusammengebunden. Sie zog das Tuch weg, und das Haar stand wild nach allen Seiten. Sie hatte plötzlich das Bedürfnis, etwas für sich zu tun – zum Friseur zu gehen, ein Kleid zu kaufen, das ihr paßte: alles wegen des Mädchens, das so jung und blühend aussah, so frisch wirkte. Sie bemerkte auch, daß dieser Impuls etwas mit ihrer Tochter zu tun hatte: Maureen war ungefähr in Eileens Alter. Es würde ein dramatischer

Augenblick sein, wenn sie zu ihrer Familie zurückkehrte, ganz gleich, ob es ihr bis dahin gelungen war, sich zusammenzureißen – das heißt, sie wieder so geworden war, wie *ihre Familie* sie sich vorstellte – oder beschlossen hatte, es nicht zu tun ... Sie konnte doch wohl nicht in diesem Zustand bleiben? Oder doch? Was für ein Gedanke! Die Familie würde, wie man so sagt, vor Schreck fast umfallen. Diese Vorstellung ließ sie wohlig erschauern, ein Gefühl, als hätte sie zuviel Eiswasser geschluckt und Mund und Kehle wären davon wie taub – ein Gefühl, wie sie es gestern gehabt hatte, als Mary Finchley sie nicht wiedererkannte, und abends, als sie Natalija Petrowna verächtlich bei den Tricks zugesehen hatte, mit denen sie sich selbst betrügen wollte.

Dieses wohlige Gefühl wich einem anderen, das längst nicht so angenehm war. Die Eitelkeit hatte sie wieder im Griff. Wenn sie mit diesem Aussehen nach Hause kam, würden ihr Mann und ihre Kinder lediglich sagen, sie sehe sich gar nicht ähnlich – denn sie wußten, wie sie aussehen konnte. Aber Maureen, die da auf ihrem roten Kissen inmitten scharf riechender blauwirbelnder Wolken saß und träumte, hatte sie nie in einer anderen Maske als der eines kranken Äffchens gesehen ... Kein Zweifel, sie war verrückt. Dem Mädchen, oder ihr selbst, war es doch egal, wie sie aussah? Oder was sie war – wenn sie, oder irgend jemand, wußte, *was* das war. Sie, Kate, hatte bei Maureen ein Zimmer gemietet, das war alles. Kate hatte diese Situation in den ersten Monaten dieses Jahres schon einmal erlebt, nur genau umgekehrt, als sie eine junge Belgierin bei sich wohnen ließ, die Freundin von James' bestem Freund: das Mädchen wollte Englisch lernen. Was für Kate wichtig gewesen war: daß das junge Mädchen sich in die Familie einfügte, sie durch ihr humorvolles, freundliches Wesen bereicherte, wenn sie auch ein bißchen schrullig und altjüngferlich war – was mit ihrer konventionellen Erziehung zu tun hatte –, aber überhaupt nicht störte. Das wäre der Fall gewesen, wenn sie sich in ihren Mann verliebt hätte – nicht daß Kate dachte, ihr Mann würde sich in das Mädchen verlieben ... Hier rief Kate sich wieder zur Ordnung und gab sich den Befehl: Fang nicht wieder damit an, denk an das Au-pair-Mädchen Monique, du mußtest ganz schön dafür büßen, daß du dachtest, Michael hätte sich in sie verliebt.

Kate beendete die Liste der von ihr gestellten Bedingungen für das junge Mädchen aus Belgien: daß sie sich nicht zu sehr in einen ihrer drei Söhne verlieben durfte, es sei denn, der betreffende Sohn verliebte sich genauso in sie. Daß sie nicht schwanger werden durfte, was sie, Kate, zwingen würde, sich mit dem Problem zu beschäftigen – wie bei Monique, deren Abtreibung von den Browns hatte bezahlt werden müssen, da der Vater des Embryos, ein junger Franzose, der mit Monique im selben Sprachkurs gewesen war, kein Geld hatte. Daß sie keine Drogen nehmen durfte wie Rosalie, ein anderes Au-pair-Mädchen aus Frankfurt am Main – das heißt, Pot konnte sie ruhig rauchen, aber nichts Stärkeres. Daß sie die Stereoanlage nicht zu laut laufen lassen sollte. Daß sie ... Doch aus ihrer jetzigen Stimmung heraus ließ sich alles in einem einzigen Satz zusammenfassen: Daß sie sich ihrer, Kates, Lebensweise anpassen sollte, denn wenn Kate auch selbstredend keinen Anspruch darauf erhob, ihre Lebensweise sei die allein richtige, so wünschte sie aber auch nicht, darin gestört zu werden.

Maureen war wie das Milchmädchen in dem Kinderlied mit bloßen Füßen auf die Diele gekommen. Als sie Kate im Halbdunkel vor dem Spiegel sah, knipste sie das Licht an und schritt mit ihrem federnden, kraftvollen Gang ruhig den Flur entlang, bis sie hinter Kate stand, vom selben Spiegel reflektiert.

Maureen warf ihr Haar zurück und betrachtete sich und dann Kate. Sie runzelte die Stirn. Das Stirnrunzeln war vielleicht das Ergebnis ihrer Ratlosigkeit, ihres Bedürfnisses, die Situation zu verstehen?

Maureen lächelte strahlend, bestand nur noch aus weißen Zähnen und roten Lippen und fing an zu tanzen. Es war ein kraftvolles, federndes Springen, und sie beobachtete sich im Spiegel, wie ein Kind sich bei etwas zusieht, das es zum erstenmal tut. Sie genoß ihr Tanzen, sie lächelte. Dann warf sie den Kopf zurück, breitete die Arme aus und drehte sich immer wieder im Kreis, bis ihr schwindlig wurde und sie lachend gegen die Wand plumpste.

All das hatte sie ganz selbstversunken getan, es war fast eine Vorstellung nur für sich selbst gewesen. Aber jetzt stieß sie sich mit der Schulter von der Wand ab und kam neben Kate zu stehen. Kate erblickte plötzlich das Lächeln auf ihrem eigenen Gesicht; es war das Lächeln einer Frau in mittleren Jahren, ein bißchen traurig, humorvoll, verschmitzt, geduldig. War es dieses Lächeln, das den frechen, provozierenden Tanz provoziert hatte?

Maureen beugte sich vor und betrachtete sich über Kates Schulter hinweg aufmerksam im Spiegel. Sie streckte Kate die Zunge heraus – sei es aus Ärger oder zur Selbstbestätigung. Dann streckte sie sie, ebenso ablehnend, noch einmal heraus, aber sich selbst. Und kehrte dann, mit einem aufgesetzten fröhlichen Lächeln, schnell in ihr sonniges Zimmer zurück.

Kate fühlte sich angegriffen. Mochte ihr Verstand ihr auch sagen, daß es freundlich gemeint gewesen war – das Mädchen war gekommen, um den Augenblick vor dem Spiegel mit ihr zu teilen –, so wirkte es auf Kate doch aggressiv, und zwar ganz einfach wegen des wundervollen Selbstvertrauens der Jugend. Wegen des Mutes, das zu tun, wonach einem gerade der Sinn steht. Ja, das war es, was sie, Kate, verloren hatte.

Aber es hatte keinen Zweck, weiter hier in der großen Diele herumzustehen, mit den vielen Kissen, die alle unordentlich und zerknautscht herumlagen, als hätte letzte Nacht jemand darauf geschlafen, nur weil sie nicht auf die Straße hinausgehen, ihre Schwäche nicht zeigen wollte. Sie mußte sich bald wieder hinlegen. Und sollte langsam auch damit anfangen, wieder etwas zu essen.

Sie trat hinaus in die Sonne, ging Stufen hinauf und stand unter den dichten Bäumen, die den Kanal säumten, und war zwei Schritte von dem *Ristorante* entfernt. Sie war zu dem Schluß gekommen, sie müsse hungrig sein, oder sollte doch zumindest wegen der Anforderungen der nächsten Wochen etwas essen. Aber warum dachte sie an Anforderungen, Ansprüche, Anstrengungen, wo sie doch nichts zu tun hatte, niemand Ansprüche an sie stellte? Sie ging auf das *Ristorante* zu, rechts und links vom Eingang stand jeweils ein kleiner Lorbeerbaum. Durch die Scheibe konnte sie einen Kellner sehen, der aufmerksam einer Frau in ihrem Alter zuhörte, die diese wohltuende Unterwürfigkeit sichtlich genoß: eine richtige dumme Gans, dachte Kate. An der Tür überlegte sie, daß sie ein solches Restaurant vor ihrem Sprung in die Welt der internationalen Elite nur bei besonderen Anlässen betreten hätte; sie wäre ebenso instinktiv daran vorbeigegangen und hätte ein billigeres gesucht, wie sie es heute als das einzig angemessene auf ihrem Weg betrachtete. Als sie jetzt daran vorbeiging, hatte sie ein echtes Gefühl von Entbehrung. Hundert Meter weiter betrat sie ein Restaurant, wie man es in jeder Londoner Straße alle paar Meter findet. Es war beinahe leer. Der Mittagsandrang hatte noch nicht eingesetzt. Sie setzte sich allein an einen Tisch. Vor ihr lag die ewig gleichbleibende britische Speisekarte. Am anderen Ende des Raumes unterhielt sich die Kellnerin mit einem Gast, einem älteren Herrn. Sie hatte keine Eile, herüberzukommen.

Als sie dann doch kam, sah sie Kate nicht an, sondern kritzelte die Bestellung hastig auf einen kleinen Block und ging wieder zurück, um sich mit dem Gast weiter zu unterhalten, bevor sie ihre Bestellung durch die Durchreiche in die Küche rief. Es dauerte lange, bis das Essen kam. Kate saß da, anscheinend unsichtbar für die Kellnerin und die anderen Gäste: das Lokal füllte sich jetzt. Sie zitterte vor ungeduldigem Hunger, vor dem Bedürfnis, zu weinen. Das Gefühl, niemand könne sie sehen, weckte in ihr den Wunsch, zu rufen: «Ich bin hier! Könnt ihr mich denn nicht sehen?» Sie hätte beinahe getrotzt und geschmollt und mit den Füßen gestampft, wie ein kleines Kind. Das Gefühl verging, als die Kellnerin, die sie noch immer nicht angesehen hatte, einen Teller mit Leber und Pommes frites und wässrigem Kohl vor sie hinstellte. Kate konnte nichts essen. Sie kam sich vor wie ein Kind, das man in eine Ecke gesetzt hat, weil es unartig gewesen ist, und wo es dann vergessen worden ist. In ihr tobten Gefühle, die jeden vernünftigen Gedanken unmöglich machten. Während sie sich sagte, sie sei krank gewesen und könne nichts dafür, stieß sie ein Glas mit Wasser um. Sie hatte angenommen, daß die Kellnerin herüberkommen, ja vielleicht sogar wütend sein würde, aber sie bemerkte es nicht einmal. Kate stand auf, ging quer durch das Lokal zur Kellnerin, die jetzt mit einem anderen Gast sprach, und sagte: «Entschuldigen Sie, ich habe mein Glas umgestoßen.» Ihre Stimme zitterte.

Jetzt blickte die Kellnerin sie an – nur so lange, um festzustellen, daß da jemand Schwierigkeiten machte. Sie sagte: «Ich komme sofort, Schätzchen», und wandte sich ab, um einen Tisch zu decken. Als sie endlich kam, warf sie bloß einen gleichgültigen Blick auf die feuchte Stelle auf dem Tischtuch und sagte: «Wenn es Ihnen nichts ausmacht, wechsle ich die Decke, wenn Sie fertig sind.»

Und fort war sie.

Was konnte vernünftiger sein? dachte die Hausfrau in Kate – ein nasser Fleck auf dem Tischtuch machte ihr nichts aus. Doch nach einer Minute verlangte sie die Rechnung und merkte, daß sie beim Hinausgehen heftig an ihrem Rock zupfte – eine Bewegung, von der sie hätte schwören können, daß sie sie noch nie in ihrem Leben gemacht hatte, so als rümpfe sie innerlich die Nase und wolle sagen: Also, das ist mir egal! Wie kommen Sie auf den Gedanken, es würde mir auch nur das geringste ausmachen?

Mittag in der Edgware Road. Der lebhafteste Schauplatz, den man sich vorstellen kann, besonders an einem Sommertag, besonders wenn alle Welt zum Lunch oder auf eine Tasse Tee oder eine kleine Verschnaufpause in die Cafés und Snackbars strömt. Kate schlenderte zum *Ristorante* hinüber und blickte durch die dünnen Vorhänge ins Innere. Wenn sie dort gesessen und der junge Mann ihr aufmerksam zugehört hätte, wäre sie bestimmt nicht versucht gewesen, zu weinen und herumzumäkeln – und hätte auch ihr Glas nicht umgestoßen!

Es war nicht gut gewesen, daß sie so lange in dem Hotel geblieben war, wo Silvia und später Marie sie umsorgt hatten. Sie war dadurch wieder zu einem Kind geworden, das ständig die wohltuende Fürsorge eines anderen Menschen brauchte.

Aus dem strahlenden Blättertag stieg sie in den Schatten der Wohnung hinab. Auf den Kissen in der Diele lag bäuchlings ein junger Mann, die Arme weit von sich gestreckt. Er schlief. Maureen schien nicht da zu sein.

Kate ging in ihr Zimmer, sah, daß das Bett noch nicht bezogen war, fand im Flur einen Schrank mit Bettwäsche und Handtüchern, nahm sich heraus, was sie brauchte, ohne den Jüngling zu stören, der, nach der Tiefe seines Schlafes zu urteilen, seit Tagen nicht mehr richtig geschlafen hatte, und ging ins Bett. Dort tat sie etwas, das sie sich normalerweise nicht gestattete. Sie weinte, lange und absichtlich. Ein Sicherheitsventil? Das auch; aber es war eher ein Eingeständnis, daß es etwas gab, worüber man weinen konnte. Sie wurde von allen Seiten angegriffen, auch von innen, von der Einsamkeit. So weint ein Kind, wenn es erfährt, daß man es aufs Internat schikken will oder daß seine Eltern eine lange Reise machen und es bei Fremden lassen wollen.

Doch während sie heftig schluchzte, dachte sie, ziemlich kühl, daß sie in diesem möblierten Zimmer, wo niemand sie kannte, zum erstenmal in ihrem Leben wirklich allein war, daß kein Kokon von Behaglichkeit und Schutz sie mehr umgab, sie keine Rückendeckung durch andere mehr hatte. Hier kannte niemand die von ihr gewählte Rolle. Hier bezog niemand ihre Rückendeckung, ihren Kokon mit ein, hier wußte niemand etwas darüber. Voller Freude blickte sie jetzt auf die kleine Szene vor dem Spiegel zurück, als Maureen in die Diele gekommen war: Maureen hatte unmittelbar auf Kate reagiert, auf das, was Kate darstellte, auf das, was sie von ihr sah – ein kleines, schiefes, vorsichtiges Lächeln.

Sie hörte auf zu weinen, schlief ein, erwachte in einem fremden, kalten Zimmer, obwohl ein langer Sonnenstrahl hereinfiel: die Sonne schien seit den frühen Morgenstunden auf diese Seite der Wohnung.

Sie mußte sich etwas zu essen kaufen. Die Kissen in der Diele waren jetzt unbenutzt; und sie sah den jungen Mann nicht wieder.

In der Küche saß Maureen, allein, löffelte Babykost. Pudding mit Pflaumen und Aprikosen. Auf einem Regal standen mehrere Dosen mit Babykost, alles Nachspeisen.

Maureen hatte ein rotes gekräuseltes, wallendes Gewand an, und ihr Haar war zu einem Pferdeschwanz gebunden. Sie sah aus wie eine Zehnjährige.

Sie sagte: «Ich denke, Sie werden schon alles finden, was Sie brauchen», und sprang auf, immer noch den Löffel ableckend. Sie schleuderte die leere Dose in den Mülleimer und den Löffel ins Spülbekken, wo er klirrend landete. Sie tanzte hinaus.

Kate griff sich eine fahrbare Einkaufstasche und einen großen Korb und war schon an der Tür, als ihr einfiel, daß sie ja nicht für sechs bis sechzehn Leute einzukaufen brauchte, sondern nur für sich allein. Sie ging wieder in die Sonne, in der Hand einen Plastikbeutel. Es war spätnachmittags und kurz vor Ladenschluß. Es gab zahlreiche Läden, die zu dem Restaurant paßten, wo sie zu Mittag gegessen – oder vielmehr nicht gegessen – hatte, alle klein und mit Konserven und Gefrierkost vollgestopft. Es gab in dieser Straße keine Geschäfte wie die, in denen sie in Blackheath gekauft hatte. Überall standen hohe Wohnblocks, und dazwischen alte Häuser, deren Bewohner hier schon ihr Leben lang wohnten. Sie waren die Kunden der Läden, in denen nichts von dem feilgeboten wurde, was Kate normalerweise kaufte. Sie ließ sich ein unansehnliches Weißbrot, ein halbes Pfund gelbgefärbte Butter, eine Ecke Schmelzkäse und ein Glas billige Erdbeermarmelade geben – eine Sorte, die sie früher selbst in größter Not nicht angerührt hätte. Es machte ihr zu schaffen, diese zweitklassigen Waren kaufen zu müssen – es kam ihr vor, als habe sie die Nachricht bekommen, sie müsse für ein Jahr ins Gefängnis: denn in ihrer Ehe hatte sie einen guten Teil ihrer Energie für derartige Güteeinteilungen verschwendet. Sie dachte auch, daß die Menschen in dem spanischen Dorf wahrscheinlich niemals so schlechte, unansehnliche Lebensmittel gesehen hatten, obgleich sie ärmer waren als alle, die diesen Laden je betraten; er war voll von sogenannten gewöhnlichen Leuten, das heißt, berufstätigen Engländern, die in diese schrecklichen Restaurants, diese schrecklichen Läden gingen ... *Na und*, was war los mit ihr, was kümmerte es sie? Sie war kurz davor, in Tränen auszubrechen, sie hätte auf der Stelle mit den Füßen stampfen, toben und schreien mögen – warum bloß? Inzwischen starben in den ärmeren Teilen der Welt Millionen von Menschen, weil sie nichts zu essen hatten, Millionen von Kindern würden nie ein normales, gesundes Leben kennenlernen, weil sie die Nahrungsmittel, die sie, Kate, in ihrem hübschen, mit orangefarbenen und hellvioletten Gänseblümchen gemusterten Plastikbeutel trug, nie zu Gesicht bekamen ... An der Kasse tobte sie innerlich vor kindischer Empörung, und Tränen standen ihr in den Augen. Warum? Der Mann hatte sie nicht angesehen, hatte nicht gelächelt und gesagt: «Oh, Mrs. Brown, oh, Kate, oh, Catherine, wie nett, Sie zu sehen» – das war alles. Er war kühl und abwesend, das spürte sie. Sie war geisteskrank, kein Zweifel – ihr Verstand sagte es ihr, während sie vom Gefühl her wie ein kleines Kind reagierte.

Sie ging in Richtung Marble Arch. Dort fand ein Markt statt, die Verkäufer waren schon beim Einpacken. Dann war heute also Samstag? Nie war es vorgekommen, daß Kate nicht wußte, wieviel Uhr es war, geschweige denn, welcher Wochentag.

Sie stand vor einem grob gezimmerten Holztisch, auf dem einige Tomaten zwischen erschlaffenden Salatblättern herumlagen: die strapazierten Überreste der morgendlichen Auslage neuen Lebens. Vor ihr ging eine Holzklappe herunter. Wie eine Tür, die geschlossen wird. Ein panisches Gefühl der Entbehrung ließ sie um den Stand herumlaufen, fast hätte sie geschrien – aber sie lächelte: «Kann ich noch ein paar Tomaten haben, ein Pfund Tomaten?»

Der Mann sagte widerwillig: «Schluß für heute. Meine Arbeitszeit ist um.»

«Oh, bitte», keuchte sie und hörte, wie flehend ihre Stimme klang.

Der Mann musterte sie jetzt bedächtig von Kopf bis Fuß. Dann drehte er sich ebenso bedächtig um, und sein Blick streifte über die Stände, die noch geöffnet waren, wo es noch Reste von Obst und Gemüse gab. Dann wandte er ihr den Rücken und zog die Seitenklappe des Stands herunter. So formell, als handle es sich um einen richterlichen Spruch, verkündete er der Luft: «Manche Leute haben wirklich nicht alle Tassen im Schrank.»

Sie ging zu einem anderen Stand, mußte sich anstellen und hörte der Frau vor ihr zu – eine Frau wie die normale Kate, oder vielmehr wie die normale Kate der Vergangenheit, mit einer fahrbaren Einkaufstasche und Beuteln und Netzen, die den Wochenvorrat für eine große Familie einkaufte.

Mit hängenden Schultern, die ausdrückten, wie befriedigend es ist, für andere Lasten zu schleppen, ging sie davon, eine Sklavin. Da Kate nur Augen für diese Frau hatte, verlor sie ihren Platz in der Schlange, und jetzt kam jener Komplex von Emotionen in Gang, die beim Schlangestehen dazugehören. Die Frau, die Kates Platz eingenommen hatte, war aggressiv und wandte Kate ein ehernes, selbstgerechtes Profil zu, während sie zu der Frau auf der anderen Seite sagte: «*Ich* kann hier nicht den ganzen Tag herumstehen.»

Kate kaufte, von einem Mann, der sie nicht ansah, zwei Zitronen und eine grüne Paprikaschote, nachdem sie den Reflex, ein Dutzend Zitronen und ein Kilo Paprikaschoten zu kaufen, unterdrückt hatte.

Auf dem Rückweg zur Wohnung wußte sie, daß sie noch nicht einmal angefangen hatte, zu begreifen, was ihr bevorstand. Vor dem heutigen Tag hatte sie nicht die geringste Ahnung davon gehabt. Wenn ihre Lebensgeister nicht so schwach gewesen wären, wenn sie nicht krank gewesen wäre, dann hätte sie diese übermäßig starken Reaktionen nicht gehabt – natürlich nicht. Aber sie mußte froh sein, daß es passierte – andernfalls wäre jede dieser heftigen Emotionen nur ein kleiner Impuls, ein kurzes kleinliches Aufflackern gewesen. Sie hätte diese Emotionen womöglich gar nicht erkannt, hätte so tun können, als spürte sie sie nicht.

Aber was sollte sie mit diesem Monster machen, in dessen Innern sie gefangen war, ein Monster von Kind, das nur zu befehlen brauchte, um besänftigt, angelächelt und umhegt zu werden: die Frau, die jahrelang (natürlich zwischen den Zeilen) gesagt hatte: *Haben Sie vergessen, wer ich bin, meine Stellung in diesem Haus?* Natalija Petrowna platzte ohne Umschweife damit heraus; zeigte die Tatsache, daß Kate Brown sich davor schämte, es laut herauszusagen, daß es einen kleinen Fortschritt gegeben hatte?

Auf einer niedrigen Mauer vor dem Eingang zur Wohnung saß eine ermattete junge Dame mit einem großen Nackenknoten, blau umrandeten Augen und einem grellroten Puppenmund. Sie hatte ein altmodisches schwarzes Abendkleid aus glänzender Seide und Spitzen an.

Der hochmütige Ausdruck im Gesicht der jungen Dame verwandelte sich in ein Lächeln, und Maureen sagte: «Warum sind Sie so dünn?»

«Weil ich sehr abgenommen habe.»

«Klingt einleuchtend.»

«Nicht für mich – noch nicht», sagte Kate und schritt in die Wohnung hinunter. Und wie jemand, der sich bemüht, mit einer defekten Maschine zurechtzukommen, mit einem Motor, der vielleicht Öl braucht, ging sie daran, sich eine Mahlzeit zuzubereiten, die sie essen konnte. Sie mußte etwas essen. Sie brauchte Kraft. Sie mußte neue Kraft gewinnen, um das Monster zu besiegen, das sie mit Haut und Haaren verschluckt hatte.

Sie toastete das schreckliche Brot, bestrich die Scheibe mit Butter und Käse und setzte sich damit an den Küchentisch. Doch sie brachte kaum einen Bissen hinunter. Maureen kam mit langen Schritten herein, das Spitzenkleid flatterte um nackte Knöchel und Füße.

«Sind Sie krank gewesen?» fragte sie.

«Ein bißchen.»

Maureen nahm eine Dose Babykost «Grieß mit Pflaumen» aus dem Regal, setzte sich an die Schmalseite des Tisches, zog die Spitzen hoch und fing an zu essen. Als sie sah, daß Kate lustlos auf ihrem Brot herumkaute, deutete sie auf die Babykost in ihrer Hand und sagte: «Versuchen Sie doch mal das! Ich esse nie etwas anderes.»

«Sie werden krank werden, weil Ihnen die Vitamine fehlen», sagte Kate automatisch und kämpfte mit den Tränen, während Maureen mit spöttischem Lachen hin und her schaukelte.

Maureen reichte ihr eine Dose Apfelmus, und Kate aß den Brei tapfer auf.

«Ich bin gern krank», sagte Maureen. «Es ist viel besser als Hasch.»

«Ich merkte nicht das geringste, als ich es mal probiert habe.»

«Sie haben sicher gleich aufgegeben, nicht wahr?» stellte Maureen fest.

Ein junger Mann mit langer Lockenfrisur, Jeans und einem gekräuselten Seidenhemd kam herein. Er nickte Kate zu, ging zu Maureen, faßte sie an der Hand und sagte: «Wir müssen los. Es fängt in fünf Minuten an.»

Maureen zog ein Paar weiße, hochgeschnürte Kinderstiefel an und drapierte sich einen an sich sehr schönen spanischen Schal, der aber voller Mottenlöcher war, um die bloßen Schultern.

Kate zunickend, eilten die beiden hinaus. Kate spürte eine Welle bohrender Qual, als handelte es sich um einen Abschied für Jahre von sehr geliebten Menschen. Sie empfand es als großen Verlust, daß man ihr, wenn auch nur für einen Abend, diese erfrischende, grausame Widersprüchlichkeit nahm. Ihre Kinder waren viel ernster, längst nicht so unbeschwert. War das ihr Fehler? Sie hätte …

Sie rief sich zur Ordnung; unter den gegebenen Umständen mußten Schuld und Reue warten, bis sie die Kraft hatte, ihnen Widerstand zu leisten.

Kate häufte Decken auf ihr Bett und tauchte hinein. Sie schlief. Sie suchte den Traum vom Seehund, konnte ihn aber nicht finden. Andere Träume ergriffen Besitz von ihr, hielten sie gefangen, kleinere, unwichtigere Träume; sie kam sich im Schlaf vor wie jemand, der nur wenige Meter vom Mittelpunkt des Labyrinths entfernt ist, aber wie sehr sie sich auch drehte und anstrengte, sie konnte nicht dorthin gelangen. Der Seehund war da; er wurde von der Kate, die diese Aufgabe hatte, nach Norden getragen, aber das ging in einem Teil Kates vor sich, zu dem ihr Träume die Sicht versperrten, wie Pakete, die sie nicht fallenlassen durfte.

Sie erwachte. Ein Luftzug drang ins Zimmer und brachte eine heitere Musik mit sich. Die Luft war schwer, feucht, aber mitreißend, verlockte zu verantwortungsloser Fröhlichkeit, sprach von Menschen, die ständig in Bewegung waren: Diese Sommerluft, dieser Lufthauch eines sommerlichen Samstagabends, umstrich Kates Gesicht in einem schwachen Dunkel, das vom Fenster mit Blätterschatten gemustert wurde: Auf dem Bürgersteig draußen war eine Straßenlaterne. Die Musik kam aus einem anderen Zimmer der Wohnung.

Kate hatte das Gefühl, daß es ihr viel besser ging: Die Erschütterungen des Tages schienen vorüber. Es lag daran, daß sie endlich etwas gegessen hatte – sie wollte in die Küche gehen und noch etwas essen. Der Gedanke, daß sie wahrscheinlich Maureen in die Arme laufen würde, war ihr angenehm. Sie zog einen gelben Strandmantel über und ging in die Diele. Niemand da. Sie sah ihr Bild in dem hohen Spiegel: Über das, was man sah, konnte man nur noch lachen. Es war ihr gleich, außer Maureen war ja niemand da. Die Küchentür war geschlossen. Sie öffnete sie mit einem Lächeln und fand sich einer Szene gegenüber, die sie völlig verwirrte, wie ein unverdienter Angriff.

Fünf junge Leute saßen um den Küchentisch, auf dem Teller mit Essen und Gläser mit Wein standen. Ein dunkelhaariges Mädchen spielte Gitarre. Kate begriff, daß das Lächeln, das sie aufgesetzt hatte, eine Gewohnheit von früher war: wenn sie bei sich zu Hause ein Zimmer betrat, in dem sie ihre Kinder und deren Freunde wußte, dann mit diesem Lächeln, das eine herzliche Begrüßung erwartete, selbst wenn sich die Herzlichkeit hinter der Familienkonvention der Neckerei, der «Liebesworte» verbarg.

«Oh, seht mal, wer da kommt!»

«Ich nehme an, du willst uns sagen, wir sollen zum Essen kommen.»

«Das ist meine Mutter, wirklich! Ich hab euch, glaube ich, schon gesagt, daß sie gar nicht so übel ist.»

Worte von früher, als ihre Kinder noch Teenager waren, ein etwas rauhbeiniger Spott, der aber freundschaftlich gemeint war und zeigte, daß man sie brauchte; man wußte, daß die Mutter da war, daß sie immer mit jenem Lächeln hereinkommen und nicht mehr sagen würde als: «Danke für das Kompliment. Ja, das Abendessen ist fertig.»

Inzwischen war es die viel schwerer zu verkraftende Höflichkeit von Erwachsenen:

«Komm doch rein, Mutter. Das ist mein Freund/meine Freundin aus Schottland/Cornwall/Spanien/den USA. Kann er/sie ein paar Tage bei uns wohnen? Ich habe einen neuen Schlafsack gekauft. Du brauchst nicht extra etwas zu kochen, bestimmt nicht.»

Es kam ihr vor, als wendeten sich die fünf Gesichter, von denen eines Maureen gehörte, ihr mit derselben langsamen Bewegung zu, mit einer Bewegung, die gleichgültig wirken sollte, eine Gleichgültigkeit, die natürlich aufgesetzt war, die sie aber brauchten, als Schutz vor – wovor?

Fünf Gesichter starrten eine abgemagerte Gestalt in einem schreiend gelben Gewand an, das Haar ungepflegt, im Gesicht einen ängstlichen Ausdruck.

Sie floh vor diesen Blicken, die für sie etwas Feindseliges hatten, und murmelte: «Entschuldigung ...»

Wieder in ihrem Zimmer, wußte sie, daß dieses Gefühl totaler Ablehnung nichts mit Vernunft zu tun hatte; sie konnte es nicht analysieren, sondern nur konstatieren. Hastig zog sie eins von ihren schönen Sommerkleidern an, versuchte, das Haar fest an den Kopf zu drücken, doch sie gab es auf und ging hinaus auf die Straße. Unter den Straßenlaternen lungerten Gruppen von jungen Männern herum, hofften, daß etwas passierte: die Pubs mußten gerade geschlossen haben.

Sie dachte: *Ich kann nicht, ich kann nicht an ihnen vorbeigehen,* denn von jeder Gruppe (selbst von zwei Jungen, die allein standen) schien eine Drohung auszugehen. Aber sie zwang sich: ein selbstverordnetes Medikament gegen das Verlangen, wieder in die Wohnung zurückzutauchen, sich eine Decke über den Kopf zu ziehen und sich dort zu verkriechen. Die Straße schien ihr ungeheuer breit, ja endlos, und voller Gefahren; sie selbst kam sich wie eine verwundbare Hülle vor. Den Blick fest geradeaus gerichtet, ging sie dahin, genau wie sie es in Italien oder Spanien getan hätte, wo man den Frauen das Gefühl gab, zu exponiert und darum wie eine öffentliche Anlage mit Ketten abgesperrt zu sein: BETRETEN VERBOTEN.

Niemand nahm Notiz von ihr. Sie wurde von gleichgültigen Blikken gestreift, die sich sofort wieder von ihr abwandten, anderswo stimuliert werden wollten.

Wieder hätte sie unsichtbar sein können.

Ihr ganzes Äußere, der Panzer ihrer leeren, starrblickenden Augen, ihr Körper, ja selbst ihre ordentlich gesetzten Füße waren darauf eingestellt, Aufmerksamkeit zu erregen, genau wie ein junges Mädchen, das sich drei Stunden geschminkt hat und nun darauf wartet, was passiert, wenn es sich Batterien von Augen wie Suchscheinwerfern präsentiert. Kate fühlte sich leicht, schwebend, von allem Ballast befreit; in ihrem Kopf jagten sich die Gedanken, sie war wie betäubt vor Verwirrung, sie mußte ihr völlig unbekannte Impulse unterdrücken, die ihr so fremd waren und sie so entsetzten, als läse sie darüber in der Zeitung. Wenn sie sich nicht zusammennahm, konnte es geschehen, daß sie auf eine dieser Gruppen von herumlungernden Männern zuging und ihren Rock hochhob: *Da,* seht her! Hier bin ich, seht ihr das denn nicht? Warum gönnt ihr mir keinen Blick?

Ein kleines Café, wo es genau das gleiche Essen gab wie mittags in dem Restaurant, war noch geöffnet. Aber neben der Speisekarte gab es noch eine kleinere, beinahe entschuldigende Karte, die auf den griechischen Wirt hinwies: Hammelfleisch, Salat mit Ziegenkäse, Shish Kebab. Das Lokal war voller junger Leute aus den umliegenden städtischen Wohntürmen, die, nachdem die Kinos aus, die Pubs geschlossen waren, noch nicht ins Bett gehen wollten. Niemand nahm Notiz von ihr, obwohl sie sich innerlich gegen jede Kritik gewappnet hatte. Sie wußte jetzt, hatte es endlich begriffen, daß sie sich ihr ganzes Leben lang durch ein unsichtbares Fluidum – die Aufmerksamkeit anderer Menschen – hatte aufrechthalten können. Aber das Fluidum war verflogen. Sie schwankte, mußte sich ganz schnell setzen. Am Tisch saßen ein junges Ehepaar und ein Mädchen, offenbar die Schwester der Frau. Die Schwester schien irgend etwas übelzunehmen, aber es war nicht unangenehm: Sie reagierte ihren Ärger und das Gefühl ab, fünftes Rad am Wagen zu sein; die junge Frau drängte nach Hause: die Nachbarin, die auf das Baby aufpaßte, wollte sicher schlafen gehen; der junge Mann blickte sich im Restaurant um, als zöge er Vergleiche zwischen jetzigen Fesseln und vergangenen Freiheiten.

Der Grieche, der das Shish Kebab servierte, versuchte, die Blikke der Sechzehnjährigen auf sich zu lenken; deshalb fragte Kate nicht, warum das Essen nicht im geringsten gewürzt war, sagte nicht, daß es auch englische Feinschmecker gebe und schlug auch nicht vor, doch ruhig so zu kochen wie für sich und seine Landsleute. *Wenigstens bei mir,* lauteten die Worte, die ihr auf der Zunge lagen.

Sie aß schnell und verließ den freundlichen, lärmenden Schauplatz; mit näherrückender Polizeistunde schlug die Stimmung immer höhere Wellen.

Kate beglückwünschte sich, daß sie beim Bezahlen der Rechnung *keine* Aufmerksamkeit erregt hatte, daß sie nicht auffällig gelächelt, nicht das Signal ausgesandt hatte: Ich bin es gewöhnt, daß man Notiz von mir nimmt.

In der Wohnung war die Küchentür jetzt offen. An die Wand gelehnt, stand Maureen bei einem jungen Mann, den Kate bisher noch nicht gesehen hatte. Sie hielten sich an den Händen. Maureen sah Kate und sagte: «Warum sind Sie vorhin nicht reingekommen? Sie dürfen jederzeit hereinkommen. Sie müssen sich nicht darum kümmern, was wir machen.» Noch bevor das Mädchen ausgeredet hatte, überkam Kate ein warmes Gefühl der Dankbarkeit.

«Das ist Philip», sagte Maureen, und dann, die Hand zurückziehend und dem jungen Mann einen kleinen Stoß in Kates Richtung gebend: «Das ist Kate. Eine Freundin von mir.»

Philip machte gehorsam eine kleine Verbeugung vor Kate und ging mit den Worten: «Also dann bis morgen» durch die Diele zur Wohnungstür. Seine Stimme hatte etwas Mahnendes, wie ein Ultimatum. Maureen reagierte mit einem Achselzucken und einem gequälten Gesichtsausdruck.

«In Ordnung», sagte sie. «Ich verspreche es. Aber ich denke *bestimmt* darüber nach. Du bist immer so absolut.»

«Natürlich. *Ich* weiß, was ich will», sagte Philip und ging, ohne sich noch einmal umzublicken, in die Nacht hinaus.

Maureen seufzte geräuschvoll – man sollte merken, daß ihr eine Last von der Seele genommen war – und kam wieder in die Küche. Seit Kate vor einer halben Stunde einen Blick hineingeworfen hatte, hatte der Schauplatz sich verändert. Die jungen Leute waren verschwunden, der Tisch war abgeräumt. Nur die Gitarrespielerin war noch da, Haar und Hände streichelten die Saiten. Sie nahm keine Notiz von Kate.

Maureen blickte Kate offen und kritisch an. Prüfend betrachtete sie das strähnige Haar mit dem breiten grauen Scheitel. Musterte Kates Kleid, wobei sie aufmerksam mit tänzelnden Schritten um Kate herumging. Dann sagte sie «Einen Augenblick» und verschwand. Sie kam mit ein paar Kleidern zurück und hielt sie nacheinander vor Kate in die Höhe. Die beiden Frauen fingen an zu lachen: das Lachen wurde lauter, so daß die Gitarrespielerin aufblickte, um zu sehen, was da so lustig war. Bei einem engen Kleid lächelte sie kurz und wandte sich wieder ihrer Musik zu.

Eins der Kleider war ein gerade geschnittener, dunkelgrüner Hänger, und Kate zog es an.

Maureen war entzückt, daß es paßte.

«Das sollten Sie immer anziehen. Nein, nur bis Sie wieder dicker geworden sind. Glauben Sie mir, in diesen schrecklichen Haute Couture-Modellen sehen Sie wie eine Trauerweide aus. Ich nehme an, Sie haben Geld.»

Kate versank in Selbstmitleid: Sie hätte nie gedacht, daß man sie mit einer Trauerweide vergleichen würde. Doch es war die Freundlichkeit des Mädchens, die ihr Tränen in die Augen trieb. Um sie zu verbergen, machte sie mit abgewandtem Gesicht Tee, und als sie mit ihrer Tasse an den Tisch zurückkehrte, schlenderte die Gitarrespielerin hinaus und war aus einem anderen Zimmer zu hören, und Maureen saß mit weit gespreizten Beinen da und sah Kate finster an. Ihre Füße steckten noch immer in den weißen Schnürstiefeln.

«Sie tragen einen Ehering?»

«Ja.»

«Sind Sie geschieden?»

«Nein.»

Kate fürchtete, daß ihre Einsilbigkeit das Mädchen abschrecken könnte, doch nach einer Weile erkundigte sich Maureen: «Tut es Ihnen leid, daß Sie verheiratet sind?»

Kate antwortete darauf mit einem kurzen Lachen, das andeuten sollte, die Frage sei indiskret; und war dann überrascht, als sie sich hinsetzte und immer weiterlachte. Hemmungslos. Sie mußte aufhören, denn sie fing an zu weinen. Das Kinn in die Hand gestützt, sah Maureen sie fest und hartnäckig aus blauen Augen an.

Sie tat es auch noch, als Kate längst nicht mehr lachte, so daß Kate erklären mußte: «Können Sie nicht begreifen, daß es komisch ist, wenn man danach gefragt wird? Ich meine, wenn man schon als junges Mädchen geheiratet hat?»

«Ich begreife nicht, was daran komisch ist», sagte Maureen.

«Aber ich habe vier Kinder. Mein jüngster Sohn ist neunzehn.»

Einige Augenblicke lang änderte Maureen weder ihre Haltung noch ihren festen Blick. Dann stand sie auf, schüttelte mit einem Achselzucken die von ihr offenbar empfundene Enttäuschung ab und drehte sich eine Zigarette, in die sie sorgfältig ein paar Fasern des scharfen Krauts brach. Sie entfernte sich mit langen Schritten, ging der Musik nach und sagte weder auf Wiedersehen noch gute Nacht.

Kate ging zu Bett. Es war schon Mittag, als sie aufwachte. Sie lag da und blickte durch das Fenster auf die weiße Mauer mit den Topfpflanzen darauf und auf die Bäume dahinter, die im hellen Sonnenlicht lagen. In der Wohnung war nichts zu hören. Ohne jemandem zu begegnen, badete sie und ging in die Küche. Seit gestern nacht war niemand mehr darin gewesen. In der Diele klingelte das Telefon. Maureen nahm ab und redete eine Weile. Kurz darauf erschien sie in der Türöffnung. Wo Kate gestern abend gestanden und die fünf Gesichter erblickt hatte, die sich ihr zugewandt und sie angestarrt hatten, stand jetzt Maureen und sah Kate an. Sie trug einen weißen Strandanzug, und das Haar hing ihr in zwei mit weißen Schleifen gebundenen Zöpfen über die Schultern.

Sie kam herein, schnitt sich eine Scheibe von Kates Brot ab, strich Marmelade darauf und setzte sich hin, um zu essen.

«Werden Sie Ihr Haar wieder färben?»

«Ich weiß es noch nicht. Ich habe noch fast sechs Wochen Zeit, bis ich mich entscheiden muß.»

«Welche Farbe hatte es, als Sie jung waren?»

«Diese Farbe.» Kate sah ein kupferrotes Haar auf ihrer Schulter liegen und sagte: «Nein, es war dunkelrot.»

«Sie müssen sehr hübsch gewesen sein», sagte Maureen.

«Danke.»

«Falls ich verreise und Sie allein in der Wohnung lasse, würden Sie sich dann ein bißchen um alles kümmern? Meine Freunde würden dann nicht dauernd kommen und gehen, nur Sie.»

Daß dann ihre Lebensweise, ihr ganzes Dasein auf den Kopf gestellt wäre, machte Kate lachen.

«Sie wollen also nicht?»

«Nein.» Mit Mühe unterdrückte Kate die Worte: «Aber wenn Sie möchten, mach ich es *selbstverständlich.*» Sie sagte: «Sehen Sie, ich bekomme nicht oft die Chance, völlig frei zu sein, nichts tun zu müssen, mich um nichts kümmern zu müssen. Ich weiß nicht, wann ich sie wieder haben werde.»

«Wie lange?»

«Was?»

«Wann hatten Sie diese Chance zuletzt?»

«Ich habe sie jetzt überhaupt zum erstenmal in meinem Leben.» Kate hörte die Gereiztheit und Verzweiflung in ihrer Stimme, den Unterton, der besagte: Aber das ist doch fast nicht möglich, das kann ich selbst nicht glauben.

Maureen warf ihr einen Blick zu; zuerst hielt Kate ihn für unfreundlich, doch dann merkte sie, daß sie sie nur so angesehen hatte, weil sie erschrocken war. Maureen stand auf, zündete sich eine Zigarette – eine normale – an und ging oder federte leichtfüßig durch den Raum, folgte einem unsichtbaren Muster, das sie beim Gehen zeichnete.

«Nie?» fragte sie endlich.

«Nie.»

«Haben Sie jung geheiratet?»

«Ja.»

Wieder hielt Maureen den Atem an, aus Entsetzen, aus ahnungsvoller Furcht? Das Mädchen hörte mit den Tanzschritten auf, die dem Hüpfen eines Vogels am Ufer glichen, und wollte wissen: «Und es *tut* Ihnen leid? Ja? Ja?»

«Was soll ich darauf antworten? Sehen Sie denn nicht, daß ich es nicht kann?»

«Nein. Warum können Sie es nicht?»

«Wollen Sie heiraten?»

«Vielleicht.»

Sie setzte ihren Tanz fort – es sah aus, als ob ein kleines, zu streng erzogenes Mädchen sich heimlich irgendwelche Tanzschritte beigebracht hat: Sie überwand unsichtbare Schranken, Grenzen, Linien auf dem Fußboden. Sobald sie diesen Linien auswich, entstand ein anderes Muster. Als sie es merkte, runzelte sie gereizt und entmutigt die Stirn. Am anderen Ende der Küche lag ein gelbes Sonnenviereck auf dem Boden. Auf Zehenspitzen umrundete sie das Viereck – wie ein Soldat: eins, zwei; eins, zwei.

«Wenn ich verreisen würde, dann fahre ich zu Jerry in die Türkei.»

«Um ihn zu heiraten?»

«Nein. Er will mich nicht heiraten. Aber Philip will.»

«Sie möchten zu Jerry flüchten, weil Sie Angst davor haben, Philip zu heiraten?»

Darüber lachte Maureen, setzte ihren schnellen Zehenspitzengang um das Viereck jedoch fort.

«Und wenn ich mich nicht um die Wohnung kümmere, werde ich

mir schuldig vorkommen, weil ich nicht Haushälterin spielen wollte. Und Sie so zwinge, Philip zu heiraten.»

Maureen lachte wieder und setzte sich plötzlich an den Tisch.

«Haben Sie Töchter?»

«Eine.»

«Ist sie verheiratet?»

«Nein.»

«Möchte sie heiraten?»

«Manchmal ja, manchmal nein.»

«Was soll sie Ihrer Meinung nach tun?»

«Sehen Sie denn nicht, daß ich darauf nicht antworten kann?»

«Nein.» Sie schrie es. «Nein, nein, nein, nein. Ich sehe es nicht ein. Warum können Sie es nicht?» Und sie rannte mit fliegenden Zöpfen aus der Küche.

Mrs. Brown ging den ganzen Nachmittag im Park spazieren. Sie hatte zunächst nicht begriffen, daß sie wieder Mrs. Brown war, aber dann bemerkte sie Blicke, Aufmerksamkeit: vielleicht, weil sie Maureens gut sitzendes Kleid trug, ein dunkles, glänzendes Grün, weil sie ihrem Haar wieder den Schwung gegeben hatte, der zu «reizvollen» Gesichtszügen gehört – weil sie «auf dem Wege der Besserung» war und die Linien ihres Körpers und ihres Gesichts wieder miteinander harmonierten?

Ein Mann setzte sich neben sie auf die Bank und lud sie zum Abendessen ein.

Sie ging in der sommerlichen Sonntagsdämmerung heim, und von allen Seiten boten ihr Männeraugen Möglichkeiten.

Kate stand vor dem hohen Spiegel, betrachtete die schlanke, gutaussehende Frau – ihr abgehärmter Gesichtsausdruck fiel bei dem Gesamteindruck gefälliger Attraktivität nicht ins Gewicht – und legte das Kleid ab, zog eins von denen an, die Falten warfen und ihre Glieder umschlotterten, fuhr sich mit dem Kamm durchs Haar, so daß die Frisur sich auflöste, und ging in den Abend hinaus. Und war wieder so gut wie unsichtbar.

Doch sie brauchte nur das andere Kleid anzuziehen, sich das Haar in weichen Wellen zu frisieren – und zog mit jedem Schritt Blicke und Verlangen auf sich.

Die mütterlichen Gefühle einer Frau werden angeblich durch eine bestimmte Rundung am Kopf des Babys ausgelöst: Die schlaue Mutter Natur hat es so eingerichtet. Ein Gänseküken, das gerade aus dem Ei gekrochen ist, folgt einer Gestalt oder einem Geräusch und prägt sie sich für alle Zeit als «Mutter» ein – gleichgültig, welche Gestalt oder welches Geräusch in diesem entscheidenden Augenblick seiner Kükenzeit zufällig in der Nähe ist.

Ein berühmter afrikanischer Jäger beschreibt, wie er sich bei der Jagd immer die Gestalt der Antilope oder Gazelle vor Augen hielt: dank dieser fest eingeprägten Form hatte er keine Mühe, die Tiere, die man im Spiel des Lichts und der Schatten so schwer unterscheiden kann, zu sehen.

Eine Frau mit schleppendem Schritt, in einem viel zu weiten Kleid und – das vor allem – mit einer unmodernen Frisur ist nicht darauf «geschaltet», das männliche Geschlecht anzuziehen. Dieselbe Frau in einem gut sitzenden Kleid, mit beschwingtem Schritt und einem inneren Thermostat, der entsprechend eingestellt ist – klick, und sie paßt in das Muster.

Die Signale, welche die Aufmerksamkeit der Männer erregen, sind ebenso simpel wie beim Gänseküken; Kate hatte sich ihr ganzes Leben lang, oder doch seit ihrem zwölften Lebensjahr, dem angepaßt, hatte wie eine Marionette an diesen Fäden gezappelt ... Am nächsten Tag war Maureen nirgends zu sehen – vielleicht war sie in die Türkei gefahren? – und Kate hatte das dunkelgrüne Kleid an und war den ganzen Tag Mrs. Brown, denn mit der Maske, der Verkleidung, mit dem Einfügen in die Form war auch das alte Auftreten, die liebevolle, reizende Mrs. Brown wieder da, die von Geschäftsinhabern mit einem Lächeln und von Kellnern mit schmeichelnder Unterwürfigkeit bedient wurde.

Der Tränenquell in Kate, der beim leisesten Anschein von Gleichgültigkeit überzufließen drohte, stockte, der klagende Ton verschwand aus ihrer Stimme, und sie stieß keine Gläser mehr um.

Einen Tag später sah Kate in einem Lebensmittelladen vor sich an der Kasse eine Frau in mittleren Jahren mit glanzlosem kupferrotem Haar – es war schlecht gefärbt –, hohen Absätzen und einem engen Rock. Sie hatte sich vor dem Verkäufer aufgebaut, lächelte und redete und unterstrich ihre Anwesenheit, während er nur «Ja?» und «Wirklich?» und «Nicht zu fassen!» sagte.

Sie redete weiter und weiter, die einsame Frau, erzwungenes Feuer in den Augen, aufgesetzten Charme in der Stimme, bis der Verkäufer sich demonstrativ an Kate wandte und die andere nicht mehr beachtete.

Das Gesicht der Frau nahm einen Ausdruck von Hoffnungslosigkeit an; sie lächelte kläglich, den Tränen nahe; sie warf das Kinn hoch und ging mit einer kleinen, abrupten, verächtlichen Kopfbewegung aus dem Laden.

Kate folgte ihr langsam die Edgware Road entlang, folgte sich selbst, beobachtete, wie sie lange in jedes näherkommende männliche oder weibliche Gesicht blickte, um zu sehen, ob man Notiz von ihr nahm, *ob sie sich den Erwartungen anpaßte, die den anderen von den herrschenden Sitten und Gebräuchen eingebleut worden waren.* Sie sah, wie sie vor Schaufenstern mit Kleidern stehenblieb, die Maureen oder Eileen hätten tragen können, sah, wie sie immer wieder erschöpft zusammensackte, denn die hohen Absätze machten ihr zu schaffen, wie sie sich dann wieder straffte und nach allen Seiten Blicke warf, die gleichzeitig aggressiv und flehend waren.

Als Kate in die Wohnung zurückkam, lag Maureen auf den Kissen in der Diele und starrte zur Decke hinauf. Sie hatte ein langes, kittelartiges Kleid aus rotem Leinen und rote Stiefel an, und ihr Haar hing lose herab. Sie glich einer Puppe.

«Ich dachte, Sie wollten heiraten», sagte Kate.

«Machen Sie *darüber* keine Witze!»

Kate ging in ihr Zimmer, zog das gut sitzende Kleid aus, schlüpfte in eins von ihren ihr viel zu weiten Kleidern und fuhr sich mit der Hand durchs Haar, so daß es ganz strubbelig aussah.

Maureen betrachtete sie von ihrem Platz aus und sagte: «Warum?»

«Mir ist etwas aufgefallen. Ich muß etwas verstehen.»

Blauer Rauch wirbelte – gewöhnlicher Rauch, ohne den trockenen, durchdringenden, nostalgischen Geruch des Krauts. Darunter lag Maureen, als ertrinke sie in Rauch. Ihre stumme Frage veranlaßte Kate zu den Worten: «*Wer* ist denn seit vielen Jahren verheiratet?»

«Verstehe.»

«Nein, das tun Sie nicht. Ich glaube es jedenfalls nicht.»

«Sie sprechen mit mir, als sei ich ein Kind.»

«Wie könnte ich anders? Hinter Ihren Fragen ist kein Gewicht. Keine Erfahrung.»

«Und nur darauf kommt es an? Reifsein ist alles?»

«Für *mich* ja ... was soll ich sonst sagen? Sonst habe ich nichts zu bieten. Ich habe nichts vorzuweisen, aber ich weiß ja nicht, was in Ihren Augen etwas wert ist. Ich bin nicht die goldene Straße nach Katmandu gezogen, habe keine Sozialarbeit bei alten Menschen geleistet und auch keine Doktorarbeit geschrieben. Ich habe nur meine Kinder großgezogen.» Wegen der Bitterkeit in ihrer Stimme unterbrach sie sich. Abrupt setzte sie sich auf einen Stuhl und sagte: «Oh, mein Gott, haben Sie das gehört?»

Aber Maureen schnellte hoch. Blaue Rauchwolken zogen in Hüfthöhe durch die Diele, und sie schrie: «Sie begreifen es nicht. Warum nicht?»

«Wenn ich sage, was ich meine, sagen Sie, ich behandele Sie wie ein Kind.»

«Ich scheiße auf euch alle!» Maureen ging in die Küche, Kate in ihr Zimmer. Wenige Minuten später kam Maureen ohne anzuklopfen zu Kate ins Zimmer. Kate saß auf einem Stuhl und starrte zum Fenster hinaus. Der obere Fensterrahmen schnitt die Beine der Leute ab: ein falsch eingelegter Film. Man sah die obere Hälfte des einen Bildes – Pflanzen auf einer sonnenbeschienenen Mauer – und die untere Hälfte des anderen: Beine ohne Rumpf und Kopf.

«Philip ist ganz wild darauf, mich zu heiraten. Er sagt: Bitte heirate mich. Ich liebe dich. Ich biete dir ein Heim und ein Auto und drei Kinder.»

«Und?»

«Ich bin überrascht, daß Sie nicht sagen: Lieben Sie ihn?»

«Sagt das Ihre Mutter?»

«Oh, meine Mutter! – Nun, ja, sie sagt es. Und ich auch.»

«Was ist mit Ihrer Mutter?»

«Nichts.»

«Doch, es ist etwas mit ihr. Was?»

«Sie ist eine richtige Versagerin. Sie ist so ein ...»

«Eine Trauerweide?»

«*Ja.* Wer möchte schon so werden? Warum kann man nicht – aber *ich* fange nicht davon an – so sein, wie man möchte? Ich gebe nichts auf solche Reden. Aber was meinen *Sie*?»

«Seien Sie so, wie Sie sein möchten.»

«Was hat das ganze Reifsein dann für einen Sinn?»

«Keinen, denke ich.»

«Er kommt heute abend zum Essen. Möchten Sie ihn kennenlernen?»

«Wie formell.»

«Er ist formell. Hat Prinzipien.»

«Oh?» – dahinter steckte mehr.

«Er gehört zu diesen – zu diesen neuen Faschisten, wie sie genannt werden. Verstehen Sie?»

«Ich habe noch keinen kennengelernt. Aber mein jüngster Sohn ging einmal zu einer Versammlung und sagte, man mache sie viel zu schlecht. Es klang, als wäre er in Versuchung.»

«O ja, es führt die Leute in Versuchung. Gesetz und Ordnung. Lauter feste Werte. Und man kommt sich wie der letzte Dreck vor – was könnte attraktiver sein?»

«Also gut. Ich möchte ihn kennenlernen.»

Maureen ging mit den Worten «Acht Uhr» hinaus.

Auf dem Küchentisch lag ein Tischtuch. Er war für drei Personen gedeckt, und die Flasche Wein, die darauf stand, war bereits geöffnet.

Kate hatte sich betont seriös zurechtgemacht. Maureen dagegen, die ihren Platz behaupten wollte, sah in ihrem mit allen möglichen Mustern und Streifen und Karos bedeckten Kleid ziemlich skandalös aus. Das Kleid war ein technisches Meisterwerk, man sah immer wieder hin, um herauszubekommen, wie es gemacht war: vorn ein tiefer Ausschnitt bis zur Taille, der mit einer Blende aus beiger Spitze besetzt war, unter der die Brüste und die wie Augen geschminkten Brustwarzen zu sehen waren. Maureens Gesicht war hinter einer

Maske von Puder verborgen.

Philip trug offenbar die neue Uniform, eine Weiterentwicklung des alten Stils; nicht, daß die Kleidungsstücke selbst anders gewesen wären, man trug sie nur anders. Jeans, aber sie waren dunkelblau, neu und nicht verblaßt. Auch das Hemd war dunkelblau, es war aus Baumwolle und saß gut. Die ebenfalls dunkelblaue Jacke war wie bei einer Uniform geschnitten, hatte Knöpfe und Litzen. Er hatte eine schmale schwarze Krawatte umgebunden. Sein Haar war im Nakken und an den Seiten ziemlich kurz – wieder der Igelschnitt. Die Frisur entband ihn von der Verantwortung: Man hatte unwillkürlich den Wunsch, mit der Hand hindurchzufahren, so jungenhaft wirkte sie. Es war damit zu rechnen, daß diese Mode bald einer strengeren weichen würde. Aber der allgemeine Eindruck war der von Sauberkeit, Wachsamkeit und einer erfreulichen Bereitschaft, Verantwortung zu übernehmen. Das schien allerdings kein Charakterzug, sondern eher das Ergebnis eines Willensaktes zu sein – eines kollektiven Willensaktes. Wenn man den adretten, tadellos frisierten jungen Mann näher betrachtete, verrieten seine stark geröteten, etwas zu vollen, bäurischen Wangen und seine vor Geltungsbedürfnis überquellenden Augen ziemlich bald, daß sein wirklicher Charakter anders war. Aber das entscheidende war seine Selbstsicherheit, die verkündete, daß *er* das Neue verkörperte, auf der steigenden Flut schwamm; er wußte, daß in seiner Gegenwart die Jerrys und Toms und Dicks und Harrys nichts zu melden hatten. Neben ihm wirkten alle diese Langhaarigen, diese phantasievoll Aufgetakelten, diese Anarchisten und Dissidenten, die noch vor kurzem offiziell den Zeitgeist verkörpert hatten, farblos, abgenutzt und gleichsam durchsichtig: Gespenster, die bald von der Bildfläche verschwinden mußten. Philips bloße Gegenwart würde dafür sorgen.

So wie vor vielen Jahren eine ganze Generation junger Leute (ihre eigenen Kinder gehörten nicht dazu, sie waren zu jung gewesen, hatten sich den vorhandenen Mustern anpassen müssen, als sie nacheinander erwachsen wurden) fast über Nacht ins Leben getreten war, mit völlig gleichem Wortschatz, Auftreten, Kleidung, mit völlig gleichen politischen und sozialen Ansichten: Millionen, die einander glichen wie ein Ei dem anderen, so war es jetzt offenbar an der Zeit für eine neue Metamorphose. Verkörperte Philip sie? Nein, er war wahrscheinlich nur symptomatisch für eine Zeit des Übergangs, er würde verdrängt werden. Doch im Augenblick strahlte er Attraktivität aus: die Anziehungskraft uneingeschränkter Selbstsicherheit. Er hatte es nicht nötig, wortreich zu erklären, daß das, was er bot, tausendmal besser war als die Anarchie und Schlappheit der anderen jungen Männer, die – so mußte man es im Vergleich mit ihm sehen – durch Maureens Leben latschten und rutschten und schlitterten.

Es gab Fleischpastete und Toast. Alles sehr korrekt. Wegen Philip benahmen sich alle drei steif und zeremoniell und typisch wie Angehörige der Mittelklasse.

Aber er gehörte nicht zur Mittelklasse. Er war der Sohn eines Druckers, und er war sogar aus der Schule «ausgestiegen»; war aber wieder zurückgegangen und hatte seine Prüfungen gemacht und hatte jetzt eine – soweit man es absehen konnte – sichere Stellung. Er war städtischer Beamter, und seine Arbeit hatte irgend etwas mit unterprivilegierten Kindern zu tun. Die verführerische Erfahrung des Dissidententums, der Ablehnung der Vorteile, die «das System» bot, hatte er hinter sich. Er benutzte den Ausdruck «das System» wie die Generation vor ihm, aber in seinen Augen war es etwas, das gestärkt, reformiert, mit Autorität versehen werden mußte, das nicht abgelehnt werden durfte. Er war, kurz gesagt, das allerneueste Modell der autoritären Gestalt: der Sozialarbeiter, dessen Macht nicht auf Parolen beruhte wie: Tue dies, weil es ein Gesetz gibt, das wir alle gemacht haben, wir leben doch in einer Demokratie, nicht wahr? oder: Tue dies, weil die Partei es will – sondern darauf: Tue dies, weil du arm, hungrig und verzweifelt bist und keine richtige Schulbildung hast, dir bleibt keine andere Wahl.

Er war auch Mitglied einer «Junge Front» genannten Organisation, die wiederum der erst kürzlich gebildeten «Britischen Aktionsliga» angeschlossen war.

Was das alles sollte, wollte Kate wissen. Inzwischen spielte Maureen mit Toastkrümeln, beobachtete, wie Kate sich mit Philip beschäftigte – versuchte sie herauszufinden, was für Reaktionen sie hatte oder haben sollte? Was für Reaktionen ihre Mutter wohl hätte? Maureen lehnte sich jedenfals zurück und überließ es Kate, die Unterhaltung zu führen. Kate war innerlich wieder bereit, Verantwortung zu tragen: sie mußte es.

«Ich brauche es Ihnen wohl nicht eigens zu sagen, Mrs. Brown – jeder kann sehen, in was für einem Schlamassel wir stecken.»

«Natürlich.»

«Wir müssen wieder Ordnung schaffen.»

«Natürlich. Aber wie?»

«Wir sind für Verantwortung. Nicht dafür, daß man nur mekkert und kritisiert und im Dreck wühlt und nichts unternimmt. Nein, wir unternehmen etwas. Wir werden etwas schaffen. Es ist uns gleich, ob wir uns dabei die Hände schmutzig machen.» Er aß schnell, während er sprach, er aß und sprach, während er Kate und seine geliebte Maureen ansah, die gleichgültig in ihren Toast biß und den Blick ins Leere gerichtet hielt. «Ja, ich schäme mich nicht, es zu sagen, wir wollen Anständigkeit, wir haben genug von Schmutz als Selbstzweck, wir brauchen jetzt neue Maßstäbe.»

«Wofür überhaupt?» fragte Maureen plötzlich. Ihre Stimme zitterte. Unter all der Schminke und den Spitzen und Volants durchlebte sie einen heftigen Konflikt – Kate spürte es. Zugegeben, Philip *war* attraktiv. Wenn man ihr, an Maureens Stelle, Jerry und die übrigen als Alternative böte – sie wußte, zu wem sie sich hingezogen fühlte. Und daß sie davor Angst hätte.

«Also, nehmen wir einmal dich, Maureen», sagte er mit einer freundlichen Direktheit, die gezwungen wirkte, da er sich im Magnetfeld ihrer Attraktivität alle Mühe geben mußte, ruhig und sicher zu bleiben. Er konnte sie kaum ansehen, so groß war seine Liebe zu ihr, und sein Abscheu. Er sah verstohlen auf ihre Brüste und sagte dann aufgebracht: «Wieviel Geld gibst du eigentlich in der Woche für dich persönlich aus? An Kosmetik? Für deine Sachen, deine Frisur?»

«Nicht soviel, wie du vielleicht denkst», sagte Maureen, die aufstand und den Tisch abräumte. «Ich kaufe meine Sachen meistens in Trödelläden. Oder ich mache sie selbst. Ich bin sehr geschickt – ich gebe nicht viel Geld aus.»

«Aber das ist auch alles, was du tust.»

«Und Millionen verhungern? Millionen sterben, während wir hier sitzen?» Sie klang besorgt, während sie zu spotten versuchte – nicht über den Sinn der Worte, sondern über den Anspruch, den er erhob.

«Ja», sagte er sanft, zwang sich, aufzustehen, und stellte sich vor sie hin, damit sie ihm ins Gesicht blickte. Sie sah ihn nicht an, sondern wandte sich mit ihrem beladenen Tablett seufzend zum Spülbecken.

«Ja», insistierte er, «mehr tust du nicht. Du ziehst dich den ganzen Tag an und um und sitzt vor dem Spiegel.» Wieder warf er einen gequälten Blick auf ihren Busen und griff nach einem Apfel – dann fiel ihm ein, daß man in der Speisefolge noch nicht beim Obst angelangt war, und er setzte sich wieder, die Hände auf dem Tischtuch zu Fäusten geballt.

«Nein», sagte sie nach einer ziemlich langen Pause. «Das stimmt nicht. Das tue ich nicht. Damit verbringe ich meine Zeit nicht. Es sieht nur so aus.»

«Du und deine ganze Gesellschaft», beharrte er schroff.

«Meine Gesellschaft?» fragte sie lachend.

«Ja», sagte er und löste sich mit diesem einen Wort von der vorangegangenen Generation.

Maureen nahm den Eintopf vom Herd und kam damit an den Tisch gerauscht. «Du bist so verdammt selbstsicher», beschwerte sie sich.

«Ja, in gewisser Beziehung bin ich das. Aber ich sage nicht, daß wir auf alles eine Antwort haben.»

«Dieses ewige Wir», sagte Kate.

«Wir haben viele Anhänger.»

«Das ist noch kein Argument.»

Er begriff nicht, worum es ihr ging.

«Was Kate sagen will», sagte Maureen wie zu sich selbst, «ist, daß du da nichts Neues sagst. Um es milde auszudrücken.»

«Um es milde auszudrücken», sagte Kate.

Er blickte blinzelnd von einer zur anderen. Auch als die vorige Generation wie ein Mann den Schauplatz betreten hatte, mit *einer* Stimme, *einer* Vision, hatten ihre Angehörigen sich nicht als Wiederholung der Generation ihrer Eltern betrachtet – Wiederholung nicht im Äußeren, nicht im Glauben, sondern in ihrem Konformismus untereinander; genauso war es jetzt bei Philip: er sah sich als neu, frisch von der Geschichte geprägt.

«Man nennt uns Faschisten», sagte Philip plötzlich. Er war erregt und gereizt – sein selbstbewußtes Auftreten war dahin. «Mit Schlägen und Steinen kann man uns vielleicht zerbrechen, aber nicht mit Worten.»

«Ja, aber was wollen Sie tun?» sagte Kate. «Davon sagen Sie überhaupt nichts.»

«Nein, davon redet er nie», beschwerte sich Maureen.

«Zuerst müssen wir uns zusammentun, und dann müssen wir uns darüber einigen, was zu tun ist.»

«Das klingt, als wäre es so einfach. Das ist es aber nicht.»

«Ja, ganz einfach», sagte er mit einer Arroganz, die Maureen erneut seufzen ließ. «Zuerst müssen wir uns über eine ganz einfache Tatsache einigen – daß alles eine einzige Schlamperei ist und nichts mehr richtig klappt. Und dann Ordnung machen. Über die Ursache des Schlamassels braucht man sich nicht lange zu streiten – es gibt schon seit langem keine Maßstäbe mehr. Wir müssen zurück zu den alten Wertbegriffen. Das ist alles. Und beseitigen, was schon verrottet ist.»

«Mich zum Beispiel», seufzte Maureen und teilte den Eintopf auf Suppenteller aus. Dabei stützte sie das Kinn in die Hand, und ihre langen Augenwimpern leuchteten blutrot über grellrosa Wangen. Die Rolle einer korrekten Gastgeberin entglitt ihr, und sie brach unter der Last der Dinge zusammen.

«Ja», sagte Philip. «So, wie du jetzt bist, ja.»

«Warum willst du mich dann heiraten?»

Er wurde puterrot, konnte es nicht verhindern, sah Maureen empört und fasziniert an, warf Kate einen flehenden Blick zu: Er sah sie *in loco parentis*. Er riß sich zusammen und sagte mutig, denn das Weitersprechen fiel ihm offensichtlich schwer: «Das, was du jetzt bist, möchte ich nicht heiraten. Ich kann aber sehen, wie du wirklich bist. Das kann ich. Du bist nicht das, wofür du dich ausgibst. Du bist nur ein verzogenes, albernes ...» Er begann hastig seinen

Bohneneintopf zu löffeln – jetzt gar nicht mehr wohlerzogen. Alle drei benahmen sich nicht mehr so wohlerzogen wie beim ersten Gang. Sie waren erregt.

«Diese Sache mit dem Beseitigen, was verrottet ist», sagte Kate.

«Ja», sagte Maureen.

Er sagte fest: «Man kann kein Omelett machen, ohne Eier zu zerbrechen.»

Schweigend aßen sie ihre Mahlzeit.

Maureen hielt das Kinn auch beim Essen in die Hand gestützt. Sie irritierte Kate genauso wie Philip. Das Mädchen hielt sich bewußt vom Schauplatz fern, als ginge sie das Ganze gar nichts an. Kate kam sich wie die Gastgeberin vor: Sie hätte Konversation machen sollen, Philip die Befangenheit nehmen, wieder einen förmlichen Ton anschlagen, um das Beisammensein zu retten: Sie unterdrückte all das und aß stumm weiter.

Zuletzt platzte Philip los: «Es ist nur eine Frage der Organisation, wie man die Dinge richtig organisiert.»

Die Frauen sagten nichts.

«Man muß die Dinge in die Hand nehmen – man darf nicht zulassen, daß alles noch schlimmer wird.»

Maureens Seufzen war nicht bewußt; es brachte Philip zum Schweigen.

Kate dachte, wahrscheinlich würde auch von ihren Kindern das eine oder andere sich dieser «Jungen Front» oder einem ähnlichen Verband anschließen. Wer? Tim? Nein, er war kein Material für Organisationen. Warum war sie dessen so sicher? Die Menschen ändern sich, die Menschen machen alles mögliche, wenn man sie unter Druck setzt. Stephen? Aber jemand, für den *alles* verrottet ist, wird doch sicher davor bewahrt, so oder so Stellung zu beziehen? Vielleicht. James? Auf keinen Fall – er war zu sehr Sozialist, glaubte zu sehr daran. Nun, es wäre nicht das erste Mal. Eileen? Sie wollte vor allem heiraten; so hatte man ihre Zukunft zu sehen.

So zu denken war zersetzend und erniedrigend. Politische Einstellungen glichen immer mehr dem Verhalten von Marionetten oder kleinen Aufziehfiguren, die sich ungerührt im Kreis drehen, während ein Taifun sie um und um wirbelt.

Und doch waren die Browns politisch (wie alle Leute ihresgleichen); sie waren politisch, wie ihre Eltern religiös gewesen waren. Seit sie erwachsen waren, seit der Krieg sie geformt hatte, hatten sie ihre Richtung selbst bestimmt, sich stets ihre Selbstachtung bewahrt und mit Begriffen wie Freiheit, Unabhängigkeit und Demokratie gelebt. Sie waren alle mehr oder weniger sozialistisch oder liberal. Kannte Kate überhaupt jemanden, der anders war? In Wirklichkeit dachte sie jedoch – und sie wußte, daß es Michael genauso ging – immer öfter, daß das alles Unsinn war. Aber sie konnten beide diesen Gedanken nicht ertragen.

Ihre heftige Reaktion auf Philip – das war Angst. Aber wahrscheinlich würde sich herausstellen, daß seine Ansichten und Einstellungen auch nur das Verhalten einer Marionette waren. Seine «Front» und seine «Liga», was war das schon – wieder nur Worte!

Was hatte Michael ihr – einmal abgesehen vom Vokabular – denn geboten, als sie heirateten? Genau das! Nein, er hätte natürlich niemals Worte wie Anstand, Verantwortung, Organisation benutzt – dazu war er zu vorsichtig und zu klug. Solche Ausdrücke schmeckten damals nach etwas, gegen das man kürzlich Krieg geführt hatte, damit es für immer verschwand. Damals hatten diese Worte nicht den Nimbus großer, neuer Wahrheiten gehabt, den sie, wie Kate annahm, jetzt, nach ungefähr einem Jahrzehnt von «Anarchie, Zügellosigkeit und Genußsucht» (so nannte es dieser junge Mann) in den Augen der jungen Leute wieder hatten, oder? Aber ihr Leben mit Michael war tatsächlich eben jenes in jeder Hinsicht typische, geregelte, «verantwortungsbewußte» Leben der Mittelklasse, das sich an den Notwendigkeiten von Beruf und Familie orientierte – genau das, woran dieser junge Mann glaubte und was Maureen, wenn es nach ihm ginge, mit ihm teilen sollte. Was machten die Parolen da schon aus? Nun ja, weder sie noch Michael noch irgend jemand aus ihrer Bekanntschaft hätte jemals gesagt oder gedacht, man müsse «beseitigen, was verrottet ist». Der Kreis hatte sich geschlossen, er schloß sich immer wieder von neuem. «Philip», sagte sie, «wenn Sie sagen, man müsse ‹beseitigen, was schon verrottet ist›, kommt Ihnen das nicht sehr bekannt vor? Haben Sie das nicht irgendwo schon einmal gehört?»

«Alles ist schon einmal gesagt worden», sagte er. Doch er wirkte irgendwie schuldbewußt. Ihr kam der Gedanke, daß er heute abend vielleicht zum erstenmal so dachte, es laut aussprach: Aber er hatte es ausgesprochen, er hatte gehört, was er gedacht hatte, vielleicht ohne es selbst zu wissen. Und es klang vollkommen richtig, es klang gut! Jetzt würde es zu seinem neuen Programm gehören, zum Manifest der «Jungen Front» oder wie sie hieß.

«Bekleiden Sie eine führende Stellung in Ihrer Organisation?»

«Ja, das könnte man wohl so sagen. Wir sind mehrere Leute. Ich habe die Sache nicht in Gang gebracht. Aber die Leute, die sie in Gang brachten, waren ...» Er hörte auf, weil ihm einfiel, daß sie Außenseiter waren.

«Das waren so eine Art von Wischiwaschi-Liberalen, aber Sie bringen jetzt Schwung in die Sache», sagte sie. Er blickte sie an. «Man darf doch annehmen», sagte Kate süß, «daß es genau so war. Und so weitergehen soll.» Sie hätte fast gesagt: *Jetzt sind Sie an der Reihe.* Ihr kam der Gedanke, daß sie ihre wütende Opposition statt gegen einen jungen Mann im Alter ihres zweitältesten Sohnes gegen die Geschichte hätte richten sollen. Sie versuchte ihren Zorn zu zügeln; außerdem – wozu das Ganze? Was sie fühlte, war natürlich Angst.

«Ich gehöre wahrscheinlich zu den Menschen, die Sie dann beseitigen müssen.»

«Nein, nein», sagte er entsetzt. «Sie haben mich falsch verstanden. Nicht *Menschen* müssen beseitigt werden. Das *Denken* der Menschen muß sich ändern. Es muß. Es muß so kommen. Es gibt alle möglichen Dinge, die jetzt möglich sind. Die neuere Forschung sagt zum Beispiel, wir können das menschliche Verhalten ändern – antisoziales Verhalten natürlich, eben das, was für andere Menschen gefährlich ist. Mit Drogen. Das ist natürlich eine heikle Sache, aber es gibt heute Möglichkeiten, die es vorher nicht gegeben hat.»

Maureen stand auf und räumte die Teller ab. Dann brachte sie in der einen Hand eine Käseplatte, in der anderen ein Brot. Laut stellte sie den Käse auf den Tisch und ließ das Brot aus fast einem halben Meter Höhe ebenfalls darauf fallen. Sie nahm wieder Platz, lehnte sich gegen die Stuhllehne, streckte die Beine unter ihrer Fata Morgana von Kleid aus – nur die Hacken ihrer Schuhe berührten den Fußboden, als hätte sie Stiefel an, doch ihre Füße steckten in schnallenbesetzten, hochhackigen Abendschuhen –, verschränkte die Arme und starrte auf die Wand vor ihr.

Philip verfärbte sich abermals, wollte etwas sagen, das wie eine Rede oder Verlautbarung klang, und blickte dann Kate hilfesuchend an. Sie wollte nicht helfen, sie hielt den Blick gesenkt.

Philip stand auf. Er beherrschte sich sichtlich.

Einen Augenblick später hatte er es geschafft. In leichtem, humorvollem Ton, in dem er vor seiner kürzlichen Wiedergeburt als Retter des Vaterlands vermutlich stets gesprochen hatte, sagte er: «Du gibst mir also keine Chance, Maureen, oder?» Er trat hinter das Mädchen und legte ihr die Hände auf die Schultern. Kate sah, wie sie ein wenig zusammenzuckte, sich dann entkrampfte und anschließend wieder straffte: Ja, Maureen wurde sehr von ihm angezogen, sehr. Ob sie wollte oder nicht.

«Ich werde einen guten Ehemann abgeben», verkündete er, schon wieder zuversichtlich, und lachte über sie, über sich selbst. «Ich liebe dich. Warum, das weiß Gott allein! Du wärst verrückt, wenn du mich nicht nehmen würdest. Du wirst nie einen wie mich bekommen.»

«Keinen Augenblick Langeweile», sagte Maureen, ärgerlich und amüsiert zugleich.

«Nein. Und ich habe eine feste Anstellung. Und werde sie wahrscheinlich immer haben. Ist das nichts?»

Er scherzte, aber er redete mit echtem Stolz und schämte sich nicht darüber: Eine Revolution war abgeschlossen!

«Danach habe ich mich mein ganzes Leben gesehnt», sagte Maureen.

Sie lachte jedoch. Er beugte sich über sie, sah ihr unverwandt ins Gesicht, das in allen Farben des Sonnenuntergangs schimmerte und heftete den Blick dann auf ihre juwelengeschmückten Brüste.

Sie rührte sich nicht.

«Wenn du willst, gehe ich», sagte er, wieder beleidigt. Als sie noch immer nicht reagierte, sagte er: «Also gut.»

«Nein», sagte Maureen. «Nein.»

Ohne Kate anzusehen, stand sie auf, und die beiden gingen in Maureens Zimmer, nickten im Vorbeigehen gute Nacht, gute Nacht.

Es war Mitternacht. Kate spazierte langsam zum Marble Arch und wieder zurück, empfing Blicke, Aufforderungen, gemurmelte Komplimente und die haßerfüllten Blicke, die dieses schwache Geschlecht von denen erhält, die seine Gefangenen sind. Sie war um diese Zeit auf dieser Straße so auffällig wie eine läufige Hündin. Und auf dem ganzen Hin- und Rückweg dachte sie, daß sie in jener anderen Verkleidung niemand gesehen hätte; praktisch wäre sie unsichtbar geblieben, und doch wären ihre Gefühle nichts anderes gewesen: trotz der Masken war sie immer dieselbe. Sie wäre an Dutzenden von nüchternen Familienvätern, seriösen jungen Männern, guten Vätern und Großvätern und Brüdern und Ehemännern vorbeigegangen, sie hätte sechs Kilometer auf den Bürgersteigen Londons zurückgelegt und nie erfahren, daß Sex eine vielgehandelte Ware ist. In einem bestimmten Alter – oder, vielmehr, in einem bestimmten Alter und auf eine bestimmte Art präsentiert – kommt es einer Frau so vor, als schwebte über den Straßen ein Zauberstab: Wo sind all die Jäger hin? Durch Zauber seriös geworden, jeder einzelne.

Was für ein Unsinn, was für ein Schwindel, *was für eine verdammte Zeitverschwendung*.

In der Wohnung war alles dunkel, als sie zurückkam. In dem Zimmer, das tagsüber voller Licht war, in das aus den vielen Hintergärten dieser wohlhabenden Straße Vogelzwitschern und Grasduft hereindrang, lag Maureen in Philips Armen. Sie lag in einem Kokon süßer Wärme. Sie lag sicher und geborgen. Sie lag in Armen, die jede Bedrohung fernhielten. In ihnen lag Maureen. Schlief sie? Natürlich, natürlich: Denk an den warmen, sicheren, süßen Schlaf, den Traum vom Fliegen, wenn du jung und einsam bist, den Augenblick, in dem sich all deine Wünsche auf einmal erfüllen.

Am nächsten Tag erwachte Kate spät. Auf dem Küchentisch lag ein Zettel von Maureen: «Wir sind für zwei oder drei Tage ans Meer gefahren. Bis bald. Alles Liebe, Maureen.»

Kate bemerkte, daß die konventionelle kleine Floskel «Alles Liebe» eine warme Flamme von Gefühl in ihr entfachte. Sie zerriß den Zettel und sagte: «Scheiße!» – benutzte das Wort, das ihre Kinder benutzten und das Maureen benutzte, sie aber bisher nie benutzt hatte. Sie eignete es sich an, da sie fand, es sei ihr Recht: Was für ein Schwindel! Was für ein verdammt blödes Getue! Was für eine Scheiße!

Dieses Wort zu gebrauchen war wie das Betreten eines verbotenen Territoriums – selbstverboten, selbstzensiert, so wie sie nicht mit ihrer Tochter nach Amerika fuhr, um ihr nicht in die Quere zu kommen. «Fuck» war auch einmal so ein Wort gewesen. Sie konnte sich an die Diskussionen mit Gleichaltrigen über erlaubte und unerlaubte Wörter erinnern: Damals hatten sie «verdammt» gesagt, das war früher hart genug gewesen. Aber «Fuck» wollten sie nicht sagen, das Wort war abzulehnen. So hatten sie früher gedacht. Aber bald kam ihnen «Fuck» genauso leicht über die Zunge wie vorher «verdammt». Aber nicht «Scheiße», nein, darüber hatte sie bisher so gedacht, wie sie früher über «Fuck» gedacht hatte.

Alle ihre Kinder sagten in jedem Satz «Scheiße», «beschissen», «verdammte Scheiße».

Jetzt hatte sie plötzlich aus heiterem Himmel «Scheiße» gesagt.

Soviel zu diesem Thema.

Sie ging in ihren alten Sachen und mit strähnigem Haar einkaufen, ging den Straßenmarkt unsichtbar hinauf und hinunter und beobachtete dabei, wie Mrs. Brown anmutig – das war das einzige Wort dafür – in den Straßen ihres eigenen Reviers vor den Geschäften auf und ab ging, während die Leute lächelten und sie erkannten und anerkannten, und sie lächelte und sonnte sich und schwoll unmerklich vor Stolz und Zufriedenheit, weil man soviel Notiz von ihr nahm – von ihr, der attraktiven Mrs. Brown, die schon so lange in der Byron Park Road wohnte und all diesen liebevollen Ladenbesitzern so viele Zentner Lebensmittel abgekauft hatte, von Mrs. Brown, der Mutter von so vielen Konsumenten von Nahrungsmitteln und Reisen und Büchern und Sportartikeln und ...

Sie war fast die ganze Zeit allein in der Wohnung. Junge Leute kamen und erkundigten sich nach Maureen. Eine Nacht schlief ein unfreundliches Mädchen auf den Kissen in der Diele, forderte Einlaß, da es ihr Recht sei – sie schlafe «immer» dort – und wollte Kate weder guten Morgen noch auf Wiedersehen sagen, sondern starrte durch sie hindurch, mit einer Gleichgültigkeit, die von totaler Abneigung zeugte. Ohne ein Wort verschwand sie wieder.

Kate bemerkte, daß es ihr gleichgültig war, ob man Abneigung gegen sie empfand oder nicht; noch vor einer Woche wäre sie bei dem Gedanken in Tränen ausgebrochen.

Sie hatte wieder Appetit; daß sie sich der Krankheit überlassen hatte, schien bereits Vergangenheit. Sie wurde unruhig. Sie fing an, sich mit der Wohnung zu beschäftigen, scheuerte das Spülbecken, räumte einen Schrank auf. Als es ihr bewußt wurde, machte sie trotzdem weiter – die Dressur war zu stark, hätte ihr nicht erlaubt, Angefangenes liegenzulassen – und zwang sich dann, den Staubsauger *nicht* in die Hand zu nehmen. Wenn sie all das tat, konnte sie genausogut auch nach Hause gehen.

Wer würde nach Haus gehen? Aber sie brauchte jetzt noch keine Entscheidungen zu treffen. Sie hatte noch einen ganzen Monat Zeit, bis Ende Oktober.

Von Maureen kam ein Brief. Kate las ihn mit fatalistischer Verachtung: *Nun ja, was soll's? Was kann man schon erwarten?* Der Brief klang teils humorvoll, teils resigniert und war ganz witzig formuliert.

Maureen schrieb, sie habe sich «mehr oder weniger» entschlossen, Philip zu heiraten. «Letzten Endes» – «was sonst» – «wer hätte gedacht, daß ich, Maureen ...» – «Ach ja, ich glaube, man dann dagegen nichts machen ...»

Kate warf den Brief in den Mülleimer, verließ das Haus, ohne sich darum zu kümmern, welche ihrer Rollen sie im Augenblick spielte (sie war seriös), nahm einen Bus und fuhr zu den Büros der Welternährungsorganisation. Dort lagen Briefe für Mrs. Brown.

Sie öffnete sie nicht sofort, sondern kehrte in die Wohnung zurück und machte die Briefe dort erst auf.

Ihr Mann vermißte sie sehr, fand es aber trotzdem noch sehr schön in den Staaten. Er überlegte, ob er dieselbe Sache nächstes Jahr nicht wieder machen sollte. Sie sollte mitkommen – wie wär's damit? Er würde ungefähr eine Woche früher als vorgesehen zurückkommen.

Für den Fall, daß das Haus dann noch vermietet war – er wußte nicht mehr genau, ab wann es wieder ihnen gehörte –, könnte er natürlich ein paar Tage im Krankenhaus nächtigen.

Kate wußte auf die Minute genau, ab wann ihnen das Haus wieder gehörte.

Stephen: Algerien war fabelhaft. Die Regierung war Scheiße. Er würde wie geplant zurückkommen.

Eileen: Die Staaten waren großartig. Alles ein einziger Schlamassel, aber das war ja überall so, nicht wahr.

James: Der Sudan war phantastisch. Die Leute in England hatten ja keine Ahnung, was in den anderen Teilen der Welt passierte, «Inseldasein» ist keine Entschuldigung dafür. Er würde bald zurückkommen.

Tim: Er hatte sich eine Infektionskrankheit zugezogen, um welchen Virus es sich handelte, wußte er nicht. Er war ziemlich krank gewesen, hatte es aber nicht früher mitteilen wollen, um ihr nicht die Ferien zu verderben, doch er würde drei Wochen eher nach Hause kommen, und da man ihm gesagt hatte, er solle das Ganze nicht so schwer nehmen, dachte er, es wäre am besten, wenn ...

Mrs. Brown stieg aus ihrer Asche empor, ihre Hand griff zum Telefon. Sie rief bei sich zu Hause an und sprach mit Mrs. Enders, die sagte: oh, welch ein Zufall! Gerade habe sie gedacht, daß sie eigentlich gern etwas früher in die Staaten zurückführen.

Kate konnte von ihrem Haus in drei Tagen wieder Besitz ergreifen.

Sie stand beim Telefon, ihr Verstand kreiste in seinen Bahnen. Sie mußte an verschiedene Leute telegrafieren, ihren Lebensmittelhändler anrufen – nein, lieber zuerst eine Putzkolonne in das Haus beordern, um den Dreck und das Durcheinander zu beseitigen, das die Familie Enders mit Sicherheit hinterließen, und erst dann die Lebensmittel schicken lassen. Es wäre vernünftig, wenn ... Lächelnd sagte sie sich, daß jeder ihrer Schritte voller Energie, Überzeugung, Entschlußkraft war. Tim quartierte sie am besten in dem freien Schlafzimmer im zweiten Stock ein, das den ganzen Tag Sonne hatte; sein Brief klang ziemlich deprimiert, und er würde eine heitere Umgebung brauchen.

Sie griff zum Telefon. «Ist dort der Reinigungsdienst?» fragte sie und sah, daß Mauren in der Tür stand und sie anstarrte, hinter ihr Philip, die Hände um Maureens Taille gelegt, als ob er sie Kate vorführen wollte. Etwas vorführen, das er geschaffen hatte? Maureen hatte sich verändert. Alles Phantastische war aus ihrem Äußeren geschwunden. Sie hatte ein zweckmäßiges Kostüm an und trug eine Gretchenfrisur.

Kate schenkte ihnen ein rasches «Im Augenblick geht es nicht»-Lächeln und telefonierte weiter. Die beiden gingen in die Küche und setzten sich hin. Stumm. Sie beobachteten sie. Das heißt, Maureen beobachtete sie; Philip beobachtete Maureen, weil sie Kate so intensiv fixierte.

Kate war alsbald so sehr in fachkundiges Organisieren vertieft, daß sie Maureen und Philip völlig vergaß. Als sie sich zwischen zwei Telefonaten eine Tasse Tee machte und sich umdrehte, um ihnen die Kanne anzubieten, sah sie, daß sie nicht mehr da waren, sondern in Maureens Zimmer gegangen waren. Sie zankten sich. Während Kate die Nummer von Mary Finchley wählte, damit sie dem Fensterputzer, der regelmäßig zu ihnen beiden kam, ausrichtete, daß ein Besuch außer der Reihe fällig sei, wandte sie den Kopf und erblickte Maureen, die mit geröteten Augen am Tisch saß. Maureen starrte sie wieder an. «Nicht weinen!» rief Kate aufmunternd; und sah, wie sich das Gesicht des Mädchens in Haß verwandelte. «Sprechen Sie nicht so mit mir», sagte Maureen, und Kate gab sich beinahe geschlagen. Nicht ganz: sie freute sich noch immer königlich über ihre Fähigkeiten – die ihrer Meinung nach nicht erst seit Wochen, sondern seit Jahrzehnten brachlagen. Aber sie sah Maureen an, während sie auf das Klingeln des Telefons bei Mary hörte. Mary war nicht zu Hause. Kate legte den Hörer auf die Gabel und sah, daß Maureens Gesicht unter der Gewalt des Kummers, der sie quälte, wieder ganz schmal und rührend geworden war. Es war das ängstliche Gesicht eines kleinen Mädchens, das Kate entgegenblickte.

«Was ist denn los?» sagte Kate, und als sie ihre Stimme hörte, merkte sie, daß in ihr jetzt wieder mitschwang, was bei ihrem mechanischen «Nicht weinen!» gefehlt hatte. Sie fühlte sich plötzlich ganz erschöpft und begriff, daß sie in den letzten Minuten ein bißchen verrückt gewesen war. Sie starrte Maureen an, Maureen starrte sie an.

«Was *ist* denn, Maureen?»

«Ich habe Philip eben gesagt, daß ich ihn nicht heirate», sagte Maureen.

Es war wie eine Anklage, und Kate wußte, daß sie alles wieder rückgängig machen mußte, was sie für ihre Rückkehr nach Hause bereits in die Wege geleitet hatte. Sie setzte sich an den Küchentisch.

«Warum?»

«Lieber will ich alles tun, lieber will ich für *immer* alleinbleiben, als daß so was aus mir wird.»

Stumm betrachtete Kate das *So was,* das Ich, das sie noch vor wenigen Minuten gewesen war.

«Es ist meine Schuld, nicht wahr?» sagte sie, und es sollte anklagend, aber auch humorvoll klingen. Doch sie kam damit nicht durch.

Wütend zischte Maureen: «Schrecklich. Einfach schrecklich. Sie haben ja keine Ahnung – merken Sie das denn nicht? Wenn Sie sich nur sehen könnten.» Sie schlug die Hände vors Gesicht und weinte.

Kate sagte: «Vielleicht haben Sie recht, aber Sie hatten schon vorher ein ungutes Gefühl, was Philip angeht. Auch ohne mich hätten Sie bestimmt ihren Entschluß geändert.»

Maureen machte eine kleine Kopfbewegung, die besagte: *Darum geht es nicht.* Schluchzend brachte sie heraus: «Ich werde überhaupt niemanden heiraten.» Und weinte heftig weiter.

Kate schwieg. Sie dachte, daß sie in den letzten Monaten tatsächlich einen weiten Weg zurückgelegt hatte. Früher hätte sie nicht ruhig dasitzen können, wenn ein jungen Mädchen im Alter ihrer Tochter litt und weinte, weil sie, Kate, ihre Zukunft verdüstert hatte. Vor diesem langen inneren Weg, den sie zurückgelegt hatte, wie Kate jetzt plötzlich begriff, wäre sie «vernünftig» gewesen, hätte diese oder jene Bemerkung gemacht, hätte versucht, Trost zu spenden – weil sie nach wie vor geglaubt hätte, daß man Trost spenden kann. Ja, das war der Punkt, in dem sie sich geändert hatte. Sie sagte: «Ich glaube, du irrst dich vor allem in einem – du scheinst zu denken, wenn du das eine nicht willst, muß das, was du statt dessen willst, automatisch besser sein.»

Maureen nickte, ohne den Kopf zu heben. Aber sie hörte auf zu weinen, richtete sich nach einer Weile auf und sagte: «Trotzdem, schon mit *zehn* wußte ich, daß ich alles andere vorziehen würde, daß ich lieber *sterben* würde, als so zu sein. Es ist *schrecklich.*»

«Es ist das, was ich wirklich kann.»

«Den ganzen Tag beschäftigt, pausenlos beschäftigt – womit?»

Kate sagte trocken: «Mit deiner Erziehung.»

«O nein, schieben Sie nicht die Schuld auf mich!» schrie sie – es galt offensichtlich ihrer Mutter.

«Du sagst es mir, weil du es deiner Mutter nie sagen konntest.» Sie lachte und sagte: «Wahrscheinlich schreit Eileen jetzt irgendwo in Amerika eine arme, bedauernswerte Frau an, weil sie es bei mir nie getan hat. Sie hat nur ...»

«Was?»

«Geschmollt. Gemurrt. Teller auf den Boden geworfen. Die Tür ins Schloß geknallt. Behauptet, sie wäre schwanger, so daß die ganze Familie wochenlang in Aufruhr war – und so weiter. *Du* kennst das doch», sagte Kate in einer plötzlichen Anwandlung von unverhülltem Haß – ein Rückblick, der nichts mit Maureen zu tun hatte.

Maureen sagte: «Sie irren sich. *Ich* habe das alles gesagt. *Ich* habe das immer und immer wieder gesagt. Aber sie sind wie eine Mauer – meine Mutter, mein Vater, alle. Sie sind so, wie sie sein müssen. Und wie sie sind, ist richtig. Ich kann mir nicht vorstellen, daß meine Mutter auch nur einmal eine Sekunde innegehalten hätte, um sich zu fragen, ob sie sich vielleicht irrt. Weil sie ihr ganzes beschissenes Leben lang nichts anderes getan hat, als sich um alles zu kümmern, sich über alles aufzuregen, und immer waren es nur Lappalien.»

«Sie wollte dich erziehen, und zwar möglichst gut», beharrte Kate.

«Nein, das habe ich schon mal gesagt, *nein,* das langt nicht.»

«Auf jeden Fall –» Kate fühlte sich wohlig von zornigen Wellen der Erinnerung getragen – «auf jeden Fall werde ich mir nicht die Verantwortung für deinen Bruch mit Philip aufhalsen lassen.»

«Wer sagt denn, daß Sie dafür verantwortlich sind?» schrie Maureen. «Wer? Ich bestimmt nicht. Warum müssen Sie überhaupt die Verantwortung haben? Warum? Warum müssen Sie dauernd die Verantwortung haben? Ich will nicht so werden wie Sie – wenn ich nein sage, bin ich dafür verantwortlich, sonst niemand. Ich will nicht so werden wie meine Mutter. Ihr seid ja wahnsinnig. Ihr seid verrückt.»

«Ja», sagte Kate. «Das weiß ich. Und deshalb willst du es nicht sein. Viel Glück. Und was willst du statt dessen sein?»

Wieder hatte Maureen einen umflorten Blick; und sie saß da und blinzelte die Tränen fort.

Sie sagte: «Was sollen wir bloß machen? Was bloß? Die Sache ist doch die, ich glaube, ich liebe Philip.» Kate mußte sie verdutzt angesehen haben, denn Maureen beharrte: «Ja. Es ist nicht das erste Mal, daß ich jemanden liebe. Darum handelt es sich. Um Liebe. Deswegen heiratet man. Ich habe schon früher geliebt, ich weiß es. Ich wollte ihn auch nicht heiraten. Ich will nicht zu diesen Leuten gehören.»

«Zu welchen Leuten?» fragte Kate, denn ihr war etwas eingefallen. Erstens die Wohnung: Maureen zahlte Miete, aber Maureen verdiente nichts. Und zweitens besaß sie das sorglose, beinahe gefühllose Selbstvertrauen, das die Eigenschaft einer bestimmten Klasse ist. Andererseits kann man sich natürlich einen Akzent und dieses Selbstvertrauen zulegen. Was Außenseiter und Abenteurer oft auch tun.

«Zum Adel», sagte Maureen. «Nein, nicht meine Familie. Die ist nur eine sogenannte gute Familie – nichts Besonderes, wissen Sie. Aber der Bruder eines Titelerben hat mir einen Heiratsantrag gemacht. William. Er ist sehr nett. Er ist genauso nett wie Philip, wenn er sich nicht gerade so *albern* aufführt – oh, hören Sie doch, ich sage *albern,* weil ich es gar nicht so genau wissen will, aber albern ist nicht das richtige Wort für das, was aus Philip wird, wenn er so weitermacht, das weiß ich. Aber wie er auf einmal geworden ist, dieses Beispiel mit dem Omelett und den Eiern, das ist ziemlich neu. Vorher war er genau wie die andern, absolut zuverlässig, flippte nicht aus. Es ist beängstigend», sie wimmerte, und die Tränen tropften, «was passiert ihnen? Bei William hätte ich Geld und alles gehabt, und ich habe ihm einen Korb gegeben, nur wegen seiner Familie – diese Leute sehen nichts von dem, was außerhalb ihres Käfigs vorgeht, sie sitzen nur nett und freundlich in ihrem Käfig. Also werde ich Philip nicht heiraten, nachdem ich William einen Korb gegeben habe. Aber ich liebe sie, ja, ja, ja. Als ich mich in William verliebte, dachte ich: Hallo, das ist merkwürdig – du willst also einen starken Mann? Aber jetzt weiß ich es. Zuerst William und jetzt Philip. Jerry liebe ich nicht. Die anderen liebe ich auch nicht. Ich kann sie nicht ernst nehmen. Das heißt, mein Verstand kann es, aber irgend etwas anderes in mir kann es nicht. Das ist doch so, oder? Frauen können sagen, was ihnen gefällt, aber ... Jerry ist schon jahrelang mein Kamerad. Er ist so wie ich, wissen Sie. Er ist der Sohn eines Generals, ob Sie es glauben oder nicht. Er ist aus all dem ausgestiegen, genau wie ich. Er ist ein Faulenzer und meditiert. Verstehen Sie? Bei ihm ist es eine richtige Arbeit. Das perfekte Daueralibi. Oh – er ist sehr nett, sehr nett, warum mache ich ihn überhaupt schlecht? Vielleicht bin ich nicht die Spur besser? Ich tue *überhaupt* nichts, meinen Lebensunterhalt bezahlt mein Vater. Müßte ich zwischen Jerry und Philip wählen, fiele die Wahl jedesmal auf Philip. Aber ich brauche nicht zu wählen. Das ist immerhin etwas.»

«Na schön», sagte Kate. «Ich muß noch ein paar Sachen erledigen.» Und sie kehrte zum Telefon zurück, sagte Termine ab, erklärte den Nachbarn, sie habe es sich anders überlegt, und veranlaßte, daß die Lebensmittel, die man bestimmt schon aus dem Regal genommen hatte (Mrs. Brown war eine so gute Kundin, daß man sich nicht die kleinste Nachlässigkeit erlauben durfte), wieder zurückgelegt wurden.

Maureen saß still da. Sie schien Kopfschmerzen zu haben und lehnte ihren Kopf an die Wand. Sie beobachtete Kate.

Kate schickte folgendes Telegramm in die Staaten: «Habe leider andere Pläne. Bin erst Ende Oktober zurück.» Sie fügte hinzu: «Schlage vor, Eileen kümmert sich ums Notwendige», sah jedoch, daß Maureen lächelte, und schloß: «Alles Liebe, Kate.» Und glaubte, daß sie es dann, Ende Oktober, auch so meinte.

An Tim telegrafierte sie: «Bin leider verhindert, Haus steht ab übermorgen zur Verfügung.»

Den Enders telegrafierte sie: «Schlüssel bitte bei Mary Finchley abgeben, habe Pläne geändert.»

Der Tag verstrich. Dann und wann machte die eine oder die andere Tee oder Kaffee. Die Türklingel läutete, auch das Telefon: Sie nahmen keine Notiz davon.

Einmal sagte Kate: «Neulich nacht habe ich von dir geträumt, fällt mir gerade ein. Ich habe geträumt, du wärst ein strahlendgelber Vogel, der durch die Wohnung flattert, aber es war eher ein Käfig, und du kamst dauernd aus irgendwelchen dunklen Ecken hervorgeschossen und flattertest dorthin, wo Sonnenstrahlen auf den Boden fielen ...» Bei diesen Worten blickten die beiden Frauen auf die staubigen Sonnenlichtflecken, die sich hier und da in der Höhlenluft des Zimmers abzeichneten, und lachten. «Und du hast dauernd gesagt: ‹Nein, nein, nein, nein, o nein, ich will nicht.›»

Sie lächelten, lachten und brachen dann in hysterisches Gelächter aus, rutschten auf ihren Stühlen hin und her, während ihnen die Tränen über die Wangen liefen.

«Wir müssen damit aufhören», sagte Kate.

«Ja. Nur eine Minute noch.»

«Mir träumt dauernd etwas – ich weiß nicht, wie ich es ausdrükken soll. Es ist gewissermaßen ein Traum in Fortsetzungen.»

«O ja, ich mag so was.»

«Ja. Gut. Soll ich ihn erzählen? Er ist, glaube ich, zur Zeit meine einzige Beschäftigung. Die einzige, seit Anfang des Sommers.» Hier entstand ein langes Schweigen, das Maureen, beobachtend, abwartete: *«Ja»*, sagte Kate endlich. «Wenn ich jetzt zurückblicke und an jenen Nachmittag denke, an dem alles anders wurde – es war wie ein Donnerschlag oder eine Verkündigung oder so etwas Ähnliches, jedenfalls wurde ich herauskatapultiert, *heraus* aus meinem Leben ... Seitdem ist der Traum, glaube ich, das einzige gewesen, das weitergegangen ist. Alles andere überhaupt nicht. Oder, wenn doch ...» Sie wartete wieder, wartete darauf, daß der Gedanke von selbst zu Ende kam. «Wenn doch, dann hat alles, was außerhalb von mir geschehen ist, die Arbeit, die ich hatte, und die Reisen und die Affäre – ich hatte eine Liebesaffäre, wenn man es so bezeichnen kann, sie war wirklich albern – also, das alles hat einfach ... meinen Traum gespeist. Ja. Es war der Traum, den ... den mein Leben tagsüber gespeist hat. Wie einen Embryo. Nur habe ich das jetzt erst erkannt.»

«Also los, erzählen Sie.»

Kate erzählte ihr von dem Seehund und begann wie bei einem Märchen oder einer Fabel: «Es war einmal eine Frau, die hoch im Norden einen dunklen, felsigen Berghang hinabging, und sie sah etwas auf den Felsen liegen. Sie dachte, es sei eine schwarze Schnecke, eine große, häßliche schwarze Schnecke, und dann sah sie, daß es ein junger Seehund war, der über die felsigen Steine weiterzukriechen versuchte. Zum Meer. Er mußte zum Meer, das war der entscheidende Punkt.» Sie hörte auf. Es klang falsch. Weil sie sich vor etwas drücken wollte, indem sie in der dritten Person sprach. Sie versuchte, sich mit *Es war einmal eine Frau, die* ... und *sie* ... vor der Wucht des Traums zu schützen. «Und dann sah ich, daß das Fell des armen Seehunds ganz ausgetrocknet und rauh war, und von seinen Schnauzhaaren waren welche abgebrochen, und ich bespritzte ihn mit Wasser ...»

Beim Sprechen begriff sie, daß sie Nacht für Nacht von ihrem Weg mit dem Seehund träumte und daß sie jede Nacht – immer wenn sie ein Stück weiter mit dem Seehund gegangen war – mehrmals aufwachte, am nächsten Morgen aber alles wieder vergessen hatte. Vor kurzem war der Traum wieder – ihr fiel kein besserer Ausdruck dafür ein – ins Dunkel zurückgetreten, sie konnte ihn nicht mehr fassen, außer für ganz kurze Augenblicke. Warum? Weil dieser Abschnitt des Traums gerade so schmerzhaft war? Oder weil sie im Wachzustand, hier in dieser Wohnung mit Maureen, falsch lebte, weil es den Traum nicht so stark speiste, daß sie sich an ihn erinnern konnte? Sie erinnerte sich jedenfalls nur an die Einsamkeit ihres mühseligen Weges nach Norden in die kalte Dunkelheit. Nacht für Nacht schleppte und zerrte sie das arme Tier mit den geduldigen Augen durch die schreckliche, beißende Kälte, die ihnen beiden zu schaffen machte. Sie mußten gegen heftige, von scharfen, spitzen Eisstückchen untermischte Schneestürme ankämpfen. Wohin sie auch trat, ragten scharfkantige Felsen aus dem Schnee, über die der Schwanz und die Flossen des Seehunds schleiften, da sie nicht groß und kräftig genug war, ihn richtig hochzuheben. Es war jetzt völlig dunkel. Sie konnte nichts mehr sehen. Dann und wann spürte sie, daß da ganz in der Nähe noch etwas anderes war, und sie wußte, es waren Bäume: Mehrmals geriet sie zwischen tiefhängende Zweige; sie schlugen über ihr zusammen, zerkratzten ihr Gesicht, griffen nach ihren Augen und den Augen des Seehunds, wobei sie eisige Schneelasten abwarfen. Sie hatte kein Gefühl in den Füßen. Ihre Hände hatten sich in das Fell des Seehunds verkrampft, der in ihrem Griff rutschte und glitt.

«Ich weiß nicht, wie weit es noch bis zum Meer ist. Wenn überhaupt ein Meer da ist. Ich habe große Angst davor, daß ich doch in die falsche Richtung gehe. Vielleicht werde ich das offene Wasser, das der Seehund braucht, nie finden. Vielleicht kommen nur noch Eis und Schnee und Dunkelheit, für immer, für ewig, es nimmt kein Ende – vielleicht werde ich mit dem Seehund in den Schnee fallen und nie wieder aufstehen. Aber warum träume ich dann überhaupt? Welchen Sinn hätte ein Traum, der damit schließt, daß ich und der Seehund diese Anstrengungen nicht überleben, sondern sterben?»

Als Kate geendet hatte und stumm dasaß, sprang Maureen, die zugehört hatte, als erzähle man ihr ein altes Märchen, auf und sagte: «Wissen Sie was? Ich glaube, wir sollten etwas essen, oder? Und uns ein bißchen zurechtmachen. Wir sehen beide ziemlich schlimm aus!»

Sie schnitt Brot ab und bestrich es mit Butter, nahm einen Teller für Obst und einen anderen für Käse heraus und griff nach ein paar Dosen Babykost im Regal. Schweigend aßen sie ihr Mahl.

Dann sagte Maureen: «Ich glaube, Sie müssen Ihren Traum langsam beenden.»

«Ja, aber das liegt nicht bei mir.»

«Ich wollte sagen, Sie müssen Ihren Traum beenden, bevor Sie wieder zu Ihrer Familie gehen. Sie dürfen nicht zurückgehen, bevor er zu Ende ist.»

Danach badete sie, machte sich das Haar, zog sich an; und Kate tat das gleiche, kämmte sich ihr hoffnungslos widerspenstiges Haar aus der Stirn und band es mit einer Schleife am Hinterkopf zusammen – wie ein Schulmädchen –, aber es hing ihr wenigstens nicht mehr ins Gesicht. Der graue Mittelstreifen ließ ihren Kopf in zwei Teile zerfallen. Und so sollte es auch bleiben: «O nein», hörte Kate sich murmeln, als sie das Grau betrachtete, es ermutigte, schnell zu wachsen, sich auszubreiten, die Farbe durch die Wahrheit zu ersetzen, «o nein, nie wieder, niemals wieder, ich muß verrückt gewesen sein.»

Am Nachmittag klingelte es so hartnäckig an der Wohnungstür, daß Maureen hinging. Philip stand vor der Tür. Ruhigen Nachdruck ausstrahlend, aber anscheinend nicht anklagend, so stand er in der Diele, blickte auf Maureen und, an Maureen vorbei, auf Kate, die in der Küche stand.

«Ich möchte, daß ihr mitkommt. Ich möchte euch etwas zeigen.»

«Wozu?»

«Bitte. Es ist ein nur kleiner Gefallen.» Sein Benehmen hatte zuerst nicht vorwurfsvoll gewirkt, weil schon sein Erscheinen ein Vorwurf war. Soviel war bereits klar. Er stand direkt vor Maureen, außerordentlich zielbewußt, ließ die Arme hängen, zwang sie, ihm in die Augen zu sehen. In seinem wie eine Uniform geschnittenen Anzug wirkte er wie ein Soldat.

Seine bewußte Dominanz zog Maureen an. Gleichzeitig war sie abgestoßen: Sie stand unentschlossen da, bleich, sah fast krank aus. Schließlich drehte sie sich um, sah Kate an, die den Kopf schüttelte. Aber Philip befahl unvermittelt: «Sie auch. Kommen Sie, Mrs. Brown. Es ist etwas, das ich Ihnen beiden zeigen möchte.»

Maureen gehorchte achselzuckend. Kate ging hinter ihr her. Die offene Tür gab den Blick auf wirbelnde Blätter frei. Die Frauen gingen die Stufen zum Auto hoch, einem Mini. Es war über und über mit Parolen beklebt: Gib englischen Waren den Vorzug. Hilf *deinem* Land. *Dein* Land braucht *deine* Hilfe. Hilf England, nicht dem Chaos. Mach deinen Einfluß geltend. Sei britisch.

Das Auto sah aus, als sei es für irgendeinen Umzug geschmückt worden oder auch für ein Musical über die dreißiger Jahre – aber worum war es damals gegangen? Um Japan? Um Hongkong?

Philip öffnete die Tür zum Beifahrersitz, doch Maureen wollte sich auf die hintere Sitzbank zwängen. Philip legte die Hand auf ihren Arm und hielt sie zurück. Er sagte: «Nein, ich möchte, daß du neben mir sitzt.» Sein Ton war sanft und befehlend; verstärkt durch sein Benehmen wirkte er jedoch wie eine Karikatur autoritären Verhaltens, das nur durch den Glauben an sich selbst gemildert wird. Die Szene, das Auto, alles glich zunehmend einer Maskerade oder einem ‹Happening›, und als Maureen sich neben ihn setzte, sagte sie: «Aber das ist doch albern. Was soll das alles? Warum sind wir überhaupt mitgekommen, Kate?»

«Hab Vertrauen», sagte Philip mit einer Stimme, die vor Aufrichtigkeit überquoll. «Hab Vertrauen zu mir, Maureen.»

«Um Gottes willen», sagte Maureen, aber erst, als die beiden Frauen im Auto saßen und Philip die Edgware Road hinunterfuhr. Um sie herum brandete der übliche Verkehr, doch an Hyde Park Corner war es anders als sonst. Die Autos, die ihnen begegneten, waren alle genau wie das von Philip mit diesen Aufklebern geschmückt. In Gruppen standen Menschen jeden Alters beisammen und hielten, während über ihnen riesige Fahnen der Britischen Aktionsliga wehten, Tafeln und Spruchbänder mit ähnlichen Parolen in die Höhe. Stolz reckten die Leute in den Autos die Daumen in die Luft, und eine Frau rief – während sie sich aus dem Auto beugte und auf ein auf dem Bürgersteig ausgelegtes Poster mit der Parole deutete: WIR WOLLEN UNSER ALTES ENGLAND WIEDERHABEN! – «Tolle Idee! Nicht unterkriegen lassen.»

Sie fuhren am Buckingham-Palast vorbei, wo die Leute wie immer herumstanden, um seine Luft zu atmen, und dann zum Themseufer. Dort standen auf den Bürgersteigen überall lange Reihen von Menschen: Hunderte, Tausende. Und ebenso viele Transparente waren zu sehen, doch hier waren sie selbstgemacht, waren die Arbeit von Laien. Das einzige professionelle Spruchband lautete: *Gebt dem Hungrigen an eurer Tür. Gebt dem eigenen Volk.* Aber die Appelle auf den kleinen Papptafeln, ja sogar auf ganz gewöhnlichem Schreibmaschinenpapier waren tausendfach verschieden. Mit Zeichenstift oder farbiger Tinte geschrieben oder auch getippt, war da zu lesen: *Wollt ihr, daß wir schweigend verhungern? Aus den Augen, aus dem Sinn! ... Wir haben heute noch nichts gegessen. Und ihr? ... Gerade gut gegessen? Sie haben Glück! ... Haben Sie Arbeit? Ich nicht.*

Philip sah Maureen immer wieder an und schien mit sich zufrieden. Er fuhr so langsam, wie er konnte.

Auf den ersten Blick schien die wartende Menge nicht am Verhungern. Denn es handelte sich um Arme, die nicht wirklich – oder nicht spektakulär – Hungers starben. Sie lebten am Rand des Hungers, am Leben gehalten von Pensionen und Zuschüssen und Wohlfahrtsunterstützungen, die nie ganz reichten, und von Besuchen der Kombiwagen des Sozialamts. Aber wenn man genauer hinblickte, sah man die Erschlaffung, die Apathie der Benachteiligten – Symptome, die man natürlich vom Fernsehschirm her kannte, aber vorwiegend mit anderen Ländern in Verbindung brachte.

Männer, Frauen und Kinder standen unter den Bäumen, umtanzt von den sich langsam gelb färbenden Blättern, und wenn man sich fragte, was bei dieser Demonstration eigentlich anders war als sonst, kam die Antwort nur zögernd, weil man dieses Phänomen seit langem nicht mehr erlebt hatte – es lag daran, daß hier Mütter und Väter mit ihren Kindern standen und nicht Mitglieder von Gewerkschaften, Parteien oder Interessengruppen. Tausende und aber Tausende von Londoner Wohnungen waren von ihren Familien verlassen worden, und die Menschen standen jetzt in stummer Anklage am Straßenrand, erwiderten die Blicke der Satten und – im Augenblick – Versorgten, die sie ansahen. Aber die Zuschauer zeigten keinerlei Zuversicht oder Überlegenheit, im Gegenteil: sie alle wußten, daß es nur eines kleinen Schrittes bedurfte, um selbst Teil dieser hoffnungslosen Menschenschlange zu werden. Auf dem gegenüberliegenden Bürgersteig hatte sich rasch eine große Menschenmenge gebildet, die zur anderen Straßenseite hinüberstarrte. Die Nachricht von der Demonstration hatte sich mit Windeseile im Viertel verbreitet, und die Leute strömten herbei, um hier die Verkörperung der eigenen Ängste zu sehen.

Philip fuhr noch immer so langsam, wie er konnte. Er berauschte sich förmlich an dem, was er ihnen zeigte: schien es zu genießen. Maureen wurde abwechselnd blaß und rot und beugte sich vor, um die hungrigen Menschen zu betrachten, und betrachtete dann ihn: ungläubig, zornig, haßerfüllt – und verständlicherweise fasziniert.

«Gut», sagte sie, «sehr gut. Da sind wir nun. Schön. Und was soll ich jetzt tun? Aussteigen und mein Kleingeld verteilen? Steine in Brot verwandeln? Oder was?»

«Ich wollte nur, daß du es siehst», sagte Philip. Er zitterte buchstäblich vor Erregung, vor Sendungsbewußtsein. Das Bäurische, die dicken roten Backen, der gedrungene Körper und die starr blickenden, rechtschaffenen Augen – all das war plötzlich von ihm abgefallen; er wirkte wie verklärt. Man spürte, wie sein Bedürfnis, Maureen möge ihm beistehen und helfen, mit jedem Augenblick stärker wurde und von dem Mädchen Besitz ergriff. Sie zitterte ebenfalls, rutschte aber so weit sie konnte von ihm fort in die äußerste Ecke des Sitzes. Er sah es und sagte: «Schon gut. Glaub nur nicht, ich hätte nicht kapiert. Du willst mich nicht. Ich bin doch nicht dumm, glaub nur nicht, daß ich dumm bin. Ich wollte nur, daß du es siehst.»

Die Worte klangen wie Spruchbandparolen, genau wie die Worte der Frau, die sich aus dem Auto gebeugt und gerufen hatte: «Tolle Idee! Nicht unterkriegen lassen!»

Sie fuhren ungefähr einen Kilometer lang an den dicht gedrängt stehenden, sterbenden Menschen vorbei – und an den Neugierigen auf der anderen Straßenseite.

«Was hast du denn?» fragte Maureen. Auch ihre Worte klangen, als seien sie für ein Transparent oder einen Autoaufkleber bestimmt. «Hat es dich umgehauen oder was? Jedes Jahr sterben Millionen von Menschen an Hunger. Millionen und aber Millionen. Millionen leiden an Wassersucht oder sind dumm und geistig zurückgeblieben, weil sie in der Kindheit nicht genügend zu essen hatten. Das weiß jeder. Weshalb schleppst du uns also auf einmal hierher? Du brauchst doch nur den Fernseher anzustellen, dann siehst du, was alles passiert. Wir lösen unser Problem der Überbevölkerung, indem wir die Menschen sterben lassen ... Ach, Scheiße, wozu das alles», sagte sie abschließend, außer sich vor Empörung, übermannt von den eigenen Worten, die wie Parolen klangen.

«Nein, hier», sagte Philip, der zugehört hatte, während sein Gesicht Hingabe und Würde ausdrückte. «Hier in unserem eigenen Land. Nicht irgendwo anders. Die anderen Länder sind mir egal. Mein eigenes Land aber nicht. England nicht!»

«Oh – Scheiße», sagte Maureen und wandte sich von den nicht enden wollenden Menschenreihen ab. Aber dafür sah sie die Neugierigen; sie wandte sich auch von ihnen ab und blickte starr geradeaus. Sie fuhren weiter und weiter, zusammen mit anderen Autos, die alle langsam dahinglitten und voll besetzt mit Neugierigen waren.

An strategisch wichtigen Punkten standen Polizeiautos. Aber die Polizisten waren nicht ausgestiegen, sondern saßen im Wagen, Zuschauer wie die übrige Bevölkerung, die noch nicht arbeitslos war oder über Privatvermögen verfügte. Oder über Schmuck oder Bilder oder Landbesitz.

WIR WOLLEN KEINE ALMOSEN, WIR WOLLEN ARBEIT. GEBT UNS ARBEIT, GEBT UNS UNSERE RECHTE, ARBEIT UND BROT.

Ein Mann mit ausgemergeltem Gesicht löste sich aus der Menschenmenge und begann, den Neugierigen eine Rede zu halten. «Solange wir ruhig in den eigenen vier Wänden verhungern, ist alles in Ordnung, oder? Das macht euch nichts aus! Aber jetzt sind wir hier, und hier werden wir auch bleiben.»

Zwei Polizisten sprangen aus einem Wagenkäfig, warfen die Türen zackig hinter sich zu. Den Kopf schüttelnd und mit dem Zeigefinger drohend, wie Kindermädchen bei einem unartigen Kind, schritten sie auf den Redner zu: Wie es schien, war es verboten, Reden zu halten.

Aber der Mann kletterte auf die Schultern zweier Freunde, die ihm hilfreich die Hand boten, während er sich hinaufschwang: Einen Augenblick sah es aus wie der Anfang einer Zirkusnummer – eine menschliche Pyramide. Er rief: «Jetzt sind wir hier. Und wenn wir verhungern, dann so, daß alle es sehen können, nicht unsichtbar. Deshalb sind wir gekommen. Wir werden an den Plätzen verhungern, wo ihr es sehen könnt.»

Unschlüssig standen die Polizisten da und blickten auf den Redner. Um zu zeigen, daß ihre persönliche Sympathie auf seiten der Demonstranten war, schickten sie ständig Blicke und ein Lächeln in die Menge.

Ein Aufnahmewagen des Fernsehens kam angefahren. Männer sprangen heraus und liefen, die Kameras in der Hand, zwischen den fahrenden Autos über die Straße. Man produzierte die Abendnachrichten.

«Sie dürfen dort sicher nicht bleiben, oder?» fragte Maureen. Sie klang wütend, als wollte sie die Demonstranten fortfegen oder die Polizei auffordern, es zu tun. Ihr Gesicht war jetzt trotzig gerötet; sie weinte; Tränen liefen ihr über die Wangen.

Ihre Tränen gefielen Philip. Sie wußte es und kämpfte dagegen an. Je mehr sie gegen ihre Gefühle – ganz gleich welcher Art sie auch sein mochten; vor allem Wut, so schien es – ankämpfte, um so mehr erregte sie sich. Doch nun schien Philip genug zu haben, und er bog vom Themseufer ab und fuhr zurück.

Maureen wandte ihm den Rücken zu und starrte aus dem Fenster. Keine Spur von Hunger oder ähnlichen Problemen war hier mehr zu sehen. Philip lächelte. Er schien selbst zu merken, daß seine Reaktion nicht unbedingt bewundernswert war, aber sobald er Maureen anblickte, konnte er einfach nicht anders: Das Siegerlächeln erschien von neuem, und er mußte sich alle Mühe geben, es sich zu verbeißen.

«Ausgezeichnet», sagte Kate. «Und jetzt erzählen Sie uns, was Sie dagegen machen wollen.»

«Aber seien Sie doch nicht albern, Kate; Sie sehen doch, daß er keine Ahnung hat. Er weiß auch nicht mehr als andere.»

«Wir werden zur Abwechslung mal nur noch an *unser* Land denken.»

«Wie kannst du nur so ein *Schlappschwanz* sein!»

Das Wort traf ihn, und er antwortete scharf: «Wir können auch handeln, du wirst es sehen.»

«Es ist nicht zu glauben», sagte Maureen, lachend, weinend, mit der Faust auf die Rücklehne des Sitzes hämmernd – sie schien völlig außer sich. «Es ist nicht zu glauben – jedes Wort, das er sagt. Unglaublich. Aber du sagst es trotzdem, Philip. Nicht nur du, ihr alle. Ihr redet alle solch einen verdammten Unsinn. Ich kann euch beim besten Willen nicht ernst nehmen.»

Da sagte Kate, die Wogenglätterin, die ausgleichende Kraft, die mütterliche Trostspenderin in allen Lebenslagen: «Sie sagen nie etwas *Konkretes*, Philip, das ist es, was Maureen so in Rage bringt.»

«Nein, natürlich tut er das nicht», schrie Maureen. «Du Scheißidiot», brüllte sie ihn an. «Hast du denn ein Brett vor dem Kopf? Ja, natürlich hast du das.»

«Wir müssen unser eigenes Haus in Ordnung bringen», sagte Philip wie aus der Pistole geschossen, mit Entschlossenheit in der Stimme.

Es war klar, daß es immer so weitergehen würde, solange sie zusammen waren: sie hysterisch, er mit felsenfester Zuversicht. Daß sie nur in Spruchband-Parolen oder zusammenhangloses Zeug reden konnten.

Doch zum Glück hatte man jetzt die baumgesäumte Allee, den Kanal mit seinen Freizeitbooten, Maureens Wohnung erreicht.

Er hielt. «Ich steige nicht mit aus», sagte er. Maureen stieg aus, Kate folgte ihr. Maureen stand da und blickte hilflos auf Philip, der sie anstarrte. Wellen der Anziehungskraft fluteten hin und her. Dann sagte Maureen: «Oh, zum *Teufel* damit» und rannte ins Haus.

«Auf Wiedersehen, Mrs. Brown», sagte Philip steif, korrekt und triumphierend; dann fuhr er davon.

Maureen stellte sofort den Fernseher an. Zusammen warteten sie auf die Nachrichten. In der Türkei hatte es wieder einmal ein Erdbeben gegeben. Eine Konferenz über die Beseitigung von Atommüll. Ein Bericht über die Sitzungen eines Ausschusses der Welternährungsorganisation in Chile. Dann eine kurze Mitteilung über die Demonstration am Themseufer. Die Kamera fegte an den Menschenreihen entlang, ziemlich schnell, zeigte die Fahnen und Spruchbänder, verharrte bei: *Es ist euch egal, solange wir nur an den Plätzen verhungern, wo ihr uns nicht seht.* Von einem Lastwagen wurde Suppe und Brot an die Demonstranten verteilt. Ein Redner – der Mann mit dem ausgemergelten zornigen Gesicht – rief: «Nehmt es nicht, nehmt es nicht – es soll uns nur zum Schweigen bringen.» Doch Nonnen beugten sich zu Kindern hinunter, die von ihren Eltern ermahnt wurden, sich vorschriftsmäßig in die Schlange einzuordnen, und reichten ihnen Plastikschalen mit Suppe und eine Scheibe Brot dazu. Ein anderer Transporter rollte heran: einer von der Wohlfahrt. Die Menschengruppen schmolzen und bildeten sich neu, standen Schlange nach dem Essen. Der Redner wurde von zwei Polizisten abgeführt, eine sanfte Verhaftung, zeigte die Kamera doch das mitfühlende Gesicht der Polizisten, die dem Mann die Arme auf den Rücken drehten, während er rief: «Verhungert – haltet durch – es ist besser, durchzuhalten und hier im Freien zu verhungern als wie Tiere hinter verschlossenen Türen ...» Die Polizisten halfen ihm die Stufen in ihren Wagen hinauf, die Tür schloß sich, und das Fahrzeug fuhr ab.

«Und nun der Wetterbericht ...»

Als die Nachrichten zu Ende waren, nahm Maureen ein Bad und zog sich ein strenggeschnittenes Kleid aus dunkelbraunem Baumwollstoff an – das weibliche Pendant zu Philips Aufmachung.

Sie stand vor dem Spiegel in der Diele und betrachtete sich, sagte dann zu Kate: «Wie eine Uniform, nicht wahr? Ich muß mich wohl unbewußt danach sehnen. Aber es kommt nicht in Frage!» Sie rannte ins Schlafzimmer und kam mit einem Sortiment von Kleidungsstücken und Schmucksachen zurück, die sie wahllos herausgegriffen hatte. Sie sagte zu Kate: «Ich mache das Abendessen.»

Es dauerte Stunden, ehe sie Kate rief. Sie war weggegangen, um die Zutaten zu besorgen, war mit einem Taxi zu einem Geschäft gefahren, das noch geöffnet war, und hatte eine Menge Geld ausgegeben. Als Vorspeise gab es Artischockenherzen und Avocados, anschließend gefüllte Kalbsbrust mit Spinat, dann einen Salat, Käse und einen Pudding. Außerdem hatte sie eine Flasche Rheinwein kaltgestellt.

Genußvoll nahmen die beiden Frauen ihre Mahlzeit ein, dachten an die Menschen am Themseufer und an die Millionen, die sie repräsentierten.

Am nächsten Tag sagte Maureen, sie wolle in die Stadt und sich ein neues Kleid kaufen – dabei barst ihr Kleiderschrank förmlich. Die Augen hinter einer großen Sonnenbrille verborgen, ging sie fort, auf der Suche nach einer neuen Identität oder Maske. Oder Uniform? Sie konnte in jedem Aufzug zurückkommen – in der Tracht einer Nonne oder im Flitter einer Bauchtänzerin ... Neid, o ja, es war Neid. Maureen stand es frei zu wählen, ob sie sich nun als Zigeunerin, als Knabe oder als Matrone verkleidete. Ob Maureen es wohl fertiggebracht hätte, ein Jahr lang auf einer Veranda zu sitzen und die Rolle der gegängelten Südländerin zu spielen, mit dem Großvater als Sultan und einer alten Frau als Anstandsdame – und sei es nur im Scherz oder aus einem Gefühl der Unterwerfung heraus? Letzten Endes aber war es alles andere als ein Scherz gewesen, hatte das ihr – Kates – ganzes bisheriges Leben nicht bewiesen? Nein, Maureen hätte es nicht getan, sie hätte es nicht fertiggebracht; sie war sogar schon darüber hinaus, Unterwerfung vorzutäuschen; ihre Natur, ihr ganzes Wesen verbot ihr das. Stimmte das? Wirklich? Geschah es nicht aus Nostalgie, daß sie ein spitzenbesetztes schwarzes Abendkleid aus den dreißiger Jahren (und vom Trödler) trug, mit tiefem Rückenausschnitt, dazu rote Lippen und Löckchen; oder ein Morgenkleid à la Jane Austen mit langen, engen Ärmeln, in dem sie sich kaum bewegen konnte? Wenn es aus Nostalgie geschah, dann nur für einen Abend, einen halben Tag. Wenn das junge Mädchen die Sachen der in ihrer Freiheit eingeengten Frauen anderer Epochen trug, es aber nicht nötig hatte, so zu sein wie diese (weil es bereits viel zu anstrengend war, ganz sie selbst zu sein?), dann nie lange, und sie gab sich einer anderen Laune hin ... Weshalb benutzte sie, Kate, Worte wie «hingab»: weil sie ihrer eigenen Phantasie jahrelang hatte Zügel anlegen müssen, bis sie den Toleranzgrenzen der Familie entsprach? Nichts auf der Welt konnte sie jetzt daran hindern, auszugehen und sich ihre Phantasien zu kaufen und sie hier, in Maureens Wohnung, überzustreifen. Und sie beschloß, es zu tun.

Weiter unten an der Ecke der Straße wurde ein Häuserblock scheibchenweise in den Himmel geschichtet. Der Sockel des Gebäudes war bereits fertig: Er füllte den zugewiesenen Platz genau aus, kein Quadratmeter war übrig. An den rund fünf Stockwerken, die das Haus schon hochgezogen war, konnte man sehen, wie es weitergehen würde. Dann begann die Auflösung: so als sei das Gebäude an diesem Punkt abgebrochen worden. Hoch oben in der Luft gingen Männer über Bretter, ließen Eimer baumeln, schwangen Maurerkellen, bedienten Kräne. Auch unten, auf der Erde, arbeiteten Männer, waren mit den Materialien beschäftigt, die in die Höhe gezogen wurden. Kate merkte, daß sie bewegungslos dastand und seit mehreren Minuten auf die Baustelle starrte. Die Männer nahmen keine Notiz von ihr.

Daß sie es nicht taten, machte sie plötzlich zornig. Sie ging ein Stück weiter, wo man sie nicht mehr sah, zog ihre – Maureens – Jacke aus, so daß das eng sitzende dunkle Kleid zu sehen war, und band sich betont auffällig ihr Kopftuch um. Dann schlenderte sie, sich bewußt in den Hüften wiegend, wieder an den Arbeitern vorbei. Ein Sturm von Pfiffen, Zurufen, Aufforderungen. Als sie außer Sicht war, machte sie ihre kleine Verwandlung wieder rückgängig und ging erneut an der Baustelle vorbei: die Männer blickten kurz auf, nahmen sie aber nicht wahr. Sie zitterte vor Wut – eine Wut, die sie, wie es ihr schien, ein Leben lang unterdrückt hatte. Und diese Wut verdeckte etwas weit Schlimmeres, ein Elend, dem sie nicht ins Auge sehen wollte, denn es sagte immer wieder: Das tust du nun schon seit Jahren, Jahren, Jahren.

Sie marschierte noch einmal vorbei, als Sexualobjekt, und sah, daß an der Ecke gegenüber ein Mädchen stand, das wie eine holländische Puppe angezogen war und sie beobachtete. Knallgelber Rock, eine enge rote Jacke, das Haar zu gelben Locken gedreht, auf jeder Wange ein hellrosa Tupfen, große blaue Augen.

Kate blieb neben Maureen stehen und sagte: «Und darum dreht sich nun alles.»

Bedächtig hob und senkte Maureen ihre schweren schwarzen Wimpern und lief Spießruten, während die Männer brüllten und pfiffen. Hinter der Baustelle, wo Kate sie nicht mehr sehen konnte, wartete sie. Kate legte den Weg als Unsichtbare zurück. Sie stellte fest, daß sie dabei abermals das Bedürfnis hatte, den Rock hochzuheben und den Männern das Hinterteil zu zeigen, wie es die tschechischen Frauen beim Einmarsch der russischen Soldaten getan hatten; am liebsten hätte sie ihnen ins Gesicht gespuckt ... All das hatte nichts mit dem zu tun, was sie dachte, mit ihrem üblichen, sorgsam abgemessenen Mitgefühl für Männer, die solche Arbeiten verrichteten und froh sein mußten, wenn sie sie bekamen. Ihr ging auch durch den Kopf, daß ein Tier, das einem anderen sein Hinterteil hinstreckt, Unterwürfigkeit, Unterlegenheit, Gehorsam signalisiert

– das hatten die tschechischen Frauen wahrscheinlich ebenfalls getan, wenn auch unbewußt. Hatten sie in Wirklichkeit gemeint: Das alles ist zuviel für uns?

Maureen warf ihr nur einen Blick zu und faßte sie beim Arm: Kate zitterte. Maureen versuchte, sie humorvoll zurechtzuweisen: «Nein, das dürfen Sie nicht, bitte. Das paßt überhaupt nicht zu Ihnen.»

«Nein? Darum dreht sich nun alles. Sonst nichts. Jahre und Jahre.»

Sie kehrten in die Wohnung zurück. Maureen machte Tee, Kate schüttelte den Kopf und eilte in ihr kleines, kaltes Zimmer unter der Erde, kroch unter viele Decken, rollte sich zusammen und blieb, mit dem Blick zur Wand, still liegen. Sie schlief und träumte, fand aber nicht den Traum vom Seehund, sondern träumte von Maureen, dem leuchtendgelben Vogel, der in seinem Käfig sang: Nein, nein, nein, *nein*.

Es war schon dunkel, als sie aufwachte. In der Wohnung brannten alle Lampen. Maureen saß in der Küche, nicht mehr als Puppe, sondern als kleines Mädchen in einem feingefältelten viktorianischen Nachthemd voller Rüschen und Spitzen und Stickereien. Sie aß Cornflakes mit Milch. Wortlos machte sie Kate auch einen Teller zurecht.

Später gingen sie in Maureens Zimmer, und Maureen legte eine Platte auf, die sie mit Rücksicht auf Kate sehr leise spielen ließ. Sie saßen auf den Kissen, und Maureen lackierte sich Zehen- und Fingernägel hellrosa. Kate trank ein Glas Wein; Maureen rauchte ein bißchen Marihuana, und sie taten nichts. Sie schienen zu warten. Darauf, daß Kate ihren Traum beendete?

Die Tage vergingen sehr schnell, einer nach dem anderen, sie unterschieden sich in nichts voneinander. Am anderen Ende von London lebte Kates Familie wieder in ihrem Haus, ging *ihr* Leben weiter: Aber sie war nicht dort. Sie machte es nun so, wie man es so oft mit ihr gemacht hatte – sie schickte ihnen hin und wieder eine kurze Nachricht: «Tut mir schrecklich leid, habe sehr viel zu tun, schreibe rechtzeitig, wann ich komme.» Oder ein Telegramm: «Bin hier ausgezeichnet aufgehoben. Bis bald.» Sie kam sich kindisch und niederträchtig vor, als sie diese Botschaften abschickte, aber sie konnte einfach nicht anders.

Das Telefon klingelte fast nie mehr. Die Türklingel ertönte allerdings häufig. Einmal stand ein junger Mann vor der Tür, als Maureen gerade ausgehen wollte, und sie erklärte ihm: «Tut mir leid, Stanley. Ich muß eine dringende Besorgung machen. Komm ein andermal wieder.»

Maureen sprach über Stanley. Sie stellte ihn eher in eine Kategorie mit Philip und William als mit Jerry: Er arbeitete bei einer Institution, die sich um Arme und Obdachlose kümmerte, er stand links, aber auf jene altmodische Art, die heute so irrelevant schien; er war wahrscheinlich bereit, Maureen zu heiraten, falls sie ihm die Idee schmackhaft machte. Sie hatten zusammen geschlafen, es war sehr nett gewesen, aber von Liebe konnte keine Rede sein.

«Was ist bloß los mit mir? Was? Ich finde immer alles so verdammt unwichtig. Diese ganze Sozialarbeit, die Rettung der Menschheit – all das. Ich weiß, ich bin herzlos. Ich bin gemein – ich habe es oft genug gehört. Aber es nützt nichts, ich bin einfach nicht der Meinung, daß es wichtig ist. William fühlt sich den Pächtern gegenüber noch *immer* verpflichtet – nicht daß es viele wären, aber ein paar gibt es noch. Er verteilt haufenweise Geld für wohltätige Zwecke. Und Philip – er wird Eier zerbrechen, falls er es nicht schon getan hat, aber wie kann er daran glauben, wie nur? *Ich* denke, er ist verrückt, aber vielleicht bin ich es selbst. Stanley. Wenn man es von der Arbeit her sieht, ist er der beste. Er tut immer nur Gutes. Aber wenn ich mit ihm zusammen bin, denke ich: Darum geht es ja gar nicht, darum geht es nicht, *es geht nicht darum.* Also gut, man besorgt dreihundert Leuten eine Wohnung ... und inzwischen? Er sieht das alles nicht, und wahrscheinlich hat er recht, oder? Was soll ich tun, Kate? Warum bin ich so? Philip sagte, weil ich eine bourgeoise Ziege bin und weil man mich dazu erzogen hat, nur an mich zu denken. Aber das stimmt nicht. Ich habe ein ganzes Jahr mit Stanley zusammengearbeitet – wußten Sie das? Ja, das habe ich gemacht. Ich habe mit fünf anderen Leuten eine schmutzige kleine Wohnung geteilt, und wir haben Tag und Nacht nichts anderes getan, als dafür gesorgt, daß arme Leute ein Dach überm

Kopf haben. Ich dachte dauernd: Aber darum geht es ja gar nicht. Worum denn?»

«Ich weiß es nicht. Woher soll ich es wissen?»

Kate erzählte Dinge aus ihrer Vergangenheit. Sie wußte nicht, warum sie damit angefangen hatte, aber bald erzählte sie tagelang von nichts anderem mehr. Das, woran sie sich jetzt erinnerte, war ihr früher weder wichtig noch auch nur interessant vorgekommen; jetzt maß sie diese Erinnerungen an Maureens Reaktionen. Es schien beinahe, als erinnerte sie sich nur wegen Maureens Interesse – Maureens Bedürfnis? – an die Dinge. War es vielleicht Maureen, die wählte?

Einmal zum Beispiel, vor vielen, vielen Jahren, als Stephen und Eileen etwa vier und drei Jahre alt waren – die beiden anderen waren noch nicht geboren –, war Michael fortgewesen, und sie war mit ihnen aufs Land gefahren. Sie konnte sich nicht mehr erinnern, aber «es war wirklich auf dem Lande, weißt du, ich habe den ganzen Tag keine Menschenseele gesehen. Es war ein großer Wald, und es gab auch einen Fluß.»

Sie hatte sich mit den Kindern ans Ufer gesetzt, und sie hatten sich den Tag mit kleinen Freuden vertrieben: das Laubwerk betrachtet, Schmetterlinge beobachtet, zugesehen, wie das Wasser sich über hineingeworfenen Kieselsteinen kräuselte. Die Kinder hatten gejauchzt, als das dichte Grün sich im Windhauch bewegte und die Sonne auf ihre nackten Körper ein unruhiges goldenes Muster malte.

Maureen wollte auch die kleinste Einzelheit über jenen längst vergangenen Tag hören, der so voller Glück gewesen war, daß sein Zauber noch heute diese dunkle Wohnung zu erhellen vermochte. Denn die Tage wurden allmählich dunkler, der Herbst kündigte sich an, und draußen war regnerisches Wetter, kein Sonnenschein.

Und Maureen fragte immer wieder nach dieser Erinnerung, so daß Kate an diesem Tag noch früher davon zu erzählen begann, wie sie in aller Frühe aufgestanden war und die Kinder angezogen hatte – Eileen hatte ein gelbes Baumwollkleidchen mit gestickten Gänseblümchen angehabt. Und wie sie durch den Verkehr gefahren, aber doch bald im Wald gewesen waren, wo sie dies und das gemacht hatten – je mehr Kate davon erzählte, um so deutlicher erinnerte sie sich wieder an alles, an jeden einzelnen Augenblick.

Oder als Michaels Mutter kam, um auf die Kinder aufzupassen – wieviel waren es damals? Drei? Waren sie schon alle geboren? Auf jeden Fall waren sie und Michael, seit die Kinder da waren, zum erstenmal allein übers Wochenende verreist. Sie wohnten in einem Hotel an der Küste von Norfolk. Es war ein regnerisches Wochenende, aber in dem altmodischen Hotel brannte warm das Feuer im Kamin. Sie hatten lange Spaziergänge im Regen gemacht und vor dem Kamin gesessen, hatten im Pub mit den Einheimischen Pfeilwerfen gespielt und sich geliebt.

Von solchen Erinnerungen konnte Maureen nicht genug bekommen, und sobald die beiden ihre Kinderkost, Brot und Butter, Apfelmus oder was auch immer gegessen hatten, sagte sie: «Erzählen Sie ein bißchen, Kate, erzählen Sie.» Und sie ließ sich auf die Kissen zurückfallen und hörte lächelnd zu, während Kate alte Erinnerungen ausgrub.

«Kate, erzählen Sie mir von jener Nacht, als ihr, Sie und Michael, aufgewacht seid und geglaubt habt, im Haus sei ein Einbrecher, und wie ihr dann festgestellt habt, daß es nur die Katze war, und euch in die Küche gesetzt und gefeiert habt und wie Stephen dann aufwachte und zu euch kam.»

Maureen brachte es in einer Art Sprechgesang vor, mit Pausen zwischen ihren Worten, so daß Kate sich die Szene ins Gedächtnis rufen und fortfahren konnte: «Und dann saßen wir alle in der Küche, bis auf Tim, der damals noch ganz klein war, und wir – das heißt, Michael und ich – machten dauernd pst, pst, aber Stephen sagte: Nein, das ist unfair – er liebte Tim über alles, er verhätschelte ihn –, und er ging nach oben und holte Tim aus dem Bett und flüsterte: Komm ganz schnell, Papa und Mama feiern eine Party, und sie haben uns eingeladen. Und er nahm Tim auf den Arm und brachte ihn herunter in die Küche. Tim war damals ungefähr drei und ein winziges Kerlchen, und er sagte dauernd: Schnell, ganz schnell, wir feiern eine Party.»

«Und dann habt ihr bei Kuchen und Kakao in der Küche gesessen, und als ihr plötzlich aufsaht, ging bereits die Sonne auf. Und ihr dachtet, es ist ein so schöner Morgen, daß es dumm wäre, wieder ins Bett zu gehen. Und ihr seid ins Auto gestiegen und ans Meer gefahren. Und obwohl es erst April war, habt ihr gebadet, denn das Wasser war angenehm warm, und dann seid ihr den ganzen Tag am Meer geblieben.»

«Aber die Kinder mußten nach dem Mittagessen natürlich etwas ruhen, also wickelten sie sich in ihre Badetücher und legten sich im Schatten einer Buhne in den Sand und schliefen. Und dann gingen wir Tee trinken in ein Strandcafé. Und aßen Eier mit Schinken und Toast. Gegen Abend fuhren wir dann wieder nach Hause. Die Kinder sprechen noch heute von dem Erlebnis. Jedenfalls taten sie es bis vor kurzem.»

Während die Tage so dahingingen und Kate in ihrem Gedächtnis das Glück suchte, hielt sie im Schlaf Ausschau nach dem Seehund, nach ihrem Traum. Oft gelang es ihr, den Traum zu finden, aber er entglitt ihr, sobald sie erwachte. Sie hatte Angst, sie könnte sich deshalb nicht an den Traum erinnern, weil der Seehund gestorben war. Dieses Gebiet ihres Schlafes war sehr traurig, voller Einsamkeit und Leid. Beim Aufwachen hatte sie das Gefühl, ihre Füße seien abgetrennt: sie waren ganz kalt und taten weh, aber das stimmte gar nicht, sie waren ganz warm. Wenn sie aufwachte, spürte sie, wie schwer ihre Arme noch von der Last des Seehunds waren. Er war doch bestimmt schwerer als vorher? Oder so schwer, weil er gestorben war? Sie wußte, daß weit hinter ihr, weit unter dem Horizont, noch die Sonne schien. Aber sie ging nie auf, sie war in ihrem Schlaf nun schon tagelang, wochenlang nicht mehr aufgegangen. Sie wanderte noch immer nach Norden, fort von der Sonne. Winter und Eis und ein unendliches Dunkel lagen vor ihr.

«Erzählen Sie ein bißchen, Kate. Sie und Michael sind zu einer Party gegangen, ihr wart beide schlecht gelaunt und seit Tagen wütend aufeinander, doch auf der Party gefiel Ihnen niemand so gut wie Ihr Mann, und ihm ging es umgekehrt genauso, und ihr verliebtet euch zum zweitenmal ineinander.»

«Ich könnte dir vielleicht ein bißchen von Mary Finchley erzählen. Ich habe sehr, sehr lange gebraucht, ehe ich verstand, daß Mary wirklich völlig anders ist als ich. Anders als sämtliche Frauen, die ich kenne. ‹Animalisch› sagen die Leute dazu. – Du kennst den Ausdruck, ja? Ein Mann sagt zu dir: ‹Sie sind so animalisch›, und es klingt halb furchtsam, halb bewundernd. Und man fühlt sich ziemlich geschmeichelt und tut eine Zeitlang sogar so, als sei man animalisch. Aber das stimmt nicht. Man denkt bloß: Ja, ich *bin* animalisch, ich bin kein zahmes Haustier! Aber man ist es doch. Mary ist es nicht. Bei ihr ist irgend etwas anders, irgend etwas fehlt. Sie ist wie ein Hund, den der Besitzer monatelang abgerichtet hat – um schließlich eingestehen zu müssen: Es hat keinen Zweck, er läßt sich nicht dressieren. Bei Mary ist es genauso. Sie kennt keinerlei Schuldgefühle – *das* ist der entscheidende Punkt. Wir alle tragen unsichtbare Ketten, kommen uns schuldig vor, müssen dies oder jenes tun, dürfen dies oder das nicht tun – weil es nicht gut ist für die Kinder, weil es unfair ist dem Mann gegenüber. Nicht so Mary, ihr fehlt dieses Bewußtsein einfach. Dabei hatte sie eine ganz normale Erziehung. Ich habe nie herausfinden können, an was es da gefehlt haben kann. Vielleicht lag es auch gar nicht an der Erziehung – ihr fehlte eben von Anfang an etwas. Sie hat ziemlich früh geheiratet. Ich war sehr überrascht, als Mary mir einmal sagte: ‹Ich habe Bill genommen, weil er eine bessere Stellung hatte als die anderen.› Möglich, daß viele Frauen so denken oder handeln, aber sie würden es garantiert damit begründen: weil ich ihn am meisten liebte oder weil ich ihn bewunderte oder weil er mich sexuell sehr anzog. Doch Mary war aufrichtig. Das *war* der Grund, weshalb sie ihn nahm. Ihre Eltern hatten nicht viel Geld. Er betete sie an. Er tut es noch immer. Sie verstanden sich sehr gut im Bett. Sie tun es noch immer. Dabei hat sie ihn von Anfang an betrogen. Ich erinnere mich noch heute an den Schock, den ich bekam, als ich es merkte. Ich saß am Fenster und nähte und sah den Briefträger in Marys Haus gehen. Er blieb ziemlich lange, aber ich dachte mir nichts dabei, sondern nahm an, sie hätte ihm vielleicht eine Tasse Tee angeboten. Doch als ich am nächsten Tag zufällig etwas davon erwähnte, sagte Mary: ‹Der ist sehr gut im Bett.› Zuerst dachte ich, sie machte einen Witz. Dann, sie will angeben. Aber nein. So ist sie. Wenn sie Einkäufe macht, und sie begegnet einem Mann, der ihr gefällt und es ergibt sich die Gelegenheit, dann sagt sie nicht nein. Und verschwendet nie wieder einen Gedanken an den Vorfall. Sie verhielt sich übrigens auch so, als sie schwanger war, auch nachher, als sie stillte. Als ich sie darauf ansprach, sagte sie: ‹Ein Mann genügt mir eben nicht!› Sie war ziemlich verlegen – aber nur, weil *ich* so entsetzt war. Ich habe mich ein einziges Mal in jemand anderen verliebt – das Ganze war furchtbar dumm, aber erst da habe ich begriffen, daß Mary völlig anders ist. Sie war in ihrem ganzen Leben nicht einmal richtig verliebt. Sie verstand überhaupt nicht, wovon ich sprach. Zuerst dachte ich – wie üblich –, sie macht einen Witz. Während *sie* dachte, ich hätte es mir aus den Fingern gesogen. Ja, wirklich – sie hat das Gefühl, es sei eine geheime Verschwörung, daß alle Leute von Liebe reden oder verliebt sind. Sie hat das Gefühl, es sei wie mit des Kaisers neuen Kleidern. Ungefähr zu der Zeit entdeckte ich, daß sie nichts las, daß sie sich kein Fernsehspiel, überhaupt nichts ansah. Sie sagt: ‹Da quälen sich die Leute doch nur gegenseitig für nichts und wieder nichts.› Was sie liest, sind Kriminalromane und Abenteuerbücher für Jungen und Tiergeschichten. Eine Zeitlang dachte ich sogar, sie sei eine Art Mannweib. Bei ihr ist eben irgend etwas anders, irgend etwas fehlt – Liebe, die ganze verdammte Sache mit der romantischen Liebe, Jahrhunderte unserer Kultur. Sie hält uns alle für verrückt. Ein Mann gefällt einem, man gefällt ihm, man bleibt solange zusammen, bis einer die Sache leid ist, und sagt sich dann ohne großen Gefühlsaufwand Lebewohl...»

«Und ihr Mann?»

«Ja, du bist eben nicht animalisch, du bist *anders* als sie. Du sitzt da und denkst: Und ihr Mann? Und die Kinder? Na ja. Sie hat fast von Anfang an andere Männer gehabt. Doch sie tat es so nebenbei, daß einige Zeit verging, ehe Bill dahinterkam. Als er sie stellte, sagte sie: ‹Ich weiß, aber so bin ich nun mal.› Sie war verlegen, aber nur *seinetwegen*, weil er anders war. Er trumpfte auf. Dann war sie immer ganz traurig und unglücklich. Wozu das Ganze? Ihre Einstellung nahm ihm den Wind aus den Segeln. Sie fühlte sich nicht schuldig. Dann waren die drei Kinder da. Mary sagte immer: ‹Kinder sind gut und schön, aber sie behindern einen.› Sie behinderten sie nicht sehr. Eines Tages fand Bill beim Nachhausekommen Mary mit einem anderen Mann im Bett, dessen Namen sie nicht einmal kannte. Das jüngste Kind lag im selben Zimmer in der Wiege, und der kleine Cedric – er ist einfach süß – spielte auf dem Fußboden. Bill reichte die Scheidung ein. Er war völlig fertig. Sie ebenfalls. Die Ehe wurde geschieden, und er bekam das Sorgerecht für die Kinder. Mary ging nicht dagegen an, es wäre ohnehin zwecklos gewesen. Etwa ein Jahr nach der Scheidung zogen sie wieder zusammen. Er liebte nur sie. Wenn ihn jemand fragte, sagte er nur: ‹Sie ist sehr unmoralisch, aber abgesehen davon ist sie wunderbar.› Ich nehme an, das entscheidende ist, daß es seine Attacke gegen ihn, keine Kritik an ihm ist, wenn sie fremdgeht. Und wenn er einmal fremdgeht, zankt sie ein bißchen mit ihm, und dann schlafen sie zusammen. Nach der Scheidung kamen sich beide ziemlich verlassen vor – jeder sah die Sache von einem anderen Standpunkt: *Er* hatte sich scheiden lassen, weil seine Frau schlecht und lasterhaft war und die Kinder verdarb, während sie das Opfer eines Verrückten war. ‹Was hast du bloß?› sagte sie dauernd. ‹Wir verstehen uns doch so gut.› Als sie wieder heirateten, stellte er aus Stolz natürlich alle möglichen Bedingungen. Aber er muß gewußt haben, daß sie sich nicht daran halten würde. Und hätte er sie vielleicht wiedergeheiratet, wenn sie nicht irgendwie zu ihm gepaßt hätte? Und so machen sie nun weiter. Die Kinder sind heute im Teenageralter; nach allgemeiner Auffassung müßten sie bleibende Schäden davongetragen haben. Aber sie sind nicht schlimmer als andere. Sicher, Mary hat auch das Gefühl, das Ganze ginge vielleicht ein bißchen zuweit – sooft sie einen Seitensprung macht, sagt sie, fragen sich alle, wozu er gut sei. Sie meint, das Entscheidende sehe niemand – daß er zu nichts gut sei. Ihr gefällt jemand, und sie will ihren Spaß haben. Wenn die Kinder die Sache mitbekommen haben – manchmal bemüht sie sich allerdings doch um etwas Diskretion –, dann sprechen sie darüber und verkünden gleichsam ihr Urteil. Sie fragt: ‹Oh, laßt mich um Gottes willen in Ruhe mit euerem ewigen Warum und Weshalb – ihr macht mich ganz krank. Ich gehe nun mal gern mit einem Mann ins Bett.› Ihre Kinder gehen bei uns aus und ein – sie sind jünger als meine, aber sie gehören irgendwie zur Familie. Für meine Kinder war Mary stets ein beliebtes Thema. Sie mögen sie. Jeder mag sie.

Sie haben viel früher als ich begriffen, was das entscheidende ist – ich brauchte Jahre dafür. Sie haben verstanden, daß sie nicht so ist wie andere Frauen. Wirklich nicht. Einmal hat sie meinen Mann verführt. Falls man es so nennen kann. Sie wollte ihn haben, und deshalb bekam sie ihn. Für mich war es die Hölle, ich sah mich hintergangen und betrogen. Als wir danach das nächstemal in ihrer Küche eine Tasse Kaffee tranken, sagte sie: ‹Dein Mann ist in Ordnung. Es hat mir viel Spaß gemacht mit ihm.›»

«Und welchen Schluß soll ich nun daraus ziehen?» fragte Maureen herausfordernd.

«Dazu war ich nie imstande. Ich weiß nur, daß sie völlig anders ist als ich. Jedesmal, wenn ich irgend etwas mache – oder *nicht* mache, das trifft es wesentlich besser –, wenn mir der Blick eines Mannes gefällt und ich denke: Gegen diesen Mann hätte ich nichts einzuwenden, aber natürlich würde ich nie irgend etwas in dieser Richtung unternehmen – dann fällt mir Mary ein. Eine Zeitlang war mir der Gedanke an Mary irgendwie tröstlich und stärkte mich – ich hielt mich für besser und feinfühliger und sensibler als Mary, die in meinen Augen eine verantwortungslose Person war. Aber heute habe ich meine Zweifel. Wirklich. Ich sitze im Theater und sehe, wie sich die Menschen wegen der Liebe gegenseitig in Stücke reißen, und plötzlich sehe ich Mary vor mir, und sie kann buchstäblich nicht begreifen, weshalb man ein solches Getue veranstaltet. Oder ich sitze im Kino ... ich bin manchmal mit Mary ins Kino gegangen, und es ist genauso ... hinterher sagt sie: ‹Was für ein Blödsinn!› Anfangs, wenn sie solche Sachen sagte, dachte ich, es sei so eine Art Selbstschutz, wie wir alle ihn brauchen, aber wenn du jemanden triffst, der es wirklich für einen Witz hält, der von ganzem Herzen davon überzeugt ist – falls man diesen Ausdruck bei Mary benutzen kann –, dann verändert er auf eigenartige Weise deine Perspektive. Weißt du, es gibt Augenblicke, in denen ich die Dinge plötzlich ganz anders sehe – in denen ich alles anders sehe, mein ganzes Leben, seit ich ein junges Mädchen war, und ich komme mir vor wie eine Geisteskranke, die phantasiert. Liebe und Pflicht, und Verliebtsein und Nichtverliebtsein, und Lieben, und das richtige Verhalten, und man soll und man soll nicht, und man darf und man darf nicht. Es ist eine Krankheit. Manchmal glaube ich wirklich, es ist nur eine Krankheit, sonst nichts.»

«Einmal glaubte ich, meine Mutter sei in einen anderen Mann verliebt. Ich weiß bis heute nicht, wie ernst es war. Ich war völlig durcheinander», sagte Maureen. «Wirklich. Ich dachte, sie würde meinen Vater und mich verlassen. Sie ist für mich nie wieder die gewesen, die sie vorher war. Ich weiß, es ist albern. Es war mein schlimmstes Kindheitserlebnis.»

«Marys Kinder – und meine übrigens auch – sprechen über die Eskapaden ihrer Mutter, als handle es sich um Krankheitssymptome, die man tolerieren muß.»

Kate hatte nicht begriffen, daß es in dem Augenblick, als sie Maureen von Mary erzählte, mit dem *Erzählen Sie ein bißchen, Kate, bitte erzählen Sie mir ein bißchen* zu Ende war.

So war es aber.

Kate träumte wieder von dem Seehund – das heißt, sie träumte von ihm und behielt den Traum. Der Seehund bewegte sich unruhig in ihren Armen, als wolle er sie auf irgend etwas aufmerksam machen. Sie blieb stehen. Noch immer schneite es, der Schnee fiel ganz gerade und lautlos. Sie sah den Schnee: War die Luft heller als sonst? Plötzlich schimmerte es unmittelbar vor ihr wie Kerzenlicht, und dort stand mitten im Schnee ganz allein ein Kirschbaum in voller Blüte, silbrig-rosa. Kate bahnte sich einen Weg durch den tiefen Schnee und pflückte einen Blütenzweig ab. Mit steifgefrorenen Fingern umklammerte sie ihn, als sie an dem Baum vorbei weiter in die Dunkelheit schritt.

Sie erzählte Maureen von diesem neuen Stadium des Traumes, und Maureen sagte: «Nun wird er nicht mehr lange dauern, glaube ich.»

Das klang, wenn auch unbewußt, hilflos. Kate sah, daß Maureen traurig und teilnahmslos war. Sie hatte all ihre Lebenslust verloren. Kate setzte sich neben sie und legte den Arm um sie, als sei sie ihre Tochter. Maureen legte den Kopf an Kates Schulter und ließ sich umarmen und streicheln. Sie schliefen ein.

Als Kate erwachte, saß Maureen aufrecht und mit gekreuzten Beinen vor ihr auf einem Kissen. Was Kate sah, ließ sie zusammenzucken, noch einmal hinschauen, sich ganz wachrütteln. Maureens Gesicht war neu – zumindest für Kate.

Das Mädchen sagte: «Wissen Sie was? Als ich aufwachte, hab ich am Daumen gelutscht!»

Maureen hatte still auf ihrem Kissen gesessen und darauf gewartet, daß Kate aufwachte, damit sie ihr diese Anklage ins Gesicht schleudern konnte. Jetzt, nachdem sie sie losgeworden war, stand sie auf und ging in die Küche. Kate folgte ihr nicht. Sie fühlte sich natürlich schuldig, war im Unrecht. Sie saß da und fragte sich, was sie falsch gemacht hätte.

Als sie Maureen eine Stunde später ihre Babykost löffeln sah, setzte sie sich zu ihr, da sie das Urteil erfahren wollte. Maureen sagte: «Begreifen Sie? Ihre Geschichten. Sie interessieren sich für völlig andere Dinge als ich. Sie erzählen am liebsten von ihren Kindern, als sie noch klein waren. Daran erinnern Sie sich am besten. Das mußten Sie unbedingt loswerden. Und als ich von Ihrem Glück mit Michael hören wollte, erzählten Sie mir von Mary.»

«War es deshalb?»

«Ja. Und es war sehr destruktiv. Ja, der Meinung bin ich. Was haben wir, Sie oder ich, von Geschichten über Mary? Sie kann uns überhaupt nicht helfen.»

Maureen aß ihren Teller leer, wusch ab und räumte die Küche auf. Kate saß da und sah zu. Dann warf sich das Mädchen eine Umhängetasche über die Schulter und verließ das Haus.

Abends kam sie zurück und suchte sofort nach Kate, damit sie ihr sagen konnte: «Ich war im Zoo.» Sie war innerlich stark erregt. Und sehr wütend.

Über Kate? War sie der Grund? Weshalb war das Mädchen sofort in das düstere kleine Zimmer gekommen? «Den ganzen Tag war ich dort.»

«Es ist nicht meine Schuld», sagte Kate und bemühte sich um einen leichten Ton. Maureen sagte: «Das ist doch gleichgültig, wessen Schuld es ist. Darum geht es doch gar nicht, oder?» Sie war schon wieder in der Tür, als sie sich noch einmal umdrehte: «Weshalb haben Sie das gesagt? Weshalb muß es unbedingt Ihre Schuld sein? Das ist reiner Größenwahn. Ja, genau – Sie sind größenwahnsinnig.» Kate brachte kein Wort heraus. Dann sagte Maureen: «Oh, bitte verzeihen Sie, es tut mir leid. Aber Ihnen geht es ja wieder gut, oder?» Und sie lief aus dem Zimmer, weinte ohne jede Scham wie ein Kind, das Schläge bekommen hat, aber weiß, daß Tränen dazugehören und nicht wichtiggenommen zu werden brauchen.

Im Grunde hatte sie gesagt: Sie haben es hinter sich, Sie haben es so oder so geschafft, aber *ich* muß mich noch entscheiden, was ich machen soll.

Ihre Sorge um Maureen zeigte ihr, daß das Mädchen mit seinen Anklagen recht hatte. Maureen war zu einem ihrer Kinder geworden; Kate brachte ihr die gleichen Gefühle entgegen wie ihnen. Ja stärker sogar noch, gestand sie sich ein, mit einer Hartnäckigkeit, die beweist, daß man etwas verteidigt, sich an etwas klammert, worauf man kein Recht hat, *das man nicht verdient*. Die letzten Wochen hatten ihr die wundervolle Gesellschaft eines jungen Menschen geschenkt, die sie bei ihren eigenen Kindern schon lange entbehrte ... seit *Jahren* entbehrte, aber bei dieser Übertreibung stockte sie. Die Familie war immer gern zusammen gewesen (als Kate das einfiel, wäre sie am liebsten sofort nach Hause gefahren), selbst dann, wenn Spannungen zwischen den Jüngeren und den Eltern in der Luft lagen – denn auch Michael hatte seine Probleme, sie hatte nur nicht mehr daran gedacht, hatte absichtlich eine Zeitlang vergessen, daß Michael und seine Söhne sich stritten oder nicht miteinander redeten oder miteinander konkurrierten, und daß Michael sich darüber Sorgen machte. Es lief alles darauf hinaus, daß das Familienleben manchmal schwierig war (natürlich sagten alle Experten – von den eigenen Erfahrungen gar nicht zu reden –, es müsse so sein), weil Kate die Rolle spielte, die sie spielen mußte, eine Mutter, gegen die man sich wehren, mit der man sich zanken, auf die man reagieren soll – mußte sie es denn in Bausch und Bogen verurteilen, wenn man sie nicht ständig liebte und würdigte, mußte sie deshalb alles so schwarz sehen? Hatten ihre Reaktionen in den letzten Monaten vielleicht im Grunde mit gar nichts anderem zu tun? War sie nicht genug geliebt, nicht genug beachtet worden – nicht genug getätschelt und gestreichelt worden? War das alles?

Sie war fast soweit, diese Überlegungen für richtig zu halten.

Auch dies war eine Umkehrung ihres Standpunkts, ihrer Selbsteinschätzung, nicht anders als jene langsamere Umkehrung, als sie sich und die Familie und ihren Mann immer mehr als Spinnennetz widerlicher Selbsttäuschungen gesehen hatte.

Was sie darüber dachte, war wahrscheinlich völlig unwichtig.

In welcher Stimmung sie auf die Tür ihres Hauses zuging, spielte keine Rolle: *das* war also das Entscheidende, das war die Wahrheit. Wir verbringen unser Leben damit, unsere Gedanken und Gefühle zu analysieren, im Gleichgewicht zu halten, abzuwägen ... es ist alles Unsinn. Lange nach einer Erfahrung, die man gemacht und seinerzeit entsprechend beurteilt hat – also, später sieht man diese Erfahrung völlig anders. *Das* also passierte, denkt man; und es kommt einem jetzt lachhaft und irrelevant vor, wie man damals darüber dachte oder welche Gefühle einen bewegten.

Wie würde ihr dieser Sommer ohne die Familie in einem Jahr vorkommen? Sie konnte ziemlich sicher sein, daß er ihr völlig anders vorkommen würde als jetzt. Warum sich also die Mühe machen, zu analysieren und abzuwägen, zu sagen: Das denke ich, und deshalb sollte ich dies oder das tun, deshalb passiert dies oder das ...

An diesem Punkt ihrer Überlegungen (denn sie tat natürlich genau das, was sie gerade noch für sinnlos gehalten hatte) kam Maureen herein und sagte: «Kate, wissen Sie, was es ist? Es spielt überhaupt keine Rolle, das ist es. Ich habe einfach nicht das Gefühl, daß es eine Rolle spielt.» Sie ging schnell wieder hinaus.

Am nächsten Morgen fragte sie Kate, ob sie Lust hätte, mit ihr Einkäufe zu machen. Unterwegs begegneten sie einer jungen Frau, ungefähr in Maureens Alter, die einen Sportwagen mit einem weinenden Kind vor sich herschob und an der Hand ein anderes Kind hinter sich herzog. Das Kleinkind war festgeschnallt und konnte sich kaum rühren, da die Mutter auf dem Fußteil des Kinderwagens ein Paket abgestellt hatte, so daß die Beinchen keinen Platz hatten und hoch in die Luft ragten. Sah man nur flüchtig hin, saß da ein weinendes Baby im Sportwagen; doch bei näherem Hinsehen schien es seinen Schreck und Kummer förmlich herauszuschreien, um Hilfe zu rufen, weil die Riemen so festgeschnallt waren und seine Beinchen keinen Platz hatten und die Autos soviel Krach machten und die Sonne blendete. Die Mutter wirkte völlig überfordert. Mit harten, heftigen Stößen schob sie den Sportwagen vorwärts, während das größere Kind an ihrer Hand zerrte und sie ständig zur Seite zu ziehen versuchte. Es schmollte und trotzte. Die Mutter hatte ihm eine Ohrfeige gegeben. Die eine Wange war ganz rot.

«Komm jetzt endlich», sagte die junge Frau, «oder du kannst was erleben. Ich warne dich!»

Der kleine Junge ließ sich noch immer nachziehen. Er war so trotzig, daß er sich auf nichts anderes konzentrieren konnte.

Die Mutter ließ seine Hand los und versetzte ihm eine weitere Ohrfeige, und noch eine und noch eine. Das Kind blieb stehen und starrte sie an. Langsam füllten sich seine Augen mit Tränen und rollten ihm über die Wangen.

«Komm jetzt endlich!» rief die junge Frau außer sich vor Wut. Sie packte das Kind an der Hand und zerrte es weiter: der Junge verlor das Gleichgewicht, prallte gegen sie, versuchte sich an ihrem Kleid festzuhalten, und fiel der Länge nach hin. Sein kleines Gesicht war puterrot, als er den Kopf hochhob, seine Lippen zuckten krampfhaft, und seine Nase lief.

«Sieh dir bloß mal mein Kleid an», sagte die Mutter. Es war völlig beschmiert: Schweißflecke, Tränen, die klebrige Masse des Lollis, den er in der anderen Hand gehalten hatte und der jetzt in Stükken auf dem Bürgersteig lag.

«Wenn du jetzt nicht aufstehst und mit nach Hause kommst, verhaue ich dich solange, bis du nicht mehr sitzen kannst», zischte die Mutter mit haßerfüllten Augen.

Er stand langsam auf. Sie griff wieder nach seiner Hand. Das Baby fing an zu weinen und jammerte vor sich hin. Sein Weinen war so ansteckend, daß auch der kleine Junge in bittere Tränen ausbrach. Verzweifelt trottete er hinter seiner Mutter her, die mit langen Schritten die Straße hinaufstrebte, ein Kind vor sich herschiebend, das andere hinter sich her ziehend. Das Gesicht, das sie Maureen und Kate zuwandte, als sie an ihnen vorbeiging, war ebenso kläglich wie das der Kinder. Sie merkte, daß die beiden Frauen sie betrachteten, und warf ihnen einen herausfordernden Blick zu: kümmert euch um eure eigenen Angelegenheiten.

Sie musterte Maureen, die heute morgen einen bestickten Hänger – weiß mit blauem Blumenmuster – anhatte und das gelbe Haar in Zöpfen geflochten hatte. In den Augen der jungen Frau war zu lesen, was sie verloren hatte, als sie Mutter von zwei Kindern wurde. Sie war nahe daran, in Tränen auszubrechen. Die drei Frauen setzten ihren Weg fort, sie gingen jetzt langsamer, und allen standen Tränen in den Augen.

«An so etwas erinnern Sie sich nicht», sagte Maureen. «Warum eigentlich nicht?»

Kate wollte gerade sagen: Weil ich das nie erlebt habe. Aber sie ging stumm weiter, versuchte sich zu erinnern, ob sie es doch erlebt hatte.

Dann sagte Maureen: «Wenn ich William heirate, hätte ich diese Sorgen nicht. Dann gäbe es Kinderschwestern und Erzieherinnen. Nun, vielleicht entscheide ich mich doch noch für ihn. Ich könnte mir selbst treu bleiben, oder? Ein paar Jahre in der weiten Welt und dann zurück an den heimatlichen Herd.»

Maureen war auffallend blaß; sie wirkte krank. Sie hatte keine Ähnlichkeit mit dem Mädchen, das eigentlich in dem hellen, unbeschwerten Hänger stecken sollte. Kaum waren sie wieder zu Hause, lief Maureen in ihr Zimmer und zog sich um. In einem dunklen, strengen Kleid kam sie zurück. Sie setzte sich hin, lehnte den Kopf an die Wand und schloß die Augen. Tränen liefen ihr über die Wangen. Kurz darauf rieb sie sich das Gesicht wie üblich mit einem Papiertuch ab, benetzte sich die Augen mit Wasser und ging fort.

Kate machte sich etwas zurecht und verließ die Wohnung – vielmehr die Höhle, denn es war ein Loch, das man in die Erde gegraben und mit Ziegelsteinen verkleidet hatte. Es war eine Höhle, ganz gleich, wie man es nennen mochte. Mit diesen Gedanken ging sie zur Haltestelle, wo der Bus in Richtung Zoo hielt.

Sie hatte den Zoo kaum betreten, als sie vor sich Maureen sah. Das heißt, sie sah zwei leuchtende Zöpfe auf dunklem Musselin.

Es war ein Wochentag, der Zoo war nicht sehr voll. Die Sonne stand im Zenit und war nicht von Wolken verhüllt. Der Zoo lag im intensiven Sonnenlicht. Kate war nicht gekommen, um Maureen zu beobachten, und deshalb schlug sie einen anderen Weg ein. Sie erblickte ein Schild – Zu den Seelöwen – und stand am Beckenrand, wo sie gewissenhaft eine Münze in den Erläuterungsautomaten steckte. Während sie den Seelöwen zusah, die größer und schwerfälliger waren als das junge Tier, dessen Gewicht sie jetzt dauernd, selbst tagsüber, in den Armen spürte, erfuhr sie, daß diese Tiere eigentlich nicht zur Familie der Seehunde gehören, weil sie kleine Ohren haben und sich mühelos über Felsen und Land bewegen können. Nein, ihr Seehund war nicht so wendig. Sie spazierte weiter zu dem runden Becken mit den echten Seehunden, und dort beugte sie sich vor und beobachtete die beiden Tiere, die wie Goldfische im Glas umherschwammen. Um die Öde der Gefangenschaft abwechslungsreicher zu machen, hatten sie kleine Spiele erfunden. Einen Teil des Runds schwammen sie auf dem Rücken, drehten sich dann blitzschnell wieder herum; sie spielten in und neben dem Wasserstrahl, der in Blasenbahnen vom Grund des Beckens emporschoß; sie schwammen über- und untereinander und immer wieder im Kreis herum.

Kate spürte, daß Maureen neben ihr stand: Sie wandte den Kopf und sah sie. Gemeinsam beobachteten sie die Seehunde und schlenderten dann weiter, schweigend.

Vor ihnen ging ein Mädchen, das Maureens Schwester hätte sein können. Sie war etwa dreizehn Jahre alt. Ihr gelbes Haar war à la Alice im Wunderland frisiert, und sie hatte Jeans und eine helle Bluse an. Sie war ziemlich dick: noch in dem Stadium, wo Körper und Kleidung eines Mädchens sich widersprechen. Die Jeans waren zu eng; die Bluse sah aus, als stamme sie aus dem Kleiderschrank der Mutter. Sie war schön, wie von Renoir gemalt, ganz Fülle und Sonnenschein, doch in ihrem Gesicht lag ein Ausdruck von Verzweiflung. Sie folgte einem etwa fünfzehnjährigen Jungen, der vor ihr ging. Es war ein großer, sportlicher Junge, und sein Gesicht hatte etwas Anziehendes; alles an ihm wirkte attraktiv, und die beiden Frauen verstanden, daß das Mädchen ihm folgte. Doch auch er war über irgend etwas verzweifelt und innerlich aufgewühlt. Maureen folgte dem Paar. Kate schloß sich ebenfalls an: Die vier Menschen setzten ihren Weg zusammen mit den wenigen Zoo-Besuchern fort.

Vor einem Affenkäfig blieb der Junge stehen und blickte stirnrunzelnd hinein. Das Mädchen stand dicht hinter ihm.

Vor ein paar Minuten war durch eine Klappe Futter in das Käfiginnere geschoben worden, und ein junger Affe lag rücklings auf einem Sims, rekelte sich beneidenswert gelöst und knabberte an einem frischen Kohlstrunk. Der Affe bot ein Bild unbeschwerter Lebensfreude, und der Junge lächelte. Es war kein bewußtes Lächeln, er wußte nicht, daß der Affe ihn bezauberte. Die drei Frauen beobachteten ihn und das Tier, und die Angst, die er ihnen eingeflößt hatte, ließ nach – es war, als hätten sie den Arm um ihn gelegt. Während der Affe sich rekelte und fraß, richtete sich in der anderen Ecke des Käfigs ein zweiter Affe auf, sein Blick fiel auf den anderen: die Lebensfreude seines Gefährten entflammte das beobachtende Tier, und es sprang durch die Luft zu dem anderen Sims ... Der knabbernde Affe hatte anscheinend nichts gemerkt, doch während das springende Tier noch in der Luft war, drehte er sich herum und sprang ebenfalls, zu einem weiteren Mauervorsprung. Der Affe, der seinen Gefährten vertrieben hatte, schnupperte jetzt an dem Kohl und den Karotten und Apfelsinenstücken, hatte aber keinen Hunger: Er hatte dem anderen die Lebensfreude, nicht das Futter geneidet. Er, der Neidische, hatte eine Erektion: ein langer roter Stachel ragte hervor. Der Affe, dem man die Freude genommen hatte, beobachtete den Räuber, und dabei wurde sein Glied länger, und er begann zu masturbieren. Der Junge runzelte die Stirn und wurde blaß. Bisher schien er das kleine Mädchen nicht bemerkt zu haben, doch nun drehte er sich abrupt um und führte sie davon, so als sei er nicht damit einverstanden, daß sie den masturbierenden Affen sah. Das kleine Mädchen wandte noch einmal den Kopf, um einen Blick auf das zu werfen, was ihr verboten wurde; dann gehorchte sie und blickte den Jungen unter goldenen Augenbrauen liebevoll an. Aber der Junge hatte sie schon wieder vergessen, hatte seine Hand von ihrem Arm genommen und war einen Augenblick später bereits weitergegangen. Das kleine Mädchen folgte ihm, genau wie die beiden Frauen.

Als nächstes blieb der Junge an einem Gehege mit drei Gnus stehen. Er hatte Erdnüsse in der Tasche, und ohne das Schild ‹Füttern verboten› zu beachten, hielt er dem kleinsten Tier ein paar Nüsse hin. Sofort kam eines von den beiden größeren Gnus, stieß das kleine zur Seite und nahm eine Nuß. Der Junge wartete und litt geduldig, bis die größeren Tiere sich entfernt hatten. Abermals hielt er dem kleinen Gnu einige Nüsse hin. Doch es passierte immer wieder das gleiche: Sooft der Junge Nüsse aus der Tasche holte und sie dem kleinen Tier zu geben versuchte, stießen die größeren, stärkeren es beiseite und fraßen selbst. Der Junge war todunglücklich, doch er gab nicht auf. Die beiden großen Tiere hatten sämtliche Nüsse gefressen, das kleine nicht eine einzige. Der Junge preßte sich ganz fest gegen den Drahtzaun des Geheges, blickte das kleine Gnu mit leidenschaftlichem Beschützerdrang an. Die Frauen wußten, ohne Zaun hätte er das Gnu umarmt, hätte vielleicht sogar sein Gesicht an das zottige Fell des Tieres geschmiegt und geweint. Maureen und Kate waren ihm jetzt genauso zugetan wie das kleine Mädchen, das Qualen der Liebe durchlitt. Sie konnte den Blick nicht von ihm abwenden und trippelte unschlüssig hinter ihm auf und ab; sie wollte, daß er Notiz von ihr nahm, daß er ihren Wunsch anerkannte, ihm bei seinen aussichtslosen Bemühungen um das kleinste von den drei Tieren zu helfen.

Der Junge schenkte ihr keinen Blick. Er riß sich vom Gegenstand seiner schmerzlichen Enttäuschung los und schlenderte weiter. Das Mädchen folgte ihm. Er ging schneller – um sie abzuschütteln? Sie ging ebenfalls schneller. Er bog ab und betrat ein Vogelhaus. Als die Frauen dort ankamen, stand er vor einem Käfig von der Größe einer kleinen Transportkiste mit einem bunten Vogel darin und las das Schild, auf dem es hieß, der Vogel sei dem Zoo 1925 geschenkt worden. Sein Gesicht war nun ganz rot und geschwollen: wie das Gesicht des geohrfeigten kleinen Jungen auf dem Bürgersteig. Er ging von einem Käfig zum anderen und las die Schilder, auf denen stand, wie lange die Vögel schon hier waren. Ein Tierpfleger oder Wärter betrat den Raum, und der Junge ging zu ihm und fragte: «Lassen Sie den Papagei gelegentlich auch mal raus?»

«Wir können ihn doch nicht wegfliegen lassen», sagte der Mann.

«Aber nie? Er kommt nie da raus?»

Der Wärter, der die Erregung des Jungen bemerkte, ließ ihn mit den Worten stehen: «Nein, er bleibt, wo er ist.»

«Aber begreifen Sie denn nicht, daß der Vogel seit einem halben Jahrhundert eingesperrt ist? Seit fünfzig Jahren?» sagte er und zog, sich selbst vergessend, den Mann am Uniformärmel.

«Das ist nun mal ihr Schicksal», sagte der Mann und wandte dem Jungen den Rücken. Er nahm einen Besen von der Wand und kehrte den Boden.

Der Junge war außer sich vor Kummer. Das kleine Mädchen stand neben ihm, wagte aber nicht, ihn zu berühren, und schenkte ihm ein Lächeln, das alles Leid der Welt fortschwemmen wollte. Doch der Junge war krank vor Schmerz; er machte ein ganz bekümmertes Gesicht; alle Frische war daraus gewichen.

«Begreifst du, Jane? Einige von diesen Vögeln sind hier schon *Jahre! Jahrzehnte!* Sie waren schon hier, als deine und meine Eltern noch gar nicht geboren waren!»

Ihr Gesicht bot ihm nicht mehr als Trost: Er schob sie fort und ging hinaus.

Neben dem Weg stand irgendeine Maschine: vielleicht ein Rasenmäher.

Völlig verlassen stand sie dort herum. Der Junge betrachtete sie. Hinter ihm stand Jane, die ihn liebte. Dahinter Maureen. Kate war einige Schritte entfernt. Sie betrachtete die drei – sie sah sie als eine Einheit, zu der sie nicht gehörte. Der hübsche unglückliche Junge, der die Welt nicht ertrug; das nette, kleine Mädchen, das wußte, daß er in allem unmäßig war, aber darüber hinwegkommen würde; die schöne junge Frau, die ihre Zukunft erforschte.

Der Junge zog eine durchsichtige Plastiktüte aus der Tasche und tat ein paar Erdnüsse hinein. Diese Tüte hielt er, so wie sie war, der Maschine hin. Als die Maschine – in seiner Phantasie – danach griff, zog er die Nüsse mit einem spitzbübischen Lächeln zurück.

Dieses bewußte Agieren erregte Kates Verdacht, und sie fragte sich, ob er Maureen gesehen hatte und wußte, daß er von mehr als einem weiblichen Wesen verfolgt wurde.

Aber es schien doch nicht so.

Abermals hielt er die kleine Tüte hin, durch die man die verführerischen Nüsse sehen konnte: Abermals zog er sie schnell zurück, als die Maschine reagierte.

Er lachte jetzt, und zwar gespielt, so daß Kate wußte, daß er mindestens Maureen bemerkt haben mußte: und so war es auch, denn er wirbelte herum und hielt Maureen, wie vorher der Maschine, die geschlossene Tüte hin und lachte sie dabei angriffslustig an. Maureen zuckte nicht zurück, lächelte nicht, war nicht ärgerlich. Sie stand da und sah ihm ins Gesicht. Er wurde ruhig. Jetzt sah er sie erst richtig, eine schöne junge Frau mit glänzenden Zöpfen über dem dunklen Kleid aus dünnem Stoff. Ihre Gestalt in dem schwachen gedämpften Licht blendete ihn. Sein Gesicht, eben noch verzerrt vor Schmerz darüber, daß er sein Alter nicht abwerfen konnte, wurde allmählich weicher. Er riß die Tüte auf und hielt sie ihr mit ausgestrecktem Arm hin. Maureen streckte die Hand aus, berührte ihn fast. Er mußte die Tüte zurückziehen, um ihr die Nüsse auf die Hand streuen zu können. Es sah aus, als streute er sie auf die eigene Brust. Er lachte. Sie lächelte und warf sich die Nüsse in den Mund, wobei sie blendendweiße Zähne zeigte. Die beiden gingen Seite an Seite fort. Hinter ihnen ging ein leiderfülltes kleines Mädchen. Hinter dem Mädchen die Frau in mittleren Jahren.

Die beiden, die folgten, konnten die Gesichter des Paares nicht sehen. Es schien sich angeregt zu unterhalten. Es schien zu lachen. Es ging am Schlangenhaus vorbei ins Aquarium.

Hinter ihnen ging Jane, dahinter Kate.

Im Halbdunkel des Aquariums schritten die vier an den hellerleuchteten Wänden, hinter denen die Fische schwammen, entlang. Die beiden, die vorn gingen, redeten nicht. Sie gingen von einem Becken zum anderen, schenkten, wie es schien, allen die gleiche Aufmerksamkeit. Doch vor einem Becken blieben sie lange stehen: durch ein Rohr ergoß sich ein brodelnder Wasserstrahl ins Innere. In diesem luftgesättigten Wasser schwamm ein Rochen. Er spielte. Er setzte sich der frischen Wasserzufuhr aus und zappelte und drehte sich und schien zu tanzen: Er berauschte sich an der Luft, die aus der Welt außerhalb des Beckens zu ihm kam.

Lachend küßte Maureen den Jungen.

Heftig küßte er sie.

Hand in Hand schritten sie weiter.

Hinter ihnen ging Jane und beobachtete sie, ausschließlich sie, sah nichts anderes, sah nicht die Fische, nicht den im sprudelnden Wasser spielenden Rochen.

Kate verließ das Aquarium mit der Absicht, fortzugehen, doch wie Jane mußte sie Zeuge sein, dem Tod beiwohnen, sich an ihr Kreuz schlagen lassen. Sie wartete. Dann sah sie Maureen herauskommen, immer noch Hand in Hand mit dem Jungen. Jane ging hinter ihnen.

Maureen küßte den Jungen, abermals lachend, in ihrem grausamen heftigen Triumph, eine Herausforderung an alles, ein Schlag ins Gesicht der Welt. Sie erblickte Kate und küßte ihn noch einmal. Aber jetzt war der Junge von ihr abgerückt, spürte, daß sie ihn als Werkzeug benutzte. Er stand da und sah Maureen nach, die sich entfernte. Dann ging er, obwohl es so aussah, als habe er sie vorher nicht gesehen, zu dem Mädchen, legte ihm den Arm um die Schultern und sagte gereizt, aber geduldig: «O Jane, bitte, warum mußt du dauernd ein solches Getue machen?»

«Ich kann nicht anders!» Sie brach in Tränen aus und legte den Kopf an seine Schulter. Er schloß sie in die Arme und vergrub das Gesicht in ihrem Haar. Aber er blickte Maureen nach.

Kate holte sie ein, und Maureen sagte: «Also gut, ich werde Philip heiraten.»

«Warum auch nicht?»

«Warum auch nicht? Oder Stanley? Die beiden engagieren sich wenigstens für irgend etwas. Für Tiere und Vögel und Fische. Von Menschen gar nicht zu reden.»

«Oh, sei doch nicht so verdammt ...» Kate war wütend. Sie kochte. Sie ließ Maureen stehen und ging schnellen Schrittes davon. Das Mädchen kam hinter ihr her und sagte: «Entschuldigen Sie bitte, Kate.»

Kate gewann ihre Fassung wieder und sagte: «Aber nein, ich bitte dich um Entschuldigung.» Es klang hochtrabend.

Als sie zu Hause waren, sagte Maureen: «Wir entschuldigen uns dauernd voreinander.»

«Ja, wie innerhalb einer Familie.»

«Ja.»

«Nun, jetzt dauert es nicht mehr lange.»

In dieser Nacht träumte Kate, kaum daß sie eingeschlafen war. Es herrschte immer noch undurchdringliches kaltes Dunkel. Der Seehund war inzwischen so schwer, daß sie ihn nur noch durch den Schnee ziehen konnte. Sie hatte keine Angst mehr um den Seehund, hatte nicht mehr das Gefühl, daß er tot sein oder sterben könnte: Sie wußte, daß er voller Leben war und, wie sie, voller Hoffnung.

Eine starke Brise salziger Luft wehte ihr entgegen: salzige Meeresluft. Es hatte aufgehört zu schneien. Was ihr Gesicht sanft streifte, war kein Schnee, sondern eine frische, angenehme Brise.

Sie sah, daß der Schnee unter ihren Füßen verschwunden war: Sie ging über Frühlingsgras, über ein leuchtendes zartes Grün mit dunkler feuchter Erde dazwischen. Lauter Frühlingsblumen wuchsen im Gras. Vor ihr stieg der Boden jäh an. Sie kletterte hinauf und stand, den Seehund im Arm, auf einem kleinen Kap, blickte hinunter aufs Meer, in dessen Blau sich der blaue Sonnenhimmel spiegelte. Auf den Felsen wärmten sich Seehunde.

Mit letzter Kraft hob sie den Seehund so hoch, daß der Schwanz nicht verletzt wurde, wenn sie das Tier über den steinigen Boden schleppte, und taumelte einen schmalen Pfad zum Ufer hinunter. Dort, auf einem flachen Felsen, ließ sie den Seehund ins Meer gleiten. Er versank, bis sie ihn nicht mehr sehen konnte, kam dann wieder hoch und legte den Kopf ein letztes Mal auf den Rand des Felsens: Seine sanften dunklen Augen blickten sie an, dann schloß er die Nüstern und glitt unter Wasser. Das Meer war voller Seehunde, die nebeneinanderher schwammen, sich drehten, um rücklings zu schwimmen, die spielerisch umherschossen und tauchten. Ein Seehund schwamm an ihr vorbei, er hatte Narben auf den Flanken und dem Rücken, und Kate dachte, es müsse ihr Seehund sein, den sie durch so viele Fährnisse getragen hatte. Aber jetzt blickte er sie nicht mehr an.

Ihre Reise war zu Ende.

Sie sah, daß die Sonne vor ihr stand, nicht hinter ihr, nicht in weiter, weiter Ferne, unter der Erdkrümmung, wo sie so lange gewesen war. Sie betrachtete die große, helle, strahlende, aufsteigende, ungestüme Sonne, die zu singen schien.

Sie wandte sich ab. Sie wußte, daß sie den Traum ausgeträumt hatte. Sie erwachte.

Sie erzählte es Maureen, und das Mädchen sagte: «Dann ist ja alles in Ordnung.»

«Ich nehme es an.»

«Ich meine, für Sie ist alles in Ordnung.»

Maureen saß am Küchentisch. Ihre Worte klangen kritisch.

«Glaubst du, daß die Träume nur für den bestimmt sind, der sie träumt? Vielleicht sind sie das nicht?»

«*Ich* habe den Traum nicht gehabt», sagte Maureen. «Oder?»

«Ich glaube nicht.»

«Von solchen Dingen träume *ich* nicht. Bei mir geht es um Käfige und Eingesperrtsein, damit hatten Sie ganz recht.»

Sie wollte nicht weiterreden, und so ging Kate ans Telefon und rief bei sich zu Haus an, um zu sagen, daß sie morgen zurückkäme. Eileen war am Apparat. Sie hatte sich in der letzten Zeit um alles gekümmert. «Oh, hier ist alles in Ordnung, Mutter. Wir sind fabelhaft zurechtgekommen.»

Kate ging wieder in die Küche und sagte: «Weißt du was? Ich bin arbeitslos! Es gibt für mich nichts mehr zu tun. Zu was rätst du mir? Zur Sozialarbeit? Zu Suppenküchen? Zur Welternährungsorganisation ... ich nehme an, das liefe auf Suppenküchen hinaus.»

Maureen winkte gereizt ab, und Kate ließ sie wieder allein.

Später kam sie in Kates Zimmer und sagte: «Ich gebe eine Party.»

«Warum sagst du das so?»

«Es gehört sich nicht, eine Party zu geben, das wollten Sie doch sagen, Kate, nicht wahr? Es ist herzlos? Gemein?»

«Wann?»

«Heute abend. Bitte kommen Sie. Ich möchte es, ich möchte es wirklich.»

Den ganzen Nachmittag telefonierte sie, während ein Lieferant nach dem anderen mit Essen und Getränken ankam.

Sie kam in Kates Zimmer. Kate lag auf dem Bett, reisefertig, mit gepacktem Koffer, sauber verstauten Besitztümern. Maureen sagte: «Es spielt überhaupt keine Rolle, was Sie machen. Oder was ich mache. Das ist der entscheidende Punkt. Davor drücken sich alle.»

«Das glaube ich nicht», sagte Kate.

«Es ist mir gleich, ob Sie es glauben oder nicht.» Sie ging hinaus, kam aber sofort wieder zurück: «Ihr Seehund ist in Sicherheit. Er ist gerettet und in Sicherheit.»

«Ich betrachte ihn nicht als *meinen* Seehund.»

«Ja. Wenn Sie also morgen tot umfielen, spielte das auch keine Rolle, nicht wahr?»

Sie war völlig hysterisch. Bei dem Gedanken, sie solle etwas dagegen *unternehmen*, rief sich Kate zur Ordnung. Was? Ein Aspirin anbieten? Irgendeinen guten Rat? Eine Tasse Tee? Das Telefon klingelte wieder, und beim Hinausgehen sagte Maureen noch: «Was immer man für wichtig halten mag, falls es überhaupt etwas Wichtiges gibt – *mir* hat man jedenfalls noch nie etwas davon erzählt.»

Unschlüssig wartete Kate darauf, daß das Telefongespräch beendet wurde. Verschiedene Wortfetzen drangen an ihr Ohr, ganze Sätze, offensichtlich aus Leitartikeln oder aus kirchlichen Sendungen im Fernsehen. Zum Beispiel: «Die Welt war schon oft in einem schlimmen Zustand, und die Menschen verzweifelten.» – «Man darf die Hoffnung niemals aufgeben.»

Dann gab es noch das, was sie selbst dachte: «Millionen Menschen sterben, werden sterben, vielleicht auch du und ich, doch wir brauchen Leute mit einem klaren Kopf, die weitermachen können.» – «Aber die Geschichte dieses Planeten ist nie etwas anderes gewesen als Katastrophen, Krieg und Elend; diesmal ist es nur noch ein bißchen schlimmer.» – «Was ihr wirklich sucht, ist ein Mann, der alle Antworten kennt und sagen kann: Tut dies, tut jenes. Einen solchen Menschen gibt es nicht.»

Sie hörte, wie Maureen sagte: «Ja, eine Party. Völlig improvisiert. Mir ist die Idee erst heute gekommen. Ja, mach das, gut.» Sie betonte ihre Erziehung.

Kate konnte nichts für Maureen tun. Aber sie hatte Kinder: Es wäre nett, jedem ein Geschenk mitzubringen: Sie hatte noch eine Menge Geld. Sie machte Einkäufe. Sie sah ihr Bild im Schaufenster: sie durfte mit ihrer Figur wieder zufrieden sein. Im Gesicht war sie gealtert. Auffallend sogar. *Sie* konnten es kaum übersehen. Was würden sie sagen? So tun, als stimmte es nicht: Du siehst *fabelhaft* aus, Mutter! Das Licht, das von dem Wunsch zu gefallen gespeist wird, war ausgegangen. Und es war an der Zeit ... Ihr Haar – nun, *das* war nicht zu übersehen!

Die Erfahrungen, die sie in den letzten Monaten gemacht hatte, ihre Entdeckungen, ihre Selbstdefinition, alles, was ihr, wie sie hoffte, neue Kräfte gab, konzentrierte sich auf diesen einen Punkt: daß sie mit unfrisiertem Haar zurückkommen würde, mit straff zurückgekämmtem Haar, weil es so praktisch war, mit sprödem, strähnigem Haar, in dem der immer breiter werdende graue Streifen wie eine Absichtserklärung leuchtete. Es war, als gehörte alles andere von ihr, ihr Körper, ihre Beine, ja sogar ihr Gesicht einer anderen Frau. Aber ihr Haar – nein! Da durfte niemand Hand anlegen. Seit sie erwachsen war, oder, um genau zu sein, seit sie das Haus ihres Großvaters in Lourenço Marques verlassen hatte, hatte sie immer in einer Atmosphäre gelebt, wo alles ausgesprochen wurde: Gedanken, Gefühle, Impulse waren Dinge, die schnell erkannt werden mußten, nicht nur von ihr, sondern auch von anderen – ein Aufschub, eine Unklarheit, ein Zweifeln konnten gefährlich sein; und dann mußten sie klassifiziert und kategorisiert werden und ihren festen Platz in Schubladen bekommen. Oder, wenn man so will, in einem Computer. Sie hatte inmitten von Worten gelebt, unter Menschen, die dazu erzogen worden waren, Worte zu benutzen und von ihnen benutzt zu werden. Aber jetzt, da es für sie wichtig war, eine Sache der Selbsterhaltung war, daß man sie verstand, jetzt würde sie bestimmte Dinge mit ihrem Haar tun oder nicht tun: Substanz, die gleichsam aus den Poren, aus ihrer Kopfhaut hervorquoll, beinahe wie Spaghetti aus einer Maschine, das einzige an ihr, das nichts fühlte, wenn man mit der Hand darüber strich. Alles an Mrs. Brown, ihre Kleidung, ihre Frisur, ihr Auftreten, ihre Haltung und ihre Stimme, war Reproduktion gewesen; die kleinste Abweichung hatte ihr das gleiche Unbehagen bereitet, das die Versuchsratte im Labor empfindet, wenn die entsprechenden Hebel gedrückt werden. Aber jetzt sagte sie *nein*: nein, nein, nein, NEIN – eine Willenserklärung, die konzentriert in ihrem Haar zum Ausdruck kam.

Sie fand Maureen untätig auf ihrem, Kates, Bett sitzen. Es war sieben. Die Partyvorbereitungen waren erledigt, doch Maureen hatte sich nicht umgezogen. Maureen stand nicht auf. Beanspruchte sie das Bett vielleicht für sich, für ihre Freunde? Kate sagte: «Ich habe etwas entdeckt. Wenn ich wieder nach Hause komme, wenn ich Erklärungen abgebe – ich weiß allerdings nicht genau, worüber –, dann kommt vielleicht nicht mehr dabei heraus als eine neue Frisur. Ist das nicht merkwürdig?»

Maureen zuckte die Achseln.

«Ich habe nachgedacht. Ich habe dir wirklich alles gesagt, was ich fühlte. Alles. Aber seit Jahren habe ich das, was ich fühlte und dachte, in kleinen Portionen ausgeteilt. Ich sage mir, das kann ich dem und dem nicht sagen, Eileen kann ich es sagen, aber nicht Tim ... Mary würde das nicht verstehen: Ich könnte Mary zum Beispiel niemals von dem Seehund erzählen. Aber Tim könnte ich davon erzählen. Natürlich erzähle ich Michael vieles, aber er hört zu, als ob es ihn nichts angeht. Ich möchte wissen, ob er meint, daß ich ihm auch *so* zuhöre. Natürlich träumt er nicht, sagt er. Was ihm widerfährt, kommt immer von außen – ist es unmöglich, daß ich eine solche Distanz zu ihm habe? Wo wir doch so lange zusammen gelebt haben? Nicht, daß meine Worte ihn je erschreckt oder überrascht hätten, aber ganz offensichtlich hört er Berichten von einem anderen Kontinent zu. Den er nicht kennt oder kennenlernen will. Aber mir kommt es vor, als sei ich in kleine Stücke zerrissen und jedem in der Familie gehöre ein Stück von mir, Tim, Michael, Eileen – und so weiter. Das heißt, gehörte. Vergangenheit. Es ist vorbei. Aber dir kann ich das alles sagen.»

«Schiffe, die aneinander vorbeifahren», sagte Maureen. «Wie Leute, die sich auf Reisen begegnen. Wir werden uns wahrscheinlich niemals wiedersehen.»

Sie ging hinaus und schloß die Tür hinter sich.

Eine Stunde später war es in der Wohnung immer noch völlig still. Kate sah nach Maureen. Sie hatte ein Abendkleid aus den dreißiger Jahren an, ganz eng und schräg geschnitten. Es hatte einen tiefen Rückenausschnitt mit schmalen überkreuz gelegten Trägern. Das Kleid war aus glänzender schwarzer Seide. Maureen hatte sich das Haar abgeschnitten, genau in Höhe der Ohrläppchen. Spangen und Klemmen hielten es fest am Kopf. Sie hatte sich alle Mühe gegeben, wie eine Sirene heute abend auszusehen, doch mit der neuen Frisur wirkte sie wie jemand, der gerade aus dem Gefängnis oder dem Internat entlassen worden ist.

Maureen hockte auf einem der Kissen in der Diele und fummelte an etwas aus ihren abgeschnittenen Haaren herum. Sie hielt es hoch. Ihr Blick wich dem von Kate aus. Sie hatte das Haar zu einer Art Erntepuppe oder Strohpuppe geflochten.

Kate war bestürzt: was natürlich beabsichtigt war. «Das wird ja eine schöne Party», sagte sie.

«Genau.»

Es klingelte. Gäste standen in der Tür.

«Hallo!» – «Hallo.» – «Guten Abend.» – «Hallo.» Küsse wurden ausgetauscht. «Was hast du denn da, Maureen?»

«Mein Haar. Seht ihr das denn nicht? Es ist mein Kind.» Ohne ihnen einen Blick zu schenken, begann Maureen vor ihnen zu tanzen; sie hielt die Puppe hoch, die an ihrem Handgelenk baumelte: ein leuchtendgelbes, fragiles Spielzeug.

Die Zimmer füllten sich bald. Die vielen Menschen, die zahlreichen jungen Männer, die Maureens schwarzem Seidenkörper mit den Augen folgten – unter ihnen Stanley und Philip und ein Mann, der merklich älter war als die anderen Gäste, selbstsicher, befehlsgewohnt, bestimmt William, der Reisepaß für die Rückkehr zu ihrer Familie, sofern sie sich entschloß, ihn zu benutzen – diese ganze vielgesichtige Menge wirkte wie eine Darstellung von Maureens reichem Leben und den ihr offenstehenden Möglichkeiten. Doch die Gäste waren von der Haarpuppe begrüßt worden, nicht von ihr. Sie schien unfähig, sie anzusehen oder lange genug bei jemandem stehen zu bleiben, um eine Unterhaltung anzuknüpfen; eilig bewegte sie sich von einem der herumstehenden Grüppchen zum anderen, oder tanzte zwei, drei Schritte mit irgendeinem der männlichen Gäste, bevor sie weiterglitt; oder sich ihm entzog, indem sie sich an den Drinks oder dem Essen zu schaffen machte.

Kate fragte sich, weshalb sie nicht auf der Stelle, noch heute abend, nach Hause zurückgehen sollte; es gab keine Veranlassung, bis morgen zu warten.

Sie hinterließ Maureen eine Nachricht zusammen mit einer Flasche Parfum: ihr fiel nichts Besseres, nichts Passenderes ein.

Den Koffer neben sich, stand sie in der Diele und hielt nach Maureen Ausschau.

Maureen wurde von William festgehalten. Er lehnte mit dem Rücken an der Wand, stand fest auf den Füßen und hielt Maureen mit beiden Händen um die Taille gefaßt.

Sie hing in seinem Griff, spielte stirnrunzelnd mit der Hand im Haargeflecht an ihrem linken Handgelenk und sah ihn nicht an.

«Du weißt ganz genau, daß du letztlich doch mich heiraten wirst, warum also nicht gleich?»

«Weiß ich das wirklich? Ich glaube nicht», sagte Maureen, die Puppe immer wieder herumwirbelnd.

«Gib mir das Ding, ich mag es nicht.» Doch Sturmangriffe waren ganz und gar nicht das richtige, denn sie behielt ihr Spielzeug und sagte: «Du brauchst es auch nicht zu mögen.»

Ihre Stimme klang gereizt; ein gutes Vorzeichen für seine Chancen?

Man konnte sie sich leicht zusammen vorstellen, in ihrem großen Haus in Wiltshire oder sonstwo, von zahlreichen Pferden, Kindern und Hunden umgeben, alles so, wie es sich gehörte, die humorvollen Kommentare darüber eingeschlossen.

Hinter William tauchte plötzlich Philip auf, uniformiert wie üblich stand er in der Küchentür, begleitet von einem sehr korrekt wirkenden, hübschen Mädchen, das seine Weiblichkeit unter einer Schale von Verantwortung, Pflicht und Gehorsam verbarg – ihr Los. Auf den ersten Blick jemand, der sich nicht davor scheute, «Eier zu zerschlagen», der bereitwillig unangenehme Bürden und Entscheidungen auf sich nahm. Das Kleid, das sie anhatte, wirkte ebenso militärisch wie Philips Aufmachung, es war aus dunkelblauem Crêpe, hatte einen weißen Bubikragen, und über der linken, sicher geschützten Brust war eine Brosche befestigt, die einer Medaille glich. Sie hatte sich bei ihm eingehakt, die beiden paßten außerordentlich gut zusammen, doch Philip starrte mit sehnsüchtigen Blikken zu Maureen hinüber, die hingegossen in Williams Armen lag.

«Es gefällt mir einfach nicht, wenn du dich so albern aufführst», sagte William, den älteren Bruder spielend, und versuchte, dem Mädchen das blonde Haargeflecht zu entwinden.

«Nein!» schrie sie. «Nein, laß das.» Aber sie blieb bei ihm stehen.

Und Philip stand da und beobachtete die beiden; und das Mädchen neben ihm beobachtete Philip mit eifersüchtigen Blicken.

Niemand achtete auf Kate. Also ergriff sie ihren Koffer, schlüpfte unbemerkt zur Wohnungstür hinaus und machte sich auf den Weg zur Bushaltestelle und nach Hause.